魅丽文化　花火工作室

U0530668

荒服 ①

颜凉雨 著

长江出版社

图书在版编目（CIP）数据

荒服公会．1/ 颜凉雨著．— 武汉：长江出版社，2024.6
ISBN 978-7-5492-9443-5

Ⅰ．①荒…Ⅱ．①颜…Ⅲ．①长篇小说－中国－当代
Ⅳ．①I247.5

中国国家版本馆 CIP 数据核字（2024）第 087292 号

荒服公会．1/ 颜凉雨著
HUANGFU GONGHUI.1

出　　版	长江出版社
	（武汉市解放大道 1863 号）
出版统筹	曾英姿
选题策划	李　墨
市场发行	长江出版社发行部
网　　址	http://www.cjpress.cn
责任编辑	陈　辉
印　　刷	湖南天闻新华印务有限公司
版　　次	2024 年 6 月第 1 版
印　　次	2024 年 6 月第 1 次印刷
开　　本	880mm×1230mm　1/32
印　　张	10.5
字　　数	380 千字
书　　号	ISBN 978-7-5492-9443-5
定　　价	48.60 元

版权所有，盗版必究。如有质量问题，请联系本社退换。
电话：027-82926557（总编室）　027-82926806（市场营销部）

目 录

- **第一章**
  专业打工人 /001

- **第二章**
  野队无常 /022

- **第三章**
  暗河历险 /053

- **第四章**
  梦魇重现 /085

- **第五章**
  自带"外挂" /123

- **第六章**
  首战告捷 /152

- **第七章**
  "死磕"到底 /186

- **第八章**
  戛然而止 /212

目　录

- **第九章**
  天降"女"队友 /227

- **第十章**
  空中花园 /244

- **第十一章**
  车轱辘战 /261

- **第十二章**
  新人入团 /277

- **第十三章**
  偷鸡蚀米 /295

- **第十四章**
  公告余波 /303

- **第十五章**
  一诺千金 /317

- **独家番外**
  鬼服小伙伴们的日常 /323

第一章

专业打工人

登入

［私聊］有奶就是娘：500元，保证一个星期内满级。
　　［私聊］疯一样的子：一个星期太慢了。
　　［私聊］有奶就是娘：可以加急，加急费300，保证三天内满级。
　　［私聊］疯一样的子：还能再快吗？
　　［私聊］有奶就是娘：全款1200，保一天满级。
　　［私聊］疯一样的子：1200，够我买个差不多的号了。
　　［私聊］有奶就是娘：直接买号多没感情。
　　江洋看着文字后面的笑脸表情一脸郁闷，难道找代练弄出来的号就有感情了？
　　［私聊］疯一样的子：就一个星期吧，先打20%定金？
　　方筝点点头，满意微笑，就好像他对着的不是显示器而是客户的脸。
　　一天练到满级？除非他豁出去半条命。不过如果对方真肯付1200，呃，也不是不可以考虑。
　　［私聊］有奶就是娘：手机号给我吧，账号我发你短信。
　　［私聊］疯一样的子：这里不行？
　　［私聊］有奶就是娘：截图保存容易给PS分子造成可乘之机。
　　［私聊］疯一样的子：真谨慎。
　　［私聊］有奶就是娘：我是专业的！
　　收到手机号，方筝很快把自己的账户发了过去，对方没回复，倒是三分钟后，银行的短信来了——您尾号为×××的银行卡于××××年×月×日收入100元。
　　效率型，方筝就喜欢这种。
　　方筝是个"宅男"，打游戏是他的爱好，并且他把这个爱好发展成了职业——代练，于是就显得这种宅很高端，足不出户，自给自足。
　　可惜代练毕竟不同于操盘，他又是个体商户没做出规模，又非常自觉地报税纳税，职业收入仅能维持房租和温饱。有时候还维持不了，他便把伙食费再省省，总算没上房东的黑名单。不过房东也轻易不会与他为难——就这四下漏风摇摇欲坠的筒子楼，有人肯几年如一日地长租，且无不良嗜好和混乱的社会关系，可遇不可求。
　　登录客户的账号，方筝戴上耳机，他喜欢听游戏的音效，无论是寒风呼号，还是细雨霏霏，甚至角色打怪的各种招式音频，都让他沉醉不已。
　　没几个人能把爱好当职业，方筝很满足。
　　方筝有两台电脑，一台用来玩自己的号，一台做代练，这样他就可以在枯燥的打怪之余继续快乐地经营有奶就是娘（游戏账号名）。不过最近有奶就是娘的前景不太乐观，因为它所在的服务器镜花水月成了"鬼服"（无人问津的服务器），尤其是在新服务器——逐鹿之渊开放后，镜花水月更是"荒无人烟"，从前大家排队队下副本的场景已不复存在，想组个野队（游戏术语：指和路人一起组队游戏），都要在世界上（游戏频道）喊半天，还未必组得成。

疯一样的子和有奶就是娘都是镜花水月的玩家，不过对方让方笄代练的账号却是逐鹿之渊的，显然，这人也准备弃暗投明。

不愧是新服，登录居然还需要排队等待，过了大约十五分钟，方笄才登录上去。

方笄玩的这个游戏就叫《逐鹿》，已经运营了近十年，起初满级只有35级，后来随着一次次更新，满级达到了55级，地图也扩充得越来越大。

客户的新区号仍然叫疯一样的子，职业也仍然是杀手（游戏名词：代指游戏里快攻快进的职业），方笄琢磨这人要么十分念旧，要么十分懒，所以从昵称到职业都不带改变的。不过人物比镜花水月里那个身材矮小贼头贼脑的杀手顺眼得多，虽然身材依然不高大，杀手嘛，太威猛了反而不利于技术特点的发挥，但胜在五官喜人，如果说镜花水月那个杀手像鼓上蚤时迁，逐鹿之渊这个则完全是混血小男孩。

虽说新服已经开放三个月有余，新手村依旧人满为患，每一个在老服务器伤了心的玩家都希望能在这里重新寻回激情，逐鹿之渊，听名字就有成为神服（最强服务器）的潜质啊！

方笄操作着0级小杀手熟练地接受各种新手任务，很快小号就达到了5级，5级之后他开始用任务获得的绿色匕首打怪。这里的装备分五个等级，从低到高依次为白装、绿装、蓝装、黄装、橙装。清任务固然获得的经验多，但综合时长考虑，效率就要低于打怪了，所以疯一样的子从5级升到10级的用时居然还要短于之前0到5级的。

角色升到10级，就可以去主城了，频道也扩展到整个逐鹿世界，于是显示器左下角的信息便热闹起来。

［逐鹿］云开雾不散：天池本，五等一，来个奶妈（游戏里为队友恢复血量的职业别称）就开车！

［逐鹿］泰山之巅：沙漠要塞7：00开战，五岳阁（公会名）的兄弟们集合了。

［逐鹿］哈利波拉特：还来？上次被打得还不够？

［逐鹿］泰山之巅：耍嘴皮子没意思，真刀真枪见分晓。

［逐鹿］哈利波拉特：狠话谁不会说，可光说不练多没意思，这样，今天晚上你们要还是输，五岳阁干脆合并到纵横天下得了。

［逐鹿］战斗机：扫把，咱军团（游戏里规模较大的公会统称）不是废品收购站，别什么歪瓜裂枣都往里拉。

［逐鹿］泰山之巅：沙漠要塞7:00开战，五岳阁的兄弟们集合了。

［逐鹿］一醉方休：泰山，军团频道（公会专属频道）里喊就行。

五岳阁团长（公会创建人）一发话，泰山之巅就没再说话，显然是依令进入了军团频道。纵横天下的"哈里波拉特"和"战斗机"也没穷追猛打，随便调侃几句，便没了动静。

方筝不混军团，通常都是打酱油看热闹的角色。但毕竟在这个游戏里待了六年，大小事情不说包打听，也差不离了。纵横天下和五岳阁原是镜花水月最牛的两个军团，三个月前集体迁至新服，没承想在这里又是两分天下，于是掐得更欢。

沙漠要塞是这个游戏中比较特别的一个副本（游戏里带有特殊奖励的关卡），每周固定开启一次军团战（公会对战），获胜的军团将拥有接下来一个星期的副本使用权，而不属于这个军团的任何人都无权进入副本。正因如此，该副本的奖励也并非针对个人，否则一个长期拥有冠名权的军团的成员得到的好处就太多了。该副本的奖励是军团荣誉，比如，提升军团成长规模，增加军团仓库容量，提升军团跨服排名，等等。说白了，这副本所意味的荣誉远大于它的实际奖励。

小军团完全用不着，大军团个个想霸占，说的就是沙漠要塞。

方筝打个哈欠，操作10级小杀手奔赴前堂江。

前堂江是一个相对安全的风景区，但很少有人知道江岸其实藏着一个野外小BOSS（指首领级别怪物），当然也可能是因为这BOSS过于弱小——11级，即便不定期地刷出来，也会被过来看风景的大号当成吉祥物。

前堂江畔很安静，不知是不是临近夜晚大家都去下副本了，江岸空无一人，汹涌的前堂潮打起一人多高的浪，又寂寞退去，循环往复。

方筝把小杀手在江畔停好，寻思回有奶就是娘看看，等什么时候这边小BOSS刷出来再上，反正有一个礼拜时间，不急。哪知道人还没从这台电脑前挪开，左下角又出现了熟悉的名字。

［当前］哈利波拉特：你这招太猥琐了，跟谁学的？

［当前］战斗机：PK不过就是技不如人，别总找理由。

［当前］哈利波拉特：我PK不过你？开玩笑！再来！

［当前］战斗机：来几次都一样，能PK过我的人还没出世呢！
　　［当前］哈利波拉特：Polly（波利）。
　　［当前］战斗机：……
　　合着两人之前没说过瘾，又跑前堂江附近继续了。
　　［当前］哈利波拉特：怎么不说话了？
　　［当前］战斗机：说啥，你哪壶不开提哪壶。
　　［当前］哈利波拉特：多厉害的号啊，硬是被咱们"杀"废了。
　　［当前］战斗机：这话你跟轩辕说去。
　　［当前］哈利波拉特：也不能怪他，Polly的人品注定他就是个悲剧。
　　［当前］战斗机：别动不动就扯上"三观"，不就抢个装备吗？
　　［当前］哈利波拉特：补充，他抢的是五岳阁副团"媳妇儿"，还是在人家姑娘马上要把BOSS磨死的当口背后插一刀，然后不光是BOSS的极品项链，连人家姑娘掉的橙装都一锅端了。
　　［当前］战斗机：说姑娘你就信啊。
　　［当前］哈利波拉特：这么抢确实不厚道。
　　［当前］战斗机：玩个游戏还玩出大义来了！
　　［当前］战斗机：当年镜花水月开荒的时候，没他咱们团能起来吗？要塞战哪回他不是冲在最前面，从来就没请过假！他对外人是没品，可对军团弟兄什么时候没品过！
　　［当前］哈利波拉特：……这话你跟轩辕说去。
　　［当前］战斗机：懒得跟他说话！
　　［当前］哈利波拉特：呃，啥意思？
　　［当前］战斗机：小孩儿别打听。得了不说了，去要塞！

　　两人前脚走，后脚BOSS就刷出来了。方筝怀疑BOSS是被他俩叽叽歪歪烦出来的。

　　前堂江畔的小BOSS其实就是前堂潮的拟态，但说是前堂潮，模样反而有点像祥云，尤其是脚底下一圈圈卷着，可爱得要命。

　　10级小杀手没学什么技能，除了普通攻击，就剩下一个暗袭，这要求角色必须从背后靠近目标，一击即中。不知是方筝运气好还是疯一样的子运气好，居然一下就出了个暴击，小BOSS的血起码掉下一半。但小BOSS也是有尊严的，被攻击后马上反扑，方筝及时躲开，却还是被扫掉1/3的血。果断吃个小红药（补血药），血条瞬间补满，方筝便操纵着小杀手以狂刀客的姿态正面迎敌，上去就是个砍，终于小BOSS愤然倒下，疯一样的子立刻连升2级。

　　任务圆满完成，方筝抱着聊胜于无的心态上去摸了一下小祥云的尸首，不出意外，爆出的东西依然是前堂江到此一游证明。据传这样的证明有27个，分布在逐鹿大陆各处，集齐后会触发特别任务，至于怎么特别则是随机的，最老的服务器幻世桃源听说曾有两名玩家成功集满27个证明，一个触发的任务是去东海捉龙，该玩家直到删号也没成功，于是奖励成了谜。另一个则幸运得多，任务是大家司空见惯的神龙甲野人BOSS，听说最后爆了个极品橙武（游戏里级别很高的武器）。

　　初步目标圆满完成，方筝毫不留恋地把小杀手送到铁匠铺打铁，这是项生活技能，没多少经验，可对于挂机（进入游戏后不进行操作）的人来讲，苍蝇再小也是肉嘛！

　　安排妥当一切，方筝终于重新回到有奶就是娘的电脑上。晚上7:30，该是游戏最热闹的黄金时间段，可惜镜花水月依然安静得像废墟。有奶就是娘还站在刚刚和客户谈买卖的位置，曾经最繁华的南金路，现在只剩下NPC（游戏角色）。

　　逐鹿世界上有人在刷屏，宣泄着自己的不甘寂寞。

　　［逐鹿］你大爷：有人吗？……有人吗？……有人吗？……有人吗？……

　　［逐鹿］钻石卖家：船来了……船来了……船来了……长期收购游戏币……

　　［逐鹿］你大爷：你个奸商离爷远点儿！

　　［逐鹿］钻石卖家：唉，也就我理你……长期收购游戏币。

　　［逐鹿］你大爷：完了，这服彻底"鬼"了。

　　［逐鹿］钻石卖家：开新服，繁荣，衰落，"鬼"，这是游戏发展的常规模式，长期收购游戏币……

　　［逐鹿］你大爷：没劲，我玩QQ麻将去。

　　［逐鹿］钻石卖家：……长期收购游戏币。

　　方筝点开交易中心，果然，自己前些天挂上去的材料原封不动。"鬼服""鬼"的不只是人气，连带"鬼掉"的还有金融业。这对靠游戏吃饭的方筝来讲不是个好消息。可平心而论，他对镜花水月有感情，毕竟六年逐鹿时光里有四年半贡献给了这里。

　　传送师把有奶就是娘送到了鹤眉山。

　　有奶就是娘的职业是游医，下本不可或缺，但若一个人玩，就苦闷了。输出（代指游戏里的伤害值）不给力，人家打怪是砍瓜切菜，他打怪是软磨硬泡。到最后怪死了，他也累没半条命。所以方筝的满级大多是跟野队下本刷上来的，自己一个人时，他更多会磨炼生活技能。

但作为一名以"猥琐"（本书指在游戏里审时度势的生存方式）为人生信条的奶妈，当偷袭的机会摆在面前，他也不会错过。

悄悄选中不远处正背对自己打猴子的无辜玩家，有奶就是娘靠着满格的精神力吟唱了奶妈攻击系的唯一大招——红莲圣火。

火球向目标飞驰而去，接触到目标的瞬间炸开漫天火光，犹如绚烂烟花。

游戏的特效做得实在逼真，弄得方筝好长时间都只能看见红色花火，不过左上角的状态条显示有奶就是娘依然选定着对方，于是他毫不犹豫地又来了个清风咒。

琢磨着两下过去对方就算没死也得去半条命，等下再PK起来自己一奶妈还怕磨不死对方？哪知道火光中忽然冲出一人影，朝着有奶就是娘便是一爪！

方筝后知后觉，悔青了肠子。

这年头还有人玩僵尸？！

没错，被方筝偷袭的就是传说中法系抵抗力最高（游戏里代指防御力最高职业）的僵尸职业。刚刚方筝那两招如果轰给"脆皮"（游戏代指血量低的职业）的仙术师或者炼妖师，不用想，必然重伤对方，甚至碰见装备差防御低的，直接秒（一招杀死对方）都有可能；哪怕轰给皮糙血厚的狂刀客，也能去了他小半条命——可偏偏是僵尸！这个鸡肋职业不早就绝迹了吗？！

这厢有奶就是娘百转千回，那厢僵尸先生不管这个，幽冥鬼爪之后紧接着就一个瘴气，这是个能让群体中毒的技能，中招者会持续掉血直到50%以下。好嘛，这下方筝不敢给自己加血了，因为加血只会增加掉血持续的时长，还不如乖乖等到血条降到50%以下，瘴气状态消失，再加。

方筝不敢加血，僵尸却步步紧逼，很快有奶就是娘的血条降到1/2，瘴气状态消失，方筝连忙施展枯木逢春，可作为单体大回复，这技能是需要吟唱的（代指游戏里的技能冷却时间），偏僵尸瞅准时机又是一爪，直接打断吟唱，然后就是密集的物理攻击，什么地狱焚火、幽冥鬼爪，全往有奶就是娘身上招呼。这阵势，别说游医，就是血战士（游戏里血最多的职业）来了也扛不住。

于是有奶就是娘倒下了，用生命诠释了害人终害己。

屏幕变成黑白色的一瞬间，方筝才看清对方可爱的ID——Polly。

Polly是谁？受过九年义务教育的群众会马上回答你——英语课本里那只鹦鹉。但对于镜花水月里的玩家，这个名字除了是那只小鸟，还代表了一个传奇。

僵尸Polly，曾经镜花水月乃至大半个逐鹿世界的PK之王。操作好，装备也好，据说刚开放40级时曾以一己之力单挑十八铜人副本，然后爆出了全区第一把金钟棍。该棍最令人发指的是可以增加12—17点的攻击，对于近战攻击者来说，一棍在手，近战变中程，简直是神兵。可后来这棍子却一直是纵横天下军团长我血荐轩辕在用，至于是送给对方的还是卖给对方的，不得而知。直到游戏更新，满级变成了55级，这一把40级的橙武才慢慢销声匿迹。

纵横天下也是在Polly加入之后才慢慢壮大起来的，一些新玩家不知道，以为纵横天下上来就是豪华军团，可方筝清楚，尽管他只是个围观的，却也一步步见证了纵横天下从小虾米到大军团的崛起。所以Polly被提为纵横天下副团，没人有异议，尽管他口碑确实不咋的，抢怪、杀人、偷袭……总之各种让人咬牙切齿的行为轮着来，偏大家个个技不如人打不过他，于是也只能咬牙切齿。但半年前他被踢出纵横天下，真真让各路围观者碎了眼镜。

要说起因也不复杂，无非是Polly同学又一次趁火打劫，在人家薇薇安马上要磨死怪的时候，背后一爪，BOSS和薇薇安同时倒下，且后者掉的装备比前者还好。如果薇薇安只是个小透明，这事儿也就过去了，可人家偏偏是五岳阁副团的媳妇，五岳阁哪能善罢甘休，即便是做做样子，也还是派出了半个军团的人对Polly进行围追堵截。逐鹿是允许杀人的，虽然杀多了会变红名（标记成红色名字），红名角色被杀，掉装备的概率是100%。虽架不住人多，但Polly岂是那么好杀的，所以均摊下来这红名的机会倒也不高。不过俗话说，双拳难敌四手，Polly逃得了一次，打得过两次，总还是有寡不敌众的时候，于是死亡次数慢慢增加。按理说这时候纵横天下该出面帮忙了，可偏偏没有，反而挂出声明，鉴于Polly一贯的不良行径，纵横天下决定将之逐出军团。

卸磨杀驴，不管是喜欢还是不喜欢Polly的，都只能想到这四个字。

但方筝想到的却是，借坡下驴。

自打游戏更新55满级版本，僵尸就成了鸡肋。论输出，比不过仙术师和炼妖师，论扛攻击，抵不过血战士和狂刀客，论辅助就不用说了，僵尸只有个给自己回血的小技能，无法用在其他人身上，而系统之所以设定这么个技能，是因为奶妈很难奶上僵尸，十次里有八次抵抗。你听说过队友间加血还有抵抗的吗？僵尸就是这么个奇葩。官方解释得头头是道：僵尸体质特殊，故无法接受寻常治疗。慢慢地游戏里便很少见到僵尸了，而Polly对于纵横天下自然也再无更多价值，加上此人一贯风评极差，实在拖累军团名声，于是借着这么个导火索，踢了，何乐而不为？

可惜Polly不是个以德报怨的人，你无情，就别怪我无义，被踢出军团后只要见了纵横天下的玩家就是一个字——杀。杀得了要杀，杀不了也要杀，哪怕同时碰见五岳阁和纵横天下，他也绝对先选择后者，没办法，后者仇恨值太高。鸡肋的职业配合犀利的操作，Polly愣是让纵横天下吃了不少苦头，尤其是那些所谓大神、元老，都一起并肩战斗过来的，谁不知道谁啊，被杀几次后就开始提心吊胆，除非下副本，否则出门都不敢穿好衣服（游戏里属性加成高的衣服），生怕被杀爆掉装备。

不怕僵尸杀，就怕僵尸惦记，时间一长纵横天下受不了了，咋办？正所谓敌人的敌人就是朋友，于是镜花水月两大敌对军团居然联起了手，就为追杀一个单枪匹马的僵尸。

那一段血雨腥风方筝亲见得不多，只知道Polly被轮番追杀，几乎掉了全部极品装备，等级也从55级一路滑到37级。新服开启，大军团纷纷转移，追杀才终于告一段落，可一个37级的白号（什么装备都没有的号）基本算是废了，当然你也可以继续往上刷，但要清楚，轮番追杀一个号可能只需要几天，刷一个号尤其是一个极品号，却需要几个月甚至更久，前提还得是你有组织，如果单枪匹马下野队，路漫漫其修远兮，你就上下求索吧！

回到复活点，方筝果断进地下通道，再次传送回鹤眉山，然后毫无悬念，第二次死在Polly爪下……

Polly看着第三次出现在自己面前的游医，一贯没什么耐性的他濒临狂暴边缘。起初他以为这是五岳阁或者纵横天下的仇家，一次杀不成就来第二次，忠诚而执着，可两次交手他分明看得清清楚楚，对方没军团，就一散人（没加入任何公会的玩家）。于是事情就蹊跷了……难道自己长得像小怪？或者对方根本就以为自己是个野图BOSS？可一群猴子当中出现个脑袋上顶着英文名的僵尸BOSS，这设定科学吗？！

想归想，Polly手上的操作可没停，既然对方乐意送死，他没有不成全的道理……

［当前］有奶就是娘：等等！

打字也是需要时间的，所以方筝还是迟了一步，有奶就是娘带着脑袋顶上的一堆"等等"被一爪子掏了个正着。

好在僵尸没有再动手,显然等着他的下文。

方筝连忙敲键盘,飞快抒发自己犹如滔滔江水连绵不绝的钦佩——

[当前]有奶就是娘:小鸟,你这PK真不是盖的,估计全服务器现在能把僵尸用这么牛的也就你一个!

小鸟……

电脑前的Polly眯起眼睛。

为啥他有把对方挠成鹌鹑的冲动。

方筝把对方的沉默当成怀疑,连忙继续诉衷肠——

[当前]有奶就是娘:我不跟你说假话,别说镜花水月,就整个逐鹿世界都未必能找到第二个这么"犀利"的僵尸,尤其是在新版本升级后。

[当前]有奶就是娘:我以为你是真不行了才让纵横踢出来的,但现在看,不要你绝对是纵横的损失。

电脑前的Polly把眯眼睛换成了挑眉毛。

电脑里的Polly头顶终于冒出汉字——

[当前]Polly:娘,讲重点吧!

方筝一口凉白开喷到显示器上,这人还真豁得出去!

[当前]有奶就是娘:别价,你这么亲热我受不起……

[当前]Polly:奶?

[当前]有奶就是娘:还是娘吧!

[当前]Polly:所以,重点。

[当前]有奶就是娘:要不要跟我去挑长名山水怪?

方筝以为自己问出这句后不管对方答不答应,绝对会先被鄙视,毕竟自己死对方手底下两回,尸骨未寒呢,这就抱上大腿了。可出乎意料,Polly非常善解人意——

[当前]Polly:好处。

方筝就喜欢这样的,直来直去,猥琐也猥琐得痛快。

[当前]有奶就是娘:爆的东西都归你,我只要天池之心。

[当前]Polly:天池泪?

老玩家的优势就在经验,你看他一说天池之心,对方就知道是做项链天池泪的。

[当前]有奶就是娘:嗯,运气好再闪那么一下,闪光的天池泪更漂亮。

[当前]Polly:鬼服,做出来只能给自己看。

[当前]有奶就是娘:山不转水转,哪能永远鬼呢!

Polly说不上自己为什么脑袋一热,就同意了跟那个奶妈组队。或许他那句山不转水转,不经意间戳中了自己。人这一辈子兜兜转转,同样的风景总会遇见几次,不同的只有每一次遇见时的心情。他不去新区,是因为镜花水月留下他太多的东西,不止美好或者不美好的回忆,还有一些更深的情感。

山不转水转,呵,他真期待。

长名山天池作为一个55级副本,是个很让玩家头痛的存在。因为传送师只能把你送到山脚下,剩下的无比曲折的路途,你得自己跑。如果一切顺利,你没有迷路,没有走岔路,没有掉进莫名其妙毫无规则分布的所谓猎人陷阱,那么很好,你会在大约两根烟的时间后,抵达天池。然而,水怪并不会体贴地如塑料袋般浮在湖面上。

一个趣味高雅的BOSS,是不会满足于时刻出现在固定位置迎接勇士们的挑战的。比如,天池的这只水怪,它悠然、随性,最喜欢的事情是在自家火山湖底无规则地漂来荡去。而玩家必须跳入湖中在有限的屏息时间内找到它,一旦找到,玩家进入系统战斗模式,呼吸状态恢复。如果失败,玩家要么在屏息时间结束前返回湖面,要么直接溺死在湖底。

这个副本方筝早就熟门熟路,水怪再惬意总也有些许规律可循,出现概率最高的方位不出五个,所以他有自信在限时内触发战斗。唯一的问题是他和僵尸两个打不打得过那厮。以前下天池本他组过的野队至少也是三个人,一个奶妈(辅助),一个主扛(肉盾),一个输出(攻击)。现在镜花水月人力资源实在匮乏,好容易凑来个所谓高手,只能硬着头皮试试了。

而且高手答应的时候也没提要再凑个人。

方筝回忆着,越发有了底气。

有奶就是娘第一个扎进湖里,Polly紧跟而下。其间两个人都没说话,方筝是专心致志奔赴第一个可能刷BOSS的点儿,Polly则是本就话少。

天池下的水世界以浅蓝色为主,间或有不知名的鱼儿从身边游过,带出极细微的水流声。方筝戴着耳麦,不自觉也跟着屏住呼吸,仿佛他"魂穿"到了有奶就是娘身体里,此时此刻正进行着紧张的湖底探秘。

[私聊]Polly:有人。

私聊里忽然蹦出的声音吓了方筝一跳。所谓有人,自然是玩家,而这个时候出现在这里的玩家,自然是来抢BOSS的。天池属于野外地图,BOSS每四小时刷一次,谁抢到算谁的。

只是,这服都鬼出鸟了居然还有人来抢BOSS?

随便到别处哪个野外地图上都可以包场吧！

［私聊］Polly：我去看看。

没等方筝回答，Polly 丢下这么句话，便自发掉头奔赴另一方向。

Polly 与有奶就是娘之间原本就有一段距离，这下更是距离越拉越远。方筝眼见着队友快离开自己视线范围了，怕等下又寻 BOSS 又寻队友更浪费时间，索性也往回游，想跟上 Polly。

哪知道有奶就是娘刚游回没几米，远处就炸开七彩斑斓的招式特效。好嘛，都开打了。

［当前］百炼成妖 438：我不是来抢 BOSS 的！

［当前］百炼成妖 438：啊！

有奶就是娘又奋力游出几米，光影却已然散尽，世界瞬间恢复成淡蓝色。

［当前］百炼成妖 438 死亡。

合着那句"啊"已经是生命绝响。

［私聊］有奶就是娘：秒了？

［私聊］Polly：没，两招。

［私聊］有奶就是娘：别自我要求那么严格嘛！

［私聊］Polly：你不说我滥杀？

［私聊］有奶就是娘：摆明抢 BOSS 的，他说不就不啊，你怎么这么天真？

有奶就是娘话音未落，逐鹿置顶就刷出两排广播喇叭——

［喇叭］百炼成妖 438：说了我不是来抢 BOSS 的！

［喇叭］百炼成妖 438：忍着晕水坚持在湖底采矿已经很辛苦了，你们还欺负我，呜呜呜……

［私聊］有奶就是娘：他是不是能看见咱俩私聊？

［私聊］Polly：……

［私聊］有奶就是娘：看来他还真是冤枉的。

［私聊］Polly：所以？

［私聊］有奶就是娘：其实你能一招秒他的，真的，下次碰见再试试。

电脑前的 Polly 同志嘴角一抽。

曾经，他以为自己属于镜花水月乃至整个逐鹿"猥琐流"的第一阵营，杀人、抢怪，不分男女，无论大小号，因为他始终坚信，游戏设计得再逼真、再有代入感，也只是游戏，透过屏幕上的角色能看见什么？装备、等级、职业。

然后呢，你知道电脑那头不是一条狗？

但现在他动摇了。

[私聊]有奶就是娘：我看见龙哥了！

龙哥，天池BOSS长颈龙的昵称。

同一时间，Polly也看见了，作为二人小分队，扛怪自然是僵尸义不容辞的责任。故而Polly二话没说，吃了一个加速器后直奔龙哥。

方筝心头赞许，同时把武器从增加治疗效果的换成增加输出的——僵尸对奶妈完全不依赖，有奶就是娘只好客串一把DPS（游戏里每秒造成的伤害，借指输出角色）。

那厢Polly已经奔到龙哥跟前，上去就是一记幽冥鬼爪！

屏息状态徒然变化，场景从浅蓝色变成火山红，战斗开启！

身材健硕的水怪嚎叫一声，像鳍又像腿的肢体如风般朝Polly扫去！

有奶就是娘悄悄从背后靠近龙哥，准备等Polly接完BOSS第一招，仇恨（游戏里代指怪兽或NPC对玩家的好感度）稳定住了，再开始输出。

电光石火间，Polly已经稳稳接下BOSS的见面礼——熔岩怒！

有奶就是娘给自己套了个法术攻击增加10%的小状态，如蛟龙出海一般扛着奶妈锤（职业武器）照龙哥后背就是重重一下！

说时迟那时快，只见龙哥回过头来又一记旋风扫！

有奶就是娘闪躲不及，血条直接空了2/3。

什么情况，BOSS怎么攻击自己了，仇恨不是在僵尸身上吗？！

方筝正疑惑，系统缓缓浮出一行小字——

[队伍]Polly死亡。

合着那位大哥已经被BOSS一招秒了……

龙哥不会给你哀悼时间，接着旋风扫就是个风啸龙吟，巨大的旋涡把有奶就是娘卷到半空，等再放下时，奶还有，命没了。

[队伍]有奶就是娘死亡。

推了龙哥一二载，就属今朝最凄凉。

Polly怎么就被秒杀了呢，这不科学啊！

逐鹿世界中人物死亡后是不可以说话的，这也是为什么刚刚的438要在逐鹿上刷喇叭，因为人民币道具有特权。不过不花人民币也有例外的，那就是队伍频道。只要你组着队，那么不管生前还是死后，都可以在队伍频道里面和队友讲话。

[队伍]有奶就是娘：什么情况？

[队伍]Polly：我死了。
　　[队伍]有奶就是娘：……废话我当然看见你死了！
　　[队伍]Polly：装备不行。
　　[队伍]有奶就是娘：之前不是把那个炼妖师秒了？
　　[队伍]Polly：还杀了你两次。
　　[队伍]有奶就是娘：……
　　[队伍]Polly：PK靠技巧，扛BOSS靠装备。
　死亡状态下方筝无法查看对方装备，那厢僵尸已经化成一缕魂魄飞向复活点，方筝连忙点击复活，有奶就是娘也随之而去。
　队伍状态里显示Polly在鹤眉山，显然对方把复活点定在了那里。
　方筝不再多想，直接进入地下通道传送至鹤眉。
　队友在地图上会以绿色方块状光标显示，有奶就是娘按图索骥，很快在一棵老松树下面找到又开始打猴子的Polly。
　二话不说，方筝上去就点开了对方的属性查看。
　然后他崩溃了。
　55级的僵尸，穿着45级的蓝装，这跟"裸奔"（没有装备）有区别吗？！
　　[队伍]有奶就是娘：你就穿这个跟我下本？
　　[队伍]Polly：不满意？我还有35级的白装。
　　[队伍]有奶就是娘：……那你倒是提前跟我说啊！
　　[队伍]Polly：忘了。
　Polly是真忘了，因为已经很久没人找他下本了。

　Polly不是忘了换好装备，而是他根本就没有。方筝转个心思就想明白了，被两大军团一起追杀的号，能从37级再爬回满级已经很不容易。45级的全套蓝装？如果他一直都是一个人，那这绝对是巅峰技术的体现……
　若在从前的镜花水月，想弄套55级黄装比吃饭喝水都简单。交易中心上面一抓一大把，除了特定的几套属性特彪悍的，其余都是白菜价，哦不，应该是易拉罐回收价。因为这东西太容易爆了（游戏里代指掉落的装备），随便下个满级副本，只要运气不是差到令人发指，都会爆黄武（游戏里代指中等武器等级），有时候是饰品，有时候是装备，当然只爆单件，并非上衣、下衣、护腕、护腿等的全套，但架不住下副本的次数多啊，慢慢地群众就都没有需求了——要知道有橙装才是真汉子，再慢慢地，这些无用黄装就成了喝空的易拉罐。

但今非昔比。

镜花水月已经鬼了三个月，而交易中心上的东西如果卖不出去，系统设定三个星期就要下架，除非玩家重新挂上去出售，但已经离开的玩家谁会关心易拉罐卖没卖，久而久之，交易中心慢慢清空，所剩无几。

方筝把交易中心上的装备逐一过了好几遍，只入手一件满级皮甲上衣，黄装，但属性略凄凉，还有个黄色项链，增加防御。除武器外，全套装备需要上衣、下衣、护腕、护腿、鞋、饰品，六大部分。现在完成 2/6，真好。

［逐鹿］有奶就是娘：收皮甲黄装，部位不限，属性随便，有的密（游戏里私聊的意思）。

［逐鹿］有奶就是娘：收皮甲黄装，部位不限，属性随便，有的密。

有奶就是娘是链甲职业，仓库里攒的易拉罐多数也是链甲，因为下本都是野队，出的东西无论好坏都是按职业扔色子，所以他很少捡别的职业用的装备。而他学的生活技能是做武器和饰品，所以如果小鸟（Polly）缺个棍子铁爪或者项链耳环啥的，他可以独家锻造，装备，他是真没辙。

空荡荡的镜花水月任有奶就是娘喊破喉咙，也没人搭理。

方筝刷了会儿屏，绝望了。

却不想私聊里忽然蹦出个熟面孔——

［私聊］疯一样的子：我以为你这个时候应该在逐鹿之渊。

这人还真是对自己付出的银子很关心。

［私聊］有奶就是娘：哎哟，我们公司分业务部和技术部，业务部销售，技术部练号，我是业务部的啦！

疯一样的子沉默了很久。

方筝琢磨着会不会是自己那句"哎哟"杀伤力太大。

［私聊］疯一样的子：别刷屏了，皮甲黄装我有整套。

客户终于说话了，却奇异地跳跃到另一话题。

［私聊］有奶就是娘：真的？

［私聊］疯一样的子：逗你玩是件很无聊的事情。

［私聊］有奶就是娘：……（冷漠表情）

［私聊］疯一样的子：冠岩溶洞皮甲套，要吗？

［私聊］有奶就是娘：是满级黄皮甲就行。多少钱？

［私聊］疯一样的子：不值钱的玩意儿，你出价吧！

客户没说谎，这皮甲套确实不值钱，放在交易中心，顶多三百逐鹿币。但物以稀为贵，人家现在独一份了，这价格自不能按易拉罐来。

［私聊］有奶就是娘：五百。

［私聊］疯一样的子：算成人民币。

［私聊］有奶就是娘：顶多五元钱吧，咋了？

［私聊］疯一样的子：从代练费里扣。

［私聊］有奶就是娘：……

那是公事这是私事不能混为一谈啊！转账的时候四百变成三百九十五不会觉得别扭吗？真的不会吗？！

客户同志不管那个，直接行动。

方筝看着瞬间出现在眼前的逐鹿快递员（游戏里的NPC），战斗力降成了渣。

这位是爷，绝对的。

收取完黄装，快递员消失，客户也再没发私聊过来。方筝带着满脑袋问号，重新回到鹤眉山。

跟Polly的队伍早就解散，但很明显他猜对了，小鸟同志还在打猴。

你是跟猴有仇吗？

［当前］有奶就是娘：别打了，过来拿皮。

［当前］Polly：怎么了？

［当前］有奶就是娘：黄装啊，我满世界地喊半天，你没看见？

［当前］Polly：看见了，和我有关系？

［当前］有奶就是娘：你能过来让我杀一下吗？

［当前］Polly：我来了。

方筝一口饼干卡在嗓子眼，忽然觉得特别能理解五岳阁甚至纵横天下的心情了！这人真是杀一百遍都不解恨！一百遍！

有奶就是娘打得过Polly吗？答案自然是否定的。Polly会站着不动让人打吗？傻根儿来了都不信。于是眼睁睁看着Polly走到跟前后，有奶就是娘很识时务地选择了赠予。

Polly迟迟没接。

［当前］有奶就是娘：拿着，咱俩再去一次。

［当前］Polly：不怕再被秒？

［当前］有奶就是娘：反正闲着也是闲着。

Polly被对方的"真诚"打动了。

人烟稀少的鬼服玩家可能哀伤，可能暴躁，可能怅然，可能颓废，但有个群体性属性是固定的——闲得很。

冠岩溶洞皮甲套本是一身虎皮裙，俨然原始野人状，可显然闲得很的"子同志"给这套他自己根本穿不了的皮甲改了外形，于是换上套装的僵尸就变得西装革履，再配上套在左手臂的武器金刚爪，很是销魂。

［当前］有奶就是娘：确定不换个武器？

［当前］Polly：仓库里还有个22级的棍子。

［当前］有奶就是娘：得，你还是当金刚狼吧！

闲言少讲，二人再次奔赴天池。

Polly有些意外奶妈会再次和他组队，还真的短时间内就弄了套满级黄装。要么这个人就是对自己非常自信，Polly想，要么这个人就是对他这个僵尸非常信任。因为即便真闲，也没人会上赶着去送死。

有奶就是娘认为有推倒BOSS的概率，以一个奶妈和一个僵尸。

［队伍］Polly：上YY（语音通话软件），4876×××。

［队伍］有奶就是娘：？

［队伍］Polly：听我指挥。

［队伍］有奶就是娘：你是认真的？

［队伍］Polly：信我就上。

［队伍］有奶就是娘：……你家信用已经在刚才被秒掉了！

吐槽归吐槽，方筝还是上了YY，谁知道这曾经全服顶尖的PK专家有什么高见呢，偷师个一两手也是好的。

这厢方筝刚进入YY频道，那厢有奶就是娘和Polly已经纵身跃下天池。

"一会儿你不用打BOSS，就给我加血。"

方筝愣了下，一时间不能分辨这从耳机里传出的声音是游戏音效还是真人现场。

"喂？能听见？"

Polly的声音略低沉，带着一点点疏离和不耐。

"哦哦，能。"方筝回过神，连忙应答，可马上想到另一个问题，"我奶不上你啊！"

僵尸抵抗奶妈，这是定律。

"有20%的概率可以奶上，当然你不奶也没关系，我会'嗑药'（吃加血药），总之你别输出就行。"

"确定？"

"嗯，这样才能稳住仇恨，等到BOSS血剩一半的时候你再输出，否则OT了你扛不住。"

所谓 OT，也就是乱仇恨，指 BOSS 不再固定打主扛怪的职业，转而攻击其他防御力弱的职业。

是，我奶妈是扛不住，但，你确定僵尸就能扛得住？

这话方筝放在肚子里，准备队友再次被 BOSS 打死的时候再说。

BOSS 依然在之前的地点，显然弄死两个不速之客后并没有被其他人骚扰，于是两个人很快找到了，这一次 Polly 依然没有迟疑，冲上去就开怪！

方筝不敢怠慢，目不转睛地盯着对方的血条。

龙哥没有新花样，第一招依然是熔岩怒！

这一次 Polly 扛住了，血条还剩 1/3，有奶就是娘连忙甩给对方一个枯木逢春，不知道是他运气好还是 Polly 运气爆棚，居然第一下就奶上了，吟唱完毕，只见 Polly 的血条瞬间补满，方筝再接再厉，又丢过去一个涓涓细流，这是群体性回血招式，速度慢，却会在三十秒内持续回血，但显然好运气没继续眷顾他俩——Polly 抵抗了。

僵尸的攻击术就那么几个，幽冥鬼爪、地狱焚火、魑魅魍魉……Polly 的出招没什么特别，无非就是哪个技能冷却结束了，便丢哪个，但他的操作很"风骚"，BOSS 接第一招之后的五连击他居然躲过了两个。这就给了方筝足够的时间交替施展十几次补血技能，其中有一次瞬回加上了，又给 Polly 补血药的冷却时间提供了缓冲。

显然僵尸也被奶得身心舒畅，于是 YY 里传来破天荒的认可。

"奶妈你可以啊！"

这话说的，他方筝从出道就是奶妈好不好，专业的！

"过奖，过奖。"谦虚的感觉真爽啊！

"不过你不用那么复杂搭配，反正我大部分'抵抗'，在 BOSS 血条过半之前，你就一直用润物无声和老树开花就好，不需要其他，比如，那个持续回复的，没意义，还浪费蓝。"

润物无声这技能他有，但……

"请问老树开花是什么？"

"奶妈技能啊，你没学？"

"不可能，奶妈技能我都学了，等等，你是不是说万树花开？"

"单体回复？"

"不是，群体大回复，瞬回。"

"那就不是那个。"

"那是什么？"

"跟你说了单体回复！"

"我的单体回复术只有润物无声和枯木逢春！"

"哦，说错了，是枯木逢春。"

枯木逢春……

老树开花……

Polly哥，你是来玩儿近义词填空的吗？！

磨了大约十分钟，龙哥忽然发出一声嘶吼，熟悉副本的都知道，这是血条过半了！

"奶妈，换锤子上！"

Polly的集结号干净利落，方筝却不用他提醒，早掐着时间换上输出装备，Polly的话音还没散，他已经抡着锤子招呼过去了。

"不用再奶我了，你就尽管输出。"

"嗯。"方筝知道这回是肯定不会乱仇恨了，因为Polly已经打掉了BOSS一半以上的血，自己再怎么输出仇恨值也不会高过对方。

现在唯一的问题是Polly能否扛得住，如果他死了，那么BOSS自然转而打他这个"奶妈"。

想归想，有奶就是娘依然坚定不移地将一个又一个攻击技能砸向龙哥，清风咒、柳叶刀、五禽戏……

没了"奶妈"辅助，僵尸的血条下得很快，但每次接近临界，又会被他自己嗑药补回来。如此反复几次，BOSS的攻击渐渐犀利，血条也变成了暴走时的蓝色。

暴走，是BOSS血条即将见底前的最后挣扎，往往这个时候它们都会施展杀伤力极为变态的技能。

龙哥的暴走技能是绝望的冰刃，一个冲击波扫过去Polly的血条直接清空！

方筝吓一跳，以为队友又阵亡了，刚想冲过去复活对方，却发现僵尸开始吟唱。

作为一个物理系职业，僵尸只有一个技能需要吟唱——永不超生。这是僵尸特有的一个自我补血技能，没办法，谁让他们总抵抗奶妈呢！

定了定睛，方筝看清楚Polly的血条还留有一丝血皮，随便外面弄个二三级的小怪都能一招秒掉的那种。但毕竟不是零，所以他还可以吟唱永不超生。

可问题是永不超生的回血效果只有一丝丝,这够干啥的啊?!

方筝胡思乱想间,那厢永不超生已经吟唱完毕,然后僵尸队友石化了。

是的,有奶就是娘眼睁睁看着Polly从一个活生生队友瞬间变成一块僵硬的灰色人模。

——坚若磐石,僵尸的被动技能,当该职业血量在一个极低的区间内时,角色会石化,然后任何玩家、小怪、BOSS的攻击对他都无效。当然他也没办法去攻击对方,或者做其他任何操作,因为石化了嘛!

方筝没在镜花水月见过几个僵尸,更别提这神乎其技的坚若磐石,毕竟很难有人去专门算着血量,要么是不够低,要么是一不留神秒死了,哪能正好算计着留你个血皮。

可Polly算计到了,并且依靠自己的永不超生小回复,成功实现。

这技术太高端了啊!

只见龙哥依然锲而不舍地把暴走大招往僵尸身上甩,可石头人一动不动,血自然也不掉半分,简直是史上最完美的肉盾。

终于,龙哥倒在了有奶就是娘的锤子下。

僵尸依然僵着。

"你不会一直这样吧?"方筝有点担心了。

"坚若磐石只有十分钟,你先去摸怪吧!"

"那你这样能投色子分装备吗?"

"能。"

方筝心里一片了然,这人不是第一次用这招了,所以才对血量的掌握甚至能不能投色子这种细节一清二楚。

能输出,能扛怪,会PK,有名气。

纵横天下是脑抽了吗,居然驱逐这么个人?

方筝有点为Polly鸣不平,当然是站在客观的角度,完全不带感情色彩。

什么,带上感情色彩?

那他之前就说过了,杀这人一百遍都不解恨。

龙哥倒得很憋屈,于是没给方筝他们爆任何好东西,但来日方长,正好可以再来消磨时间。

[队伍]Polly:没其他事情我退队了。

刚返回湖面,方筝就看见显示器左下角的小字,再瞧YY里,早没了对方身影。

［队伍］有奶就是娘：明天再来？

［队伍］Polly：你是在约我？

［队伍］有奶就是娘：请把话说全，是约你下本。

Polly想说看情况吧，可随即瞄见显示器上小僵尸的一身西装，俗话说拿人手短……

［队伍］Polly：看情况吧！

他不喜欢西装。

第二章

野队无常

登 入

结束天池之旅后,有奶就是娘选了个风景如画、四季如春的地方摆摊——袖水街。卖的倒没什么正经东西,主要是用摊位名打广告——真诚代练,来者不拒。坐在他旁边的是钻石卖家,摊位名字和他的正好可以拼个对联——长期收币,童叟无欺。

转回另一台电脑,小杀手还在新区打铁,方筝伸个懒腰,把小号从铁铺里捞出来,算是正式完成了从"技术部"到"业务部"的转换。

小杀手还在12级,但刚刚打了几小时的铁,经验条已接近满格。方筝操纵着他回行州城的路上随手又打死两只小怪,疯一样的子便成了13级。

行州城算是新手城,因为前后左右都是10—20级的地图,于是城内便也聚集了很多在这附近刷怪升级的小号。

方筝用之前刷怪得的逐鹿币在行州城里修补了装备,然后到野外选了一处满是飞鸟和野鸡的山脊。飞鸟和野鸡防御都很低,杀起来最有效率。这地方没名字,比较隐秘,除非熟记逐鹿地图,否则很少有小号会在此练级,所以小杀手很安稳地刷了三小时。

疯一样的子抵达27级。

可以挑战最低阶30级的副本了——临铜俑。

方筝点开公告板上的组队募集,密密麻麻的全是信息。这就是新服的好处,人多,永远不怕组不上队。

募集临潼俑副本的有十来个,方筝本来想逐一查看挑个没杀手的队伍申请,结果第一个队伍就五等一,募集宣传语是:"来个杀手就开车。"

申请很自然被通过。

队长是个血战士,30级,叫嗜血狂刀。

[队伍]嗜血狂刀:新人,会引战车吗?

方筝不太喜欢这个口气,但秉着效率为先原则,还是如实回答。

[队伍]疯一样的子:没问题。

[队伍]嗜血狂刀:OK,入口集合。

疯一样的子抵达临铜俑入口时,其他队友已经先一步进去。都是野队,没资格要求人家等你,况且人家先进去杀怪,自己还省事了。所以方筝也没多想,点击巨大的勤皇雕像进入。

狭窄的临潼俑巷道已经被队友杀得一片狼藉,方筝踏着残骸一路向前,终于在第一个小BOSS处赶上大部队。

临潼俑第一个小BOSS是"跪射俑",战斗力很低,所以方筝几刀捅过去,小BOSS便在围殴中轰然倒地。爆了个增加血条上限值的戒指,但增加幅度实在有限，所以大家都放弃了扔色子，最终皮脆血薄的炼妖师抱着废品回收的心情上前摸走了。

第二个BOSS是战士的亡灵，这个稍微扛打一点，但在围攻中，也没悬念地阵亡。依然没爆好东西，但大家也不以为意，因为谁都知道接下来的才是临潼俑副本中第一个值得战斗的目标——

战车。

如果说前两个都是小喽啰，那么战车就是大BOSS的左右护法，并且它的位置很不固定，经常在巷道里乱窜，最要命的是一旦战斗打响这家伙的活动范围更广，方圆几十米内的小怪都会被召唤过来，所以必须由会隐身术的角色隐身去寻这货，寻到不算，还要将其引到一个封闭的墓室，才能保证在对方引不到小怪的情况下将之击杀。而所有职业里，只有杀手会隐身。

说起来复杂，可再复杂不过一个30级副本，多下几次便熟练了，所以疯一样的子把怪引到密室，前后没用三分钟。

[队伍]嗜血狂刀：新人，有一手。

队长毫不吝啬地夸奖。

可方筝没信心了，都到这份儿上还看不出他是个老手，对方智商让人着急。

但他很快就发现，不止队长，队里的每个人都让人着急。

仇恨还没稳定法系就强力输出，能不OT（仇恨失控）吗？！

已经失控了，奶妈还要给仙术师补血，还是瞬间大回！你等法师死了再救不行吗？！你这样直接补血不是把仇恨往自己身上引吗？！

很好，BOSS又开始打奶妈了！战士是人在操作吗？确定不是猪？！这么长时间的OT就是选择系统自动代理都能把仇恨再拉回去，你到底在干吗啊！一边下副本一边斗地主一边QQ麻将一边吃薯片吗？！

团灭是分分钟的事情，后半段方筝已经无力吐槽，他甚至主动跑到BOSS的攻击范围内，上赶着早死早托生。

[队伍]嗜血狂刀：啊，这个副本还挺难的。

躺在地上的队长总结了。

原来你们是来开荒（游戏里代指首次挑战未知BOSS）的吗？！

方筝再没心情看下去，果断退队。小杀手捂着胸口出现在复活点，经验条空了一截，狼狈而悲惨。

30级的低端副本，刷一次的冷却时间只有八分钟，但方筝治疗自己的内伤用了快半小时。

第二次点开组队募集公告栏，方筝连发送入队申请的手都是抖的。

这一次的队长是个奶妈。

这一次的队伍里有四个奶妈。

［队伍］光之影：欢迎。

［队伍］疯一样的子：呃，谢谢，我能问个问题吗？当前这个就是下本阵容？

［队伍］光之影：有问题？

［队伍］疯一样的子：你觉得没问题？

［队伍］光之影：哈哈，你觉得我们奶妈太多是吧！没事儿，都自己人，下着玩的，能把怪磨死就磨死，磨不死就当积累经验了。

［队伍］疯一样的子：奶妈你好，奶妈再见。

第三次申请组队，方筝慎重了许多。首先看招募信息，什么"踏平临潼俑""野队纯娱乐"一类的再不敢点；其次看阵容，起码得有肉盾有奶妈有输出，纯奶队（纯加血职业队）什么的真心伤不起。就这样琢磨半天，他总算选了个看起来比较正常的队伍。

队伍也没让他失望，一直打到最终BOSS，可奶妈实在太菜了，完全顶不住BOSS的暴走技能，人一个群伤能秒掉仨队友，这厢奶妈还没救完，血战士又倒下了，得，不用救了，没了肉盾，下场只有团灭。

方筝下过的野队无数，也并不是没经历过团灭，都说野队无常，他体验过，但没有一次像这个夜晚这么无常啊！

眼看着小杀手要掉回26级了，方筝恨不得挠墙！

忽然世界上蹦出一条信息。

［逐鹿］无为君：临潼俑升级队，五等一，求会引战车的杀手。

方筝眯起眼睛，一时无法判断这是上帝送来的橄榄枝还是撒旦甩出的夺命锁。

［逐鹿］魅影天后：临潼俑升级队，五等一，求会引战车杀手。

［逐鹿］隔壁吴老二：临潼俑等杀手，新人就别来瞎凑热闹了。

这是个亲友队，不用点开看详细信息，方筝就能判断。应该是组团练级，只是所谓亲友也只能凑齐五个，于是需要个外人，还是不可或缺的杀手。

但愿这回能靠谱吧！

方筝抱着买彩票的心理向无为君递出入队申请，等了一会儿，那头才通过。

方筝看着显示器上出现的队友状态栏，心下凉了半截。

该队阵容如下：

祝福者——无为君；

血战士——隔壁吴老二；

炼妖师——魅影天后；

僵尸——小小枯叶蝶；

仙术师——刻骨。

队伍里有僵尸让方筝略惊讶，似乎最近碰见该职业的概率越来越高。

不过当下他关注的是另外一个严峻问题——

〔队伍〕疯一样的子：没奶妈？

方筝这话是问队长无为君的，接茬儿的却是吴老二。

〔队伍〕隔壁吴老二：队长，你被质疑了哎！

队长没理这位活跃的成员，直接回复方筝——

〔队伍〕无为君：没事，有祝福就行。

祝福者，简称祝福，是"奶"系职业，却更偏重状态辅助，比如，加各种祝福或者状态，兼顾一些诅咒攻击和气血回复，但毕竟不是主业啊！

如果是从前，方筝会被对方的淡定打消顾虑，但……

〔队伍〕疯一样的子：你确定？我今天晚上在临潼俑里死两回了，再也伤不起了啊！

〔队伍〕魅影天后：死两回？找战车死的？

〔队伍〕疯一样的子：不是。

〔队伍〕疯一样的子：冤死的……

〔队伍〕无为君：杀（游戏里对杀手职业的简称），你只要会找战车就行，其余时间随便划水（游戏里代指偷懒）。我们这队都不是生手，一个30级的本你不用太紧张。

他也不想紧张啊！

不管怎样，无为君还是用他从容镇定的谈吐说服了方筝，一行人很快抵达临潼俑。

第三次进入，方筝心如死水。

照例先是跪射俑。

方筝一边输出，一边观察无为君，可惜战斗结束得太快，他还没来得及观察出什么。

接着是亡灵，方筝继续毫无技术性地按键盘，战斗依然结束得很快。

再来是战车。疯一样的子干净利落地把战车引到密室，然后坦然地划起水来。当然划水也是个技术活，不输出可以，输出低也可以，但如果输出低却被BOSS弄死还需要队友来复活你，就罪不容诛了。所以方筝一边操纵疯一样的子巧妙闪避，一边观察队友的血条状态。

无为君是有淡定资本的。

作为一个祝福者，一个"二奶"，他成功地代替了"大房"。

不光队长，队友们也确实都是老手，一个副本第二BOSS在他们的"蹂躏"下毫无还击之力，而"施虐者"还有时间聊天——

［队伍］隔壁吴老二：我说杀手你咋那么实在呢？让你划水就真划啊！

［队伍］魅影天后：你管人家呢！再说就他那装备武器，输出不输出有差别？

［队伍］隔壁吴老二：行吧，反正就是个找车的。

［队伍］疯一样的子：所以找完车就不理我了吗？以前叫人家小甜甜，现在叫人家牛夫人。

［队伍］隔壁吴老二：大妹子你可饶了我吧！

［队伍］刻骨：哈哈哈！子，我挺你！

方筝总算在这悲惨的夜晚挣得一丝快乐时光，刚想再说点"天雷狗血"的话让快乐延长，队长却没情趣地打散了仨人。

［队伍］无为君：开将军了，注意。

方筝这才注意到战车已经倒下，没爆任何东西，否则系统早提示扔色子了。

终极BOSS将军就在墓室隔壁，无为君丢下这句话，率先一步过去开怪了。

血战士吴老二连忙跟上，毕竟他才是正经扛怪的。

方筝赶到隔壁的时候，将军已经被人"调戏"上了，只见吴老二稳稳拉着仇恨，无为君就在不远处给他丢各种祝福和小回复术，间或还丢给BOSS几个恶毒诅咒。这回方筝没好意思再划水，悄悄绕到BOSS背后上去就是一个暗袭，然后果断站到一个比较方便祝福者加血却又不会阻碍到大家攻击的位置，开始输出。

熟练队的好处在此刻体现无疑。主盾血战士仇恨拉得稳，法系仙术师输出给力，炼妖师的妖精宝宝（召唤兽）也十分勇猛，祝福者不说了，能把"二奶"操作成这样，当得起全队灵魂，至于那个僵尸，可能算是这里唯一比较菜的，从头到尾没任何可圈可点之处，总之就是输出，可僵尸的职业特点注定了他的输出只能是鸡肋。

哦不，也有能把这职业玩得匪夷所思的。

方筝不自觉就想到了那只小鸟,不知道如果是他来下这个本又会出什么幺蛾子?

胡思乱想间,将军的血降到了临界值。

将军濒临死亡前的暴走会释放一个让所有人混乱的技能,中招的角色不再受玩家操作,跟出了圈的小鸡似的随便乱跑,引怪不说,还有可能OT——比如,血战士跑开太远脱离了BOSS的仇恨范围。虽然这个技能引发团灭的概率比较低,但有经验的玩家都会在BOSS吟唱之前停止攻击果断躲到附近的巷道里。

方筝也不例外,BOSS一吟唱,他就熟练藏到缝隙里。

让他欣慰的是队友们也深谙此道,于是BOSS一个大招发完,无一人"中枪"。

暴走技能都躲过了,剩下的便顺理成章。秦将军轰然倒下的瞬间方筝忽然虎躯一震,直觉这回会爆黄装。

对于低级副本,黄装就是最好的奖励了,当然黄武更好。

况且就冲这一晚上自己的倒霉指数,不爆个杀手能用的都得算老天没眼。

[队伍]无为君:是荆轲之刃。

上前摸BOSS尸体的队长发出了战利品信息。

黄武!而且还是杀手专用的匕首!

方筝把嘴咧到了后脑勺。老天,我原谅你一晚上的不厚道了!

无为君点击拾取,系统立刻弹出滚动的色子。

非匕首职业的队友们纷纷选择放弃,方筝毫无压力地点了下,89点。

打个哈欠,正准备迎接掉入包囊的匕首,系统却忽然又闪出两行提示——

[系统]小小枯叶蝶扔出99点。

[系统]小小枯叶蝶获得荆轲之刃。

逐鹿里有个并不太人性化的设定,那就是副本BOSS掉的武器均是直接绑定的,也就是说谁捡到手,这武器就属于谁,再不能转让。所以如果一个队伍下本打出了好装备或者武器,队伍里却没有人对此有需求,那么该队通常会让一个人去摸着BOSS尸体,却不选择拾取,仅仅是摸着以防止尸体消失,同一时间会在世界上发布诸如"××本出了××武器,想要的迅速带价密谈"之类的出售信息。一旦成交,买家会被允许入队,然后跑进副本拾取装备。

当然这样的设定也给一些怀揣恶意的人可乘之机,比如,明明爆出的好装备是属于队里某一职业的,其他职业的却扔了色子,最后武器落入非匹配职业者包裹，基本与废品无异。

现在的疯一样的子就遇见了这么个恶心事儿。

僵尸不能用匕首，这东西放在对方包裹里会呈不能用的灰黑色，你扔个屁色子！

［队伍］疯一样的子：不准备给我个解释？

［队伍］小小枯叶蝶：对不起手滑了一下。

整个本，这是小小枯叶蝶第一次讲话。

方筝告诫自己，你现在是代练，注意素质，千万不能给客户拉仇恨，奈何愤懑难平。

这要是个纯野队他也就算了，但问题不是啊，这是个组队升级的亲友团，而且分明都不是新手，也就是说99%的可能这些人都有大号！这能手滑，上坟烧报纸糊弄鬼呢？！退一步讲，如果这人真的诚恳道个歉，他也不是不能原谅，一个30级武器，再好也就那样，不至于不依不饶的。但问题就出在对方的话根本是伪道歉真卖萌！

［队伍］疯一样的子：你第一天出来下本啊？！有这么手滑的吗？你怎么不手滑一下退队？！怎么不手滑一下拔电源？！怎么不手滑一下把BOSS给秒了？！

［队伍］魅影天后：杀，算了，别跟妹子计较。

这话说得就有技巧了。既点出小小枯叶蝶的性别，又暗含"大老爷们儿和女人一般见识就太难看了"的舆论枷锁。

但方筝是谁啊，卖得了萌，豁得出脸，而且豁起来无人能及……

［队伍］疯一样的子：老娘还是女的呢！怎么，玩个男号就活该受欺负？！

微妙的寂静。

良久，队友们才纷纷缓过神——

［队伍］魅影天后：……

［队伍］刻骨：杀是女的？

［队伍］隔壁吴老二：年度反转剧啊！

［队伍］无为君：杀手，你是姑娘？

这个时候方筝是也是，不是也必须是，因为是姑娘，才有肉吃（有装备拿，游戏里的女玩家比较受照顾）。

［队伍］疯一样的子：如假包换。

［队伍］无为君：怎么玩男号？

［队伍］疯一样的子：我喜欢我骄傲我靠自己刷账号。

［队伍］隔壁吴老二：子，有游戏男朋友吗？

［队伍］魅影天后：机机，这是男号。

［队伍］隔壁吴老二：有什么关系，我就稀罕这款！哦对。子，你不就想要匕首，我们再陪你刷，刷出来为止！

方筝抿紧嘴唇，在有容乃大和锱铢必较间挣扎徘徊。

［队伍］小小枯叶蝶：可是我得下了，明天还要上课。

很好，他内心没矛盾了。

［队伍］隔壁吴老二：那你就睡觉，我们四个带她刷一样。

［队伍］小小枯叶蝶：可是这样的话你们明天的等级就会比我高了，还怎么一起下本。

这货绝对是拉仇恨来的！

［队伍］无为君：杀，给你两千，收一个荆轲匕首吧，今天是我们的失误，抱歉。

两千逐鹿币，收个荆轲匕首刚刚好。

这队长真不是浪得虚名，你看这外交词，人家说失误，不是过错。

［队伍］小小枯叶蝶：杀，这回可以了吧？

方筝挑着眉毛等下文，但却没下文了。

祝福者估计在跟小僵尸私聊，甚至内容方筝都能揣摩一二，无非就是先批评再哄呗，这年头游戏里追妹子比现实好操作多了。

方筝深吸一口。

啧，够没意思的。

缓了缓，方筝开始重新敲打键盘准备接受对方的和解金，屏幕上的小杀手却忽然身形一闪，转瞬，显示器画面就变成了临潼俑副本入口……

［系统］你被小小枯叶蝶请出队伍。

方筝怒了！

他算见识到卑鄙无耻的最高境界了！他居然被对方踢出了队伍！那个装范味巨浓的祝福者居然把队长给了僵尸然后任由僵尸把他踢出了队伍！

玩游戏最郁闷的是什么，是你被人欺负了还不能直接冲过去几拳揍回来！

梁山好汉路见不平一声吼你以为只是伸张正义？伸张正义的法子多了，吼完三拳把人打死图的就是个痛快！

疯一样的子站在临潼俑副本门口，天下雨了，游戏角色配合场景微微仰头，45°角的忧伤。"

逐鹿快递员带着四千币翩然而至，几乎同时到来的还有无为君的私聊——

［私聊］无为君：杀手，对不住，你别跟姑娘一般见识，游戏币算我们给你的补偿。

四千？呵！用回城券回到卢京路，方筝找到NPC把四千又快递了回去。

［私聊］疯一样的子：对不住，手滑一次是四千，两次就不是这个价格了。

发完这句话，方筝把无为君拉入黑名单。

拉完觉得不解恨，又搜索到小小枯叶蝶，继续拉。

还有谁来着？方筝努力回忆，脑袋里却只有隔壁吴老二闪烁……这人，倒不那么硌硬，要不要分他点仇恨值呢……方筝有些难以抉择。

思索间，逐鹿上刷出两排喇叭。

［喇叭］战斗机：从今天起退出纵横天下，特此公告。

战斗机？这不是在前堂江跟人嘀咕纵横天下对Polly不厚道的那位兄弟，怎么几小时工夫，直接退会了？

这厢方筝以标准的看热闹心态瞎琢磨，那厢逐鹿世界中却炸开了锅。

［逐鹿］托塔刘天王：哎哟！什么情况？纵横内讧了？

［逐鹿］蓝颜乱：小机机，你还真行，这么一闹等着被你们公会追杀吧，哈哈哈！

［逐鹿］月漫步：来我们五岳阁吧！

［逐鹿］泰山之巅：月亮，咱军团不是废品收购站，别什么歪瓜裂枣都往里拉。

［逐鹿］一醉方休：漫步，泰山，输了军团战很得意？

［逐鹿］月漫步：团长怒了，我下本去。

［逐鹿］泰山之巅：等等我！

五岳阁的"打完酱油"，各路看客开始登场——

［逐鹿］温柔一刀：我总觉得这里面有阴谋的味道。

［逐鹿］服部平次：女人争宠男人争权，历史的车轮滚滚而来啊！

［逐鹿］雪骑士：轩辕稳稳当当的，争什么权啊！

［逐鹿］服部平次：你傻啊，副团不一直空着嘛！

［逐鹿］雪骑士：那不是给鹦鹉留着的吗？

［逐鹿］服部平次：你是真傻，鹦鹉的极品号在老区都被追杀废了，他还能上赶着建个新号过这区来找第二轮？

〔逐鹿〕雪骑士：我知道啊，但纵横一直没选新的副团，摆明那个位置是留给鹦鹉的嘛！

〔逐鹿〕战斗机：其实我本心真没想打断二位，但你俩跑得太偏了……

当事人一露头，逐鹿更热闹了。

〔逐鹿〕胡一菲12138：小机机，我喜欢你！到我们军团来吧！

〔逐鹿〕战斗机：行啊，你们军团妹子多不？

〔逐鹿〕胡一菲12138：全是妹子！

〔逐鹿〕战斗机：这个可以有，哈哈！军团叫啥？

〔逐鹿〕胡一菲12138：恋爱去死去死团！

〔逐鹿〕战斗机：……妹子，你这是玩儿我呢？

打趣一片，陆续有军团开始争取这个可爱的战斗机。

方筝对逐鹿之渊服务器了解不多，只隐约记得这人是纵横天下的骨干，现在看来，知名度还是很可观的。

一片祥和气氛里，置顶喇叭又不和谐地刷出了新信息。

〔喇叭〕哈利波拉特：机机，你抽什么风？私聊怎么不回？

机机，机机……方筝摸摸下巴，总觉得这昵称好眼熟……

〔逐鹿〕战斗机：扫把，你不用花钱刷喇叭，在逐鹿上喊我也看得到。

〔逐鹿〕哈利波拉特：私聊。

〔逐鹿〕战斗机：不，就在逐鹿世界。

〔逐鹿〕哈利波拉特：你是嫌丢人不够多是不？

〔逐鹿〕战斗机：把纵横天下集体拉黑这种事情我才不会和你说。

——游戏确实有这个功能，搜索某军团，然后集体拉黑。

哈利波拉特沉默很久，然后骂了句脏话。

再然后，GM（游戏管理员）对他禁言五分钟。

其实方筝更好奇的是那两个字他怎么打上去的，居然绕过了屏蔽。

〔喇叭〕我血荐轩辕：小机机，退会我不拦着你，给个理由。

千呼万唤始出来，方筝感慨，所谓团长果然沉得住气。

〔喇叭〕战斗机：理由你不知道？

〔喇叭〕我血荐轩辕：你对我有意见可以提，别让军团弟兄伤心。

〔喇叭〕战斗机：我也是军团弟兄，心都伤成蜂窝煤了。

〔喇叭〕战斗机：鹦鹉被五岳追杀你不管，我忍。你把鹦鹉踢出军团，我忍。你跟五岳联手追杀鹦鹉，我还是忍了。冤有头债有主出门左转是"地府"，鹦鹉的仇他自己会报不用我们瞎操心。可你连刷个临潼俑都要"阴"

小号！玩个破游戏玩这么不痛快我还跟你扯啥啊！

等等！临潼俑？小号？扫把？战斗机？

方筝赶紧翻出系统列表，输入队伍中最短的角色名称——刻骨，系统显示该玩家离线状态，但所属军团清清楚楚——纵横天下。方筝又搜索其余几个，无一例外都不在线，却也无一例外都是同样的军团。

原来他刚刚在跟纵横天下的团长及其骨干下本？！

那小小枯叶蝶是谁？团长搭档？

［喇叭］我血荐轩辕：四千逐鹿币，我赔给她了。

不怕真小人，就怕伪君子啊！

但方筝是谁，怎能给对方蒙混过关的机会？

一角钱一个喇叭，像谁刷不起似的！

［喇叭］疯一样的子：滚蛋，我早给你退回去了。

［喇叭］战斗机：啊，知己。随后出现一个笑脸表情。

方筝忽然觉得任何语言在这个红脸蛋儿的表情面前都显得那么无力……

这么个宝贝绝对不能拉黑，简直是风油精般的存在！

［喇叭］我血荐轩辕：小机机，兄弟一场，最后问一句，真的没转圜余地？

［喇叭］战斗机：有。

［喇叭］战斗机：枯叶蝶。

［喇叭］我血荐轩辕：什么意思？

［喇叭］战斗机：她走，我留。

奇葩同学这会儿戏精附体了。

方筝一边乐一边拍大腿叫绝，"啪啪"的！

轩辕自然没同意这种近乎威胁的交换条件，显然他的"真君子"风度不允许他做出"欺负女人"这种行径，于是战斗机在逐鹿一片"这到底是几角关系啊"的众多猜测中潇洒退场。

对疯一样的子，这人也并没真的来继续"骚扰"。

凌晨3:00，方筝把疯一样的子挂好机，再次回到镜花水月。

镜花水月该改名叫静花水月了，一片空旷，万籁俱寂。

逐鹿频道上最后的信息还是个卖账号的广告，那个角色他认得，55级极品仙术师，也曾是镜花水月的风云人物。

半卖半送，那人的频道发言上说："有缘，咱们别处再见。"

方筝略有点小无奈，得，又走一个。

［逐鹿］有奶就是娘：还有喘气的吗？
　　包场的感觉不太好，因为不管你怎么蹦跶都没有观众反馈。刚刚他还觉得逐鹿之渊那种恍若无数只羊驼恣意奔腾的喧嚣惹人闹心，可现在频道一切换，才发现清净也是一种寂寞。
　　［逐鹿］有奶就是娘：我刚从逐鹿之渊回来！
　　［逐鹿］有奶就是娘：那边可热闹啦！
　　［逐鹿］有奶就是娘：纵横天下内部分裂，骨干出走！
　　［逐鹿］有奶就是娘：骨干看不上团长的搭档啊！
　　［逐鹿］有奶就是娘：骨干跟团长说"她留我走"啊！
　　［逐鹿］有奶就是娘：团长没理骨干啊！
　　［逐鹿］有奶就是娘：骨干就走了啊！
　　［逐鹿］有奶就是娘：其实骨干早就对团长不满了啊！
　　［逐鹿］有奶就是娘：其实我对那个团长也不满啊！
　　［逐鹿］有奶就是娘：纵容搭档抢我匕首啊！
　　［逐鹿］有奶就是娘：一晚上见个黄武容易吗？！
　　［逐鹿］有奶就是娘：还把我踢出队啊！
　　［逐鹿］有奶就是娘：换我我也看不下去啊！
　　［逐鹿］有奶就是娘：所以说名字绝对不和人品挂钩啊！
　　［逐鹿］有奶就是娘：战斗机比轩辕啥的霸气多了啊！
　　［逐鹿］Polly：你说谁？
　　［逐鹿］有奶就是娘：所以不要因为我叫"有奶就是娘"就以为我有多"猥琐"啊！
　　［逐鹿］有奶就是娘：我也有一颗征服星辰大海的心啊！
　　［逐鹿］有奶就是娘：啊？小鸟你还没睡？
　　这人冒头悄无声息的，方筝差点儿就给刷屏刷过去了。
　　［逐鹿］Polly：你刚才说纵横天下骨干出走，谁走了？
　　［逐鹿］有奶就是娘：战斗机啊，退团了。
　　打完这句话，方筝才想起来这里面还有小鸟的事呢！
　　［逐鹿］有奶就是娘：这是你朋友？他好像对你的号被追杀废了这事儿一直耿耿于怀。
　　［逐鹿］Polly：你刚刚说轩辕纵容搭档抢你匕首？
　　［逐鹿］有奶就是娘：对啊，一僵尸roll（抢）我匕首，有没有天理了！
　　［逐鹿］Polly：奶妈用匕首？

［逐鹿］有奶就是娘：讨厌，人家在逐鹿之渊玩的是杀手啦！
［逐鹿］Polly：叫什么？
［逐鹿］有奶就是娘：小小枯叶蝶。
半晌，Polly没再说话。
方筝已经无聊到在心里把"枯叶蝶"三个字往碑上刻八百遍了。
那厢还在沉默。
［逐鹿］有奶就是娘：小Polly？睡了？
［逐鹿］Polly：嗯。
那这是梦话吗？

方筝一觉睡到第二天中午。
经过一夜的挂机打铁，疯一样的子升至29级。
方筝点开闪烁不停的好友申请，发现通通来自两个号——隔壁吴老二，战斗机。
选择时间最近的来自战斗机的申请点击接受，没半秒，战斗机的私聊就过来了——
［私聊］战斗机：嗨，宝贝儿。
［私聊］疯一样的子：嗨，机机。
短暂的沉默。
［私聊］战斗机：能换个昵称吗？
［私聊］疯一样的子：小机机？
［私聊］战斗机：……
［系统］您的好友战斗机退出游戏。
［系统］隔壁吴老二申请成为您的好友，是否同意？
方筝再次点击同意后，依然没过半秒——
［私聊］隔壁吴老二：嗨，宝贝儿。
这是假装失忆再来一次吗？
［私聊］疯一样的子：嗨，老二。
［私聊］隔壁吴老二：晚上有没有想我啊？
［私聊］疯一样的子：直接睡觉了。
［私聊］隔壁吴老二：那有没有梦见我？
［私聊］疯一样的子：没做梦，睡得跟死猪一样。
［私聊］隔壁吴老二：宝贝，女人不好说话太粗鲁。

［私聊］疯一样的子：这叫朴素。

［私聊］隔壁吴老二：好吧，我喜欢。

［私聊］疯一样的子：……

懒得再理这白痴，方筝到另一台电脑上登录有奶就是娘，等忙活了一圈再回来，隔壁吴老二依然在疯一样的子周围蹦跶。

方筝乐了。

［私聊］疯一样的子：我回来了。

［私聊］疯一样的子：你干吗呢？

［私聊］隔壁吴老二：等你呀！

［私聊］疯一样的子：没其他事了？

［私聊］隔壁吴老二：人家已经被逐出军团，现在无家可归了。

［私聊］隔壁吴老二：你收留我吧，好不好？

那句话怎么说来着，世界上最遥远的距离不是生与死，而是——

［私聊］疯一样的子：对不起，我是代练。

"吴老二"又沉默了。

方筝担心他真的跟隔壁吴老二一样，以后看自己一眼就浑身发抖。

过了好半天，战斗机终于问出句颇有深意的——

［私聊］隔壁吴老二：这回是实话？

［私聊］疯一样的子：嗯。

是的，之前都瞎吹，这回是实话。

［私聊］隔壁吴老二：一直是代练？

［私聊］疯一样的子：从来没换人。

［私聊］隔壁吴老二：女代练？

［私聊］疯一样的子：男的。

［私聊］隔壁吴老二：那你之前说"老娘也是女的"？！

［私聊］疯一样的子：为了装备，豁出去了……

［私聊］隔壁吴老二：你太"猥琐"了！

［私聊］疯一样的子：人不"猥琐"枉少年。

显然战斗机的心灵受到了巨大的创伤，私聊频道再没蹦出销魂的波浪线。

方筝不以为意，重新挂好疯一样的子，他转移到有奶就是娘。

镜花水月的登录永远都那么顺畅，只两秒，有奶就是娘便出现在了冷清世界。

下午1:30，鬼服比凌晨3:00的时候稍微强了那么一点儿，起码站在主城的卢京路上，偶尔会有玩家擦身而过，甚至连逐鹿上都有了组队信息。

[逐鹿]你大爷：湘溪尸王部落，有组的没？

[逐鹿]你大爷：湘溪尸王部落，有组的没？

方筝觉得这个ID有点眼熟，仔细回忆一下，似乎是昨天晚上哀号镜花水月真鬼了的那位。当时这人和谁掐来着？

[逐鹿]钻石卖家：全部在线十二人，你找谁组啊，歇歇吧，长期收购游戏币。

看，老对手来了。

[逐鹿]你大爷：怎么那么多人都走了你这个奸商还在啊？！

[逐鹿]钻石卖家：钻石品质，坚若磐石。

[逐鹿]你大爷：滚。

[逐鹿]妖的祝福：湘溪尸王算我一个。

[逐鹿]你大爷：可算来人了！

[逐鹿]钻石卖家：长期收购游戏币，我是空气吗？

[逐鹿]你大爷：祝福，你还能拉来人不？

[逐鹿]妖的祝福：难，兄弟们都不玩了。

[逐鹿]你大爷：抱抱吧，都是眼泪。

[逐鹿]妖的祝福：握握手算了。

湘溪尸王部落……方筝有点心动，可眼下一个祝福者一个仙术师，如果再加上自己，血量是绝对够了，可谁来扛呢？仙术师是高输出职业，但打这种55级的副本BOSS，光一个输出铁定不够。天池水怪那种稍简单一点的满级野图BOSS，还得是靠僵尸的坚若磐石，才给了有奶就是娘足够把对方磨死的时间，并且那时候有奶就是娘穿的是输出装。现在没盾，他肯定要穿辅助装，再加上祝福者这个"二奶"……好像没听说过哪个BOSS是被奶死的。

Polly不在线，想必要晚上才能上，方筝正琢磨着，身边忽然跑过一个熟名字——百炼成妖438。炼妖师显然在忙着什么，跑得那叫一个快，可一个鬼服有什么值得忙的？方筝有些好奇，便随手打了句——

[附近]有奶就是娘：干吗去？

炼妖师停住，过了几秒才回复——

[附近]百炼成妖438：问我？

[附近]有奶就是娘：嗯。

昨天被僵尸偷袭秒掉就是一瞬间的事，所以炼妖师根本没看清偷袭者的名字，更别说有奶就是娘这个远远围观的。

［附近］百炼成妖438：采集去，有事？

所谓采集，就是漫山遍野地采草药或者矿石，这些东西可以做药水或者装备，通常属于生活技能。不过对于炼妖师，采集范围还多了一项——小怪。炼妖师也是法系职业，但不同于仙术师，他们并非自己法术输出，而是会随身携带几个属于自己的宝宝（游戏里代指召唤兽），比如，系统默认赐予的风水火土四种精灵怪，同时他们还可以收服游戏中的小怪作为自己的宝宝，而游戏针对炼妖师还专门有个炼妖系统，就是该职业可以把两个甚至多个小怪一起扔入炼妖系统最终合成一个宝宝，当然炼妖的成败是不确定的，并非多个厉害的怪就可以合成更厉害的，这和怪的属性、特长，甚至辅助药剂都有关系。鉴于逐鹿地图上的大怪、小怪、鬼怪、神怪数不胜数，排列组合的多样性犹如浩瀚星辰，故而炼妖系统至今仍没有被破解全貌，准确地说，网上流传的各种玩家自己尝试的炼妖搭配记录，连九牛一毛都算不上。

［附近］有奶就是娘：采怪？

［附近］百炼成妖438：嗯，军团说这边人少，采怪炼妖都方便，效率也高。

［附近］有奶就是娘：这边？什么意思？

［附近］百炼成妖438：我们军团早几个月就迁到逐鹿之渊了，只剩下我一个。

方筝仔细去看，终于后知后觉地发现对方脑袋顶上的三个军团大字——五岳阁。

难怪Polly杀对方那么干净利落了，合着是老仇家。

问题是军团都走了，他一个人在这边就算炼出好宝宝又有什么用呢？方筝思索，很快转过弯儿来，鬼服，多好的炼妖试验田啊！好宝宝出来用不上有什么关系，只要把炼制数据发给军团，人家在新服如法炮制不就得了。

［附近］有奶就是娘：你就一个人在这边玩儿？军团给你发工资？

［附近］百炼成妖438：没……

［附近］有奶就是娘：拍肩，你真是好同学。

其实方筝心里想的是，如果他是团长，也会喜欢这样好用的傻同学。

三秒后——

［附近］百炼成妖438：其实我也很寂寞啊！

白天的镜花水月毫无发展，方筝很快转回逐鹿之渊。

整个下午，疯一样的子先刷临潼俑，再来神隆架，成功由29级升至37级。让他欣慰的是虽然依旧组野队，白天的学生党却比晚上的熬夜党靠谱多了，昨晚那种让人迎风流泪的惨剧一次都没出现，全是汗水和欢笑，无比和谐。

晚上7:00，方筝随便弄了个泡面，一边吸溜，一边登录镜花水月。

小Polly在线，这真让人开心。

［私聊］有奶就是娘：天池？

［私聊］Polly：走起。

Polly绝对是瞬回，这让方筝不得不怀疑对方该不是一直在等他吧！

与此同时，另一端电脑前的Polly想的是同一件事——自己刚上线就收到密聊，对方就这么关注他？

很多时候，所谓美丽的"遇见"，其实只是误会。

走起，即天池边会合，于是方筝没敢耽误，立刻操纵有奶就是娘往长名山方向奔，哪知途中私聊频道又出来一个人——

［私聊］疯一样的子：那个号多少级了？

连个寒暄都没有，这客户简单粗暴得非常可爱！

腹诽归腹诽，客户依然是至上的，所以方筝边跑边敲字——

［私聊］有奶就是娘：37级。

［私聊］疯一样的子：挺快。

［私聊］有奶就是娘：我是专业的。

［私聊］疯一样的子：现在这区还能接到业务吗？

［私聊］有奶就是娘：凑合。

［私聊］疯一样的子：没考虑转区？

［私聊］有奶就是娘：再看吧！

［私聊］疯一样的子：你这样赚不到大钱的。

这人是闲得很跑来跟自己开"圆桌会议"的吗？！

［私聊］有奶就是娘：大哥，我很忙，想谈商业理想麻烦出门左转。

［私聊］疯一样的子：很忙？忙啥？

［私聊］有奶就是娘：下本！

［私聊］疯一样的子：你还下本？

［私聊］有奶就是娘：难道我是NPC吗？！

要不是钱还没收到，方筝真想把对方拉黑！

［私聊］疯一样的子：看来你不太专业。

对方得出结论。

显然认为身兼玩家和代练二职的方筝，距离专业还有差距。

［私聊］有奶就是娘：货已售出，概不退换。

［私聊］疯一样的子：呵呵，我没要换。你下什么本呢，一起吧！

［私聊］有奶就是娘：抱歉，我们人够了。

［系统］疯一样的子申请加入你的队伍，是否同意？

这人看不懂中国话吗？

算了，免费的劳力不要白不要。

点击同意，队伍列表变成三个人。

［私聊］Polly：？

队长是方筝，队伍里多个人，Polly自然要问他。

［私聊］有奶就是娘：闲人一个，打酱油的。

［私聊］Polly：你朋友？

［私聊］有奶就是娘：不是。

［私聊］Polly：哦！

Polly没再多话，反正多一个人下本就多一分保险，他无所谓。

但客户很快就发现自己上当受骗了——

［队伍］疯一样的子：你家满队两人？

［队伍］有奶就是娘：对啊，二人本你没听过？

说话间有奶就是娘已经来到天池边，Polly也正好抵达，大约过了五分钟，疯一样的子还没到，Polly考虑着是发言催一下还是再等等……

［队伍］有奶就是娘：哦对，我们下天池本，杀手你赶紧的。

Polly一口冷面吸到了气管里，咳嗽得想死。

刚才五分钟那奶妈在思考人生吗？！

终于杀手抵达，三个人"扑通、扑通"跃入池底。这一次没用YY，但因为有了前次的经验，又多出个人，找怪很顺当，打怪更顺当，疯一样的子对坚若磐石表现出了极大兴趣，一直友好地向Polly讨教，Polly话少，但该回答的还是回答了，弄得他俩倒像是认识多时的好朋友。不过方筝沉浸在获得天池之心的喜悦里，懒得跟他们计较。

［队伍］疯一样的子：接下来去哪？

江洋意犹未尽，很久没在这区体验过下本的快感了，今天被坚若磐石开了眼，于是兴奋度久久不退。

Polly平素不是个爱热闹的，但不爱热闹不代表爱冷清，不然也不会昨天跟那个奶妈打完野图今天又按时按点上线来。

哥玩的不是游戏,是寂寞,这话怕只有玩过鬼服的才懂内中凄凉。

[队伍]有奶就是娘:布达慕宫?

方筝选了个满级副本中相对简单的,但标配依然得是六人组。

[队伍]Polly:三个人有点勉强。

嗯,别人看来不可能的,在高手这里只是勉强……

[队伍]疯一样的子:我换身全输出装,应该可以试试。

杀手职业属于技巧型,论输出比不过法系,但防御力比法系职业好,论防御力比不过血战士和狂刀客,但输出又比这二者强,同时杀手还具有各种阴损的诸如放陷阱一类的技能,此外,这职业还会耍箭……放眼全逐鹿八大职业,没有弓箭手,但杀手可以用弓箭。

[队伍]有奶就是娘:全输出?有多厉害?

通常搭配合理的队伍下本,杀手都会换上全输出装(副本中需要杀手单独执行任务,诸如临潼俑找战车的那种除外),因为有盾,有奶,那么杀手只要全力输出就OK。但所谓全输出,也是因人而异的,确切地说,因装备而异。

[队伍]疯一样的子:等。

语毕,杀手直接用了回城券。

方筝和Polly随后也跟着回了卢京路。

疯一样的子显然已经回过仓库,等队友们赶到时,已经换了一身金光闪闪的鳞甲伫立在街道的十字路口。

冷清清的街道,闪闪发光的杀手格外醒目。

方筝用鼠标点击对方查看装备——

完美的沙漠要塞杀手套装。

上衣,攻击力加5的石头打满,15点装备属性加强打满。

下衣,攻击力加5的石头打满,15点装备属性加强打满。

护腕,攻击力加5的石头打满,15点装备属性加强打满。

护腿,攻击力加5的石头打满,15点装备属性加强打满。

鞋,攻击力加5的石头打满,15点装备属性加强打满。

电脑前的方筝,"坚若磐石"了……

打10次沙漠要塞军团战,系统兴许奖励5次职业装备,每个职业分到的概率是1/8,于是在要塞战中得到1件自己职业装备的概率为1/16。也就是你打16次沙漠要塞军团战,还得确保次次都胜利,才有可能得到1件装备,于是凑齐5件,起码要打80次!要塞战1周1次,也就是说想集齐沙漠要塞套起码要80周,将近2年!这还不算给装备强化的时间,要知道一个攻击力加 5 的石头就是人民币 20 元，并且打几块石头才可能成功一块，每件装备 5 个洞，算下来不投入一两百个石头根本打不满这 25 个洞。而那装备属性加强石便宜些，10 元钱一个，但每件装备都要加强到 15 点啊！这 15 点都是 1 点 1 点打上去的啊！失败 1 次就要退下来 1 点啊！这拢共 75 点根本就是个无底洞啊！

于是结论出来了，眼前这厮是游戏里比（外挂）更让人绝望的存在——人民币玩家。

高手之所以是高手，除了技术，还有本身的修为，比如，此刻，Polly 就没有坚若磐石，甚至于还能很冷静地和对方探讨……

[队伍] Polly：你这一套物攻有多少？

[队伍] 疯一样的子：2857。

[队伍] Polly：真高。

现在是冷静称赞的时候吗？！

[队伍] Polly：收装备花了多少钱？

[队伍] 疯一样的子：两万。

[队伍] Polly：强化呢？

[队伍] 疯一样的子：一万二。

[队伍] Polly：挺好。

你俩现在讨论的是韩元吗？！

[队伍] Polly：放在这区可惜了。

[队伍] 疯一样的子：没办法。

[队伍] Polly：呵呵！

[队伍] 疯一样的子：呵呵！

[队伍] 有奶就是娘：你俩继续聊吧，我走了。

见识完土豪的装备，方箏忽然有了别的想法。布达慕宫智慧神之流实在与这身霸气的装备不匹配，因为该副本对智商的考验远大于对装备和操作，这就等于你拿着倚天剑屠龙刀去跟苏格拉底 PK（较量），完全没办法擦出火花嘛！

[队伍] 疯一样的子：奶妈哪去了？

[队伍] 有奶就是娘：饰品工坊。

[队伍] 疯一样的子：在那儿干吗？

[队伍] Polly：做项链。

［队伍］有奶就是娘：做项链。

知娘者，小鸟也！

［队伍］疯一样的子：副本还下不下了？

［队伍］有奶就是娘：下啊，做个项链就分分钟的事儿。但我觉得咱们可以考虑换个副本，你那身装备下布达慕宫白瞎了，去尸王部落咋样？

湘溪尸王部落，满级副本中难度绝对位于第一梯队，虽然该副本听着和僵尸颇有渊源，但实际上爆的尸王系橙装涵盖八个职业。想也是，如果一个副本只爆特定某职业的装备，那么其他人凭什么跟你下本打白工啊！

［队伍］疯一样的子：那个本我们仨推不了。

［队伍］有奶就是娘：逐鹿上再喊人呗，白天我看见有人组了。

［逐鹿］Polly：湘溪尸王部落，想来的进组，不限职业。

行动派。

跟着小鸟，客户君也开始在逐鹿上刷屏。方筝落得清闲，重新把注意力转回自己的饰品制作上。读条显示进度78%，并还在匀速前进着。

88%……95%……100%……

方筝的心脏跟着系统画面出现的光芒"扑通"了一下，然后便是彩蝶翩翩飞了。

闪光的天池泪，55级橙色饰品！

当然橙色饰品中也有属性极品、一般，以及垃圾的，但一件饰品，如果美丽得足够秒杀全服一半男玩家和全部女玩家，它的属性便不重要了，而如果它恰好还有那么点珍贵的诸如物理防御力大幅增加的装备效果……泡妞利器？不，这是泡妞绝杀。

可惜啊，如今的镜花水月，再好的装备也是有价无市。

来日方长。

方筝自我安慰着，把天池泪放进仓库，喜悦的心情已经慢慢淡去，抬头看，队伍里不知何时多出两人。

仙术师，你大爷。

祝福者，妖的祝福。

还真就是白天那俩，方筝无奈，镜花水月忒凄凉了。

［队伍］你大爷：这年头组个队太不容易了！

［队伍］妖的祝福：我挂机一下午，结果啥都没干光玩儿QQ斗地主了。

显然，临时队友们也这么想。

不过有感慨派，自也有淡定哥——

［队伍］Polly：埋骨村口集合。

方筝怀疑电脑后的Polly也长了一张僵尸脸。

［队伍］妖的祝福：五个人？

［队伍］疯一样的子：你要还能找来一个我不介意。

妖默了默，当然找不来，现在镜花水月的现状是BOSS满街跑，玩家太稀少。

方筝叹口气，操纵有奶就是娘离开饰品工坊，正准备奔赴湘溪，忽然瞄见隔壁的炼妖工坊里一颗熟悉的小脑袋拱来拱去。

［当前］有奶就是娘：438，别炼啦，下本去。

［当前］百炼成妖438：别叫我号码。

［当前］有奶就是娘：摸摸头，你取ID名的时候就应该有觉悟。

［当前］百炼成妖438：那是合区之后跟别人重名了生成的临时后缀！

［当前］有奶就是娘：那你干吗不改掉？

［当前］百炼成妖438：我那时候正期末考试，根本没上线，等再回来改名期早过了！

这倒霉孩子……

438的话也勾起了方筝的回忆。镜花水月四年半前经历过一次合服，也正是那次合服，让它的在线人数飞跃增长，很是辉煌了一段时间，方筝也是那个时候来这里建了有奶就是娘。只是对比昔日的繁荣和今朝的落寞，真是五味杂陈啊！

［当前］有奶就是娘：别炼啦，走走，下本去。

炼妖师没动，确切地说是没回话，却也没再炼妖，就那么呆呆站着，身旁的风精灵偶尔围着主人转个圈圈。

［当前］百炼成妖438：不了，你们去吧！

看他说话这艰难的，方筝敢肯定对方现在的心情一半是海水一半是火焰。

［当前］有奶就是娘：傻孩子，游戏是给自己玩的，不用为军团事业奉献终身。我在逐鹿之渊也有号，你是不知道那边有多热闹，你们军团天天下本周周要塞，热火朝天的，再看你呢？刺配流亡啊？

我始终认为，一个军团想要长盛不衰，必须怀着以人为本的经营方针。军团是一个巨大的机器，团员只是里面一颗小小的螺丝，可往往很多时候一颗螺丝松了，被遗忘了，整台机器都会出问题。

卡图圈推荐：参考

姓名：孟别洛泽 浮兹梅勒斯基·Polly
性别：男 属性：皮肤水润 敏捷：懒P

职业：神殿兼国团长

姓名：方泉　语言能力：有初级普通话
性别：男　属性：游泳放弃组、不喝奶茶

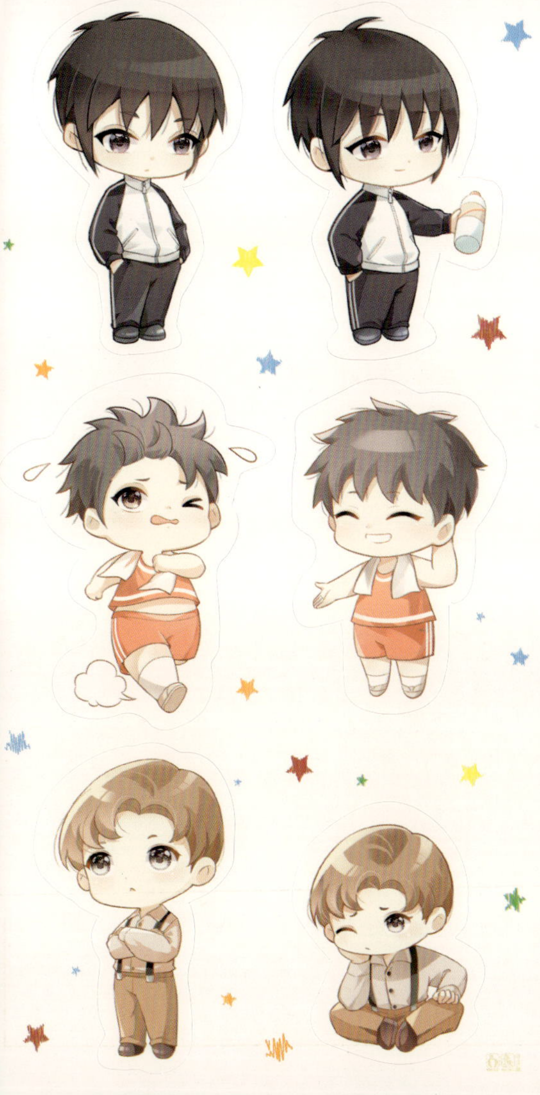

荒服松会 ①

颜凉雨 著

［系统］百炼成妖438申请加入队伍。

［当前］有奶就是娘：所以你看，要不要重新考虑跟我们下本？

［当前］有奶就是娘：啊，你这就想通啦？

这厢方筝连忙点击申请通过。

那厢电脑前的438看着炼妖炉里失败的焦黑小怪残骸，迎风流泪。他是想通了，一个本换一个清静世界，超值。

你大爷和妖没想到队长居然真的拉来了第六人，惊讶之余，对438表现了真诚欢迎。438原本是被赶鸭子上架，可在一对亲兄热弟的包围里，竟也咂摸出昔日与兄弟并肩作战的滋味，态度不自觉便由应付差事变成了严肃端正。

［队伍］有奶就是娘：埋骨村，走起！

［队伍］Polly：等等。

方筝愣住，之前最迫不及待的好像就是这位仁兄吧！

［队伍］Polly：先PK一下。

方筝下意识捂住胸口，这货能听见他内心独白吧！

腹诽归腹诽，毕竟是队友了，总不能眼睁睁看着对方被人打死。队伍列表中显示Polly这会儿在鹤眉山，方筝一边操纵着有奶就是娘往山上赶，一边推理出一条非常贴近事实的脉络：等组第六人，等得不耐烦了，回鹤眉山打猴，碰见仇家，PK。

少打几只保护动物为绿色地球做点贡献不行吗？！

Polly说先PK一下的时候血条还是满的，显然那个时候战斗并没真正打响，可等方筝传送到鹤眉山脚下，僵尸的血条开始下降。方筝不自觉着急起来，最后干脆嗑了个加速卷轴，一路狂奔，因为他一直选中着队伍列表中的僵尸，所以可以看见右下角系统显示的距离数据——

50米。

30米。

24米！

这是奶妈远程法术的最大距离，方筝甚至还没看见Polly，就已经起手一个万树花开！

极度费蓝的群体性瞬间大回复不是盖的，虽然Polly抵抗了以致血条无半分起色，但疯一样的子血条"噗"地补满了……

［队伍］疯一样的子：奶妈你干吗？

伴随着杀手这句话，鹤眉山上俩队友一齐进入有奶就是娘的视野。

除了恶意PK，逐鹿还有个非常和谐的切磋设定，即你向半径5米内想切磋的人发送申请，如果对方同意，那么双方不分场合便可立刻进入PK模式，不同的是此模式下的PK只有胜负，不掉装备也不掉经验。

而现在疯一样的子和Polly一个拿着匕首一个套着爪，显然围几根胶皮带就是友好切磋擂台。有奶就是娘刚刚那一下群回，身为队友的二人自然都会受益。

［队伍］有奶就是娘：呃，不小心手抽筋点错了。

［队伍］疯一样的子：那你不去埋骨村来鹤眉山干吗？

［队伍］有奶就是娘：不小心腿抽筋跑错了。

［队伍］疯一样的子：你浑身上下有不抽筋的吗？

［队伍］有奶就是娘：脸。

江洋这辈子没脸没皮的见多了，可没脸没皮得这么浑然天成的，有奶就是娘绝对是头一个。与之相比，Polly的形象一瞬间就高大许多倍，江洋也更愿意与之交流。

［队伍］疯一样的子：你手法很犀利，但防御太低。

［队伍］Polly：没办法，装备烂。

西装是逐鹿里很常见的外形改造，所以江洋并不清楚Polly的装备，现在听对方这么一说，他便下意识点击查看对方装备，哪承想就看见了熟悉的冠岩溶洞皮甲套。

世界不会真这么小吧……

［队伍］疯一样的子：你这装备自己打的？

［队伍］Polly：奶妈送的。

［队伍］疯一样的子：现在队伍里这个？

［队伍］Polly：应该是。

［队伍］疯一样的子：哦，这套装是他跟我收的。

［队伍］Polly：这样啊，那你卖多少钱？

［队伍］疯一样的子：500币。

［队伍］Polly：有点黑。

［队伍］疯一样的子：我也觉得。

然后呢？

没有然后了。

投之以桃，报之以李，这种逻辑关系不存在于"猥琐流"的思维范畴。

但江洋不知道啊，依然坐在电脑前等，直到Polly消失在传送点，半分钟后在队伍里催促"埋骨村，快点了"，才终于确定，这人是真没打算发表后续言论。

江洋对着电脑嘴角抽搐。

虽然他不待见有奶就是娘，可正常人这个时候就算虚情假意不也得对帮助自己的冤大头表示一下感谢吗？！难道他改成私聊了？

事实上Polly确实私聊了方筝，不过却和装备完全无关——

[私聊]Polly：说多少次了僵尸对奶妈抵抗，下回别喂奶了，直接上聚魂丹。

聚魂丹，游戏商城有售，僵尸专用补助神物，红蓝（游戏里代指血量和法术）瞬间补满，一颗只要9.98元。

显然，Polly是知道方筝原本意图的。

20:30，一天之中最黄金的时间，所有优质电视剧都会卡在这个时间开始播出，所有游戏在线人数都会在这个时间达到峰值，然而，如果你是上帝视角，便会发现即便黄金时段的某服也只有23个在线人数，其中12个已经一动不动5小时以上了，俗称挂机；另外3个是营销账号；而2个位于卢京路的玩家其实是盗的号，结果发现盗出来的东西也无法倒卖——此区萧条得让人心碎，最后剩下一路临时小分队，总算干了件属于玩家的正经事。

埋骨村，湘溪尸王部落副本的入口。

[队伍]有奶就是娘：准备好了吗？

[队伍]你大爷：嗯。

[队伍]妖的祝福：嗯。

[队伍]百炼成妖438：嗯。

[队伍]疯一样的子：你还打算集体对表是怎么的？

Polly从来不回答这种没实质意义的问题，方筝习惯了，所以很自然地在看见杀手回复后便点击进入副本。

光纤另一端的电脑前，只来得及打两下键盘的小鸟君，一边看着游戏画面定格，一边把输入法框中的"en"默默删去。

埋骨村的天永远是阴沉沉的，方筝把音效调到适中，仿佛冷风贴着头皮吹过。村里很安静，看起来荒废许久了，杂草被风吹得东倒西歪，间或有"人骨"散在草丛中。

虽然有奶就是娘是队长，可下本，能扛的打头阵是永远的定律，不过他们队里没有血战士或者狂刀客，你大爷和438又都是脆皮的法系，去掉俩奶

047

妈，便只剩下疯一样的子可以顶一顶——当然前提是他得换套均衡点的装备，而不是嘚瑟那套舍弃了全部防御力的输出装。

什么，还有 Polly？

嗯，僵尸的防御力也是可以的，但你万一死活奶不上他呢？然后人家"坚若磐石"了，全队原地坐等十分钟……

疯一样的子没让全队失望，随身携带了几套不同属性的装备，也不知道这家伙花钱把包裹扩展到了多少格，总之各种换，花样选，你要给他个天桥他能还你个时装周。

很快一行人就走到了埋骨村的尽头，两条小路出现在他们面前。一条向西，遥遥望去似乎没有尽头；一条向东，隐隐约约可以看见远处的乱葬岗。其实到过尸王部落的都知道，这两条路殊途同归，都是去乱葬岗打第一个小BOSS，不过一条近，一条远。

疯一样的子很自然地选择东边的近路。

一队人没异议，亦步亦趋地跟上。

所谓近路，也是有一定风险的，作为游戏研发者，副本若太平淡无奇了他都不好意思上线，于是乎这条近路也有个特别的存在——王大爷。

王大爷的小木屋坐落于东部荒野上，这是个守了亡妻墓地三十载的痴情好男人，平生只有三大爱好——上坟、喝酒、抽烟。据玩家总结，王大爷喜欢在上完坟之后对着夕阳喝点小酒，待微醺，便搬个小板凳坐到路边，抽着烟，追忆着往昔，等待着玩家。而一旦玩家与之碰面，那就意味着对不起，此路不通。

当然你也可以选择与大爷战斗，但至今还没听说哪个队伍"推倒"过王大爷。原因无他，大爷的暴走技能是"召唤亡妻"，然后那位彪悍大妈一出场就跟原子弹爆炸似的，方圆100米群体性瞬秒。曾有玩家投诉说这是个bug（漏洞），但游戏公司真诚回复——亲，没bug的游戏是不完整的哦！

六个人顺利行进中，走到快一半路程的时候，有人说话了——

［队伍］你大爷：不知道这回能不能碰见王大爷。

方筝无语。

［队伍］有奶就是娘：你还希望碰见啊？

［队伍］你大爷：关键是下这么多次本我愣一回没瞅见过，遗憾哪！

［队伍］妖的祝福：正常，他80%的时间在上坟，15%的时间在喝酒，只有5%的概率坐路边，你下个二十次能碰见一次就不错。

［队伍］百炼成妖438：你哪来的数据，他是你家亲戚吗？

[队伍]妖的祝福：网络比亲戚可靠。

方筝不确定妖说的话对不对，但以他的经验，王大爷确实鲜少露面。所以他几乎快要忘了那个落日余晖中抽着旱烟的惆怅身影……

[队伍]疯一样的子：王大爷！

很好，系统体贴地帮他复习了。

[队伍]妖的祝福：我就说背后不能嘀咕人！

[队伍]你大爷：你啥时候说了！

[队伍]百炼成妖438：别吵了，现在咋办？

[队伍]有奶就是娘：还能咋办，撤！

[队伍]你大爷：那个，我真是第一次见，能过去合个影吗？……

[队伍]有奶就是娘：你直接给他当续弦得了！

方筝毫不愧疚，因为在他看来王大爷就是被你大爷这乌鸦嘴念叨出来的……这是绕口令吗？

白白走了半截路，没多久六个人又回到原点。

这下不选远路都不行了，可说实话，大家真心不想选。

并不只是距离的问题，而是相比只要王大爷不出来便一路坦途的东路，西路绝对算得上炼狱。各种奇形怪状的僵尸暂且不表，走这路还有个硬性规定——必须赶尸。

所谓赶尸，就是一队人排成单列，除了走在前面的领队，后面五个人默认自动跟随，也就是第一人走到哪，这个队列就跟到哪。赶尸状态下所有仇恨都会转移到被跟随人身上，这就意味着沿途遇见的所有小怪都只会攻击领队，哪怕它遭遇到来自其他人的再高伤害，只要领队不死，它就"忠贞不贰"。同时赶尸状态强制领队无法攻击，也就是说哪怕领队被僵尸挠成"山丹丹开花红艳艳"了，他也只能忍，同时以精神力督促身后的队友赶紧把这玩意儿弄死。

简而言之，西路对领队和队伍的排列都提出了较高要求，领队必须尽可能不引或者少引怪，而队伍的排列必须确保怪在啃领队时每个人都能施展有效攻击。毕竟跟随状态下即使战斗也是无法挪动站位，所以如果怪不在攻击范围，那你就是急死也没用。

[队伍]Polly：这路不好走。上YY，4876×××。

一行人刚在路口站定，小鸟哥就甩出频道号。

方筝看着眼熟，点开自己YY一瞧，果然是上次跟对方下本进入的那个房间。

很快疯一样的子、438和妖陆续进入。

"大家好,我是奶妈。"顶着队长头衔,方筝表现得特有风范。

"我是百炼成妖。"438的声音像个乖学生。

"我是祝福。"妖的声音清朗的很阳光。

"我是杀手。"疯一样的子声音很沉稳,有种安定人心的力量,这让方筝大感意外。

"Polly。"小鸟君简洁地给出自己名字,然后环顾只有五个人的房间,问,"你大爷呢?"

这话非常不好接,因为谁接都会平白被仙术师占了便宜。

正纠结着,罪魁祸首自己在队伍频道里冒头了——

[队伍]你大爷:我刚发现YY号被盗了。

方筝一口老血梗在胸口。先是想念王大爷,结果王大爷出现了,现在要YY,结果YY号被盗了……这人是自带衰神光环吗?!

[队伍]Polly:2873××××,密码XY135789,先用这个。

[队伍]你大爷:谢谢!

磕磕绊绊的,一群人总算在YY里凑齐了,你大爷用与昵称辈分极不相称的口气对大家表达了歉意,之后众人就开始研究如何组这个赶尸队。

"杀,"Polly不废话,直接邀请,"你来打头吧!"

"打头没问题,但你们确定输出跟得上?"

"两个辅助一起喂你,就算输出慢点问题也不大。"

"呃,为什么我听你这么一讲忽然兴奋起来了……"

方筝嘴角抽搐:"你俩够了……"

妖的祝福则干脆在YY公屏上打了无数个点。

Polly完全不受干扰,一派正直地继续:"我是近身职业,排在杀手后面打怪方便,仙术师和炼妖师都是远程,就排在第三第四位,两个奶妈排最后,看住杀手的血就行。有问题吗?"

没有。

小鸟君的安排非常合理,所以大家很自觉在西路入口前排好,按照计划的站位,由疯一样的子打头点击路边的一块墓碑,很快全队进入赶尸状态。

江洋对这个副本不陌生,但对这条路却真算不上熟,因为下这么多次尸王部落他也没见过王大爷,今天算是跟着你大爷开眼了。

既然不熟,那么即便再小心翼翼,也难免会引来怪。比如,现在,他已经被两个一蹦一跳的僵尸包围了,一个啃他的脖子,一个伸直了胳膊用锋利的指甲一下又一下地划！

江洋再不敢往前走，怕两个怪没清除又招来新的，故而只好原地站定，无奈地看着满屏幕队友招式的光影特效。

五对二，小怪很快被清除，与此同时江洋的血也早就满满当当。

长舒口气，江洋继续选择小心翼翼地避着怪往前走，无奈怪的分布很均衡，于是很快又一个僵尸贴了过来。

"放着我来！"

你大爷忽然喝了一声，无比豪迈。

众人很配合地没发动攻击，反正就一个怪，给队友过过瘾也成，同一时间仙术师已经开始吟唱。

还在吟唱……

继续吟唱……

方等咽咽口水，忽然有种不好的预感。

说时迟那时快，显示器上忽然一片火光映天，只见火光中一只大鸟振翅冲天——凤凰涅槃！

小怪的血条一瞬间下去4/5，你大爷再接再厉又是一记冰破！

小怪应声倒下。

然后，一大堆僵尸开始从四面八方疯一样的子接近……

——凤凰涅槃，仙术师极度费蓝的终极大杀招。法术伤害，最高；法术距离，最远；法术范围……群体。

江洋欲哭无泪，连忙带着身后小分队开始狂奔逃窜，同时不忘在YY里抒发自己的抑郁："你是BOSS派来的卧底吧……"

你大爷知道自己犯了错，低眉顺眼再不敢言语。

但被群伤引来的僵尸可不是那么好对付的，疯一样的子跑了十几秒就被截住，再然后，十几个僵尸在其身边聚拢，开始围殴……

这下俩奶妈再不敢怠慢，几乎是一刻不停地往杀手身上丢补血技能，什么润物无声、枯木逢春、愈合的祝福，只要冷却一过，就是个丢，即便这样，却依然只是堪堪吊住杀手的命。

输出们也不敢闲着，在Polly的指挥下采取各个击破的策略，每次都专注一个怪打，奈何小怪太多，所以即便很快就死了几个，在受罪的杀手看来依然远远不够。

"你们敢不敢犀利一点啊……"看着自己血条忽长忽短地变化绝对不是个好体验，"这要换上我的全输出装，一秒一个！"

输出们本就着急了,手指头敲键盘几乎要敲到抽筋,还听见队友这么不体贴,心情自然也好不到哪儿去。可毕竟受伤的总是杀手,所以再郁闷也要出言安慰——

妖的祝福:"不就几个僵尸吗,你现在就把自己当成一颗坚果,随便他们啃好了!"

江洋一口血喷出八丈远:"现在是植物大战僵尸吗?!"

"差不多差不多,你看哥儿几个不是在奋力射子弹呢!"

杀手提出要求:"我要食人花!一口吞一个!"

百炼成妖提醒:"食人花还得嚼,其实倭瓜一坐一个最痛快。"

你大爷也凑过来:"那为啥不用辣椒呢,一炸炸一排啊!"

扯淡间又一次血条触底反弹,江洋再受不了,这么来回折磨还不如直接被僵尸吃掉呢!

光纤另一端,从始至终都很安静的Polly其实在非常努力地回忆。

"植物大战僵尸"……是哪个副本?

第三章

暗河历险

尽管妖和娘奋力"喂奶",杀手壮士依然在赶尸路途 3/4 处倒下了,赶尸途中无法复活队友,系统默认改由第二顺位的 Polly 打头,待到队伍终于抵达第一小 BOSS 所在地乱葬岗,疯一样的子已经趴在那里十八分钟了。

"杀手,还在?"方筝问这话看似关心,但不自觉就带出些幸灾乐祸来。

"刚刚冲完凉,如果你们再不把我拉起来,我会考虑再去吃个夜宵。"客户的情绪很饱满,可惜都是负面的。

"理论上讲,坚若磐石应该出现两次。"Polly 忽然插话进来,没头没尾,说完就噤声,毫不考虑听众们的纠结感受。

但是方筝悟了。

小鸟君的潜台词是:应该出现两次,却只出现一次,哥的技术很到位,你一个没扛住半路"死"了的人还好意思埋怨!

人民币玩家"生得伟大、死得憋屈"永远是看客的崇高追求,所以即便是你大爷那句满满关怀的"祝福你赶紧召唤"都带着春天般的愉悦和惬意。

妖的祝福难得被委以重任,立马颠颠儿施展了复活术——

五秒钟后。

"谁能来解答一下为什么我还起不来……"

疯一样的子连暴躁的力气都没有了,泥土持之以恒的芳香及队友一如既往的愚蠢磨掉了他所有棱角。

方筝皱眉,琢磨出问题所在:"妖,你用的是召唤还是祝福?"

复活的召唤,祝福者特有技能,组队状态下使用,无法术范围限制,可以复活游戏中任何地图上死亡的队友并在其复活的瞬间将其拉至自己身边。

复活的祝福,同奶妈的起死回生一样,都是普通的复活术,法术范围 24 米,可以复活范围内任意队友或者路人。

经方筝一提醒,妖也发现了,连忙改用复活的召唤,下一秒白光闪过,疯一样的子捂着胸口出现在妖的身边,状态虚弱。

"这俩技能设定得不科学,"妖的祝福还在分析总结,"名字这么像,图标也这么像,谁分得清啊!"

方筝扶额,要是他没记错这俩图标一个金黄色一个淡蓝色吧,哪里像了?!

"你不会把它俩分开排,一个放第一格一个放第九格?"你大爷显然对辅助系职业完全不熟,还在好心建议。

奈何妖有自己的坚持:"同类的技能必须放一起,不然操作起来更乱了,我总不能点哪个技能之前先把鼠标停那里两秒瞧瞧名字。"

这厮是连技能都没认熟吗？

"奶妈，如果你闲着没事儿，能给我刷口血吗？"坐在地上缓慢回复中的杀手发出卑微请求。

方筝连忙给了一个枯木逢春。

吟唱结束，疯一样的子终于站起来了。

"开始吗？"Polly的询问时机总是恰到好处。

此时，乱葬岗上的男僵尸已经寂寞地晃荡了很久。

一号BOSS属于开胃菜，疯一样的子换上全输出装，改由Polly来扛怪，加上祝福者全程'鼓吹'（游戏里一种技能，可使物理攻击和法术攻击均提高10%），甚至没用到坚若磐石，男僵尸就倒下了。

再然后，BOSS尸体消失了。

方筝愣住："什么情况？"

YY一片沉默，良久，耳机里传来你大爷弱小的声音："呃，我看离得近，就随便摸了一下……"

还好，事情有了个科学的解释——你大爷摸了BOSS，然后黑了。（游戏里代指运气不好，BOSS没爆出好装备）

但问题是，往常即便BOSS再黑，起码也会留下个聊胜于无的材料啊，蓝装啊，再不济也有几十个逐鹿币，就算不摇色子，系统信息也会显示谁拾取了这些。可现在，系统提示栏一片静悄悄。

"连逐鹿币也没有？！"显然，还有如妖这样不能接受现实的。

"你大爷，我求你以别别摸怪了……"土豪在强大的RP（指游戏里的运气）面前也不得不放低姿态。

438一直没把自己真正融入这队伍，却依然扛不住本能选择了站队："仙术师，你是大富翁里的大衰神吗？……"

你大爷在YY里发了个对手指的表情，万般委屈。

男僵尸黑了，还有女僵尸，那是二号BOSS，常年栖息在尸王部落西北角的鬼怪密林里，行踪诡秘，难以定位。鬼怪密林距离乱葬岗略遥远，走旱路要绕上好几圈，所以多数下本的队伍都会选择水路——地下暗河。

悲惨小分队越过乱葬岗没多久，便抵达一个破落的渡头，一叶竹筏停靠在岸边，随着阴风吹起的涟漪，在水面上轻轻摆动。

疯一样的子第一个跳上竹筏，接着队友们纷纷跟上，一时间小小扁舟被挤得满满当当。有奶就是娘解开系在木桩上的绳子，很快，竹筏开始漂向幽暗的远方。

YY 里，方筝深情旁白："忘掉从前，每段路都是新的开始。"

回应他的是四排省略号。

你大爷"戴罪之身"，连省略号都没敢打。

竹筏的漂向和流速都是系统默认的，所以不需要玩家操作，也不存在迷路的可能。但竹筏漂流的过程中，玩家会遇到从河里冒出的各路小怪，有的会跳上竹筏攻击玩家，有的会半截身子露出水面攻击玩家或者竹筏。如果玩家消灭小怪不及时，抱歉，要么人死，要么船翻，要么双管齐下——船毁人亡。

很快，竹筏漂进一处岩石洞，水流瞬间湍急，每个人的画面视角都开始俯冲！

方筝最讨厌这个环节，弄得他除了晕船、晕车、晕机之外又多了一项技能——晕显示器。

终于，视角随着水流的平缓慢慢恢复，场景暗下来，竹筏真正进入了地下暗河。

"这里的怪多但是不难打，注意站位就好。"Polly 出声提示。

方筝自然知道这不是说给自己的，想必也不是说给杀手的，至于 438 一路宝宝输出也看不出深浅，但你大爷和妖，绝对非常有提醒的必要。

"放心啦！"完全没有自知之明的祝福者坦然回应。

相比之下你大爷谦逊得多："那个，我能问个问题吗？……"

Polly："说。"

"如果，我是说如果哈，我们掉河里了，怎么上来？"

没等小鸟回答，疯一样的子先说道："除非船翻，否则不会掉河里，放一百二十个心。"

"嗯，"Polly 补充说明，"系统不存在只有一个人掉进河里这种情况，要么船翻全掉，要么稳稳当当都在船上。"

"那你说的站位……"

"是防止你被怪打死又要麻烦奶妈，不是防止你掉河里。"

"那怎么才能翻船掉河里呢？"

百炼成妖受不了了："你大爷的，你就这么喜欢游泳吗？"

仙术师的声音可怜巴巴："我这不是没走过水路，问清楚了免得拖累大家……"

方筝想说"你的存在就是拖累"，可听着耳机里那没什么精神的声音，破天荒仁慈了一把。

要说这个时候小鸟君的高手范就显出来了:"不用担心,只有碰上鲶鱼怪才会翻船,我从满级开始下这个本,也才碰见一次。你专心打怪就好。"

方筝只知道地下暗河存在翻船的可能,但因为自己没碰见过,也很少有玩家碰见,网上这个问题也不算热点,所以他从来不清楚造成翻船的罪魁祸首是什么,只是统称——小怪。

安心了的你大爷回归安静。

一时间,每个人的耳机里只剩下缓慢却仿佛蕴藏无尽危险的水流声。

竹筏很快行至一处转角,刚要变向,水中忽然蹿起一只人身鱼尾怪!

此时六个人的站位刚好在竹筏边缘,怪蹿上来的位置正对着有奶就是娘。方筝连忙飞出一记柳叶刀,奈何奶妈的攻击效果实在让人流泪,所以方筝已经做好下一步给自己补血的准备,却不想一支羽箭破空而来正中鱼怪,然后可怜的小怪就维持着腾空的飘逸姿态,冻住了……

冰冻箭,杀手将武器切换成弓箭时可使用的技能,该技能可以定住敌人两秒,然后在接下来的五秒内延缓敌人的攻击速度。

方筝知道疯一样的子操作可以,却没想到有这么犀利,关键是那一身金光灿灿的人民币遮盖了他技术上的光环。但同样犀利的还有Polly,鱼尾怪才被定住,疯一样的子甚至没来得及出后招,僵尸不知何时走位过来的,上去就是一记幽冥鬼爪!

半空中的小怪惨叫一声,落回水中。

整个过程快到其他人根本来不及反应,比如,妖的祝福同学,甚至没看清怪长什么模样。

"集中注意力。"Polly再一次提醒。

"看好奶妈。"疯一样的子重点强调。

作为一个奶妈,方筝知道这待遇很正常,但作为一个长期跟野队下本的"猥琐流奶妈",实在鲜少被如此关爱,登时,一股热流涌入他的心房……

"奶妈,你是因为对我有意见所以故意不给我补血吗?……"YY里传来你大爷的幽幽哀怨声。

方筝定睛看去,三只小怪不知何时蹿上船来,且齐聚在皮脆血薄的仙术师位置,这会儿正虐着你大爷呢,其他人已经开始输出,方筝连忙抬手一个润物无声,小补下你大爷,接着才开始吟唱单体大回复的枯木逢春。

枯木逢春笼罩在你大爷身上的时候,三只小怪也应声倒下。

你大爷在YY里长舒口气,也不敢抱怨。

方筝却完全忘了自己走神儿似的,改批判祝福者:"妖,你刚才怎么不给大爷加血?"

妖不知道枪口怎么就对准自己了:"我在鼓吹啊!"

方筝也看到妖在鼓吹了,而且是从下本到现在除了复活疯一样的子,其余战斗时间都在鼓吹。但祝福者有十几二十个技能,什么防御加成、攻击加成、速度加成、抵抗加成、解除状态,等等,这厮是拼死逮住一个不撒手啊!

"一直按一个技能键不枯燥?"方筝问得很有技术性。

妖想了想,诚实回答:"其实手指头有点疼,所以我都食指中指换着来。"

"……"方筝无语凝咽,忽然觉得这趟尸王部落之旅的前景就像竹筏下的这条河,暗无天日,永无止境。

正惆怅着,显示器里的竹筏忽然剧烈波动,同时巨大的阴影从水底慢慢向竹筏接近。

方筝只来得及看见一截胡须,竹筏就被巨大的鱼尾整个掀翻!

"如果,我是说如果哈,我们掉河里了,怎么上来?"

这是问题吗?这根本是先知啊!他要把你大爷在频道里禁言!一生黑!

同一时间YY里也传出哀号,却是鲜少发言的438:"不会这么背吧!"

显示器画面随着有奶就是娘的落水变成了近乎浓黑的墨绿色,无数狰狞的水草在屏幕下方漂动,与此同时角色头顶出现屏息状态特有的时间条。

"别慌,我们有八分钟时间,一直往西北方游就行,尽量躲着怪,等水变成浅绿色,就可以上浮!"

Polly的指挥依旧镇定,虽然,他已经不在队友的画面里了。

"你人呢?"方筝调整着有奶就是娘的视角,却遍寻不到小鸟君。

"掉下来的时候碰到漩涡,现在应该在你们后面,不用管我,游你们的。"

方筝相信小鸟,但他没办法像小鸟一样相信其他队友,如——

"438你怎么也没了?!"

方筝墨绿色的电脑画面上,只剩下有奶就是娘、疯一样的子、你大爷和妖的祝福。

"我也不知道啊,进水里就天旋地转了,"438欲哭无泪,"我不会游泳啊……"

"你当这是真人CS(一款射击游戏)吗?"疯一样的子无语,"你的账号会就行!"

账号,自然指438操纵的这个炼妖师。

哪知道人家438从来不信口开河:"我就是说我游戏里不会游泳,一到水里就分不清东南西北,天池水怪那儿我从来不敢去,回回死在池底。"

方筝这一晚上快被奇葩队友折磨得神经衰弱了,吐槽起来毫不留情:"你吃了恶魔果实?"

哪知炼妖师干净利落地承认:"嗯,我也这么想。"

方筝抓狂:"那你得到什么能力了?啊?你是橡皮人还是会长出无数个手啊?!"

炼妖师沉默了一会儿,默默打出几个字——

[队伍]百炼成妖438:其实我吃的是人人果实……

常下天池的好处就是水里的方向感无比精准,八分钟限时,方筝只用了四分半钟便浮出水面,哪知Polly已经站在岸边望天。

此时的河道已不在地下,但天仍是一片灰黑色。

"你够快的。"方筝在YY里不吝赞美。

Polly依然淡淡的:"还成。"

其实,毫不推托地接下赞美就是最大的嘚瑟啊!

很快,妖,你大爷,疯一样的子陆续出水。

时间还剩下两分钟,水里还剩下一个人。

"炼妖师你放弃吧,"方筝叹息,"等会儿让祝福拉你。"

YY里很快传来438蔫蔫的回复:"我已经放弃很久了……"

同志们默默无语,自发站在岸边默哀。

方筝无事可做,顺手从桌上还剩半包的饼干里又抽出一片塞嘴里,刚嚼没两下,忽然听见438在YY里叫:"啊,我遇见BOSS了!"

方筝愣住,暗河里有BOSS?

其他队友也一片茫然。

"什么BOSS?"Polly居然都问了。

"好像就是掀翻我们船的那条鲶鱼!"438语速急促,显然正跟BOSS奋力厮杀。

方筝这是头回翻船,只在落水一刹那见到了罪魁祸首的胡须,Polly虽说已是第二次,可上回也同样是翻船后就再没见那玩意儿,他一直以为那家伙只是个系统NPC,合着还是个隐藏BOSS?

"加油!推倒它!肯定爆好东西!"那头奶妈已经热血沸腾了。

Polly虽没吱声,可也有些期盼——这游戏玩得太久了,久到任何一点点新鲜事物都能勾起他的兴趣。

"啊？"炼妖师的反应可爱而懵懂。

"啊什么啊？推BOSS还用我教你？放你的怪咬它啊！"

"可是我已经把它给收了……"

收服，炼妖师技能，有一定概率将怪收进自己的锦囊，可在战斗中召唤或当作炼妖原材料。但是对BOSS无效。

方筝一口饼干渣喷了满屏幕，小沙尘暴似的："你不说它是BOSS吗？"

炼妖师很无辜："我以为嘛……"

"那你还收它干啥？"

"我就是抱着试试看的心理……"

[队伍] 有奶就是娘：qazdedxcrgvtbyjiklo

"奶妈咋了？"疯一样的子看着左下角一排乱码，不解。

"没事，"Polly很能理解，"他在拿脸滚键盘。"

江洋愣住，这两人住一起？

趴在键盘上的方筝也愣住，这货在他家安了针孔摄像头？！

队友状态栏中的炼妖师变成了灰白色，这回妖不用提醒，就自觉地吟唱复活的召唤，很快，虚弱状态的炼妖师缓缓出现。

时间22:30。

"咱们这本可下两个半小时了。"疯一样的子好心提醒。

"要不撤吧，赶明儿再说。"方筝想亲他！

"我都行……"妖其实有点依依不舍。

你大爷和438很清楚自己没资格发表意见。

电脑前的Polly思索片刻，最后下决心似的把烟头按进烟灰缸："八十难都过了，不差最后晒个经书。"

都说寂寞的人才会玩游戏，可其实，越玩越寂寞。

高手发话了。虽然方筝依然可以退出，但对高手的信任给了他最后一丝挣扎的勇气："都回复回复状态，等下一鼓作气推过去。"

某市郊独栋小楼里明早6:00还要去矿上处理事情的江洋老板45度角仰头，思索着一个很有深度的哲学命题：要不要把手机闹钟铃换成《忐忑》……

上岸没多久，一行人就进入了第二个BOSS所在地，鬼怪密林。

该地图名副其实，小怪密布，地形诡谲，稍不留神就有可能进去再出不来。好在有Polly，方筝甚至怀疑这人把地图印脑袋里了，带路带得那叫一个坚定、自信、高效，以至于队员们跟也跟得畅快，团队凝聚力前所未有地提高。沿途小怪再嘚瑟，也在和谐团队面前败下阵来，一路被杀得片甲不留。

最惊喜的是居然在小怪身上还爆了个黄装!

那时候有奶就是娘正摸着倒地小怪身上的逐鹿币,忽然屏幕上就弹出了色子,定睛一看,密林僵尸护腕!

清怪也能清出黄装?方筝一晚上的抑郁几乎消散大半,虽然装备不是自己能用的,可见了黄装谁不开心啊!

"谁摸的啊?"YY里传来妖的声音。

"不是我。"Polly泰然自若地甩了个2点把装备收入囊中。

YY里再无人回应,最后还是队伍频道里有人领了奖——

[队伍]你大爷:低调举手……

好嘛,这厮还被禁言呢!

方筝乐,刚想告诉频道里唯一有权限禁言的Polly把你大爷解除限制,就听见你大爷带着忐忑的惊喜声:"咦?我能说话了?"

高手这动作快的……

果然拿人家的手短。

虽然僵尸的冠岩溶洞套有套装属性,可比起这鬼怪密林出的黄装实在差了好些档次,所以Polly很自然换上新装备,舍弃掉那点套装的输出属性,却大幅提高了防御力。

带着首次见"黄"的喜悦,小分队很快与二号BOSS短兵相接。

鬼怪密林里的BOSS是个女僵尸,三分恐怖,七分幽怨,最爱说的话是杀尽天下负心汉,最爱用的招数是此恨绵绵,攻击力相比一号BOSS并没有高出多少,却是实打实的血牛(游戏里代指血量丰厚),无数队伍用铁一样的数据证明了若想推倒这位姑娘,最好提前上完厕所。

既然是血牛,那么之前对付一号BOSS用的战术就不成了,如果还让Polly磨掉对方一半的血再上队友输出,很好,大家可以在BOSS倒后直接洗漱吃早餐。

"杀手,你输出最高,BOSS肯定全程找你。"不是问疯一样的子扛不扛得住,Polly君只是在陈述事实,仿佛在说,情况就这样,大家看着办,反正他站住我们就站住,他倒我们就团灭。

但疯一样的子岂是那么好委以重任的?

"奶妈,听见没?"

被点名的方筝满头问号,立刻继续击鼓传花:"二奶,加油啊!"

妖的祝福躺着中枪,但仍要挣扎:"你大爷,一会儿不许说话!"

仙术师欲哭无泪,他不做大哥好多年……

全部敲打完毕，疯一样的子冲上去打 BOSS，金光闪闪的英姿无比潇洒。

其余人等不用守候多久，杀手敲完一下，他们便一拥而上——输出差距决定了乱仇恨这种事情根本不存在。

奶娘和妖站在距离 BOSS 大约 5 米的地方，不管别人，全程给杀手刷血。

女僵尸没有群体技能，就照着杀一人打，仿佛对方就是那位负心汉。疯一样的子输出高，但防御实在拿不出手，几乎是挨 BOSS 一下就去掉半管血，方筝只好打起十二分精神在各个补血技能间搭配切换，既要算着血量，又要算着冷却，还要配合防止与对方在太过接近的时间内重复给杀手补血。

好在妖是非常容易配合的，因为这厮一直就是愈合的祝福、愈合的祝福、愈合的祝福……

磨了十来分钟，女僵尸还没半点倒下的意思，有奶就是娘的补血已经进入到标准化作业，当然，妖一直在标准化，慢慢地，群众的神经就放松下来，一边甩技能，一边在 YY 里瞎聊——

"这家伙太坚挺了。"全程无脑输出的你大爷打了个哈欠。

妖跟着打了个哈欠："好歹是个姑娘，别太猥琐。"

"打哈欠会传染的不知道啊……"438 也没扛住。

方筝没打哈欠，但："我饿了……"

疯一样的子无语："让你一说我也饿了……"

第六人依然安静。

方筝纳闷："小鸟？"

"嗯，"YY 里很快传来对方的回应，"BOSS 快暴走了，注意点儿。"

这家伙比 BOSS 还坚挺。

女僵尸的暴走技能是个群体招数，但吟唱时间很长，所以来过几次尸王部落的都知道什么时候该跑开，这次也不例外，BOSS 的攻击一停，大家不用 Polly 指挥，马上就四下散开，你大爷边跑还边说呢："幸亏僵尸不会飞……"

结果下一秒，BOSS 吟唱完毕，飞了。

只见那女僵尸忽然长高两尺，原本美丽的皮相也长出狰狞的獠牙，然后瞬间化成一道闪电，几乎是顷刻间便飞到疯一样的子面前，两爪子过去，杀手血条下去 3/4！

方筝正操纵着有奶就是娘奔跑，却因为奶妈的职业习惯，下意识关注着杀手的血条，于是第一时间发现变故，这还得了，赶忙掉转奔向疯一样的子抬手就是万树花开。

瞬间所有在有奶就是娘技能范围内的队友都被补满了血条，与此同时，大家也发现了异常——

"什么情况？没见过尸妹有这暴走技能啊！"438一边说着一边再度放出宝宝全力输出。

"我现在对任何情况都很淡定了……"最大受害者疯一样的子进入麻木状态。

妖感慨："你大爷，你真是大爷……"

方筝却没这心思，因为他在给杀手甩了几个技能后忽然发现一个严峻的问题，那就是他和妖两个人的回复能力居然有点儿顶不上了！

暴走的尸妹不可怕，可现在尸妹不光暴走居然还变身了！除去攻击力，竟然连攻击速度都有了大幅度提高。这不科学！

"杀手你注意自己吃药，我俩有点儿顶不上了。"方筝心里急起来，手速也不自觉加快，可技能的冷却时间不会因为手快而缩短。

"我也顶不了多久，"疯一样的子显然很清楚形势，"现在只能全力压血！"

压血，即整个队伍全力输出各种不吝啬地甩大招以争取在最短的时间内压低或者干脆清空BOSS的血条。

方筝也知道现在时间就是生命，暴走的BOSS再厉害也肯定只剩下血皮，但奶妈再着急也不能对BOSS砸"奶瓶"啊！

正焦灼着，屏幕一角忽然炸起白烟，不同于释放技能的光影特效，而是一种带着诡谲气息的缥缈迷离感。

方筝眨了眨眼睛，没等看清，烟雾中忽然蹿出一道青绿色人影！

不，那都不能算人了，青面獠牙，长长的指甲犹如利刃！

这尸妹变身后还能招怪？！

方筝哭的心都有了，却在下一秒眼睁睁看着獠牙怪扑向BOSS……

"奶妈别看了，给杀手刷血，"耳机里忽然传来小鸟君淡然的提醒，"那是我。"

方筝下巴差点儿砸键盘上，连忙甩个润物无声，又紧接着吟唱枯木逢春，吟唱间隙，终于看清了獠牙怪脑袋顶上的几个英文字母。

"你这又是什么技能！"438觉得自己下本一晚上增长的见识足够出个《逐鹿秘辛集》了。

Polly没回答，而是在输出间隙往组队频道里发了个物品信息。

[组队]Polly：旱魃变身药。

方筝没时间查看详细信息，只好一边释放技能一边观察，变身后的Polly和尸妹一样，速度和攻击力都有了大幅度提高，方筝仔细看了看他每一爪后的杀伤点数，居然逼近疯一样的子！

两位僵尸同样变身，最终还是有后援团的技高一筹，尸妹轰然倒地，慷慨地甩出个鬼怪密林仙术上衣——橙装啊！

作为受益的仙术师，你大爷乐疯了，开始在YY里唱："今天是个好日子，心想的事儿都能成！"

其余五人难得心灵相通——这歌真贴切。

激战告一段落，方筝才终于腾出空查看Polly发的物品——旱魃变身药。情人节活动奖品，90秒内速度提高40%，法术攻击提高50%，物理攻击提高50%。

方筝扫开残破的饼干包装袋，拿起压在下面的赠送台历瞅了两眼，确认自己没记错，现在是4月份。距离最近的情人节刚过去不到两个月。两个月前的镜花水月已经是兰若寺了，Polly跟女鬼做的任务？

当然并不排除这种可能，再鬼的服务器也有个把活人，孤男寡女碰见了搭个伴，也算一段佳话。可……好吧，方筝承认自己心欠手也欠，于是在这种正确的自我认知下很坦然地请教了网络。

信息社会是没有秘密可言的，方筝仅仅是输入了旱魃变身药几个字，一按回车，就出来无数信息，排在第一位的是个贴吧帖子，旱魃变身药几个关键字通红通红。方筝点开，是一位游戏吧友的灌水帖——

太坑了，跟我"老婆"千辛万苦做完情人节任务居然就给了一颗旱魃变身药！

方筝看了眼发帖时间，果不其然，是去年。

游戏商不会搞重复的花样，即便真的重复，也死活要换上个新瓶来包装一下，所以这类特殊的活动奖品，方筝敢肯定，只会出现一次。

是不是一颗破药方筝不好讲，毕竟这玩意儿刚刚拯救了全队，但药不是酒，越封着越醇，所以Polly这种一颗药带身上一年多也不使用的现象，在方筝看来信息含量颇大。混网游这么多年，方筝虽然没什么艳遇，可着实围观过不少爱恨情仇，联系Polly被赶出军团这么狗血的事，当下就脑补出痴情男子为爱放弃功名利禄独身仗剑走天涯的凄凉背影。

可话又说回来了，如果真是这么宝贝的东西能随便跟野队下个本就用了？

言情剧和理智思考在一个大脑内拉锯，眼瞅着就要进入白热化的胶着状态，YY里忽然传来一声怒吼——

"奶妈，你干啥呢？！"

方筝对"奶妈"俩字儿的敏感已经远高于自己的本名，当下就条件反射地看队友状态栏。

得，疯一样的子又扑（死亡）了。

所以说非专业肉盾真是一个风险性极高的行业。

"你咋又死了……"方筝一边懒洋洋说着，一边甩个复活术。

"你说呢！我头回下本刷小怪刷死！"

疯一样的子虚弱站起，脑袋顶上的账号名都笼罩着一股浓浓的苦痛感。

"不好意思，走神儿了哈。"方筝十分顺溜地道歉，无诚意感扑面而来。

杀手的口气自然好不到哪里去："你想啥呢？"

方筝想说我查网络呢，可担心杀手情绪崩溃，斟酌再三，还是作罢。

此时一行人已经离开鬼怪密林，正奔赴终极BOSS所在的将军冢。沿途照例清小怪，可怜的杀手从没想过这里还会有一次死亡等着他，但当死亡真正到来，他除了吼奶妈几句，也干不了别的。

"你输出太高，怪都找你也没办法。"你大爷还在好心劝慰。

江洋却怎么听怎么想掐死他。

如果高输出也是错，那他改掉好了！

奶妈"元神归位"，队伍的效率明显上来了，很快便抵达将军冢，路上竟再没出现事故，顺利得小分队所有人都不约而同沉默，生怕妄断一言便毁了这份美丽的和谐与平静。

作为总BOSS，僵尸王有着一身铮铮铁骨。首先，人家从不和玩家躲猫猫，永远都站在将军冢的最高峰，威风凛凛地蔑视着苍生。其次，人家根本不屑于耍什么花枪，比如，集中优势各个击破之类，人家就是群体招式，一路群体招式。

"杀手，等下你把尸王拉到东北角那个草堆里，其余人都在杀手身后20米外输出。"Polly不管大家是否清楚这个BOSS的打法，依然言简意赅地进行了布置。

躲避群招，唯一的办法只有离开对方的法术伤害范围。僵尸王的法术半径正好是20米，而奶妈、祝福者、仙术师的法术半径都可以扩展到24米，炼妖师控制宝宝的最大距离也是24米，虽然这种战术使得一些近距法术受到了限制，却最大限度地保证了安全。

"准备好了吗？"杀手在 YY 里沉声问，"准备好我就开始了。"

坎坷一晚，就为此一战，每个人都踹飞周公，打起精神。

得到队友肯定回复后，疯一样的子如闪电般冲上将军冢，面对巨大的 BOSS 没半点犹豫上去就是一刀！

BOSS 岂是那么好捕的，当下冲天怒吼，将军冢也忽然风云变色，平地陡然刮起浓浓黑烟！

Polly 和 438 的风精灵宝宝紧随其后，与杀手几乎挤在一起开始往 BOSS 身上招呼。

近距离输出的三人自然不是喜欢抱成一团，而是方便奶妈补血，不然随便哪个站到 BOSS 身后去了奶妈想补血一瞧距离，好嘛，大于 24 米了，那神仙也没辙。

有奶就是娘只有两个群体补血的技能，其中一个还是低阶的，效用不大，可 BOSS 不会体谅这些，每次抬手一扫，那血条就是大段大段地缩短。妖依然在发愈合的祝福、愈合的祝福、愈合的祝福……方筝已经没力气去指挥他，比如，这个时候你该提升输出们的攻击力，这个时候你该给谁谁解一下状态，这个时候你该消除一下 BOSS 的防护盾等，因为等他说完，最佳释放技能时间已经过去了，而等妖找到那个相应的技能，估计保修期都过了。

几分钟输出过后，438 的宝宝血条耗尽，败下阵来，438 连忙又换了个宝宝顶上。Polly 的血条还有一半，显然他的魔法抵抗体质帮了大忙，僵尸王的十次攻击里五六次是法术攻击，同为僵尸，Polly 的抵抗率几乎在 90%。相比之下杀手要惨得多，屡次血条逼近临界，都是靠他自己吃药补回来的，没办法，方筝所有能用的补血技能都在冷却。

"早就知道下本没盾绝对是个悲剧！"扛 BOSS 扛得太过艰辛，疯一样的子已经暴躁了。

方筝语重心长："英雄，这才能显出你的伟大。"

"你给我专心加血！"非专业盾现在最怕的就是奶妈分心。

"我估计你等下怎么也得死一次，"Polly 预测道，"不过没关系，祝福盯住了，杀手一死你就甩复活，然后奶妈赶紧刷血。"

论复活，祝福者和奶妈都可以，但是被祝福者复活的玩家血量为 30%，而被奶妈复活的玩家血量只有 15%，于是选择哪种复活术自然不言而喻。但论补血呢，则还是奶妈给力，毕竟是专业的。

逐鹿中 BOSS 的仇恨值会随着玩家的死亡清零，但老玩家都知道这个清零是有时限的，也就是说如果玩家在死亡后极短时间内复活——无官方资料，但玩家经验值为七八秒，那么 BOSS 的仇恨会依然在这个玩家身上，这时如果刷血不及时，那么即便仇恨没乱，BOSS 一击过去，也足够放倒刚刚复活的人了。

如果说你大爷的乌鸦嘴是天赋异禀，那 Polly 的预测则完全是多年游戏累积的纯实力了。没出 3 分钟疯一样的子便在补血药 CD（冷却时间）没过而奶妈也来不及补技能的尴尬当口，被 BOSS 一个犀利的群哮吼倒！

"祝福！"几乎是同一时间，Polly 果断提醒。

妖的祝福这回没走神，从听令到释放技能再到技能吟唱完毕前后不过 4 秒！

只见疯一样的子忽然化作一道白光，风驰电掣间，"咻"地出现在有奶就是娘、你大爷、妖的祝福以及百炼成妖 438 的面前！

紧随而来的还有僵尸王……

方筝想操纵有奶就是娘逃跑，可突发状况前半秒的错愕都是致命的，以至于他真正按下操作时有奶就是娘已经进入僵尸王攻击范畴，并且 BOSS 两连招，于是奶娘死亡。

438 和你大爷属于脆皮法系，早在第一个群体招式的时候就扑了。

江洋完全没搞清自己为啥会在人堆里复活，只知道刚站起来，就又扑了，而且是跟 438 和你大爷叠成了三明治。

罪魁祸首也没能幸免，倒在了有奶就是娘的脚边。

有奶就是娘现在不能动，不然方筝真的很想飞过去两记柳叶刀！

没了目标，BOSS 果断转向 Polly，根本不用走近，因为此时的僵尸王已经在 Polly 和杀手、你大爷、妖那堆尸体的直线上，之前 BOSS 的两连招不光灭了队友，也扫到了 Polly 和 438 的水精灵宝宝，可怜的宝宝牺牲，Polly 却恰好都抵抗了，不过这会儿一对一，面对原子弹爆炸一样的群体招式，Polly 再也坚持不住，静静倒下。

彻底团灭。

没人有二次爬起的雄心，江洋甚至认为自己能坚持到总 BOSS，已经是靠着钢铁般的意志了。

方筝瘫倒在键盘上，奄奄一息。

该召唤的时候不召唤，该复活的时候不复活，妖和你大爷是组团来坑的吗？！

"都说让你两个技能分开了……"坑爹团员一号还在发表评论。

"一晚上都在用召唤，就顺手了……"坑爹团员二号微弱辩解。

Polly 点上根烟，抽两口，又慢慢呼出……

游戏了这么多年，第一次发现，原来祝福的召唤不只能召唤队友，还能召唤 BOSS……

毫无斗志的六人组很快散了。

作为散人，从进入野队的一刻就该明白自己的命已经放到了赌桌上，是赢是输，全凭运气。可有时候运气背到了不科学的地步，便等同于受摧残了。

人生是公平的，游戏玩到这份儿上，明天的事情肯定能谈好——江洋老板抱着这个念头才终于稳稳睡去。

方筝则没这么幸运了，后半宿的梦境里全是"地狱之夜"四个字，诅咒似的。

你大爷在自家卧室的小床上辗转反侧了许久，一直在愧疚自己做错事和庆幸妖吸引了仇恨的矛盾心情中撕扯。

438 和妖分处两个不同城市，却都在室友的抗议声中默默关了电脑和台灯。

虚拟的互联网上，只剩下小僵尸还挂着，什么都不做，就靠在江堤上，静静望着垂柳，像个 NPC。

电脑前的 Polly 已经抽了半包烟，他平时烟瘾不大，多数是郁闷时才抽。可诡异的是这晚上他还真没有觉得郁闷，之所以抽这么多烟，完全是因为需要思考、回味。

思考这一晚上的"悲剧"。

回味这一晚上的神奇。

可总有不识相的来打扰，光闪烁不够，还非要窗口抖动——

这货不二： 23:39:17

在线干吗？连个屁都不放！

Polly 很久没上 QQ 了，这个很久大概和他远离 YY 的时间同样长。从前上游戏，必定企鹅浣熊（QQ 和 YY 两个社交平台）一起挂，企鹅上有军团群，浣熊里有军团频道，虽然除非下本他很少进频道语音闲聊，但在军团人的好友列表里，有个头像时刻亮着的副团，总是件凝聚人心的事。后来被驱逐出团，也没有其他野队来跟他下本，确切地说他每天都在追杀和反追杀中奔波，通信工具自然失去了意义。

昨天跟奶妈下天池本时上了久不用的 YY，顺手便点了 QQ，都是自动登录，两个挨着的图标各点两下已经成了习惯动作。今天亦然，却没想到招来了故人。

　　这货不二 23:39:32：还装？快点放！

　　这货不二 23:39:37：快点放！

　　这货不二 23:39:39：快点放！

　　故人是个没耐性的，等不来回应，便开始刷屏。

　　Polly 23:40:01：怕熏着你。

　　这货不二 23:40:04：……

　　这货不二 23:40:12：你什么时候变这么恶心了！

　　Polly舒服地吐了几个烟圈，忽然觉得特别惬意。

　　Polly 23:40:24：一直也没光明磊落过，忘了我怎么用野图BOSS虐你的？

　　这货不二 23:41:00：这事儿你准备拿来念叨一辈子？

　　Polly 23:41:11：不能，以后会有同类型新版本的。

　　这货不二 23:41:49：你浑身上下除了技术，真就找不出半点好了。

　　Polly 23:41:53：嗯。

　　这货不二 23:42:07：给跪了……你跟轩辕一伙的时候也这个德行？那你俩掰得太科学了。

　　Polly 23:42:24：我的黑名单里很挤，但依然有剩余名额。

　　这货不二 23:42:38：这事儿还说不得了？谁没点儿黑历史啊，至于吗？！

　　Polly 23:43:00：也对，你还埋伏在副本入口杀过我。

　　这货不二 23:43:15：……

　　Polly 23:44:01：好吧，杀人未遂。

　　这货不二 23:44:27：最后是谁拿匕首把我捅死的？！

　　Polly 23:44:44：那是"正当防卫"。

　　这货不二 23:44:58：滚滚滚。

　　Polly 23:45:04：好的，晚安。

　　Polly完全说到做到，一个回车键把对话发出去，转手就点了右上角小叉叉。

　　——高手的手速体现在方方面面。

　　关了企鹅，Polly重新回到游戏里，画面依然是江堤，小僵尸一身西装与清雅的杨柳岸有些格格不入。

　　去年的所谓情人节活动，其实很坑，男女玩家两两组合，可以选择领取任务也可以直接捕杀系统刷出的节日丘比特。领取任务相对简单，奖励也平平，捕杀丘比特因为僧多粥少而显得激烈无比，可供选择的奖励名目也更丰盛，如果男女号同属一个军团，还会包含军团相关奖励。系统定时刷出的丘比特有上限，而玩家无下限，于是捕杀活动很快变成玩家群殴，你"杀"我，我偷袭你，最后搞得镜花水月哀鸿遍野。但Polly在这种活动里简直如鱼得水，"杀"得不亦乐乎，最后带着轩辕临时建的一个10级小女号雄踞捕杀活动排行榜第三位。轩辕早在建号时就把女号加入了纵横天下，故而在最终领奖时面对繁复的名目毫不犹豫地全部选择了军团相关，因为是组合，所以轩辕的选择也代表了Polly，最终纵横天下收获颇丰，更加稳固了自己镜花水月第一团的地位，而Polly个人只获得了基本等同于纪念品的职业变身药。

　　但Polly依然时不时会想起那个场景，就在这最容易刷丘比特的江堤边上，小小号躲在树上望风，大僵尸藏在必经路旁埋伏，见多个玩家一起过来还则罢了，但凡玩家数量小于等于三，轩辕都会在YY里豪气干云地吼上一句，孟初冬，上！

　　从某种意义上讲，参加全部军团活动但从不对军团管理做任何谋划的Polly算不得副团，他只是纵横天下的一把刀。但别人不是刀，便也不明白刀的快乐。

　　[私聊]战斗机：我就知道这边你也挂着呢！

　　[私聊]战斗机：这服真鬼。

　　地球的自转阻止不了小机机过于旺盛的精力，灰掉的企鹅更加不能。

　　Polly早有预料，所以此刻很淡定。

　　[私聊]Polly：是咱服。

　　[私聊]战斗机：别价，我早弃暗投明了。

　　[私聊]Polly：昨天，不算早。

　　小机机沉默好久才回过来一句——

　　[私聊]战斗机：你这个信息量有点儿大，让我琢磨一下……

　　Polly看着波光粼粼的湖水，体贴而安静地给予对方充足的时间。

　　但其实这一次那头没想多久——

　　[私聊]战斗机：你知道我退团了？

　　[私聊]Polly：嗯。

　　[私聊]战斗机：谁告诉你的？还是你悄悄去逐鹿之渊建小号了？

　　[私聊]Polly：你猜。

［私聊］战斗机：你不光变恶心了，还变讨厌了。

往常Polly对这种垃圾话都是无视的，可这会儿鬼使神差就想起了近两天总一起下本那位有奶就是娘——

［私聊］Polly：这样才是。后面跟着一个微笑表情。

此后几分钟，私聊频道一片寂静。

Polly忽然觉得心情莫名好起来，连带着小僵尸也不再静坐装忧郁，三两下就跟着传送师回到卢京路。

萧条的商业街只有几个NPC走来走去，Polly目不斜视直接走进军团大厅，果不其然，顶着全服最自谦账号名的血战士正跟那儿翻仓库。

进入同一画面，血战士也看到了他。

［私聊］战斗机：就剩点儿材料和药，要不？

［私聊］Polly：你说呢？

［私聊］战斗机：了解。

现在的Polly自然没办法再翻纵横天下的仓库，但小机机在镜花水月的号依然属于纵横天下，于是现在两个精神上都已经脱团的"不良分子"开始毫无愧疚地洗劫前军团仓库。

虽说只是一些不那么珍贵的材料和药，但军团储备依然可观，于是两个人能转移转移，放不下的干脆卖商店，如此这般折腾了10来分钟，才算清理干净。

［私聊］战斗机：爽。

［私聊］Polly：想不想更爽？

［私聊］战斗机：你爽还是我爽？

［私聊］Polly：试试？

机机没回答，而是用行动表示。

Polly点击接受切磋的申请，下一秒便用上加速卷轴冲了上去！

血战士完全不躲，借着僵尸欺近的瞬间就是一记重剑！

僵尸早就有防备，一个跳跃，躲开攻击的同时翻到血战士背后，这才送出真正意义上的第一爪！

血战士中招，但人家纵横江湖拼的就是血厚，所以不痛不痒，转身继续挥剑，大开大合。

一时间军团大厅光影四射，也看不清是谁攻谁守谁在发招，唯一能辨明的就是僵尸的灵活和血战士的稳重。逐鹿中没有所谓最强职业，血战士防高血厚，僵尸输出高速度快，都是近战职业，真较起劲儿来很难说哪方稳操胜券。所谓PK，即守住自己优势的同时找机会灭掉对方，故而高手过招通常要看哪方先被对手扰乱，一旦自己乱了，破绽也就出来了。

技术上，机机还能跟Polly比画一二，但比耐性，机机永远都不是Polly的对手，所以相识数载，PK无数，Polly的胜率永远压制着对方。

终于，血战士耗尽血气，系统弹出Polly获胜的信息。

［私聊］战斗机：我就知道又是让你爽！

［私聊］Polly：其实也就那样。

［私聊］战斗机：那真不好意思啊！

Polly虽然赢了，却也赢得不轻松，所以这会儿和血战士一起坐地上休息回血。

恍惚间，好像又回到了曾经的岁月。

其实Polly和机机没什么深厚的交情，如果说这么多年PK的次数可以绕地球三圈，那么谈心的次数顶多做个手链儿。所以如果非要定义他俩的关系，可能熟人更合适。都是军团骨干，都参加军团活动，天天线上相逢，不想熟也熟了。

［私聊］战斗机：真不打算换个服？我这上来一个多小时了愣没见着活人。

［私聊］Polly：挺好，清净。

［私聊］战斗机：拉倒吧，你是那图清净的人？

［私聊］Polly：你猜？

［私聊］战斗机：你可饶了我吧，太恶心了！我跟你说真的呢，嫌硌硬你可以不去逐鹿之渊啊，换个其他服务器一样！

［私聊］Polly：再说吧！

［私聊］战斗机：等等，你不会是不想玩儿了吧？

孟初冬很自然地敲了个"嗯"，因为他确实有这个念头，并且不是一天两天了。但想归想，真要按下回车键发送的时候，孟初冬又莫名地犹豫了。

最终孟初冬还是删了那个"嗯"，换成温馨邀请——

［私聊］Polly：回镜花水月吧，BOSS任你推。

［私聊］战斗机：我妈喊我回家吃饭。

血战士的下线一如Polly的关QQ，干净利落。

孟初冬自然不是真想邀请机机回来，纯属逗闷子，一来那厮根本耐不住寂寞，二来他自己都不知道还能玩几天，祸害别人干吗？

点开游戏好友列表，一片灰白，就连平日挂机摆摊的有奶就是娘都下了，可见打了一晚上的尸王部落有多大杀伤力。

但网吧里很热闹。

孟初冬环顾四周，打网络游戏的，打单机游戏的，看剧情电影的，看无剧情电影的……明明已是深夜，一张张屏幕前的脸却总是神采奕奕。

为什么放着包厢不进非坐大厅？吕越总这么问他。

热闹。这答案简单到他都不乐意说破。

孟初冬难得2:00前睡觉，以至于早上9:00吕越进店看到窝在单人沙发里吸溜豆浆的发小还以为自己出现了幻觉。

常来越冬网吧的人都知道，大厅雅座区最里面的一台电脑碰不得，那是这里二老板的固定位子，当然，多数时候冬子老板会用真身占座。

迈步走进雅座区，吕越很快来到单人沙发跟前，亮着的显示器竟然不是游戏画面，这让吕越有些意外："你这是醒早了还是一宿没睡？"

"醒早了。"孟初冬没什么精神地打个哈欠，觉得生物钟果然是个GM（游戏管理者），你必须按照它的规定来，不然它就折磨你。

"啧，太难得，"吕越很欣慰，"难不成你预先知道我要跟你谈事情？"

孟初冬总算抬起眼皮，虽然挂名二老板，但这个网吧他其实只是出了一半的资金，管理运营都是吕越来，所以收益上他俩三七分。原本是六四的，后来他觉得自己实在只是个甩手掌柜，索性自愿降低收益分成，然后心安理得地玩游戏。

经营琐事吕越很少跟他讲，但凡跟他讲，那必然是相当重要的了，所以孟初冬放下豆浆，稍稍端正了坐姿，一副洗耳恭听的正经样子。

吕越斟酌片刻，尽量使叙述凝练，不浪费游戏哥的时间："我想把去年的结余拿出来，扩大一下咱们网吧规模。"

现在的越冬网吧只有一层，除了大厅，还剩下两个四人小包间和一个八人大包间，说出来好像挺大，但其实不然，满打满算七八十台机器，利润总是有的，但和可观的距离实在很可观。

孟初冬把这个提议在脑子里过了一遍，嗯，也就一遍，没觉出任何不合理的地方，于是欣然同意："成。"

吕越其实心里并不十分有底，故而等的时候难免带了些忐忑，可真等那干净利落的"成"出来，他又无语了："完了？"

可不就是完了，孟初冬不理解地看了发小半晌，领悟："还有别的事儿？"

吕越想掐死他！

反正掐死这厮也没什么损失,他连个值夜班的网管都不顶!

这厢吕越内伤呢,孟初冬却已经开始进行实践步骤了:"等会儿我把钱取出来给你,你看着弄就行。"

"……"

去年结余二十五万,孟初冬分三成,就是七万五。是的,那是七万五那不是七块五你能不能有点人类的表情啊!

孟初冬能。

他给了吕越一个"辛苦你了"的真诚眼神,然后重新拿起豆浆,吸溜。

打尸王部落那天后,连着三日,方筝再没上过镜花水月,愣是化悲愤为力量一口气把疯一样的子练上了55级。

小杀手满级时已经凌晨2:00,方筝思来想去,还是很体贴地没去发短信打扰客户,而是操作着一身东拼西凑黄装的小杀手四下散步。

不知是不是最近运营商又出了什么宣传,方筝感觉逐鹿之渊的人数还在增加,进游戏需要等待排队的时间越来越长,而且新的军团也雨后春笋似的每天都冒出好多,纵横天下和五岳阁依然霸占着军团综合排行榜的前两位,但眼瞅着跟第三位、第四位,甚至第五位的差距都有了微妙的缩小。

方筝敏锐地意识到逐鹿之渊这个服务器正向着一个不可阻挡的方向发展——平衡。

有人的地方就有江湖,而势均力敌的江湖,人气最旺。

高频率的世界刷屏也是人气的一大特征。

[逐鹿]钢琴王子:酆都城,想去的组队,谢绝新手。

[逐鹿]白之夜:刚才在呼伦贝尔"杀"我那个呢!有能耐报上名来!

[逐鹿]趣多多:卡夫饼干军团招贤纳新,温馨军团,友爱和谐。

方筝想起了镜花水月,心里就有点葡萄酸。如果一直萧条倒也好了,可镜花水月确实曾经辉煌过,一如现在的逐鹿之渊。

操纵着疯一样的子在卢京路的商业街上东看看,西瞅瞅,方筝其实挺心不在焉。哪知道老天就是这么捉弄人,又一个英姿潇洒的帅哥顶着熟悉的名字从身边擦过,那气场,光看背影都熠熠生辉。

冤家真路窄啊!

其实就算不看名字,方筝想他可能也会认出对方,因为喜欢穿战灵套装的奶妈实在不多见。战灵套,橙装,高攻低防,对于远程输出诸如仙术师一类,堪称极品装备。可你见过几个奶妈去拼高输出的?

我血荐轩辕偏偏是特殊的那个。

早在镜花水月,这人"暴力奶妈"的形象就已经坚如钢铁铸造。方筝闹不清怎么会有人喜欢这么玩儿,打人嘛,再爽你爽得过法系?奶人嘛,又实在不够"丰满"。总之就是两头不靠。但不得不承认轩辕还是玩出了一点名堂,下本奶得住,PK更没问题,但凡你前三十秒撂不倒他,那就等着被他撂倒吧。

原本方筝和轩辕属于两条平行线,在镜花水月四年半,愣是没打过交道。可逐鹿之渊短短一天,轩辕就稳稳地拉住了方筝的仇恨。当然这要归功于另外一个小朋友。

人呢?

方筝直觉小小枯叶蝶就在附近,奈何任凭他如何调整视角,都没办法在层层叠叠的人群里找出那个名字。

轩辕应该是去军团仓库,所以没多大一会儿,便从军团大厅走了出来。

方筝隐匿在人群里,悄悄跟着对方,一直跟到传送师那里,很快轩辕的身影消失。方筝也操纵疯一样的子走过去。点开传送师,从卢京路可以去到四个主要大地图,方筝直觉轩辕是第一个,但过去搜寻半天,没有,方筝又改去第二个、第三个,依然未果,最后绝望中传送到第四张地图,终于瞧见了希望的曙光,同时清醒地认识到自己确实没有第六感这种玄妙的东西。

山岚城。

看不到尽头的山城随着山脉连绵起伏,烽火台上火光依旧,仿佛岁月倒流。

逐鹿里的山城一无副本二无小怪三无药草材料,唯一有的就是清净。坐在烽火台上,仰头,浩瀚苍穹,俯视,芸芸众生;跳下烽火台,随便滚入某个郁郁葱葱的灌木丛,连你亲妈都找不到你。

疯一样的子没看见轩辕,而是看见了仇恨值更高的三个字——枯叶蝶。

小小枯叶蝶是僵尸,但枯叶蝶是炼妖师,方筝原本还不能确定这是否就真的是小小枯叶蝶的大号,待悄悄靠近些,看清了对方的军团,很好,没跑了。最恰到好处的是这娃还落着单,正坐那儿45度角仰头,念天地之悠悠,独怆然而涕下。

人,是必须偷(偷袭)的。

但怎么偷,需要琢磨。

让疯一样的子悄悄绕到枯叶蝶背后,方筝静住,沉思几秒,脑袋里急速排列着各种技能组合。红莲圣火是必需的,奶妈想杀人,只能靠这一个大招。但为了保险起见,后续是跟上柳叶刀还是五禽戏呢?啧,奶妈这种辅助职业

PK 起来还真……

等等！他现在好像是个杀手！

巨大的喜悦浪花从心头翻开，比满屏的波浪线都销魂，方筝不自觉咧开嘴，液晶屏惨淡的光映衬着他圆润的侧脸。

画面里，小杀手隐秘地从背后慢慢靠近小姑娘，画面外，方筝密切注意着系统提示的二人距离，7 米，6 米，5 米！疯一样的子起手就是个中距离暗袭！女性角色的柔弱惨叫应声响起，杀手却不等姑娘家反应回手又上个一剑封喉。

暗袭加一剑封喉，杀手特有的连招，多数在偷袭时使用，杀伤力惊人，碰见皮稍微脆点的甚至能当场结果。但枯叶蝶的装备属性显然可以，连招之后居然还剩 1/3 血。

两招时间足够炼妖师召唤出她的火精灵宝宝，而她本人则一溜烟往后退。

方筝岂会让她如愿，开启回避（杀手技能，60 秒内遭受攻击的闪避率提高 13%）的同时果断换上弓，凌空一记冰冻箭就把姑娘家定住了！火精灵宝宝的好几下攻击都被杀手闪避掉，方筝抓住机会嗑了个加速药水直直向枯叶蝶冲过去！

枯叶蝶终于不再冰冻，可冰冻箭后续的效果还是极大拖慢了她的移动速度！疯一样的子越靠越近，方筝的笑容也越扩越大。

砰！

夺目的赤色光效猛然在屏幕上炸开。

那光影方筝再熟悉不过了……红莲圣火！

杀手虽不像法系那么脆皮，但"疯一样的子"装备垃圾啊，瞬间血条下去 5/6！

方筝在心里骂，但手上飞速操作，秉着弄死一个算一个的原则继续虐枯叶蝶！奈何这女人的装备不是一般扛揍，两下锥心刺骨捅过去居然还没让她扑！

反倒是火精灵宝宝带着奶妈的柳叶刀一起扑过来了……

方筝最终还是死了。

死亡后没办法在组队频道外发言，但却可以看到任何频道的话。

［当前］我血荐轩辕：怎么回事？

［当前］枯叶蝶：不知道，我坐在那儿什么都没干这人就杀我，果然疯子一样！

［当前］我血荐轩辕：有点眼熟。

［当前］枯叶蝶：嗯？

［当前］我血荐轩辕：我知道了。

方筝正看聊，却忽然接到系统提示——我血荐轩辕选择对你复活，是否接受？

这还需要想，必须否啊！

万一起来后再被虐呢！

总喜欢用自己的心度别人腹的方筝拒绝掉轩辕的技能，干净利落跟随系统回了复活点。

哪知道虚弱状态还没过，轩辕却在密聊里找来了。

［私聊］我血荐轩辕：上次的事有些误会，你现在都满级了，非揪着30级副本的旧怨去偷袭一个姑娘？不好看吧！

［私聊］疯一样的子：我也是姑娘，你们踢我的时候有没有不好意思？告诉你老娘现在屁股还疼呢！

［私聊］我血荐轩辕：……

［私聊］我血荐轩辕：那你到底想怎么样，说句话吧，别搞持久战，也犯不上。

［私聊］疯一样的子：赔礼道歉，你俩一起。

［私聊］我血荐轩辕：呵，你觉得可能吗？

［私聊］疯一样的子：那你跟她离婚，娶我。

［私聊］我血荐轩辕：……

［私聊］疯一样的子：跟你说实话吧，我为什么那么针对枯叶蝶，完全是因为你啊！女人心，你不懂。

［私聊］我血荐轩辕：女人心，男儿身吗？

暴露了。

机机会相信他是女的完全是因为自身的"二货"属性，但轩辕这种管着百号人军团的哪可能不精。谈话至此已经没什么意义，所以方筝果断把对方拉入黑名单，然后打开系统查找，搜寻那自谦的ID……

［私聊］疯一样的子：小机机。

有道是，君子报仇十年不晚，方筝报仇从早到晚。

小机机现在没有组织，显然每个漫漫长夜都十分无聊，故而对于任何来路不明的勾搭均迅速回应——

［私聊］战斗机：干吗？

〔私聊〕疯一样的子：不干吗，干人，五十个逐鹿币，咋样？
〔私聊〕战斗机：我就值五毛钱？！
〔私聊〕疯一样的子：机机，你不能看不起五毛党。
〔私聊〕战斗机：我不会游泳，你另外找水军吧！
〔私聊〕疯一样的子：我不要水军，就要你！
〔私聊〕战斗机：对男人没兴趣！
〔私聊〕疯一样的子：女人呢？
〔私聊〕战斗机：嗯？

听闻要杀的是枯叶蝶，小机机收起玩笑，破天荒正经起来。
〔私聊〕战斗机：有点难吧，她和轩辕现在几乎形影不离。
方筝叹气，这厮的担心偏了点吧，正常人不都会第一时间想起旧情不忍下手或者不想撕破脸啥的吗？虽然他找"小机机"也想赌一把对方与轩辕的矛盾，但这么痛快……
〔私聊〕战斗机：要不我去引开轩辕，你趁机对她下手？
〔私聊〕疯一样的子：好兄弟，我就是这么想的！
两人的波长合一起了。
轩辕岂是那么容易打的，与其迎难而上，不如攻其软肋，既杀了枯叶蝶，又郁闷了"我血荐轩辕"，啧，多美！
〔私聊〕战斗机：这简单，我去找轩辕私聊，争取把他拉走，你埋伏在暗处，等我信号。
〔私聊〕疯一样的子：你能和他私聊？你不是把整个纵横天下军团都拉黑了吗？
〔私聊〕战斗机：拉黑再取消呗，这有啥，回头私聊完了我再拉黑。
〔私聊〕疯一样的子：那就这么说定了，我再去踩踩点儿，看看他们现在在哪儿呢！
〔私聊〕战斗机：不用，我已经取消拉黑了，刚把好友申请给轩辕发过去，等下直接问他在哪儿不就得了。
〔私聊〕疯一样的子：……
〔私聊〕疯一样的子：我挺你！
三分钟后——
〔私聊〕战斗机：他还在山城呢！
方筝一声叹息，轩辕君真是个大度的人啊！

［私聊］疯一样的子：锄奸小分队，走起！

转瞬，杀手和仙术师便前后脚抵达山岚城。说是小分队，但其实两个人没组队，因为小机机必须让轩辕跟自己组队。说白了，锄奸的一个必要条件就是轩辕和枯叶蝶的队伍必须散，否则不管轩辕在哪儿都能看见枯叶蝶"哗哗"掉血，即便赶不及过来，后续麻烦也多。杀人于无影无形，才是上策。

枯叶蝶和轩辕依然坐在山城上，相依相偎，静美得如同一幅画卷。

满级了，极品橙色套装全了，游戏迟迟不升级，没了追求的账号们只好旅旅游，谈谈爱。

方筝这回没敢靠前，操纵着疯一样的子潜伏在很远的一个山头，远到即使那两个人站起来360度旋转也不会看到可疑分子。

小机机就不同了，方筝眼看着他大摇大摆走过去，三两句话，轩辕便跟着他一起离开。

留下枯叶蝶一个，静静望着苍茫的天。

密聊里弹出战斗机的集结号——

［私聊］战斗机：上！你只有一盘斗地主的时间！

方筝有点窘，祈祷对方慢点出牌，千万别四个二把两个王带出去。

隐身、暗袭、一剑封喉、冰冻箭，转手连发锥心刺骨！

这一次方筝甚至没给枯叶蝶召唤宝宝的机会，对方几次想吟唱都被他的技能打断，就见枯叶蝶的血条直线往下，且不断加速，终于空空如也！

痛快啊！你是那天边最美的云彩，怎么就没让你留下来。

枯叶蝶听不见方筝内心的旋律，某种意义上讲这是个大幸运。

欢送炼妖师化作一道白光飞回复活点，方筝身心舒畅，刚想离开，却瞥见地上的闪光。

居然还爆装备了！

逐鹿里的装备分为绑定和不绑定的两种，通常副本里爆的都是自动绑定拾取者，不能再度交易，而野图BOSS或者打其他小怪爆的不会绑定，可以随便交易或者送人，但不管是否绑定，都有一定的概率在人物死亡时掉落。而且装备还不同于副本爆的装备，后者多半情况下会随着拾取自动绑定，即便拾取者不能用，拿到就是拿到了，只能提取外形或者直接卖商店，人物死亡掉落的装备却不会自动绑定，也就是说，即使拾取者不能用，也可以随便倒卖给能用的玩家，无比人性化。

枯叶蝶是个"极品"，装备也是极品。闪光的雪域布甲上衣，极难做的橙装，使用能使魔法攻击力和魔法抵抗力都大幅度增加，物理防御力在布甲装备中也堪称一流。

方筝刚把装备收入囊中,小机机的私信就过来了——

［私聊］战斗机:成了?

［私聊］疯一样的子:哟,你这时间卡得挺准啊!

［私聊］战斗机:轩辕把我拉黑了。

［私聊］疯一样的子:你露馅了?

［私聊］战斗机:你都把他媳妇"杀"了,他能不知道吗?

［私聊］疯一样的子:哦,无所谓,反正报仇了。

［私聊］战斗机:唉,其实也没想象中的爽。

［私聊］疯一样的子:枯叶蝶的雪域上衣爆了。

［私聊］战斗机:你说啥?!

［私聊］战斗机:她那个极品套爆了?还是个上衣!

所谓套装,分上衣、下衣、护腕、护腿、鞋五件套,其中上衣、下衣属最珍贵的大件。

［私聊］疯一样的子:嘿嘿,你有认识的布甲职业玩家没?

［私聊］战斗机:嘿嘿嘿嘿嘿,我一定给你找个有钱的……

人多的服务器就这点好,甭管多贵的装备,永远有价有市。

不消十分钟,上衣被一个仙术师以五万逐鹿币收走。

五万逐鹿币,相当于五百元钱左右,听起来很多,可其实比起疯一样的子那完美的沙漠要塞杀手套装,就小巫见大巫了。毕竟雪域上衣是玩家拿着图纸就能做的,运气好,说不定做一次就"闪"了,材料再难找,雪域高原上多晃荡些时日也就有了。可沙漠套,甭管自己穿还是往出卖,都得实实在在靠人力一周周打出来,那人工成本简直无法直视。

两人在袖水街二一添作五地把"赃款"分了,正相见恨晚地准备聊聊人生,谈谈理想,逐鹿上忽然刷出公告——

［喇叭］我血荐轩辕:从今天起纵横天下全服通缉战斗机、疯一样的子,凡军团成员见此二人杀无赦。特此公告。

置顶喇叭除非被新喇叭顶掉,否则可以停留五分钟。

但下面的逐鹿频道就尘土飞扬了。

［逐鹿］无心之过:哟呵,小机机又干啥了?

［逐鹿］泰山之巅:我就说他离团很蹊跷,说是为了公理道义,啧,谁知道背后藏着什么惊天秘密!

［逐鹿］风流不下流:难不成他给轩辕戴了有颜色的帽子?

[逐鹿]一醉方休：这话军团频道里说说就得了。

[逐鹿]胡一菲12138：五岳阁团长带着三大金刚一起八卦，什么情况？！

[逐鹿]阿飞：美女，爆粗口会找不到男人的。

[逐鹿]秦时明月：楼上你新来的吧，赶紧膜拜咱逐鹿之渊第一八卦天团"恋爱去死去死团"团长一菲姐。

[逐鹿]阿飞：这名号好长。

[逐鹿]胡一菲12138：乖，来叫一次试试。

[逐鹿]阿飞：……

一片喧嚣中，通缉的喇叭被顶掉了。

[喇叭]战斗机：轩辕，不用这么狠吧！

略带示弱的语气，让群众大跌眼镜。终于有人忍不住，掏出一角钱也刷了个——

[喇叭]胡一菲12138：小机机，你什么时候变弱了？

一菲姐的喇叭没停留多久，又被顶掉了。

[喇叭]我血荐轩辕：从今天起纵横天下全服通缉战斗机、疯一样的子，凡军团成员见此二人杀无赦。特此公告。

显然，纵横天下我意已决。

小机机也不再来怀柔政策——

[喇叭]战斗机：那行，我等着你杀我哈，别像对鹦鹉似的手下留情，才追杀到37级，直接给我归零吧！Come on，Baby！

别说轩辕，方筝看着这股贱劲儿都想动手。

战斗机喇叭刷得嘚瑟，脑袋却一点不昏。犀利如Polly都能被轮到37级，即使现在少了个五岳阁掺和，他也未必能幸运到哪里去。

不过他不后悔干这事儿，心里早憋着一口气呢，现在撒出去了，爽死！

何况还有个盟友。

[私聊]战斗机：你看咋办？

[私聊]疯一样的子：嗯？

[私聊]战斗机：我俩现在只要一出商业街安全区，肯定被轮番追杀。

[私聊]疯一样的子：那就不出呗！

[私聊]战斗机：躲得了一时还躲得了一世啊！咱俩得想个长久的应对办法。

[私聊]疯一样的子：你想就行，加油！

[私聊]战斗机：你小子不会现在想跑吧？
　　[私聊]战斗机：我给你说就是想跑你也跑不出去，我俩现在是一条线上的蚂蚱！
　　[私聊]疯一样的子：别价啊，你看，我只是个小代练。
　　[私聊]战斗机：你去死吧！

　　"扑倒"枯叶蝶那天晚上方筝睡了美美一觉，中午起床，身心舒畅，连窗外的太阳看着都像香气四溢的荷包蛋。
　　登录镜花水月，不知是不是太早，好友列表里居然只有一个人在。
　　当然有奶就是娘的好友列表一大半是买卖关系，要么客户，要么生意伙伴，剩下三成才是下野队或者其他游戏活动过程中加的玩家。
　　好歹还有一个人，方筝安慰自己的同时，很自然开始骚扰对方——
　　[私聊]有奶就是娘：干吗呢？
　　[私聊]钻石卖家：还能干吗，摆摊儿呗！
　　[私聊]有奶就是娘：现在还有生意？
　　[私聊]钻石卖家：最近一笔成交额上个月进账的。
　　[私聊]有奶就是娘：这个月都快过完了，合着你天天坐这儿喝西北风？
　　[私聊]钻石卖家：别说得跟你买卖多红火似的。
　　[私聊]有奶就是娘：得了，咱苦命人就别为难苦命人了。
　　[私聊]有奶就是娘：下个本去？
　　[私聊]钻石卖家：两人下个屁。
　　[私聊]有奶就是娘：天池，两人就能推。
　　[私聊]钻石卖家：不去，没劲。
　　[私聊]有奶就是娘：你挂机更没劲。
　　[私聊]钻石卖家：不好意思，我的工作就是挂机！
　　[私聊]有奶就是娘：我觉得你老板快赔死了……
　　[私聊]钻石卖家：黑心浑蛋一个月发那么点儿工资，能赔？赚得不要太 high 哦！
　　[私聊]有奶就是娘：哎，其实我一直很好奇，你们一个月工资多少啊？方便透露不？
　　[私聊]钻石卖家：别装了，都同行，谁不知道谁啊！
　　[私聊]有奶就是娘：我是代练，但我没老板。
　　[私聊]钻石卖家：嗯？

[私聊]有奶就是娘：我自己赚钱自己花，一人吃饱全家不饿。

[私聊]钻石卖家：你个人代练啊！

[私聊]有奶就是娘：我倒想开公司，可惜缺人又缺钱哪！

[私聊]钻石卖家：其实自己干也挺好，一个号练满级得个五六百吧！拿一个号四天算，周末双休，你一个月还能练五个号呢！我记得你还倒腾材料和装备来着，啧，三千多块一个月也算白领阶层了。

[私聊]有奶就是娘：这就白领了？在京市连半平方米房子都买不上。

[私聊]钻石卖家：你在京市？

[私聊]有奶就是娘：东北。

[私聊]钻石卖家：那你说个屁。

[私聊]有奶就是娘：东北也不便宜啊，现在房子也一万两万了……

[私聊]钻石卖家：你就说你到底在哪儿吧！

[私聊]有奶就是娘：小城市，估计你没听过。

[私聊]钻石卖家：我真想弄死你……

和同行有一搭没一搭聊了会儿，方筝意兴阑珊地退出了镜花水月。

其实同行高估他了，三千那是他工作态度端正的时候，当然也有四千五千的超常发挥月，而工作态度端正多数发生在他借记卡见底的时候，但凡卡里还有钱，比如，现在，刚交过三个月房租，剩下的钱凑合凑合俩月生活费没问题，他就容易由着性子抽风。

无所事事的下午，方筝索性又睡了一觉。

醒来时傍晚5:00，夕阳正好。

方筝觉得彻底精神了，便鼓足勇气登录逐鹿之渊。漫长的十五分钟排队后，小杀手的身影终于缓缓映现在袖水街。

战斗机不在线，隔壁吴老二也不在线，方筝有些失落地关掉好友列表，然后静静地看着屏幕上的疯一样的子。

良久，方筝长舒一口气，仿佛下了什么重要决定似的，操纵小杀手奔赴传送师。

几秒钟后，疯一样的子抵达长名山脚。

一分钟后，疯一样的子捂着胸口于复活点喘息。

最后一丝侥幸消失殆尽，方筝充分认识到轩辕君的一个唾沫一个钉，看来短期内小杀手是不宜在逐鹿之渊冒头了。

可惜吗？自然是可惜的。七天的汗水都是人工成本啊，如果这七天他不练号而是在逐鹿之渊采集材料，没准儿都能卖个五百七百的，也不至于落到现在这般颗粒无收。

但是……后悔？

不。

现实生活已经够让人窝囊了，游戏里还要受窝囊气？如果揭不开锅了他可以考虑忍忍，但现在衣食不愁，那就对不住了。况且疯一样的子是从 0 级练上来的，在逐鹿之渊里并没有什么割舍不了的社会关系或者极品装备，说白了，这个号对客户的意义顶多就是占了个熟悉的 ID。这也是方筝敢用它抽风的原因。花五百元买个痛快，贵是贵了点，可你见哪个女人 shopping 的时候冷静了？其实都是一个道理。

返回镜花水月，疯一样的子依然不在线。

方筝百无聊赖地看了个电影，又下楼吃了个饭，回来时正好 8:00，客户还是不在，没办法，他只好给对方发了一条短信——

您委托我方代练的疯一样的子（逐鹿之渊）已经满级，但是因为一些特殊的原因，该账号暂时不宜使用，对此我方感到十分抱歉。您可以把银行账号发给我方，我方把预付款给您还回去，这次代练权当免费。您也可以重新给我方一个账号，我方再次帮您练到满级，价钱五折。当然如果您实在舍不得 ID，非要用那个号，建议您一个月之后再上会好些。最后，我方对于此次失误给您带来的不便，再次表达深深的歉意。

第四章

梦魇重现

洗浴中心包厢里，正享受着专业按摩的江洋，收到了来自代练的短信。

说不上原因，江洋看到"发信人：代练"那几个字，脑袋里就自动浮现一张笑脸，永远眉开眼笑，却总是笑得你想抽他。可惜短信无趣到让人泄气，语气刻板，内容悲惨，弄得江洋不得不怀疑这发短信的难道又是个新部门，比如，客服部？

没耐性敲字，江洋直接一个电话拨过去。

方筝发完短信就没干别的，特聚精会神地端坐等待回音，虽然客户看不见，但他潜意识里还是希望能真诚地表达自己对此事的重视及真诚悔过。

本以为客户会回短信，哪承想直接飞过来了电话，方筝犹豫了一下，才硬着头皮接起，笑脸相迎："嗨，晚上好。"

江洋微微皱眉，大脑CPU飞速进行音谱分析，很快确认这就是YY里那个声音，莫名地，心情好了起来："短信收到了，现在来给我讲讲这个故事吧！"

方筝咽了咽口水，有些艰难道："呃……这是个很长的故事……要不，我把电话给您拨回去吧，怎么能让您浪费电话费呢！"

江洋面上不动声色，心里却被一丝微妙的感觉撩得痒痒的，这人下本和做生意还真完全两个面孔，弄得你特想往死里欺负："没事儿，从代练费里扣好了。"

"……你是周扒皮吗？！"

"呵呵，也行。"

"心里骂我呢吧！"

"哪能啊！"方筝立刻否认，音调不自觉就高了，等反应过来这根本是欲盖弥彰之后，欲哭无泪。

"不过，"江洋忽然想起什么似的，慢悠悠道，"你好像也没有代练费可扣了。"

方筝窘，还真是。

客户倒不穷追猛打："先说说故事吧！"

之后的两分钟里，方筝用简练的语言描述了疯一样的子和纵横天下的恩怨情仇，当然重点在阐述轩辕和枯叶蝶怎么怎么无耻而自己是如何被逼上梁山，最后轻描淡写带过疯一样的子已经被纵横天下全团追杀的客观事实。

"所以我现在只要在逐鹿之渊冒头，就会马上被轮杀？"江洋纵横商场多年，总结归纳能力还是很强的。

"咳，"方筝不自觉看天花板，"大概就是这个意思……"

不想江洋却乐了:"这倒挺有意思。"

方筝愣住,不理解客户的意思是哪个意思,但商业信用还是要再度重申的:"你看你把账户信息发我吧,预付款我给你打回去。"

"我记得你说再练个号五折?"客户忽然提起另一话题。

方筝哑然,他就是随口说说啊亲,五折练个号他能赔到西伯利亚去。

"嗯,五折。"大义凛然就说他呢!

"唉,"客户轻轻叹息,"五折啊,你怎么想的呢?"

方筝下意识就觉得对方是在讨价还价,立刻郁闷了:"五折还贵?我给你讲,这绝对是挥泪跳楼价……"

话没说完,就被客户打断:"五百的五折是多少?"

方筝顿住,继而悟了。

"客户我真不是故意的,二五九!二五九我就帮你练满级!"

江洋黑线,一般这种情况不都应该是二四九吗?!

跟客户打一次电话,方筝觉得自己能折寿半年。好在客户最后说预付款不用退,算是弥补了他伤痕累累的娇弱心灵。

三百五十九元——和疯一样的子挂钩的全部收益,也不算太糟。

方筝是个闪存,通常烦心事儿一解决,可以瞬间把过去抛诸脑后,快快乐乐地迎接未来。于是挂上电话没两分钟,便登录了镜花水月。

孟初冬这个晚上的前半段很无聊,确切地说是这几天都很无聊。若在以前,他可以去鹤眉山打猴,跟系统比赛跑无聊,可前几天又是天池本又是尸王部落,把他的兴趣吊起来了,转头个个儿跑得飞快,连人影都再捕捉不到,这就有些让人郁闷了。有奶就是娘这几天连个摊子都没摆,他不得不怀疑对方已经把生意转到其他服务器上去了。

而像是要印证他的猜测一般,有奶就是娘8点多的时候上线一次,很快又下去了,前后不过眨眼的工夫。

孟初冬操纵着小僵尸坐在江堤,也开始考虑自己是不是该换个地方。不是换服务器,而是换游戏。

——几年的感情听起来像很长,可当你要舍的时候就会发现,其实只那么一点点,在漫长的人生里,白驹过隙。

孟初冬这一想就想到了 21:30,结果奶妈又上线了,并且这一次没有闪下,而是带着春风扑面而来——

[私聊] 有奶就是娘:小鸟。

很好,自己挂机一晚上,这货总算看见了。

［私聊］Polly：嗯。

［私聊］有奶就是娘：你干吗呢？

［私聊］Polly：挂机。

［私聊］有奶就是娘：挂机多没意思啊，我们下本去！

［私聊］Polly：行，你组人。

［私聊］有奶就是娘：这么高难度的事情你怎么好意思让我一个人来！

［私聊］Polly发了一个微笑表情。

方筝在显示器前暗窘，仿佛看见了世界上的另一个自己。

21:35，后黄金时段，镜花水月鬼得像"核泄漏"现场。

［逐鹿］有奶就是娘：组队下本，职业不限，等级不限，副本不限。

［逐鹿］有奶就是娘：组队下本，职业不限，等级不限，副本不限。

［逐鹿］有奶就是娘：组队下本，职业不限，等级不限，副本不限。

冷清的逐鹿频道没人干扰"奶娘"刷屏。

［逐鹿］钻石卖家：我去，你连等级都不限了？

［逐鹿］有奶就是娘：你懂什么，先组来人，等级不够可以再研究。

［逐鹿］钻石卖家：怎么研究？

［逐鹿］有奶就是娘：你的号可以借来用一下嘛！

［逐鹿］钻石卖家：去你大爷的吧！

［逐鹿］有奶就是娘：老板快出来，你们家员工态度太恶劣了！

［逐鹿］钻石卖家：是的，我都看见了，我代表工号117向您赔礼道歉。

［逐鹿］有奶就是娘：……

［逐鹿］钻石卖家：但这是商业账号，确实不能外借，不过我司也有满级空号出售，您可以考虑看看。

方筝想叫小鸟出来看上帝，可冲击实在太大，半天竟没想起来敲键盘。

不知过了多久，私聊里蹦出两个人的信息——

［私聊］Polly：怎么不喊人了？

［私聊］钻石卖家：我们老板刚刚就在我背后！

方筝哪还顾得上小鸟。

［私聊］有奶就是娘：真的假的？

［私聊］钻石卖家：你说呢！我这个月奖金要成浮云我绝对天涯海角追杀你！

［私聊］有奶就是娘：不是，大半夜的，你老板干吗过来啊？

据方筝了解，钻石卖家他们公司租了两套三室一厅毛坯房，他们十来个员工都挤在一起,连工作带住宿,老板轻易不过来,一般过来就是发工资——拢共两三万元钱,所以老板没有多此一举打卡的道理,直接发现金。

［私聊］钻石卖家：我哪知道,抽风呗,直接拿钥匙开门跟鬼似的,一点声都没有!

［私聊］有奶就是娘：摸摸毛,可怜见的。

［私聊］钻石卖家：滚!我这么可怜是因为谁啊!

［私聊］有奶就是娘：那你们老板现在呢?

［私聊］钻石卖家：吃夜宵去了。

［私聊］有奶就是娘：啧,也不说带你们一起。

［私聊］钻石卖家：他现在只可能想拿筷子戳死我。

［私聊］有奶就是娘：要我说你也别打工了,咱俩合伙干,反正都是练级弄材料倒卖游戏币,干吗不自己当老板。

［私聊］钻石卖家：别价,我还是喜欢稳定的,就算没提成好歹还有底薪。

［私聊］有奶就是娘：得,人各有志,不能强求。所以你要不要来跟我们下本?

［私聊］钻石卖家：这俩话题有关联性吗?

方筝这厢正跟同行扯淡,系统却提示有人申请组队了,想都没想就点了通过,再定睛看去,好嘛,熟人。

［队伍］有奶就是娘：又见了哈!

［队伍］妖的祝福：缘分,缘分。

［队伍］有奶就是娘：其实我还是很想掐死你。

［队伍］妖的祝福：壮士,您大人有大量把前尘往事都忘却吧!

［队伍］有奶就是娘：不过比起那个人,你还是可以被宽恕的。

［队伍］妖的祝福：嗯,那个人这两天好像一直没来。

［队伍］Polly：又不是伏地魔,你们可以喊出他光辉的名字。

［队伍］妖的祝福：呃……

［队伍］有奶就是娘：还是算了。

妖加入后,方筝又在世界上刷半天,可队伍里再没新面孔。不想下本计划就这么流产,方筝索性给客户发去一条短信——镜花水月六人本,来不?

这个时候他就不是代练了,而是曾经和对方下过一次本的队友。

那头回复得也快——逐鹿之渊呢,没空。

方筝眨了两下眼睛才反应过来,自己没改客户的账号密码,所以……这货登录逐鹿之渊了?!

代练：爽吗？

客户250：爽。

代练：你喜欢杀人？

客户250：不然弄沙漠套干吗？

代练：可惜镜花水月无用武之地了。

客户250：嗯。

代练：所以现在的逐鹿之渊正好？

客户250：你怎么废话这么多！又死了！

代练：那个，你继续加油！不用回复了！

方筝放下手机，思考半天纵横天下围攻和客户需求之间的微妙契合度，然后理解了客户为什么不需要他返回预付金，以及，这买卖他做亏了。

几个短信来回的时间，组队频道里又刷过去好多话，方筝扫过去，猛地瞪大眼睛——

[队伍]战斗机：这队里有妹子吗？有吗？有吗？有吗？

他怎么来了！

[私聊]Polly：我朋友，过来充个数。

这货会读心术吗？！

几乎是同时，队伍里又进来一个陌生面孔——55级狂刀客，血牛不吃草。

[队伍]Polly：血牛，我们只有五个人，可能下不了太难的本。

[队伍]血牛不吃草：没关系，我好久没上线了，怎么这区人变得这么少？

[队伍]Polly：都去新服了。

[队伍]血牛不吃草：哦！

[队伍]战斗机：摔！为啥一个妹子都没有！

[队伍]Polly：你知道？

[队伍]战斗机：看ID就知道了吧！

方筝扶额，这货顶着这么个ID有资格说别人？！

小鸟君永远是最清明的——

[队伍]Polly：队伍只有五个人，要注意指挥和配合。YY，4876×××。

登录小鸟君的房间频道对于有奶就是娘和妖的祝福来说已经熟门熟路，可等他俩进去，发现还有个更熟的早披着黄马盘踞于此了，见人陆续进入，黄马开始打招呼——

"大家好，我是小机机哈！"

多么自谦啊!

"奶妈……"方筝的声音像蚊子。

"祝福……"妖也气若游丝。

小鸟没自我介绍,而是直接问:"血牛,听得到吗?"

血牛的回答是公屏打字:可以。

机机立刻凑过来:"你没麦?"

血牛没理他,Polly也没理他,而是开启讨论:"五个人,看看想下什么本。"

先说话的依然是方筝,依然压着声音:"布达慕宫智慧神如何……"

妖接茬,声音小得近乎喘息了:"天池水怪也行……"

机机不解发问:"为什么你们说话都这么小声?有什么讲究吗?"

妖:"总觉得……讲太大声了……会被那个人听到……"

奶妈:"小心……驶得……万年船……"

机机一脑门子雾水:"哪个人?"

方筝还没来得及说出他光辉的名字,YY里就响起了明朗而活泼的声音——

"啊你们还真都在啊,我一上线就看到奶妈刷屏申请半天没反应,本来只是抱着试试看的心理进来瞅瞅。哈哈,正好六个人,今天去下什么本?"

方筝切回游戏界面,看着新弹出的入队申请,经过漫长的天人交战,终于颤抖地点击通过,鼠标响起的一刹那,他仿佛听见了心在滴血。

六人到齐,下什么本似乎就没有讨论的必要了——

"尸王部落,正好把上次没推完的推完。"Polly平静的口气无比正直。

但方筝总觉得不是,故而悄悄过去一句——

[私聊]有奶就是娘:你是怕别的本又出新问题吧!

[私聊]Polly:嗯,下生不如下熟。

这货承认得太快好没成就感。

一行人浩浩荡荡进了尸王部落,方筝正琢磨没了杀手这回让谁扛赶尸路呢,结果后知后觉地发现机机居然是血战士。他一直以为对方在镜花水月的号和逐鹿之渊的号一样都是仙术师呢!有血战士一切就简单了……

"赶尸路血战士来扛,没问题吧?"埋骨村头,方筝照例随口问了句。

"没问题啊,"战斗机爽快应承,然后话锋一转,"可是我们为啥要走赶尸路?"

方筝莫名其妙:"难不成你还想PK王大爷?"

机机更莫名其妙:"王大爷轻易不抛头露面吧?"

方筝这才回过味来,可不是,王大爷出场的概率比双色球全中高不到哪儿去,结果上回让你大爷那么一摧残,留下了"王大爷百分百会出场"的不可磨灭的心理阴影。

无异议,一行人又选择了近路。

无意外,王大爷45度角抽烟。

"得,回村口吧!"方筝叹口气,连抓狂的激情都没了。你大爷用强大的RP(运气)把他从一个热血沸腾的汉子打造成随波逐流的软妹,他再不奢望扼住命运咽喉,虔诚地向命运低头。

昔日队友感同身受,纷纷转身。

YY里却忽然传来机机兴奋的嚷嚷:"还真刷出来了啊,哈哈哈!我一直就想跟他比画呢,都说打不过,屁,哪有打不过的NPC!"

方筝微微抬眼,仿佛又看见了笼罩在他和显示器上方的命运乌云……

"你一次都没碰见过王大爷?"这还有好奇的呢!

"碰是碰见过,但队友都不打啊,"机机耐心给妖解惑,"你说人家冲BOSS去的,我也不好意思强求。"

Polly很顺当接口:"那这回你也别强求了。"

机机哀怨了:"鹦鹉你太不够意思了,好歹兄弟一场,我就这么个小心愿你都不帮忙?说不定还能爆惊天好物呢!到时候我让你先挑!"

方筝无语,还爆好物?能坚持到大爷暴走就算一流队伍。幸亏小鸟不是个耳根软的……

"我先挑?"Polly君的声调微妙上扬。

他还没表扬完呢!

"绝对的!"机机慷慨激昂,"你看我迷人的眼睛!"

方筝再忍不住:"这个时候不应该用纯洁吗?"

Polly:"那样表现不出他的美貌。"

方筝捂住胸口,努力抑制奔涌的老血……

机机:"还是你最懂我!哈哈!废话少说,开了!"

话音未落,血战士挥着大刀便冲了上去照着王大爷就是一抢!

方筝的这口血终没止住,喷到了显示器上。

T(代指游戏里的坦克职业)都开战了,队员还能说啥,Polly第二个冲上去,妖马上开始鼓吹(增加属性的技能),你大爷退到安全距离开始远程往王大爷身上扔法术，血牛不吃草最淡定，慢悠悠走过去砍下第一刀的时候机机起码已经释放三四个技能了。

"血牛你好慢。"果然，小机机抱怨了。

血牛狂砍中还可以打字——

［队伍］血牛不吃草：怕抢你仇恨。

机机："我可以耍贱，你抢不走的。"

耍贱——血战士专业挑衅技能，杀伤力低下，但能瞬间提高BOSS对其的仇恨。

所以理论上讲战斗机的话是没错的，可怎么听，怎么觉得这人"猥琐"。

王大爷的攻击力很高，一烟袋锅子下去机机血管几乎空一多半，要知道这对专业扛BOSS的血战士来讲，绝对是逆天的杀伤力了。好在队伍里"俩奶"（两个补血辅助），一个润物无声、枯木逢春、涓涓细流、万树花开纷繁呼应，一个愈合的祝福、鼓吹规律交错，总算保住了机机的血条。

"也没多难嘛！"泡在幸福奶水里的机机发出感慨。

Polly淡淡道："等下他召唤亡灵，才是关键。"

"什么亡灵？"

方筝叹气："你都不看攻略的吗？"

相比之下小鸟君冷静得多，有问必答："他媳妇。"

"这糟老头还有媳妇儿？！"血战士震惊了，"这不科学啊！哥这么英俊潇洒玉树临风回眸一笑百媚生的都耍单儿呢，他竟然敢给我有媳妇儿？！"

Polly没声了，毕竟他也是血肉之躯……

六人全力输出对于这种非终极BOSS来讲，伤害还是很可观的，所以谈话终止后没多久，忽然风云变色，王大爷瞬间甩开烟袋锅子飞快蹲下开始……烧纸。

这是被欺负要召唤亡妻了。

"祝福别鼓吹了，换铁甲！"王大爷可以慢悠悠烧纸小分队不行啊，Polly马上指挥，"其他人赶紧跑，能跑多远跑多远！"

Polly的战术也只是硬着头皮，因为王大妈一招鲜吃遍天，就是超远距离群秒，她也应该有后招，可无数玩家用血与泪的经验也没换来目睹人家第二招的机会，所以对于能否真的安全跑开，包括Polly在内，全队都没抱多大希望……

好吧，某二货除外。

"我是让别人跑,你带着仇恨呢跟我们跑啥!"淡定如Polly,也被逼成了愤怒的小鸟。

"啊啊,你们是要脱离攻击范围啊,早说嘛……"机机给自己找台阶下那是行云流水,当然手上也没闲着,立刻操纵游戏里的人物往反方向跑。

王大爷被战斗机牢牢固定着仇恨,自然也跟着掉头。

又过了两秒钟,一大片白色的光终于从妖身上发出,除了之前距离BOSS过近以致撤退稍慢的血牛不吃草勉强承接下这提升防御力的铁甲恩赐,其余队员均躲过了——距离太远,技能没覆盖到。

此时距离Polly下达铁甲指令,已经过去亿万年……

"你是手残吗?……"方筝已经不想吐槽,可这货是可忍孰不可忍啊!

妖满心愧疚,不敢作声。

妖的祝福发了一个快哭了的表情。

可是这货居然还敢发表情……

方筝想一个红莲圣火帮王大妈把这货给轰了!

烧纸的信息传递便捷如光纤,没等几个人跑多远,天上的黑云已经缓缓分开,王大妈穿着喜庆的碎花布衫从天而降。

同时降下来的还有漫天霞光——

金婚盛典!

仿佛核爆炸一般的强光瞬间将显示器上的画面吞没,方筝下意识眯起眼,别说自己和队友的角色,就连左上角的全队状态条都被笼罩进了浓重的金光中,完全看不清楚。

不过很快他就没有疑惑了,因为显示器画面变成了黑白。

"我死了!"YY里更有血战士的及时汇报。

"我也死了。"妖的声音闷闷的,显然以为伤亡是自己的责任。

方筝想说你想太多了,可实在没什么心气儿:"死亡加一。"

第四个人尚未汇报,霞光已然散去,虽然不抱希望,可方筝还是条件反射地去看队友状态,却不想被你大爷的半管血亮瞎了钛合金眼!

"法师你什么情况!"机机显然也发现了,立刻惊喜出声。

"呃,我也不知道啊……"你大爷委屈得就像背了黑锅。

"血牛给他上了战友保护。"技术流还得是Polly。

战友保护为血战士和狂刀客的职业技能,组队时使用,释放对象为队友单人,效果是将对方20秒内受到的三次攻击伤害转移到自己身上。

金婚盛典其实是两个群招连击,第一下较弱,第二下才是毁灭性打击,但因为连接速度极快,几乎没留给玩家操作的间隙,所以玩家们普遍把它看成一招。显然,血牛的战友保护把王大妈的两个第一招的伤害都接了过来,并且还扛住了,于是第二招依然没伤给你大爷,而是继续转移给狂刀客,当然只剩下血皮来接双倍第二招的狂刀客,扑街是必然的。

但有一个事儿方筝没弄明白——

"我说机机,你怎么就没想起给自己人甩个战友保护?"

"那个……"机机沉吟半秒,闪电划过脑海,"哥想保护的人还没出现呢!"

[队伍]有奶就是娘:8u7ij87uijgtyvgvgvty6。

机机:"奶妈你干吗?"

妖:"我知道,他在拿脸滚键盘,哈哈!"

机机:"不对吧,滚键盘不该是一溜字母吗,他这里好多重复的。"

Polly:"他在拿脸砸键盘。"

"玩游戏没前途的,"方筝揉着砸疼的脸,真心实意劝这个拥有神赐推理天赋的男人,"小鸟,去参加奥数吧,就那个给四个数猜第五个数啊,给四个图猜第五个图啊,你绝对是大拿……"

"法师别愣神儿,赶紧输出。"小鸟君对无意义的废话从不接茬。

方筝却也被扯回了注意力,这才发现你大爷的血条居然还是刚才那么多!

这不科学啊,就算没被王大妈秒掉,那接下来的攻击他一个脆皮法系能扛几下?

正纳闷儿,就见左下方弹出一行字——

[队伍]血牛不吃草:僵尸,你真牛。

方筝不明所以,再抬头仔细看,才发现Polly的血条虽然空了却不是死亡的灰白色。他连忙转移去看画面,这才后知后觉地发现小鸟君居然坚若磐石了!

什么时候的事儿?

方筝的小脑袋瓜飞速转动起来。记得王大妈降临的时候Polly还有1/3管血,他当时光顾着跑没办法给队友继续补血,但血条是看得真真的,绝对不会记错,那么就只能是金婚盛典的第一个较弱招把Polly轰成了坚若磐石?是的,只有这种情况,僵尸才有可能扛住第二击。反正坚若磐石嘛,别说金婚盛典,你就是钻石婚,人家依旧岿然不动。

于是现在的情况就是夫妻俩BOSS围攻毫无痛楚的小僵尸,剩了半管血并且补了 4/5 血量的你大爷，优哉游哉地开启远程攻击。

［队伍］血牛不吃草：不过有一件事情我没搞懂，为什么仇恨会在僵尸身上？

很好，这是个一针见血的问题。

王大妈的仇恨跟着老伴走，老伴打谁她打谁，这没疑义，但王大爷的仇恨为嘛在 Polly 身上，这就值得揣摩了。

通常情况下，法系的防御力是所有职业里最脆的，而相对应，攻击绝对是所有职业里最高的，除非土豪如某杀手，弄个石头全满加点全满的纯输出沙漠套，否则很难有其他职业的输出盖过法系。但现在，小鸟君穿着一身 55 级黄套，做到了。

你大爷是在全程划水吗？！

没人回答血牛，尽管答案心照不宣。

仙术师是如今硕果仅存的生命，大家不约而同地下定决心——憋到内伤，也要在 BOSS 躺倒之前供给你大爷无限的体谅和关爱。

两分钟后，已经剩下血皮的王大爷轰然倒塌。

王大妈怒极攻心，又来了个毁天灭地的攻击技能！

光影效果震撼人心，想必杀伤力也很凶残，可惜，依旧是个单体攻击。

小鸟君就像女娲补天后留下的那块石头，任凭历史的长河怎样流淌，我身永恒。

六分钟后，群众哈欠连天，机机的麦里已经传出"我爱你你是我的朱丽叶"。

得，又一个女孩儿被领走了。

就在方筝眼皮即将耷拉下来之际，Polly 的声音响起："差不多要暴走了，法师注意点儿。"

"真的？我还以为在坚若磐石结束之前磨不死了呢！"你大爷吹着按疼的指尖几乎痛哭流涕。

说时迟那时快，没等你大爷的话音落下，王大妈忽然抬手射出诡异激光，不是一道，而是数道密密麻麻覆盖住整个屏幕，和之前的金婚盛典攻击范围如出一辙！

方筝心里一"咯噔"，这又是个群招！

不过这个招数不是攻击，而是拖拽！下一秒你大爷已经被扯到大妈跟前！

王大妈是个爽快人，扯完后回手就是一巴掌！

这扫堂腿似的巴掌竟然也是群攻!

你大爷生生接下这招,血条却没到底!

方筝赶紧瞄状态栏,好嘛,这家伙不知啥时候给自己套了个保护盾!

保护盾,仙术师和炼妖师的法系职业技能,30秒内物理防御力提高30%。

啧,这家伙攻击不行,保命倒是一绝。

腹诽没传递到你大爷心坎,故而身兼重任难得热血沸腾的仙术师硬是撑着保护盾嗑了个大红补满血紧接着便开始吟唱,长久地吟唱。

王大妈左右开弓又是几巴掌,可不知是你大爷命好还是保护盾也起到了效果,不光血条尚存一丝,吟唱居然也没被打断……

凤凰涅槃!

嘶叫的火焰鸟在熊熊火光中扑向BOSS家属,王大妈终于二度撒手人寰。

YY沸腾了……

"大爷我果然没看错你,好样的!"自愿降低辈分的是妖。

"干得好。"言简意赅的是Polly。

"我对你刮目相看了!"勇于自我批评的是方筝。

"还愣着干啥,赶紧摸怪啊!"急于收货的是机机。

一句话瞬间勾起了老队员们的回忆——

方筝和妖:"不要!"

Polly:"等着我来!"

要说你大爷的手速总是出现在它不该出现的时候,于是众人只得看着BOSS缓缓消失。

至于色子?对不住,那是另外一个时空里的物品。

或许是在王大爷那里耗尽了霉运,也可能是你大爷识相地锁上了自己嘴巴管住了手,之后的地下暗河也好,鬼怪密林也罢,没死人,没翻船,居然又爆了件鬼怪密林僵尸护腕!上次是法系上衣,这次是僵尸护腕,鬼怪密林的女BOSS简直周身散发着母性光辉。

这副本一下顺,速度便很自然提升,上次打到僵尸王用了近三小时,这次却只有一小时。

"还是老样子,机机你把BOSS拉到草堆,法师和'奶妈'、祝福远程,注意把距离控制在20米以外,血牛和我也近战,但这次有血战士扛,'奶妈'和祝福的刷血压力应该不大。等会儿BOSS暴走血牛注意躲,祝福看着机机,倒了马上复活,不过这次别用召唤了。"

Polly破天荒一口气说了很长一段话,但方筝觉得前面那些都是给最后一句做铺垫的。

妖不敢忘却历史,此刻态度十分端正:"放心吧,我这就把召唤从技能栏上抠下去!"

妖说到做到,整个过程中没犯一次错,并且因为注意力前所未有地集中,连手法都快了,暴走BOSS刚把机机秒了,这厢复活马上甩出去,奶娘的刷血也及时跟上,直到BOSS轰然倒地,全程顺得让人泪流满面。

"我来摸!"战斗机一路上没捞到半个摸怪机会,最后关头死活不再让贤。

队友倒也没异议,反正谁摸都一样,只要不是那个人。

方筝下意识看了眼显示器上的那个人,很好,此君这回乖乖站着没动,非常……

"我这回绝对啥都没干,再黑了可不能怨我。"

非常欠揍地改成了说话。

机机几乎是同时点击了拾取,BOSS这回并没有一黑到底,系统色子也体贴地蹦出来了——

[尸王将军银质皮靴]

等级:55级。

属性:不重要。

特点:这货是个蓝装!

理论上讲皮靴适合僵尸和杀手,但因为是完全没用只能卖商店的蓝装,每个人都扔了把色子,最后皮靴掉入战斗机的口袋,依然没抚平他的愤懑:"这个本太黑了!"

方筝幽幽思索这货得二成什么样才能到现在也没发现谁是真正的黑手。

而真正的BOSS,还在一本正经地感慨:"最近点儿有些背,啧,愁人。"

[队伍]血牛不吃草:真的只是最近吗?

方筝想给狂刀客鞠个躬!

"那个,还继续吗?"妖今天发挥得可圈可点,自己也玩出感觉了,颇有点恋恋不舍。

"算了,都11点了。"Polly淡淡道。

方筝恨不得举双手双脚赞成!

率先附议的却是你大爷:"别下了,明天我还得上班,也不能总熬夜哈!"

"嗯,"Polly应了声,"早点休息,晚安。"

"晚安啦诸位。"

此时方筝已经切出游戏,液晶显示器上是YY界面,你大爷告别完很快退了YY,房间里只剩下五个小马甲。

"那我也下了,"妖语带不舍,"本来还想下个鄷都城的……"

方筝刚想接口说那就明天继续呗,Polly的声音却比他早一步响起:"可以。"

"啊?"妖显然没反应过来。

Polly语气依旧淡淡的:"鄷都城可以,这才11点。"

算了,都11点了。

可以,这才11点。

"猥琐"的最高境界是什么?答,一本正经地无耻。

"等等!你们是不是故意不想带那个仙术师啊!"战斗机恍然大悟的声调就好像是发现了复活节彩蛋。

Polly:"他明天要上班。"

方筝:"……"

机机:"你们太坏了!那赶紧再组个人咱好去鄷都城。"

方筝:"……"

江洋这个晚上算是"爽死"了,简直飘飘欲仙。

从早年的街霸(街头霸王),到后来的CS(反恐精英),再到大型网游诸如《传奇》一类,江洋的游戏生涯丰富得可以写一本近代游戏发展史。别说高考,就是创业最艰难的那段日子,这货也没扔下游戏,只是相对压缩了时间,但减量不减质,依旧不求最爽但求更爽。何谓爽?在江洋这里很简单,那就是打败对手。

所以最初他也是带着这样的美好心愿入驻逐鹿的。没承想时运不济,上来就挑了个让人绝望的镜花水月。其实他刚在这服建号的时候镜花水月还是有些人气的,可等他难得自己练一回小号,花了大半月时间把疯一样的子拉扯到满级,镜花水月萧条了,再等他弄完沙漠套,镜花水月彻底鬼了。这就像是你磨好了刀正准备一统江湖,结果江湖不在了,于是你拎着刀立于漫天黄沙中,怅然,郁闷,憋屈。

方筝的电话就像一针兴奋剂。军团追杀令?这绝对是让人欢欣鼓舞的好物啊！故而挂完电话在按摩床上辗转反侧几分钟后，江洋果断起身跟隔壁几个屋的朋友告了别，打道回府。

半小时后，疯一样的子在逐鹿之渊上线。

半小时又两分钟后，疯一样的子在六环外被杀。

行凶者是两个满级的号，原本正在那里采集草药，见到疯一样的子先是愣了下，继而回忆起这是团长通缉令上的名字，二话不说扔下草药就扑了上来。

江洋原本只是抱着试试看的心理，检验结果却让他喜极而泣！PK 最闹心的是什么，就是你得师出有名啊！否则哪怕你成了 PK 之王，也只会像 Polly 那样落个不怎么值得称道的名声。可现在他不是挑衅，他是保命啊，谁让他一上线就被砍，一上线就被砍……

大好形势摆在眼前，江洋半点犹豫没有，直接回城花九千逐鹿币收了身算不上顶级但也是上级的黄装。原本他想收橙装的，可半天也没找到整套卖的，他又着急，只好先凑合。衣服之后就是武器，他满世界喊，弄得逐鹿上交头接耳，说这什么情况，这被追杀的终于要奋起反击了？可有买自然有卖，很快几个玩家就过来了，最后江洋收了个玩家自行在工坊锻造的极品黄武，加强石都镶好了，攻击力几乎可以媲美普通橙武。

万事俱备，只欠东风。江洋登录逐鹿网上商城，给疯一样的子买了一条红丝带。

江洋总觉得这货是防艾宣传的广告植入，但不管怎么说，一千大洋的效果是杠杠的——凡购红丝带的玩家，全身装备绑定，一个月内即使死亡也不会触发掉落，一个月后自动作废。

准备工作就绪，土豪再一次冲到郊外。

那两人依旧在采药，显然没料到熟面孔会卷土重来，于是给了江洋将疯一样的子开启隐身，并悄悄绕到他们背后的机会，然后小杀手看准时机过去就是个暗袭加见血封喉的连招，并且这招是发生在他很无耻地嗑了个黄金用户抽奖抽来的攻击力加成 15% 的药丸之后，于是脆皮仙术师应声倒下，剩个同样是杀手的仁兄。仙术师被放倒的过程太快了，几乎不够眨眼的，所以此时这位仁兄还保持着采药的蹲踞式。江洋自然不是那种"来来，你先站起来咱俩再堂堂正正比画"的大侠，于是乎一记锥心刺骨先弄掉对方一小截血，然后迅速跳开换上弓就是一记冰冻箭！

可怜的仁兄刚站起就被冻住了，江洋要的就是这个！两秒，足够他跳到背后再来记暗袭加见血封喉了！说来也是这位仁兄倒霉，愣是碰上江洋的见血封喉出现了暴击，血条直接清空，扑倒之际还贡献了一件橙色护腕。

都是杀手，这护腕疯一样的子自然能用，但是单件意义就不大了，也不值得他拆散自己现在的黄套，所以此君一边拾取还一边嫌弃——

［当前］疯一样的子：要爆就爆一整套，要不就别爆，给一件够干屁用的。

趴地上的杀手都死了还吐出一口老血，然后迫不及待化作白光回去找军团战友哭诉了。

疯一样的子站在风中，十分郁闷地想对方为啥没留下一句"你给我等着"，弄得他现在都不知道自己是该原地等着第二拨坏人，还是主动去其他地图找第二拨坏人。

唉，坏人真坏。

之后的情节就不赘述了，反正是你"杀"我来我"杀"你，双方互有伤亡，江洋甚至直接降到了54级。但有一点，人家没爆装备，同时还收获了两个橙色护腕一件橙色上衣一双橙色鞋子和一把极品橙色枪。

丢武器那哥们儿死的心都有，直接在逐鹿上开骂——

［逐鹿］乱云飞渡：疯一样的子你个阴人的玩意儿！那武器我刷了整整一个月的尸王本，啊啊啊！

江洋通体舒畅。

［逐鹿］疯一样的子：你说你们一群人挑我一个，你还穿那么好的装备干啥？

［逐鹿］疯一样的子：尸王将军寒铁枪，便宜甩了，诚心买的密聊。

方等正在镜花水月寂寥的天地间喊人组队呢，手机忽然在桌子上面振起来。

纳闷儿取过来看，一条短信——您尾号为××××的银行卡于××××年×月×日收入392元。

短信是很平常的短信，往日里方等一个月得收个十来条，可这金额太匪夷所思了，而且他近期有过生意吗？就一个人民币土豪然后还夭折……

等等！

392元？

加上之前的100，这就是492元了。

客户没怪他代练惹麻烦，甚至付了全款。

只扣除了他为Polly收装备的5元钱。

以及打电话过来咨询道歉短信详情的3元钱长途电话费。

方筝收到酬劳的那晚，镜花水月小分队并没有下成酆都城。因为左等右等没组齐人，而他们五个里两个奶妈两个T（坦克）只有Polly一个是纯正输出，强推不是不可以，但前途不会比带着你大爷强多少，所以最后到了0:00，大家还是散了。

接连两天，小分队依然没凑齐，好容易第三天等来了438这个炼妖师，满以为输出够了，血牛和机机又一个都没到，前者原因不明，后者说是在逐鹿之渊遇着个看对眼的姑娘，实在分不开身。方筝连鄙视他都懒得做了，倒是Polly很体贴地劝，能跟机机看对眼的姑娘比野生东北虎都少，理解万岁吧。

奇怪的是你大爷再没出现。难道是察觉到自己被嫌弃了？方筝思来想去，都觉得你大爷不会有这种情商，可除此之外没其他解释，浅浅的愧疚便从他心里升了起来。

因为连续几晚都睡得很早，周六这天方筝8点多就起来了。

4月末的天气晴好，和煦的阳光像个性感的帅哥，勾引着你往他怀里扑。方筝扛不过诱惑，难得收拾了屋子，洗了衣服，去附近超市买了一堆东西塞满冰箱，末了还给自己炖了西红柿牛腩。

作为吃货，方筝的手艺不差，这就好比他喜欢玩游戏，所以玩游戏的手法也不差，二者本质上是一个道理。只不过两个最爱里依然有远近亲疏，所以大部分时候吃只能为游戏让道了，像今天这样特意做顿好的，纯属心血来潮。

都说好东西还得有好的吃法，你横竖不能穿着跨栏背心趿拉着人字拖去吃法式大餐吧！

但是方筝可以。

把一锅西红柿炖牛腩"哐当"摆电脑桌上，左手大碗右手鼠标，人家开始游戏了。

不用登录，逐鹿之渊上的小号这几天一直挂着，此刻已经快40级。鬼服没本下，方筝闲着也是闲着，索性练起了小号，当然这并不意味着他要转战逐鹿之渊，除非万不得已，不然他真心不想放弃那个用心经营了四年多的有奶就是娘，所以小号一旦练满，其实是要卖的。一个满级空号大概能卖300元，之所以比代练便宜，完全是市场作用。卖空号的不光是方筝这种纯粹生意人，还有很多是普通玩家，玩家不靠这个挣钱，所以随便卖卖有个仨瓜俩枣就成（当然带着极品装备的账号除外），方筝想在同他们的竞争中脱颖而出，只能平价。既然成品满级号便宜为什么还有人喜欢找代练呢？一，代练不光可以练满级，还可以帮你刷装备等；二，代练的号归根结底还是客户自己的，角色ID、角色外形，甚至角色的游戏关系网，都是客户自己经营的，这可比直接买个不知道底细的账号舒服多了。

不愧是冉冉升起的神服，虽说是大周末，可毕竟才上午，主城里便熙熙攘攘热闹非凡了。

方筝操纵着"小奶妈"在交易上淘了些贱卖的材料，又回手重新挂了个标准的市场价，这种倒卖收益不会太高，但积少成多嘛！做完这些，方筝开始发求组信息——

［逐鹿］醉颜、倾城：39级犀利奶妈求组少林寺（本文代指一个游戏副本），39级犀利奶妈求组少林寺。

想要账号卖得好，有时候ID名比装备更重要。试问两个女号，一个装备空空如也叫轻舞飞扬，一个装备满满当当叫你大爷，你选哪个？所以方筝起名那是很用心的。

［逐鹿］佛挡杀佛：有多犀利啊，嘿嘿，少林寺可有十八个铜人哦，你应付得过来吗？

你看，ID名一副软妹子样，又是女号，被调戏再正常不过。

［逐鹿］醉颜、倾城：嗯？我就是求组少林寺十八铜人副本啊，我手法可以的，放心。

装纯，方筝最拿手了。

［逐鹿］人挡杀人：老佛爷你别给军团丢人现眼了，赶紧归队。

［逐鹿］佛挡杀佛：这年头纯妹子不好找了啊。

方筝正琢磨这语调怎么如此熟悉，原版就冒出来了——

［逐鹿］战斗机：你给我后面排着去！

［逐鹿］战斗机：倾城，哥先预定你了哦！

方筝乐了，顾不上吃肉喝汤第一时间回复——

［私聊］醉颜、倾城：好的，我一定等着小机机。

一秒后——

［逐鹿］战斗机：哎哟，你看我，凡事都有先来后到嘛，亲爱的狒狒我不跟你争了，倾城注定是属于你的，哥和她有缘无分，哥祝福你们白头偕老早生贵子合家欢乐儿孙满堂。

［逐鹿］佛挡杀佛：我怎么觉着有点不对劲……

［逐鹿］人挡杀人：是的，他把你的佛写成了狒。

［逐鹿］佛挡杀佛：我说的不是这个。

［逐鹿］佛挡杀佛：我去，你才是狒狒！你全家都是狒狒！

［逐鹿］战斗机：啧，就你这反应速度，我对流星飒沓的未来很担忧啊！

方筝，心说你都成这样了还好意思替别人担忧。

不过流星飒沓是啥玩意儿？

点开逐鹿之渊各榜单，方筝在军团排行榜第三位找到了这个名字。排在第一第二位的依旧是纵横天下和五岳阁，想来流星飒沓是新崛起的。这不稀奇，逐鹿之渊的玩家越来越多，迟早会形成群雄逐鹿的局面。

唉，又想到镜花水月了，一把辛酸泪。

方筝没暗自神伤多久，便有队伍来组他，一水的大老爷们儿，对他这个"奶妈妹子"很是照顾，整个少林寺副本下得特别顺溜，下完还说要带他升级。方筝乐不得呢，于是一下午都在副本和野外打怪间切换，全程五位壮汉护花。

哦对，其间疯一样的子的大名还登录了两次逐鹿。

一次是下午2:00——

［逐鹿］心碎的夜晚：盆地发现疯一样的子！坐标（××，××）。

一次是下午4:00——

［逐鹿］疯一样的子：你们一个军团的追杀我一个人算什么能耐，想在黄山上刷个怪怎么就这么难！

第一次，方筝在小小的愧疚中为客户担心。

第二次，方筝闭上眼睛都能看见客户那写满"快来杀我呀，快来杀我呀"的俏皮嘴脸。

除了客户，逐鹿上还会时不时出现风云人物，比如，五岳阁的团长一醉方休就上来发了两次公告，但因为都十分不狗血，没吸引群众目光，流星飒沓的团长大剑也上来发了一个公告，大意是明天的沙漠要塞一定会把纵横天下打败。这条公告引来了纵横天下的无数口水，但团长我血荐轩辕却一直没出现。

当然方筝和这个人的旧怨已经连同账号一起打包给了客户，所以只两秒钟，他就把轩辕抛到了九霄云外，专心扮自己的软妹子。

方筝不知道的是，就在这个下午临近结束的时候，他念叨的轩辕在镜花水月悄悄上线了。

那时候孟初冬正在鹤眉山打猴，网吧小妹来问他要不要吃点东西，他才注意到落地玻璃门外，火烧云映红了半个天。

随便叫小妹在附近买了份盖饭，孟初冬的饮食质量从来都跟顾客一致。吃饭并不影响游戏，单手鼠标操作下的Polly仍然把小猴子们打得落花流水。

然后信息栏里弹出了提示——

你的好友我血荐轩辕进入游戏。

孟初冬的手一抖，小僵尸躲闪不及被猴子挠去一小截血，不过他很快恢复，三两下解决掉猴子们，然后看着那一行小字发愣。

哪知道没过多久，系统提示下面又跳出一行——

［当前］我血荐轩辕：还在打金箍？

孟初冬没注意他问啥，而是在看到当前两个字后便下意识旋转视角，很快，在不远处看见了那个昔日并肩战斗的身影。

熟悉的ID，熟悉的装备。甚至那每件装备怎么来的上面镶了什么石头他都倒背如流。

下意识要点烟，伸出手才发现还攥着筷子，孟初冬窘了下，最后轻轻叹口气。

［当前］Polly：闲着也是闲着。

轩辕走近，站在Polly面前，孟初冬知道他在看自己装备。

可看完了，轩辕却仍接着上面的话说——

［当前］我血荐轩辕：是够闲的，我没想到这服能鬼成这样。

孟初冬觉得自己要抑郁。

［当前］Polly：你要是不知道就不会转服了。

［当前］我血荐轩辕：你还是老样子，一点情面都不留。

［当前］Polly：面子不能当钱花。

［当前］我血荐轩辕：有时候能。

［当前］Polly：所以咱俩掰了。

［当前］我血荐轩辕：你知道不光是因为这个。

［当前］Polly：说说别的吧，你回来这里干吗？

［当前］我血荐轩辕：逐鹿之渊里出了个杀手，这阵子一直和纵横天下叫板。

［当前］Polly：看你们军团不顺眼的人太多了，不能每一个都是我的小号。

［当前］我血荐轩辕：……

［当前］我血荐轩辕：有没有人说过你像会读心术似的。

［当前］Polly：当面还没有，私底下或者心里嘀咕应该有。

［当前］我血荐轩辕：其实我想也不是你，那人买了红丝带。

［当前］Polly：暴发户。

［当前］我血荐轩辕：你当初要买就不至于被追掉一身装备了。

［当前］Polly：我一直等你送我一条。

［当前］我血荐轩辕：！！！

［当前］Polly发了一个微笑表情。

［当前］我血荐轩辕：……

［当前］我血荐轩辕：你真的是鹦鹉？

［当前］Polly：看起来像战斗机？

［当前］我血荐轩辕：有点。

［当前］Polly：呵呵！

［当前］我血荐轩辕：别人呵呵的时候我都得过过脑子，就你的呵呵，只是呵呵！

［当前］Polly：我觉得你这话更费脑子。

［当前］Polly：别跟我这儿扯了，我在逐鹿之渊没号，以后也不会有，放心吧！

［当前］我血荐轩辕：你指的是放什么心？

［当前］Polly：随你想，想什么是什么。

［当前］我血荐轩辕：如果我想你来呢，来逐鹿之渊，来纵横天下。

［当前］Polly：换ID？

［当前］我血荐轩辕：Polly的名声实在不太好。

［当前］Polly：我能搞臭一个就能搞臭第二个。

［当前］Polly：但我扛过一次军团轮，未必能扛得过第二次。

［当前］我血荐轩辕：就知道你都记着呢！

［当前］Polly：想忘也难。

［当前］我血荐轩辕：可你还是在刷金箍。

［当前］Polly：我现在想打电话问逐鹿客服这东西到底存不存在了。

［当前］我血荐轩辕：别刷了，真刷出来又能怎的。

［当前］Polly：卖呗。

［当前］我血荐轩辕：这服务器还能有人买？

［当前］Polly：那就自己留着。

［当前］我血荐轩辕：你要个奶妈头饰有用？

［当前］Polly：我说，一个军团不够你操心的，还跑来操心外服？

［当前］Polly：安心吧，地球没了谁都转。

［当前］我血荐轩辕：但这服务器是谁都没有了，你准备一个人在这和NPC玩？

Polly在我血荐轩辕面前没有弱势，同样孟初冬在轩辕面前也没有，但镜花水月在逐鹿之渊面前，低的就不止一颗头了。

我不是一个人，我有队伍下本，话说起来不难，可证据呢？

孟初冬还是抑郁了。

哪知系统却在此刻送来贴心"小棉袄"——

［系统］您的好友"有奶就是娘"进入游戏。

［私聊］有奶就是娘：小鸟哎！

孟初冬心里那颗暗淡多时的灯泡在波浪线里亮了，并且自带音效——啪！

［私聊］Polly：鹤眉山，坐标（××，××），速度。

方筝没想到傍晚时分Polly就在线，在逐鹿之渊装了一下午"软妹子"，他想回镜花水月透个气，发私聊过去纯粹是例行公事，通常情况下Polly的回复只有两种——嗯，或者，下本？

于是一反常规的回复引起了他的注意，待看清速度二字，方筝立即心领神会，这是遇见麻烦了，于是二话不说撒丫子就冲向鹤眉。

传送过程中方筝申请组队，Polly马上通过，前后不过二十几秒，有奶就是娘已经和Polly出现在了一张画面里，同时存在的自然还有那个给Polly带来麻烦的第三人。

我血荐轩辕？！

这人在逐鹿之渊欺负"疯子"不够，还跑回镜花水月欺负小鸟？！

方筝光脑补就给自己气了个够呛，当下也不靠近，就站在可以攻击的最远距离开始吟唱红莲圣火……

轩辕正等着见识一下鹦鹉所谓的"朋友"，结果人没等来，自己就被一团炸开的赤色火焰笼罩了。同是奶妈，这技能轩辕再熟悉不过，抬手就给自己补了口血，然后掉转视角锁定敌方，毫不犹豫回敬了一记同样的火球！

既然是偷袭，方筝自然也预备着对方反击，可同样的技能，自己甩过去人家掉1/3血，人家甩过来自己就剩下1/4血，这不科学！

操作有奶就是娘后退着跳开轩辕的攻击范围，方筝连忙给自己补血。

轩辕却不给他休养生息的机会，眼瞅着就要冲过来！方筝爆了句粗口，果断停止吟唱继续跑，可刚跑两步，就发现轩辕并没有追过来，再掉转视角一看，得，Polly不知啥时候拦住了轩辕的去路，这会儿正跟对方PK得欢。

抱着谦虚谨慎的求学态度，方筝站在距离Polly和轩辕20米的地方仔细观战。他发现论输出，轩辕居然和Polly不相上下，或者说比Polly还高那么一点点，好家伙，他差点儿忘了，对方玩的是"暴力奶妈"，再加上一身极品装备，输出超过小鸟那一身黄装还是说得通的，一记红莲圣火轰掉自己3/4血，也是说得通的。不过论技术，起码是PK技术，他显然差了个档次，小鸟刀刀见血，绝不落空，可同时他还能够靠走位闪掉对方一些技能，或者直接打断对方的吟唱，这一来二去，轩辕的血下得就多了。

既然打得过，叫自己来干吗呢？

方筝努力思索……

"啪！"心里的灯泡亮了。

只见三秒钟后，一道温润金光划破血染的长空落到Polly身上，就见僵尸的血条……

没任何变化……

PK中的Polly居然还能腾出手打字——

［队伍］Polly：干吗？

［队伍］有奶就是娘：给你加血。

［队伍］Polly：奶僵尸？你闲的吧？

［队伍］有奶就是娘：……

［队伍］有奶就是娘：那你叫我来干啥？

Polly没回答，方筝纳闷儿地看过去，发现轩辕只剩下血皮，正捂着胸口在那气喘吁吁，而僵尸呢，也停下了攻击。

方筝恨得牙痒痒，都有心上去帮Polly补上那最后一爪，可想到人家多年军团战友，想必还是有些情分在的，自己就别干这里外不是人的事儿了。

轩辕见僵尸不再出手，索性坐到地上休息。

僵尸却转过来走到奶妈面前。

［队伍］Polly：我叫你来不是奶我的，也不是跟他PK的。

［队伍］有奶就是娘：我跟你一伙，难道帮他K你？

［队伍］Polly：你哪只眼睛看见我们PK了？

［队伍］有奶就是娘：全身上下的眼睛都看见了，而且那家伙现在还坐地上喘息呢！

［队伍］Polly：那是因为你先朝他甩了魔术弹。

［队伍］有奶就是娘：……

［队伍］有奶就是娘：别总随便给我的技能改名！

［队伍］Polly：呵呵！

［队伍］有奶就是娘：那你们刚才在干啥。

［队伍］Polly：辩论。

［队伍］有奶就是娘：辩论啥？

［队伍］Polly：镜花水月有没有人陪我玩。

［队伍］有奶就是娘：OK，懂了，你什么都不用说，看我的。

方筝瞬间升起一种雪中送炭的使命感。

越过Polly，有奶就是娘走到轩辕面前，但因为角色并非战斗状态，所以轩辕依然坐着，没摆出迎敌姿态。

［当前］有奶就是娘：你不好好在你的逐鹿之渊待着，跑来骚扰我们家小鸟干吗？

孟初冬被"我们家"三个字劈中，感觉灵魂都在激荡。

正想着轩辕会怎么回，后者却没给他看热闹的机会——

［当前］我血荐轩辕：你为了他跟我动手？

［当前］我血荐轩辕：你被整个军团轮成白号的时候都没跟我动过手！

方筝被无视得这叫一个不爽，想也不想就开始"噼里啪啦"敲键盘——

［当前］有奶就是娘：你玉皇大帝闺女啊，还动不得了！

［当前］有奶就是娘：小鸟没杀你那是他心太软！

［当前］有奶就是娘：要我直接把你一身装备都爆了让你玩儿x奔去！

［当前］有奶就是娘：我就不信打不出来了！裸、奔！

孟初冬本来装忧郁，想着既然奶妈冲上，他就没必要上赶着回答那略显狗血的问题了，哪知道奶妈越回复越有才，最后弄得他一口水呛在嗓子里，连笑带咳眼泪都出来了。

这镜花水月鬼是鬼，可剩下的都是宝贝！

［当前］有奶就是娘：怎么不说话了！知道理亏了？

［当前］我血荐轩辕：我问鹦鹉呢，没问你。

［当前］有奶就是娘：我就代表他，我俩现在不分彼此不用客气。

孟初冬乐够了，按灭烟头。

［当前］Polly：那时候被你们军团追杀得太紧，没腾出空。

我去！小鸟太上道了！

方筝咧着个大嘴敲出来的字却深情无比——

［当前］有奶就是娘：唉，早知道伤心总是难免的，你又何苦一往情深……
我血荐轩辕没回答。
因为他下线了。
秒下。
［队伍］有奶就是娘：呃，他好像受伤了。
［队伍］Polly：你刚才不是说伤心总是难免的。
［队伍］有奶就是娘：话虽如此……
［队伍］Polly：别咧嘴乐了。
［队伍］有奶就是娘：你一定在我家安了摄像头！
［队伍］Polly：呵呵！
［队伍］有奶就是娘：你怎么总呵呵？
［队伍］Polly：高兴就呵呵！
［队伍］有奶就是娘：那不高兴呢？
［队伍］有奶就是娘：人呢？
［队伍］Polly：在。
［队伍］有奶就是娘：怎么没音了？
［队伍］Polly：你不是问不高兴吗？
［队伍］有奶就是娘：好吧我懂了，但我还是要说我最烦别人一不高兴就装深沉三棍子打不出一个屁。
［队伍］Polly：……
［队伍］有奶就是娘：嗯，用点点可以。
［队伍］Polly：……
［队伍］有奶就是娘：但也不能总用。
［队伍］有奶就是娘：话说回来你那个昔日战友到底过来干吗？就为了看有没有人陪你玩？
［队伍］Polly：想让我去逐鹿之渊。
［队伍］有奶就是娘：然后再入他们军团？
［队伍］Polly：嗯。
［队伍］有奶就是娘：这人想啥呢！脑子还没核桃仁大吧！你就是回去了也不可能跟他们继续混啊，你又不是被虐上瘾！
［队伍］Polly发了一个害羞的表情。
［队伍］有奶就是娘：小鸟你不要这样，这个表情不适合你。
孟初冬看着屏幕上那窘迫的表情，不知怎么就乐了，而且一乐就停不下

110

来，但他是闷声乐的，只肩膀抖得厉害，弄得旁边好几个人关切地问，老板你咋了，老板你别吓我，老板你还有羊痫风？

［队伍］Polly：下本吧！

［队伍］有奶就是娘：啊？

［队伍］有奶就是娘：你这个跳跃度太大了。

［队伍］有奶就是娘：我还以为你动心想回去了。

［队伍］Polly：你希望我回去？

［队伍］有奶就是娘：必须不啊，你再走了我一个人带着你大爷，人间炼狱啊！

［队伍］Polly：那你劝什么。

［队伍］有奶就是娘：我这不先摆个高姿态，显得我体贴。

［队伍］Polly：好的，收到，谢谢！我们下什么本去？

［队伍］有奶就是娘：本什么本，先组人！

［逐鹿］Polly：组队下副本，职业不限，副本任选……

这人的效率永远是超光速的。

Polly的组队信息刷满了整个逐鹿，然后，第一个入队的是战斗机。

［队伍］战斗机：鹦鹉，我正嗨着呢，你干吗又组我！

［队伍］有奶就是娘：你在哪儿嗨着呢？

［队伍］战斗机：哟，奶妈啊，我在劲舞团呢，要不要过去玩玩？妹子可多了！

［队伍］有奶就是娘：你在劲舞团看到了小鸟刷的组队信息？

［队伍］战斗机：他QQ单刷的我。

［队伍］Polly：组你下本。

［队伍］战斗机：我们仨？斗地主副本？

［逐鹿］Polly：组队下副本，职业不限，副本任选……

［队伍］战斗机：你就不能把人组全了再喊我！

方筝正看热闹，队伍栏里忽然又多了个人，显然小鸟队长通过了新的入队申请。

［队伍］血牛不吃草：你们今天好早。

［队伍］Polly：周末闲。你能找到其他人吗？

［队伍］血牛不吃草：无能为力，以前的朋友都不玩了。

方筝来了八卦精神——

［队伍］有奶就是娘：那你怎么没放弃？留恋？舍不得？有回忆？

［队伍］血牛不吃草：从年初开始一直准备论文，我就没上过游戏，再上来，就这样了。

［队伍］血牛不吃草：奶妈你是汉子身妹子心吗，搞这么言情。

方筝默默扭头，无言流泪。

没多久，又一个熟面孔进入队伍，方筝正想着今天怎么这么顺呢，就见熟面孔发出不和谐音符——

［队伍］百炼成妖438：僵尸你拉我进来干吗，我都说了我不下本！

方筝皱眉——

［队伍］有奶就是娘：438不是我说你，拢共镜花水月就剩下这么两人，你还好意思脱离组织？

［队伍］百炼成妖438：我是有军团的！

［队伍］有奶就是娘：嗯，就是没成员。

［队伍］百炼成妖438：……这只是暂时的！

［队伍］有奶就是娘：别傻了，你想想，那些成天跟你称兄道弟的有几个知道你在镜花水月的心酸和憔悴，有几个知道你为炼妖跑断了腿磨破了嘴……

［队伍］战斗机：举手，为什么炼妖会费嘴？

［队伍］有奶就是娘：因为要说服我们这些对逐鹿抱着真诚之爱的玩家放弃他，任他在错误的绝路上奔驰！

［队伍］百炼成妖438：僵尸，我退队了。

［队伍］Polly：等下，你有狂风宝宝吗？

［队伍］百炼成妖438：没啊，怎么了？那个宝宝没几个人会炼的，太难弄。

［队伍］Polly：我知道怎么合成。

［队伍］百炼成妖438：队长，快点组人，咱们这回是去下什么本啊！

这货太现实了！一个狂风宝宝立马倒戈，方筝在戈壁上狂奔，尘土飞扬！

但不管怎么说，一口气就组来五个人，绝对是近来难得的好局面，俗话说得好，一凑五难，五等一那还不是分分钟的事。

［队伍］疯一样的子：大家好啊！

方筝瞪大眼睛，仿佛见到了"穿越分子"。

［队伍］有奶就是娘：你怎么过来了？

［队伍］疯一样的子：僵尸叫我，就过来了呗！

［队伍］有奶就是娘：不是，你不是应该在那边杀得正欢吗？

［队伍］疯一样的子：这你就不懂了，对待对手，不能赶尽杀绝，得给他们喘息和发展的机会，不然他们不跟你玩了咋办？

［队伍］有奶就是娘：那你怎么知道我们正好要下本？

［队伍］疯一样的子：僵尸叫的我啊！

［队伍］有奶就是娘：他怎么叫你啊！

［队伍］疯一样的子：他有我QQ啊！

方筝觉得自己短时间内接受了太大的信息量，大脑中枢有点堵车……

［队伍］战斗机：老……婆？！

很好，这回不光堵车，直接连环相撞了！

［队伍］战斗机：你知道我一个人被他们追杀多可怜，这阵子都没敢上那个号，你也不说来帮帮我！

［队伍］战斗机：就算做不成夫妻，好歹咱俩也算难兄难弟啊！

［队伍］战斗机：你个小没良心！坏蛋！嗷呜……

方筝捂住半拉脸，不忍再看显示屏。

［队伍］疯一样的子：这货……叫谁呢！

其实江洋没想搭话，可满眼望去没一个理这位的，然后这位又是在自己加入之后才开始抽风，他只能顶风上。

［队伍］战斗机：这货叫你呀！终于肯认我啦！

［队伍］战斗机：我就说嘛，同样的ID你当我瞎子呀！

［队伍］战斗机：不过话说回来，你怎么在这区还给人代练同样的号啊，那家伙到底打算玩哪个区啊，练俩号不是有毛病！

江洋眯起眼睛，略一思索，大概闹明白是谁让自己背上个有毛病的美称了。

方筝知道死活躲不过了，干脆先坦白。

［私聊］有奶就是娘：大哥，你听我解释……

［私聊］疯一样的子：嗯，我听着呢。

［私聊］有奶就是娘：你别这样。

［私聊］有奶就是娘：其实这事儿说起来也简单，就因为一些不太重要的可以忽略不计的原因，总之你俩现在是一起被纵横天下追杀，所以某种意义上讲你俩是同盟，你和他之间绝对没有私人恩怨！

［私聊］疯一样的子：夫妻同盟？

〔私聊〕有奶就是娘：那是造谣。

〔私聊〕疯一样的子：那行，我去告诉他搞错人了，你才是正主。

〔私聊〕有奶就是娘：大哥别！

〔私聊〕有奶就是娘：你看这还要同一个队下本呢！解释起来怪麻烦的，完后还尴尬……

〔私聊〕疯一样的子：我不尴尬啊！

〔私聊〕有奶就是娘：你是我亲哥！

〔私聊〕疯一样的子：你不是第一回和他下本了吧，一直骗他吧！

〔私聊〕有奶就是娘：你是我亲大爷。

〔私聊〕疯一样的子：叫爹也没用。

〔队伍〕疯一样的子：战斗机你认错人了，我不是代练，是正主。

〔队伍〕战斗机：啊？

〔队伍〕疯一样的子：就那俩区都有号的病人。

〔队伍〕战斗机：……

〔队伍〕疯一样的子：我不知道你和我那代练有什么关系，反正现在这号是我在用，咱俩重新认识一下吧，你好，我叫疯一样的子。

〔队伍〕战斗机：呃，你好，叫我小机机就行……

与此同时，私聊——

〔私聊〕疯一样的子：这人真谦虚。

〔私聊〕有奶就是娘：呵，呵呵！

〔私聊〕疯一样的子：记着，你欠我一次。

〔私聊〕有奶就是娘：呵，呵呵！

〔私聊〕疯一样的子：你是自动回复吗？……

〔私聊〕Polly：你在跟杀手聊天？

〔私聊〕有奶就是娘：没！

〔私聊〕Polly：叹号出卖了你。想下什么本？

〔私聊〕有奶就是娘：啊？都行啊，看大家。

〔私聊〕Polly：没想要的装备？

〔私聊〕有奶就是娘：该有的都差不多了，倒是你赶紧把自己捯饬一下吧，跟"裸奔"（本文里代指装备等级低，武器配置不行）似的。

〔私聊〕Polly发了一个捂嘴乐的表情。

你是高手君啊！你不要这么像软妹子啊！

人员齐备，下什么副本都不是问题，鉴于队伍基本都是熟人，尸王部落已经失去了吸引力，布达慕宫和天池又实在难度不大，最后众人一致同意去酆都城，而且这个副本还有个特点，就是有很多可供采集的珍贵材料，有时候玩家组队下本甚至不为推BOSS就为采集。

老样子，一行人又进了YY，虽然来过很多次，但方筝看着那个名为"下本"的YY频道还是想哭，要不要这么直接啊！干巴巴的毫无美感和激情啊！你哪怕叫小猪俱乐部呢都比这有活力！

"对了，怎么没见妖和你大爷？" 438同学一进来就怀念起了故人。

方筝教导小朋友："亲，有些光辉的名字是不能随便叫的。"

Polly这次很镇定："没关系，即使现在来了也没地方了。"

疯一样的子毫不留情面："他来，我走！"

"刚刚说话那个是疯子？呜，幻想彻底破灭了……"小机机的关注点永远在异次元。

血牛依然没说话，只在队伍频道里打字。

扯淡间，一行人已经从四面八方会聚到酆都城。此副本入口就是个正宗的城门，看起来像普通的主城，可叩击城门旁的机关，队伍便会被传送进城内。

然后，一切都荒凉了……

四下无人，满目所见只有空旷的街道和街道两旁阴恻恻的民居。小贩的摊子在，可小贩不在。酒家的旗子随风飘着，可从敞开的店门往里望，一片空空如也。

酆都，鬼城。

通常副本都是一个从易到难的过程，先挑小BOSS，再推大BOSS，可酆都城例外，因为它的第一个BOSS，不是NPC，而是玩家。

想深入酆都城，衙门是一个必过的关卡，此衙门就在这个民居街道的尽头，敲不开衙门大门，后面的大小BOSS你一个都别想见，本也就等于白下了。那么怎么才能敲开衙门大门呢，也简单，这所有民居都是空的，唯独一个院落例外，里面会有个NPC陈员外，队伍只要和陈员外对上话，陈员外会指出队伍里有个人是披着画皮的鬼，然后触发情节，随即队伍内被选中的玩家会强制变身，所有装备武器系数大幅度提高，改由系统操作成为暂时性的BOSS，然后剩下五人把这个队友推倒，拿到可以敲衙门口鸣冤鼓的鼓槌，一切OK。

说来简单，可这瞬间强化后的队友不是那么好推的，据玩家经验总结，强化后的队友血量堪称 BOSS 级，而输出会是原装备武器输出的三四倍，如果不幸被选中的是法系，那么多多少少也得死个把弟兄。也因为如此，多数下本的玩家在面对陈员外的时候都会选择换上低级装备，基本等同于"裸奔"，这样无论哪个队友变身，剩下的玩家都可以从容换回好装备，然后轻松推倒。

陈员外的院落并不固定，所以小分队需要挨家挨户地去找。

左手边第一间，空。

左手边第二间，空。

左手边第三间……

Polly 带头寻找，江洋忙着提醒——

"都把装备换换吧，等会儿变身好打。"

炼妖师纠结了："我包里没带装备……"

机机可怜兮兮地附和："我也就这么一身，没带换洗的……"

呃，方筝后知后觉，自己好像也没有。

[队伍]血牛不吃草：没有。

Polly 倒淡定："没关系，我也没低级装备，裸着呗！"

说话间，一行人进入左手边最后一间屋子，陈员外赫然立于正堂！

方筝瞬间来了精神："兄弟们——"

Polly："脱。"

不消两秒，堂屋内除了陈员外还衣冠楚楚，其余仁兄均一丝不挂。

疯一样的子原本有一身，可看着队友都这么敞亮，倒显得自己矫情，思来想去，默默脱了。

游戏里的裸自然不是全露，作为清一色男号，还是留了件三角裤的。

阴风"飕飕"吹过，男号们面面相觑——

小机机："这怎么整的，还真有点害羞，嘿嘿……"

方筝："你就当这里是巴黎时装周的天桥。"

江洋："那时装呢？"

Polly："内衣周。"

最终被系统选中的是疯一样的子。可怜的娃刚变身，就收到 Polly 一记暗袭，然后 438 的天狗宝宝一扑而上……生生把他啃死了。

此时，奶妈、机机、血牛刚刚穿上自己的装备。

"我去，杀手你也死得太快了！你还有没有一点身为 BOSS 的尊严啊！"

没逮着出手机会的机机十分郁闷。

屏幕里炼妖师摸着自己狗宝宝的头,耳机里438幽幽叹息:"真想让你换个沙漠套再来一次……"

已经被系统自动复活正坐地上回血的杀手目眦欲裂:"你们别得了便宜还嘚瑟!"

Polly不知什么时候已经问陈员外拿来了鼓槌,见状道:"奶妈,给他刷口血。"

方筝回过神,连忙一个涓涓细流。

疯一样的子很快血条满格。

一行人整装完毕,迈出院子。

街道上这会儿满是各种飘荡幽魂,几个人一路打着小怪,很快来到衙门口。三下鼓,威严大门应声而开。

陆判坐在正堂,两边是鬼神衙役,上方匾额上四个大字——生死有命。

Polly上前与陆判对话,方筝打着哈欠看大堂左右的四个小门——天道、人道、畜道、鬼道。每一个前来下本的小分队都会在陆判的评定下进入相应的门,虽然结果都是通往第一个小BOSS,但道和道之间的难度却大相径庭,天道无疑最轻松,不过进哪个道是根据全队罪恶值(角色在游戏中杀死其他玩家累计积分)来判定的,所以很难有那么清白的队伍能进入天道,多数队伍都会进入人道或者畜道,极个别的队伍罪恶值太高也会进入鬼道……

方筝正琢磨着,就见系统弹出对话——

[系统]陆判:尔等冤孽深重罪不容诛,地狱无门!

这啥玩意儿啊!

"我去!这啥玩意儿啊!"

耳机里忽然传出自己心声吓了方筝一跳,这游戏还带自动翻译内心独白的?还是女性配音?

容不得他多想,衙役已经从四面八方向小分队扑来!

最先反应过来的是血牛不吃草,只见狂刀客二话不说挥着大刀凌空一扫就是个群!然后机机也反应过来,一个群体耍贱把仇恨牢牢稳住,僵尸和杀手后续跟上,各个击破!438放出宝宝的同时抬手还收服了个衙役。

"不是应该进门吗?!"混战中传来杀手的隔空喊话。

"鬼知道什么BUG!"方筝一边躲着避免被误伤一边给队友刷血。

438欲哭无泪:"跟你们下本就没正常过!"

Polly叹口气:"可能罪恶值太高了。"

"你们能不能关注重点！"机机爆了，"刚才喊话那姑娘呢？"

呃，经他一提醒，众人才反应过来，刚才好像……是有个姑娘爆粗口了。

可陆判人家对姑娘没兴趣，眼见自己衙役被杀得精光，二话不说真身参战！

438一个收服甩过去，系统显示无效，于是一切很明朗了，这是个隐藏BOSS！

小伙伴们来了精神，小机机一边叨姑娘就好像生怕自己忘了似的一边各种贱招往上甩地拉仇恨，疯一样的子真就跟疯子似的输出，炼妖师的宝宝毫不示弱，跟着Polly你一下我一下合作无间，438就跟有奶就是娘站一起……惬意逍遥。

"我说，你不用离我这么近。"刷血压力不大，方筝还有心情观察队友。

438仍然紧邻奶妈依偎着："我怕你喂不着我。"

"我刷血范围有二十……"话说一半，方筝反应过来，"你根本没机会掉血好吧！"

正说着，陆判开始暴走，招来第二波"牛鬼蛇神"！

方筝只来得及听见438赞叹一句"嗷呜这怪太美了"，就见身旁"嗖"地蹿出去一条影子！

我错了，你有机会掉血的。你站我身边就有机会掉血的，你别往里冲啊！

方筝看着队友状态条，想哭。

438绝对是哪有怪往哪钻啊，一边释放收服技能一边掉血！这是法系这不是血战士啊！脆皮是奶妈最扛不住的啊！

乱战中的T（游戏里代指肉盾，血量高的职业，团战时可为队友抗住伤害）无暇分心，只知道自己好久没补到血了，于是委屈控诉："干吗给人家断奶……"

方筝手忙脚乱，恨不得冲进显示器把438给灭了，哪还有心思理小机机，便十分敷衍地安抚："先紧着炼妖师，你再顶会儿，小机机，我看好你哦！"

哦的尾音还没散，血战士停手了，任由陆判的判官笔一下下戳到身上，恍若无感。

血战士一停手，奶妈……也呆滞了。

438终于在小怪的一记狼牙棒下倒地，还丈二和尚摸不着头脑："奶妈怎么不给我加血了？"

回答他的是战斗机——

"你刚刚……叫，我，什，么？"

438："我叫的是奶妈……"

"小，机，机？"

438："啊？"

"我去！你能不能别接茬！跟弹窗似的！"

无辜的弹窗君人都死了，脆弱的心灵还要遭到二次践踏。

"问你呢，奶妈，别给我装傻！"

该来的总要来，方筝深吸口气，豁出去了——

"其实……你确定你不要先去扛一下怪？"

机机："不扛！"

血牛："不扛！"

机机："呃，怎么还带回音呢？还是个女人？"

血牛："战斗机你再不过来我就把你削成碎片！"

"嗷呜"还是个"母老虎"。

战斗机几乎是条件反射就听了话，转身一个嘲讽，把不知道什么时候转到狂刀客身上的仇恨又拉了回来。

方筝回过神，连忙万树花开，只见狂刀客的血条连同其他战友一并满回八成。

不知是不是感到回天乏术，陆判终于倒下，尸体隐隐闪着希望的光。

这回摸怪的是Polly，系统弹出了可以扔点的色子，还是两回！

[夺命判官笔]55级，近战黄武。

[地狱判官皮甲上衣]55级，橙色。

近战轻型武器队伍里只有僵尸和杀手适用，血战士和狂刀客都是重剑或者大刀，而疯一样的子拿的是极品橙武，自然看不上这黄色的。同样，皮甲也是这二位的系列，而有了沙漠套的杀手亦无需求，于是又给了Polly。

围观群众不得不发出这样的感慨——

"队长，陆判是你家亲戚吗？……"

首战告捷，收获颇丰，但眼下问题出来了，四个"轮回道"一个没开，他们该往哪里走？

当然，对于某些人来讲，问题不止这一个。

战斗机："咱们现在能继续了吗？"

方筝装没听见，很正直地操作"奶娘"上前复活了438。

倒是正查看衙门大堂四周墙壁好像在找机关的Polly不紧不慢接了句："你想继续哪个话题。"

机机很坚定:"俩都要。"

Polly拍板:"给你五分钟,速度。"

小机机闻言掉转视角,屏幕上的血战士迎面对上了"有奶就是娘":"奶妈,来吧!"

方筝咽咽口水:"别这样,我对你没感觉,勉强没幸福的……"

"你给我去死!"

"好我这就去。"

"死之前也得给我解释一下小机机!"

"呃,小小老鼠,小小老鼠不偷米,叽叽叽……"

"你以为唱首歌就能糊弄过去吗?……"

"我以为,这个可以有。"

"那我现在代表本人的智商告诉你,它很生气。"

"好吧我就是那个代练你能把我怎么的?有能耐你来打我呀,来打我呀……"

[队伍]血牛不吃草:无耻啊!

[队伍]百炼成妖438:底线啊!

[队伍]疯一样的子:猥琐啊!

[队伍]Polly:带感。

小机机深吸口气,语带包容宽厚:"你们都听见了,这是他要求的,我也没办法。"

话音未落,一记迎风斩已经劈向有奶就是娘!

方筝没想到这货真敢在副本里动手,就算没BOSS,也不带这样的啊!好在奶妈防御尚可,血量优良,一斩下去血只掉了1/5。所以方筝接下这一斩后瞬间嗑了个加速卷轴就跑开了八丈远,然后回手一记柳叶刀!

T(游戏里代指肉盾,血量高的职业,团战时可为队友抗住伤害)不是白给的,方筝那一个挠痒痒的攻击过去对方的血量根本没变化。

机机得意了:"赶紧投降吧,你个奶妈还想杀我,哈哈哈!……"

接下来的缠斗实在缺乏美感,所以不再赘述,反正谁也磨不死谁,谁也逮不着谁,最后两人于气喘吁吁中宣布停战。

"杀手你别没事儿人似的,等会儿就找你!"一个没解决完,小机机同学还得再拉上一个。

"和我有啥关系,"江洋莫名其妙,"我又不知道'奶妈'就是那个代练。"

"啊?"

"我在论坛上找的他,然后QQ给号,我哪知道他在镜花水月还是个玩家。"

"真的?"

"怎么总把人往坏处想,骗你又没钱赚。"

[私聊]有奶就是娘:牛。

[私聊]疯一样的子:学着点。

[私聊]有奶就是娘:技能可以学,天赋只能膜拜。

[私聊]疯一样的子:乖。

[私聊]有奶就是娘:滚。反正我不欠你啊!

[私聊]疯一样的子:喷。

这……是表达一种什么情绪。

机机就是气方筝骗他,可这骗也着实不是什么大事,无非对着杀手叫老婆时丢了下人。要知道丢人这种事情在机机这里就跟吃饭睡觉一样简单,实在构不成什么杀伤力,所以全捋清楚外带一顿你追我赶后,火倒是撒得差不多了,开始逗小姑娘了——

"牛妹……"

血牛不吃草是不是妹妹方筝不确定,他只能肯定对方现在的心情一定都是"你妹"。

"我就知道YY里不说话要么是妹子要么没麦……"

神推理。

"你的声音真好听,再给我说两句呗,就两句好不好……"

"滚。"

"我觉得我爱上你了!"

"我是来打游戏的,不是来搞对象的。"

"那我俩绝配啊,我不是来打游戏的,我就是来搞对象的!"

[系统]话外音:人心极恶,地狱永存。

系统中突然跳出的字吓了方筝一跳,以为又要冒出什么BOSS,却见不知何处射入一道极亮的光,刹那湮灭半个屏幕,待光影消散,生死有命匾额下的判官桌椅已沉入地底,留下一个黑漆漆的洞口,仿佛诱惑着来者踏入。

"冤孽道"。

只在攻略中见过的酆都城终极轮回道,出现在了这支甚至算不上固定队的队伍面前。

方筝知道酆都城有这么个玩意儿，可从没遇见过，因为无论什么道都会通向一号 BOSS 钟馗，通道本身并无特殊奖励，自然没人会刻意选难的，于是相关通道的信息也就没怎么关注。

切换屏幕打开网页，很快，冤孽道的触发条件映入方筝眼帘——全队半数以上成员罪恶值 999 以上。

他是跟"杀手集团"一起下的本吗？！

第五章

自带"外挂"

踏入"冤孽道"之前，小分队还是就责任归属问题进行了划分。

半数以上并不准确，应该是半数及以上，所以最后每个人都亮出罪恶值，达标的只有三个——Polly、机机、血牛。

方筝很震惊：“杀手，这里面居然没有你？”

江洋很苦闷：“跟你说多少回了，弄完沙漠套这区就鬼了，我根本还没来得及发挥！”

战斗机的关注点永远在妹子身上：“牛妹，你真是条汉子，咱俩天造地设啊……”

血牛不吃草了然：“我会向我前男友转达你的心意。要不要再附你一张照片？”

原来这号是血牛不吃草问前男友要来的分手礼物，至于什么样的妹子会要个账号当分手礼物方筝不得而知，反正这是小机机需要研究的问题。他只是闹不清为什么血牛先开始不说话后面又主动暴露。

"不说话是想着多一事不如少一事，"血牛很坦然地解释给队友听，"可是我后来发现你们根本就是事故综合体，再憋着，保不齐我会忍不住揍个抽你们。"

血牛的说话声音始终温文尔雅，透着一股子学术风范，弄得其他人只敢在心里默默吐槽——你也贡献了999以上的罪恶值好不好！

讨论结束，六个人打起十二分精神，缓步踏入"冤孽道"。

传说中的通路并没有什么不寻常，只是黑了一点，窄了一点，怪多了一点……

可怜的小机机从始至终身上都挂着十几个小怪，跟虱子似的，队友们把旧的打死，新的就补上，愣是给血战士捂得严严实实，若不是"冤孽路"尚不算长，队友们都容易忘掉他的容颜。

尽管有"奶妈"源源不断地加血和血牛的战友保护分担，机机还是死了两次。

不过这事儿怨不得别人，谁让他也为罪孽深重出了把力呢，权当赎罪了。

"冤孽路"的尽头，一抹光影投射下来，同所有通路一样，映照在一号BOSS钟馗的身上。

钟馗防高血厚攻击力也惊人，放在一号BOSS其实有点委屈他了，不过只要站位准确，倒也不难磨死，因为这厮正直得完全不耍花样，即便暴走，也只是一个群招（群体攻击），扛过之后一切顺溜。

不需人提醒，小机机第一个上去开怪，之后小鸟、杀手、血牛跟上，

438 照例跟奶妈站在一起,远程操控着自己的宝宝。

一切都按部就班进行,过了六七分钟,钟馗应声倒下。

摸怪的依然是小鸟,结果又见了红!

[鬼王皮甲护腿]55级,橙装。

半个本见了两个橙一个黄,群众沸腾了……

"鄷都城是你家开的吗?!"

"我提议以后禁止队长摸怪!"

"你不是一个人……"

Polly君在一片叫骂声中坦然拾取属于自己的装备,然后优哉地换上,毫无压力。

钟馗的尸体缓缓消失。小分队正要前行,系统忽然弹出信息——

[系统]钟娇:谁人敢欺负我哥哥?

这玩意儿还有支线剧情?!

刹那间,七色彩霞映满屏幕,一美艳女子翩然而至。

"我去,隐藏NPC啊……"机机的声音进入面对美女专用的迷蒙模式。

"你可以去跟她对话看看,"Polly淡淡提醒,"说不定有什么销魂的触发情节。"

机机得令,上前就想双击对方。

结果美女比他还快,一个拂袖,血战士就掉了一半血。

小机机:"她打我……"

Polly:"所以这应该是个BOSS,大家上。"

机机:"我是试剂吗?……"

一听是BOSS,大家来了劲头。之前的钟馗和黑了没啥区别,这又送过来个罕见的,摆明是冤孽道触发的好东西,谁知道能爆啥,期待就是最大的诱惑啊!

可这钟家妹妹也不是吃素的,别看一身霓裳,那防御力比钟馗还要高,机机几下子过去伤害点数只是平时的一半!江洋就喜欢这种款,甩开了膀子毫无顾忌往上招呼!方筝也来了精神头,手速不自觉高起来,东边补血西边解状态嗨得要命!

"你们说这回能爆什么……哦……来个血战士能用的吧……"

"必须是奶妈武器!"

"你一奶妈要什么武器,来个饰品吧,我缺能提高魔法抵抗的。"

"你那一身沙漠套已经很'变态'了!"

125

"血战士能用的加一。"

"血牛你和小机机已经攻守同盟了?"

"一般血战士能用的狂刀客都能用,两份同样祈祷叠加可以增大概率。"

"不好意思打断你们的畅想,但是,BOSS 要暴走了。"

随着 Polly 的尾音落下,钟娇忽然原地旋转起来,飞扬的裙角几乎遮住半个屏幕!没人会认为 BOSS 只是单纯原地转圈圈,可视线被遮挡得太厉害,根本无法判断情势更别说做出反应!

终于裙角落下,大家才发现所有近战角色已经被浮空!即便敏锐如 Polly,也只能凭经验判断 BOSS 暴走,却无法猜测暴走技能,更别说躲开。

所谓浮空,就是 BOSS 用技能将玩家悬浮在半空中,浮空期间玩家根本无法进行任何操作,只能任由 BOSS 宰割!

幸免的只有远程的"奶妈"和炼妖师。方箏连忙甩过去一个复苏想解状态,可是预料之中,复苏对浮空无效。浮空是连击的最佳状态,BOSS 自然也清楚,几个单体攻击连着一个群招下去大半个队伍的血就要没了。

群补血技能的 CD(游戏里代指技能冷却时间)长,方箏甩了一个,就只能不断地用单人加血技能来穿插,等到 CD(技能冷却时间)过去,可 BOSS 不会给你喘息时间,眼看着防御力相对较低的 Polly 和疯一样的子就要死了!

炼妖师在一旁干瞪眼,宝宝被悬空,他也没办法像奶妈似的加血,登时觉得自己是个十分没有用的人,羞愧难耐,情急之下死马当活马医地甩过去一个"收服"(角色技能)!

技能特有的光芒笼罩在钟妹妹身上,与浮空造成的光影效果完全没得比,哪知道人家姑娘还就稀罕这么不起眼的一道光,瞬间停止浮空,然后嫣然一笑,化作一团白光"嗖"地钻进 438 包囊。

落地的队友们一头雾水——

"BOSS 呢?死了?那尸体呢?谁摸的啊这么黑!"

目睹了全过程的方先生还在震惊中,无法组织更具有艺术性的语言:"被炼妖师收了……"

小机机、疯子、血牛:"我去,BOSS 还能收?!"

炼妖师微弱地解释:"我就是……抱着试试看的心理……"

"所以,"Polly 幽幽叹息,"这应该不是一个 BOSS。"

疯一样的子摸着了重点:"你的意思是我们被一个小怪磨得差点团灭?"

队长没有回答,默默远眺。

血牛帮他拍板："这事儿保密。"

疯子、奶妈、438："嗯。"

机机还想辩解："其实这不能算小怪了，最次也是个精英怪……"

五位成员："你给我闭嘴！"

磕磕绊绊才离开冤孽道的六人终于来到了传统意义上的大众景点——第二个BOSS所在地，鬼城义庄。

惨白的绫罗之下十几口棺材码放得整整齐齐，通常情况下会由T（肉盾）把棺材盖一个个挑起，是小怪是BOSS都可以拉出来遛遛。

当然也有极个别情况，比如，狂刀客一个群把十几个棺材盖同时打开……

方筝觉得自己再跟这个队伍混下去能手抽筋！

倒是全程一直被十几个小怪同时啃的血战士淡定多了："牛妹，只要你喜欢，我就是被啃成骷髅心也甜……"

方筝没给机机表现的机会，这次顶着压力愣是保住了全队的命。

很快小怪被清除，混迹在小怪中的BOSS变得形单影只。

对于经历过"冤孽道"、钟馗以及钟馗家妹妹的小分队，除非终极BOSS，否则推起来都是砍瓜切菜，三两下，二号BOSS扑街，不知道是不是死得太过轻易，故而惭愧得没好意思爆任何东西。

终极BOSS阎罗王比他慷慨些，于十五分钟后倒地，爆了"罗刹皮靴"，55级，橙装。

一个本三橙一黄，绝对人品爆发。

一个本三橙一黄都是一个人用的，这货绝对开挂了。

［队伍］有奶就是娘：小鸟，我们给你打了一晚上白工。

［队伍］Polly发出一个摸摸头的表情。

［队伍］有奶就是娘：你不应该分点钱给大家当安慰费吗？

时候还早，小分队又聊胜于无地推了趟布达慕宫，没爆什么有用的东西。不过迟迟不升级的游戏里，但凡玩久一点的装备都差不多了，所以其实没多大需求，下本的过程大于结果。

离开布达慕宫，几个人再找不到其他的共同目标，便各自散了。Polly继续去打猴，疯一样的子换号回逐鹿之渊唱瑟，438抱着得来的狂风宝宝配方一头扎进了炼妖房，血牛挂机看书，小机机挂机陪血牛看书，方筝摆了个摊，然后随便逛着逐鹿论坛。

但YY里，六个人倒一个没撤，时不时还扯上两句。

当然多数是小机机在上赶着问，血牛爱答不理地回答。

方筝偶尔听上一耳朵，捕捉了个大概——

"妹子你还在念书？"

"今年毕业。"

"工作找好了？"

"留校。"

"当老师好啊！"

"读博。"

"……"

"小姐姐。"

"乖。"

方筝正为机机夭折的爱恋抹一把同情泪，就听疯一样的子抱怨："这逐鹿之渊还行不行了，每次登录都得排半天队！"

"神服嘛！"方筝漫不经心地搭茬，滚动浏览着论坛里的新帖——流星飒沓，剑指神服第一团！

江洋："喊，才多久啊，就神服了？"

"人气面前，一切都是浮云。"

"那运营商就该升级服务器扩大在线承载！"

"升级不要钱啊？"

"没钱搞什么游戏！"

"大哥，给我们这种'矮矬穷'一点活路行吗？……"

关掉流星飒沓的宣传帖，方筝正准备进交易专区再发点小广告，忽然被置顶帖上红艳艳的几个大字吸引了注意力——跨服PK报名火热开启，组队厮杀尽显军团霸气！

"没人气没妹子又死活不改版升级，这游戏还能干点儿啥……"

处于后失恋时期的小机机同学仿佛画外音，适时地烘托着方筝眼前的帖子。

或许是游戏迟迟不升级，所以逐鹿运营商推出了一系列线上线下活动，什么自拍照比赛啊，抽奖啊，等等，跨服PK算是里面声势比较浩大的，因为涉及游戏所有服务器，奖励丰厚，涵盖了除装备外的方方面面，比如，逐鹿币、材料、时装外形，等等。虽然每个军团只能出一队，而每队只有七人，但这七人代表了整个军团参战，故而除奖品外，赛果还会直接影响军团积分排名。

玩家中流传这样一句话——

世界上最远的距离不是生与死，而是你在网通，我在电信。

所以PK赛依然分网通电信两个赛区，每个赛区都会有前三名获得相应奖励，而最终各区冠军会再进行终极PK，当然那奖励便是额外的了。

赛区组成图中，十三个服务器均赫然在列，哪怕是镜花水月这种名存实亡的鬼服，方筝仔细看了看，镜花水月果然和逐鹿之渊属于同一赛区。

紧跟着赛区表的是已报名清单，此时已有二十三个军团报名，但细看，这二十三个军团只占了六个服务器，也就是说有七个服务器根本没人报名，而这六个服却平均一服有接近四个军团队。

热闹或凄凉，一目了然。

方筝看着镜花水月下面那个大大的零，有些不是滋味。曾几何时，多少人削尖了脑袋想在镜花水月扬名立万，多少人一上论坛发帖必提自己来自镜花水月，可现在再搜和镜花水月有关的帖子，排在前面的十个帖里七个是缅怀，三个是卖号。

所谓游戏，不是没感情，可是这感情的维系太脆弱，转个区，换个号，一切的联系便都断了。谁玩游戏不是图个快意恩仇呼朋引伴呢，天天跟NPC（游戏里的非玩家角色）较劲，那叫单机RPG（角色扮演类游戏）。于是鬼区越鬼，神服越神，人之常情罢了。

逐鹿之渊是所有服务器中报名队伍最多的，共五队，队名便是军团名——纵横天下、五岳阁、流星飒沓、冰风寨、恋爱去死去死团。

方筝瞄了眼时间安排，赛程5月20日起，5月31日止，共12天。报名4月20日起，4月30日止，还剩下2天。

［私聊］有奶就是娘：干吗呢？

［私聊］Polly：峨眉。

［私聊］有奶就是娘：别打那可怜的猴了，我发YY公屏个链接，你去看看。

［私聊］Polly：怎么不用语音直接跟我说？

［私聊］有奶就是娘：想让你先去看看，觉得成，再让他们看。

［私聊］Polly：你不都发到公屏了吗？

"牛姐，虽然我尊称一声姐哈，但我刚算了算你的岁数，顶多二十六七，我呢不大不小正好三十，多配啊！"

"还能不能排完队了，怎么比买个火车票都难！"

"老牛可以吃嫩草,但不可以啃树根。"

"啊啊啊我合成狂风宝宝了!"

[私聊]有奶就是娘:我觉得他们没闲心去主动看公屏。

[私聊]Polly:……

三分钟后——

[私聊]Polly:想参加?

[私聊]有奶就是娘:嗯。

[私聊]Polly:必须以军团身份报名。

[私聊]有奶就是娘:那咱们就组个军团呗!

[私聊]Polly:队伍要七个人。

[私聊]有奶就是娘:把妖或者你大爷弄过来凑数!

[私聊]Polly:嗯?

[私聊]有奶就是娘:把妖弄过来凑数!

[私聊]Polly:成。

得到了骨干队员的首肯,方筝才在YY里招呼大家过去看。

小机机和江洋是第二批附议的,热情之高简直堪比奥林匹克圣火。

血牛没他俩那么激动,但也同意了,理由是反正现在论文写完了很闲,游戏里又没其他事情可做。

方筝正想着两天的时间够不够守株待妖的,438却投了反对票——

"这是军团组队PK,我不能参加。"

百炼成妖438隶属于五岳阁军团,方筝几乎要忘了这件事。

这会儿大家因为跨服PK的事已经把元神重新集合到了YY,正兴头上,哗啦被泼一盆冷水,自不好受,小机机先嚷嚷:"我去,你一大老爷们儿还准备给那破军团守贞节牌坊啊,说多少遍了,什么叫游戏里对你好,就是给你装备带你下本和你玩儿,把你一个人扔这儿算屁朋友啊!"

"我是自愿留这儿的。"

"你跟鹦鹉结拜吧,真的,当初他为纵横天下那可真是各种付出,什么肉体啊,灵魂啊,心血啊……"

"肉体?"

"哎呀就是个比喻……你能不能关注一下重点!"

"好吧,我错了。"

"然后鹦鹉得着啥了,活活让人轮番追杀成了废号,你还想重蹈覆辙?"

"呃,为什么我乖乖地为军团研究炼妖配方会被追杀?"

"……"

小机机答不上，接棒的却是Polly的反问："为什么你要乖乖为军团研究配方？"

438沉默两秒，才回答："因为军团需要发展。"

Polly接受这个说法，只是："为什么军团需要发展，你就必须做贡献？"

没给438思索时间，这一次Polly直接帮着回答："因为你是军团一分子，你把军团当家，对吗？"

"嗯。"

"那军团把你当什么呢？有当成家人吗？家人不是你在镜水他在逐渊，而是应该时时刻刻一起下本，一起PK，一起打团战，一起刷频道。"

"……"

"你想想你最初加入军团的时候是现在这样吗？参加次活动就要分绩效，有事不能来就说你无组织无纪律，打个军团战你要是敢私自下本那简直千夫所指。别问我为什么清楚，因为大军团都这样。没办法，人多事杂只能一切按着制度来，几十甚至几百人的团体，就是个小社会，五岳阁是我一步步看着起来的，我敢说你军团里认识的人还没有我看着脸熟的多。你和他们说过的话恐怕还没有这几天在镜水和我们说过的多，你管这个叫兄弟朋友？"

"……"

"炼妖师，你是来玩游戏的，不是来奉献社会的，花着点卡钱还整天孤寂苦闷，这何苦来哉？"

"也不是特别苦闷啦……"

"我说这么多不是非要拉你离开五岳阁来我们这里，我们能一起下本，你也清楚，就是因为镜花水月没别人，只剩下我们几个，所以临时凑了这么个队，但没想到大家挺合拍，玩得也开心，我觉得这就是缘分，即便将来组了军团，也就是个形式，大家依然该怎么玩怎么玩。"

"……"

"没事，你别犯难，有时间去逐鹿之渊找五岳阁的骨干们聊聊，就说你在镜花水月实在苦闷，想回逐鹿之渊。他们要真同意，你就名正言顺回去跟他们玩，他们但凡有一点劝你继续留这里的意思，那就真心没替你想过，你也干脆顺水推舟留这里加入我们算了。"

"我再想想……"

"嗯，报名后天截止，我们等你。"

谈话至此结束，炼妖师退了YY，似乎也下了游戏。

只剩下五个人的频道出现了长久的寂静。

438和军团弟兄说过的话是不是还没有这几天和他们说的话多，方筝不知道，但他敢确定这么多天Polly说的话还不如刚才那五分钟多。这还是那个"面瘫毒舌技术流"的僵尸吗？！

战斗机："鹦鹉我要重新认识你了……"

血牛不吃草："谈话节目应该找你当接班人。"

疯一样的子："你这话是不是早憋着了？你是不是也很苦闷啊？"

有奶就是娘："我要是438刚才二话不说就得同意，你简直是煽情天王，句句戳到人心坎儿上！"

面对如潮水般的赞誉，Polly看得很淡——

"只有这么多人，不能放跑一个。"

第二天中午，方筝刚一上线，就收到了438的信息。

[私聊] 百炼成妖438：怎么才来，僵尸呢？

这是个很奇妙的问题，方筝调动自己全部想象力去揣摩——

[私聊] 有奶就是娘：呃，应该在睡觉。

[私聊] 百炼成妖438：哦，那你帮我跟他说一声，五岳阁我退了，跨服PK我参加，然后什么时候你们军团成立，加一下我就好。

[私聊] 有奶就是娘：是咱们军团！

[私聊] 百炼成妖438：嘿嘿，嗯！

唉，多淳朴的孩子。

方筝都有心捏捏对方的脸，忠告之：千万要保持这份淳朴，别学僵尸的猥琐，杀手的暴躁，血战士的二，狂刀客的冷，还有奶妈的无耻。

[私聊] 有奶就是娘：不过话说回来，是五岳阁不同意你回去吗？

[私聊] 百炼成妖438：不光不同意还骂我没大局观。

[私聊] 有奶就是娘：团长骂的？

[私聊] 百炼成妖438：不是，我哪能接触到团长啊，我就是个分堂的"小透明"，是被我们堂主骂的。

分堂？五岳阁是古惑仔帮会吗？

[私聊] 百炼成妖438：对了，咱们军团叫什么名啊，谁是团长？

方筝被问住了，他好像还没思考过这些问题。

[私聊] 有奶就是娘：哎不重要啦，你先把你的ID号给我。

［私聊］百炼成妖438：48075113。

［私聊］有奶就是娘：妥了，我先去填报名表。

［私聊］百炼成妖438：那我先去食堂吃饭。

至此，军团名和军团长的问题被彻底遗忘。

直到下午3:00，Polly上线。

小僵尸的身形在猴子的环绕中慢慢显现，等孟初冬看清屏幕，发现不远处晃荡着一个熟悉的身影。

［当前］Polly：等我呢？

方筝刚要回话，却发现小鸟已经把昨天下本爆的三件装备全穿身上了——

地狱判官皮甲上衣，外形犹如古代知县老爷的官袍，暗蓝色底，正面绣着金色鬼头，配以布满狰狞狼牙刺的密林僵尸护腕，鬼王皮甲护腿呈暗红色，仿佛隐隐燃着鬼火，配以罗刹皮靴，一暗红一灰黑相得益彰，然后最大的亮点来了，一条西装裤……

谁来救救他的钛合金眼。

［当前］有奶就是娘：你的本命是犀利哥？

［当前］Polly：副本没爆下衣。

［当前］有奶就是娘：那你也可以改个外形啊！

［当前］Polly：麻烦。

［当前］有奶就是娘：拜托你考虑一下群众感受……

［当前］Polly：你不喜欢？

［当前］有奶就是娘：我在你心目中就这么重口味吗？

显然外形这些对于高手君都是浮云，很快人家就言归正传——

［当前］Polly：等多久了。

［当前］有奶就是娘：一个半小时。

［当前］Polly：还好。

［当前］有奶就是娘：……

［当前］Polly：报名表填完了？

小鸟君总是这么神奇地能看穿一切，方筝认为这是本世纪最大的谜团！

［当前］有奶就是娘：就差妖了，他一直没上。

其他的信息不用本人也可以填写，但原始ID号这个真没辙，只有登录本人账号才能查看。况且没有妖本尊的同意，他们就是真把人报上去了，到时候人家不参战，一样白搭。

［当前］Polly：只能继续等了。

［当前］有奶就是娘：明天晚上就截止了，来得及吗？

［当前］Polly：来不及，你有其他办法？

［当前］有奶就是娘：小鸟，你这样毒舌没前途的……

［当前］Polly：只有谎言才会穿着华丽的外衣。

于是真相君这辈子只能裸奔吗？

偶尔文艺一下的小鸟君很快又恢复面瘫，继续穿着一身混搭犀利风虐猴，方筝对着电脑显示器发愣，不知道该干点啥。

要不，帮着高手一起虐猴？

［系统］你的好友疯一样的子进入游戏。

方筝挑眉，这家伙今天来得够早的。

［私聊］有奶就是娘：没上班？

［私聊］疯一样的子：收工早。

［私聊］有奶就是娘：怎么没去逐鹿之渊？

［私聊］疯一样的子：刚从那儿回来。

［私聊］有奶就是娘：你收工真早。

［私聊］疯一样的子：你们没在YY？

［私聊］有奶就是娘：没下本挂YY干吗？

［私聊］疯一样的子：打字麻烦啊！

呃，好吧，理由很充分。

方筝登录YY，自然，疯一样的子已经在频道里了。

"僵尸没跟你一起？"

"打猴呢！"

"他上辈子跟猴有仇吧！"

"谁知道。"方筝说着打了个哈欠，下午实在是个适合睡觉的时间段，"妖还没来，也不知道这队组不组得成了。"

江洋却没马上接口，而是等了一会儿，才忽然说："逐鹿之渊那边好几个军团正挖我呢！"

"哟，够吃香……"方筝随口调侃，话说一半却忽然觉出不对，"等等，你啥意思？别跟我说你要代表其他军团参加PK！"

"这不正在思考阶段嘛……"江洋的语调不紧不慢，优哉游哉。

方筝恨得这叫一个牙痒痒："你那破号有啥装备啊，人家就找你，再说那几个大军团不都报完名了，哪还有你的位置。"

"说你笨你还真就一根筋，账号是死的人是活的啊，我去操作他们已经报名的账号不就好了。"

"……"

"怎么不说话了？"

"我想抽你。"

哪知道平日里暴躁的杀手今儿个居然没生气，反而好心帮他想办法："其实我还没想好，说不定你挽留一下我就回心转意了。"

方筝黑线："怎么挽留？"

江洋的声音带上笑意："叫声哥来听听。"

方筝扶额："你多大了还玩这个……"

男人的年龄是资本，所以杀手君大方吐露："三十四。"

已经确定对方只是闹着玩儿没打算真走的二十六岁奶妈在三十四岁杀手的衬托下瞬间找回了青春感："我说，你这么有意思吗？"

杀手君很认真地想了几秒："有。"

"人呢？"杀手的正经从来不超过两秒。

方筝磨牙，一字一句："找手套。"

江洋没反应过来："找手套干吗？"

方筝掰指关节，让"咔咔"声顺着光纤传递到对方灵魂深处："怕抽你的时候留下指纹。"

江洋闷着乐，几乎岔气儿："来，用力地抽打我吧，千万别留情！"

气死人。

"你和小机机非常志趣相投。"

YY里冷不丁多出一个声音，吓了方筝和江洋一跳，结果就是前者不哭了，后者也不乐了。

"你什么时候进来的？"江洋眯起眼睛，心里微妙地产生淡淡不爽，就好像一个喷嚏马上酝酿出来了，结果被人揉了鼻子。

"不重要，"孟初冬在凌乱的桌面上摸了半天，"反正都闲着，来想想军团名字吧。"

今天的Polly好像有点不一样，方筝琢磨半天，悟了："小鸟，你那边咋那么安静？"

要知道平时小鸟的YY永远都自带BGM。

"哦，今天没在网吧。"这两天吕越开始着手网吧扩建了，甩手掌柜孟二老板便暂时借住于吕宅，同期搬进来的还有孟初冬那台专用机。吕宅是个一室一厅的小户型，尚在按揭中，不过好在吕越也是个一人吃饱全家不饿的，借出来个客厅无压力。

网吧两个字勾起了方筝无限脑补。

要知道小鸟君不是偶尔去一次，而是几乎从认识到现在都带着BGM，不管是中午、下午、晚上，还是深夜。可问题是在这个电脑跟手机一样普及的年代，连他这种挣扎在贫困线边缘的人都能宅在家里组队下本，还有什么样的人会常驻网吧？学生党？可学生党天天昼伏夜出没问题吗？于是最有可能的答案出现了，无所事事的街头小混混……

把挺拔冷峻梦幻潇洒的高手君还给他！

孟初冬不知道自己简单几个字，已经让奶妈的思绪绕了地球无数圈，如果知道，他会钻进显示器爬到对方家里然后一脚把那二货送到海王星。

关于军团名字，三个人在YY里没商量出个所以然，因为都不是文艺青年，思来想去的不是太俗就是没半分特点，傍晚的时候小机机和438陆续上线——

前者："就叫踏平镜水！多霸气，哈哈哈！……"

"镜花水月不用踏已经很平了！"

后者："泡泡骑士团怎么样？"

"还是等血牛来吧……"

准女博士没让大家失望，一个响亮的名字在全票通过中诞生——鬼服兵团。

小机机："你们觉得叫天团会不会好一点？"

血牛："OK啊，我无所谓。"

方筝、江洋、孟初冬："滚。"

方筝、江洋、孟初冬："血牛我们不是说你。"

队名既定，军团建立顺理成章，组队参战要七人，但想在游戏里建个低级军团则没有限制，一百个逐鹿币，哪怕你就一个人，依然可以搞小团体。方筝在一堆懒蛋的推举中跑了这个腿，结果跟军团NPC对话的时候发现了问题——

"我去，谁申请的谁就是军团长啊！"

YY里无人应答，只剩奸笑。

中计了。

对于一个七人小团体，摆明团长只有责任和义务，没有权利和油水。

硬着头皮当了这个团长,方筝开始向队友们发出申请,很快鬼服兵团的成员达到六位,方筝开始给自己拉垫背的——

"副团长谁来,赶紧的,别等我点名!"

小机机:"我就不是当干部的料。"

疯一样的子:"没兴趣。"

血牛:"你点一个试试。"

438:"我刚退团不好太高调……"

群众都后退一步,只能是原地不动的Polly被点击了。

但事实上Polly也没推,从始至终都是默认的态度,所以方筝觉得他挺够意思。方筝这人就这样,谁对他不好,他能乘以十倍记录到小黑本上伺机报复,但谁对他好,他就总惦记着还,并且还要快,仿佛拖久了都不是人似的。

新团员们在军团频道里蹦跶得欢,侃天侃地已经侃到了一统逐鹿。

有奶就是娘却回了趟仓库,然后传送到了鹤眉山。

Polly看见奶妈,很自然停下虐猴的金刚爪,方筝捂住半边眼睛实在不忍心看那一身混搭,操纵有奶就是娘磕磕绊绊跑到对方面前,选择了单方面赠予。

〔闪光的天池泪〕,55级,物理防御力加60。

小僵尸站在摇曳的绿树下,有那么段时间,一动不动。

〔私聊〕有奶就是娘:怎么不说话?卡了?

〔私聊〕有奶就是娘:我刚给你的东西收到没?

〔私聊〕有奶就是娘:别跟我说卡掉了我会疯的。

小鸟总算有了动静——

〔私聊〕Polly:我只听说账号会被卡掉线,没听说装备也能卡掉。

〔私聊〕有奶就是娘:所以?

〔私聊〕Polly:收到了。

〔私聊〕有奶就是娘:你不早说!

〔私聊〕Polly:正在判断你是不是给错了。

〔私聊〕有奶就是娘:那你还我。

〔私聊〕Polly:你觉得有可能吗?

〔私聊〕有奶就是娘:无耻。

〔私聊〕Polly:说吧,理由。

〔私聊〕有奶就是娘:还要什么理由,这饰品简直就是为你而生的啊,你的法抗(法术防御)已经很"变态"了,再加上物抗(物理防御),小鸟你无敌了！

［私聊］Polly：这饰品好像很多天以前就问世了。

［私聊］有奶就是娘：毒舌最不可爱了。

［私聊］Polly：卖萌也不可爱。

［私聊］有奶就是娘：你可以去死了！

［私聊］Polly发了一个微笑表情。

方筝算是发现了，跟江洋，他还能过上两招，跟高手君，只有被秒的份。问题是刚认识那会儿这人不这样啊，这进化速度也太快了！

迷蒙的白雾中原本冷冰冰的显示器仿佛有了生命，正代表着光纤另一端的奶妈"咕噜噜"冒气。

孟初冬被自己的想象逗乐了。

揣摩有奶就是娘心思的难度跟吃花生嗑瓜子差不多，不对，有时候瓜子还会嗑失败一个两个。不是他多么英明神武，而是那个奶妈忒简单，简单到让你……不忍直视。

呃，他好像能理解自己这一身混搭的杀伤力了。

正尽情脑补着，左下角忽然又弹出一行字，孟初冬定睛看过去，愣住，然后慢慢敛了笑容。

［私聊］有奶就是娘：项链算投名状，以后咱们就是自己人了。

这天晚上Polly在鹤眉山打了一宿的猴，以前打猴是觉得已经努力了那么久，甭管打出的东西还有没有意义，总不好半途而废，并且他也是真想看看那所谓传说中的头饰究竟有多传奇。但这个晚上，他的信念改变了，如果系统还是顽固地不爆，他会考虑直接找工作室组团过来荡平鹤眉。

方筝是第二天中午上线的，站在卢京路上，抱着最后一搏的心理打开好友栏，妖的祝福依然灰暗着。

然后逐鹿快递送来了属于有奶就是娘的包裹。

［金箍］，55级，气血上限增加17%，法力上限增加17%，物理抵抗加10，魔法抵抗加10，3%的概率死亡后复活。

我去，僵尸毒舌鸟还藏着这么个好东西呢？！

发件人没在线，所以方筝没办法探究这么逆天的装备究竟什么出处，17%的红蓝增加上限已经算橙色饰品里的一流了，联合物理魔法抵抗，根本就是极品,结果一条3%概率死亡复活的凶残属性彻底闪瞎了他的眼。

春天种下一块银锭,秋天收获一根金条。

——这是此刻方筝内心的真实写照。

怀抱着激动的感恩之心,方筝果断把金箍装备上了。虽然他基本相信这是僵尸鸟的礼尚往来,但心内依旧忐忑,万一是那家伙手滑了呢?万一人家想给的不是这个只是不小心点错了呢?或者原本确实想给这个但给完又后悔了呢?……

等等。

方筝正嚼着口香糖呢结果一口咬到了舌头。

后悔不后悔咱先放到一边,这装备的外形比属性还要凶残一百倍啊一百倍!这真是地球人设计的装备造型吗?!

有奶就是娘原是白色衬衫,配以米色马甲及同款休闲裤,领口微微敞开,袖口微微卷起,横看竖看都是个翩翩的英伦范贵公子,结果现在就是孙悟空变身没变完全还留了个金箍在脑袋上的窘样……

丑到不科学,是可忍孰不可忍!

方筝果断转身欲前往街道尽头的外形改造室,却瞄到系统提示——

[系统]您的好友妖的祝福进入游戏。

感谢天!感谢地!感谢命运让我们相遇!

顾不得什么外形改造了,方筝立马密(私信)了过去——

[私聊]有奶就是娘:可算把你盼来了!亲人!

妖哪受过这待遇,当下蒙了。

[私聊]妖的祝福:呃,你确定是在跟我说话?没发错人?

[私聊]有奶就是娘:不要闪躲!不要怀疑!就是你!就是你!

[私聊]妖的祝福:小生怕怕。

[私聊]有奶就是娘:废话少说,收到军团申请没,赶紧同意加入!

[私聊]妖的祝福:加完了。

[私聊]妖的祝福:这是什么军团啊?

如果哪一天妖的祝福被卖了还替别人数钱,请不要同情他。

当然对于方筝来讲这种先上车再问目的地的孩子是很可爱的。

[私聊]有奶就是娘:看名字还看不出来吗,咱自己的军团!

[私聊]妖的祝福:怎么忽然想着建团了?

[私聊]有奶就是娘:上YY,我给你发个地址。

不需要说频道房间号，妖便熟门熟路地进入下本，现在这地儿已经成镜花水月大本营了。方筝 YY 一直挂着，切出游戏看见妖在频道里了，便把那个跨服 PK 赛的帖子地址发到了公屏上。

几分钟后，妖看明白了，然后语气里带上了难掩的兴奋："咱们这是要组团参赛？"

"聪明！"

"我这，太爽了！"

"哈哈！"

"可是我整个 5 月份都要跟着导师去做市场调研。"

"你去死吧——"

时间在电脑右下角一分钟一分钟地跳动。

YY 里，大师兄和二师弟听着彼此的呼吸，已经很久很久了。

终于，大师兄发话："我不管，反正你必须来！"

二师兄楚楚可怜："亲，我期末会挂科的……"

话是这么说，但方筝也没真打算生拉硬拽，况且妖作为一个跟他只有俩副本情分的独立生命体，也不是他想拉就拉得动的。

"要不我把号借你们吧，"妖帮着想办法，"你们再找个人操作。"

方筝挺待见对方这种说借账号就借出去的敞亮，但——

"我要是能找来一个会玩逐鹿的，为什么对方不会带着账号呢？"

"好吧，这是个问题。"

方筝总觉得就算妖全心调研期末也容易挂科。

"哎对了，我刚刚看军团成员，怎么没有你大爷呢？加上他不正好七个人了？"

方筝思来想去，找到了一个既真实又客观的理由："他一直没上线。"

"我就知道你们想我了！哈哈……"

你看，那个人已经强大到单单一个名字就让他出现了幻听。

"妖的号我来操作啊，我行的！"

而且这幻听还能……接上话？！

方筝抬眼去看房间成员列表，第三个小马甲带着"咔嚓"一记炸雷的音效映入眼帘。

那厢两人已经聊上了——

妖："你属曹操的，怎么每次一说到你你就来？"

你大爷："听见你们夸我了呗，真是的，总在背后夸，弄得人家多不好意思。"

合着正面夸倒好意思了？

妖："但是这回正好，加上你，齐活了！"

你大爷："那你得现在就把账号给我，我好熟悉一下。"

妖："你自己的号呢？"

你大爷："呜呜呜，被盗了……"

妖："这真是……"

太正常了。

某个瞬间，祝福者和奶妈的心紧密走到了一起。

你大爷还在冰与火的两极来回游荡——

"原本上来是想跟你们道别的，那浑蛋扒完我东西直接删号了……"

"没想到还有机会和你们并肩战斗！"

"我也想过申诉找回，可号都废了，找回有啥用……"

"哎，这个PK有现金奖励没？"

"等PK完我可能真就要走了，好歹换个有点人的服务器……"

"我去我现在就兴奋了怎么办？！"

方筝放弃，他只是一名普通人类，追不上神的切换速度。

那厢神已经登录了妖的祝福，开始摸索。

妖看不见，只能在YY里进行精神指导："别有压力，放轻松，其实祝福者嘛，不需要什么操作的。"

那是因为你从来都不操作！

方筝赶忙切回游戏奔赴妖所在地，防止第二个"鼓吹流"的诞生。

你大爷的学习态度倒是很端正，方筝怎么指导他就怎么练，两个人还合作去打了小怪。虽然都是奶妈，但祝福者的攻击力还是要强过奶妈一大截的，好好培养，完全可以走暴力辅助路线，所以方筝一边陪练一边琢磨着怎么帮妖的祝福这个号搞装备和武器。

一来二去就到了下午3:00，妖的祝福有课，早早下了，其他队友依然没上，方筝的肚子开始唱空城计，他便对着YY嘱咐道："我去煮点面，你继续练啊！"

"没问题，你就放心吧！"

你大爷那语调都好像能听出拍胸脯的声音，然后等方筝准备摘耳机的时候，忽然又提醒一句，"你报名搞完了吗？"

一语惊醒梦中人。

好么，差点儿把这茬忘了！

方筝冒出一头冷汗，连忙把煮面先丢到阿尔卑斯山："大爷，你看一下妖的账号原始 ID 号是多少？"好吧，一起丢出去的还有辈分。

你大爷很快把 ID 号查出发了过来。

方筝切出游戏，登录逐鹿官网跨服 PK 的报名页面，方筝输入账号密码，登录。

跨服 PK 是线上报名，之前方筝已经在线填好了大部分数据并选择了暂时保存，现在只需补充完整妖的信息然后点击上传就 OK。

你大爷不知道具体情况，有些担心地问："还来得及吧？"

方筝看看电脑右下角的时间："没问题，还有两小时呢，我这填完分分钟的事儿。"

你大爷很诚恳地提醒："那也不能掉以轻心，俗话说，好事多磨。"

方筝扭过半拉身子伸手去够饭桌上的苹果准备充饥："只要你不说话比啥都强。"

耳机里一片安静。

方筝千辛万苦抓住苹果回过身重新坐正，发现显示器灭了。

方筝弯腰去看插线板，发现插线板也灭了。

方筝抱着最后一线希望打开电柜，保险丝没断，闸也没跳，显然，并不是他一家的事情。

老旧的筒子楼，偶尔集体停电个一天半天太正常了，况且还是在这样阳光明媚的下午，除了不能看电视不能玩电脑，其实没啥影响嘛！

嗯，好事多磨。

如果这会儿有个飞机在方筝家窗外航拍，会清晰拍到蜷缩在客厅泡沫拼板上的主人，以及他那郁郁寡欢的容颜和身背后一大团浓浓的阴影。如果非要给这个画面再加个标题，那么画面主人会爬起来用血淋淋的手指亲自写给你——我被诅咒了。

这个诅咒牢不可破，如影随形，名为"你大爷谜之世界"。

"怎么了？"

杀手君接电话那熟稔的语气就好像他们俩是多年好友，弄得方筝那句"你好"生生卡在了嗓子眼里。

"要死了。"方筝想不出比这更能形容自己当前心情的话。

电话那头带上笑意："所以临终来跟我表白？"

这货是一定要把他最后几滴血灭掉吗？！

再不整废话，方筝直奔主题："我家停电了，报名马上要截止，你方便的话帮忙弄一下吧！"

"第七个人找来了？"

"嗯，妖上线了，不过真的比赛账号要你大爷来用，具体的我回头再跟你说，你先上游戏，到YY找你大爷再要一下原始ID号，其他人的资料我都填好了，你把妖的补充完整直接提交就行。报名就在逐鹿官网，有链接，等下我把我官网登录的账号密码发你。"

没再东拉西扯，电话那头应承得干净利落："成。"

挂上电话编辑账号密码短信的时候方筝想，这人也不是没优点，好歹分得清楚轻重缓急。

直到晚上9点多，方筝家才重新燃起灯火。

这期间他啥都没干，蒙头睡觉，还做了个成仙上天庭结果碰见同样位列仙班的你大爷的梦。

好不容易登录游戏，发现群众都在，正在军团频道聊得不亦乐乎，作为军团长，他自然要强势冒头增加存在感。

[军团]有奶就是娘：可算爬上来了！

[军团]有奶就是娘：你们都干吗呢？

[军团]妖的祝福：军团大厅练PK呢，团长你赶紧过来！

团长这个称呼对于连小组长都没当过的方筝来讲，颇为受用，二话不说操纵着有奶就是娘便奔赴军团大厅。

很快，几个身影映入眼帘，其中妖正和Polly友好PK，偌大的军团大厅已经成了鬼服兵团的专场。

血牛第一个发现有奶就是娘，估计是拉近了视角，然后发出疑问——

[军团]血牛不吃草：你脑袋顶上那个是啥玩意儿？

方筝纳闷儿，也把视角拉近……金箍忘记改外形了！

[军团]有奶就是娘：给我五分钟！

说完，奶妈飞奔出军团大厅，再回来时，脑袋顶上的东西变成了一顶礼帽。

虽然英伦贵公子在强大的礼帽衬托下变成了大魔术师，但总比孙悟空强。

[军团]战斗机：我还是喜欢它原来的样子。

[军团]有奶就是娘：你审美有问题！

[军团]血牛不吃草：属性够彪悍的啊，哪来的？

方筝看了眼Polly，对方依然在和祝福缠斗，似乎对这边发生的事和军团频道里的聊天毫不在意。

哪来的？Polly给的。他为啥要给你？因为我给了他一个极品饰品。你为啥要给他极品饰品？因为感谢他当副军团长。这有什么值得感谢的？因为我是个感恩的人……不行，越往上追溯越起鸡皮疙瘩，方筝决定短平快地一招解决。

[军团]有奶就是娘：不重要啦，忘掉它。对了杀手，报名弄好了吧？

[军团]疯一样的子：嗯，僵尸的速度很快。

方筝看半天没看懂。

[军团]有奶就是娘：和小鸟有啥关系？

[军团]疯一样的子：我当时在矿上，根本没电脑，更别说找你大爷了，幸亏还有个手机QQ，正好看到僵尸上线，直接让他弄了。

就这还敢答应得那么痛快？！

[军团]疯一样的子：也省得我开车去网吧！

好事……太多磨了。

[私聊]疯一样的子：你又欠我一次啊！

哪来的又！

等等！

[私聊]有奶就是娘：这次和你没关系了吧，我要欠也是欠小鸟的！

[私聊]疯一样的子：那你给我手续费。

方筝正琢磨为啥一个停电过后他连疯一样的子都有点扛不住了，就被小鸟打断思绪。

[私聊]Polly：139×××××××。

掉转视角，僵尸还在和祝福PK，两个人应该都在YY里，所以小鸟可以一边PK一边语音指导一边跟自己打字……这也够考验手速的。

[私聊]有奶就是娘：这是？

[私聊]Polly：我电话，以后有急事联系不上可以打。

[私聊]有奶就是娘：没急事呢？

[私聊]Polly：视骚扰程度而定，一分钟五到十元钱不等。

这是发家致富的新路吗？！

[私聊]有奶就是娘：金箍，谢啦！

[私聊]Polly：嗯。

［私聊］有奶就是娘：你不是应该回一句礼尚往来吗？

［私聊］Polly：那我亏太多。

这货绝对是"毒舌帝"！

［私聊］Polly：别在心里骂了，世道凶险，我这是帮你提升抗打击能力。

［私聊］有奶就是娘：求你给群众留点隐私空间。

［私聊］Polly：你停电了怎么联系的杀手？

话题跳转得有点快，方筝愣了下，才反应过来。

［私聊］有奶就是娘：我有他手机号啊！

［私聊］Polly：嗯？

［私聊］有奶就是娘：嗯什么，我给他代练过你忘啦！

［私聊］Polly：哦，呵呵！

［私聊］有奶就是娘：为什么你一这么乐我就想抽你呢？……

［私聊］Polly：你心里太不阳光。

军团建立后，大家的上线时间也相对稳定起来。方筝和孟初冬属于自由职业派，基本全天候在线，当然他们的全天候是指从下午到凌晨；血牛和438都是学生党，前者研究生论文搞定，硕博连读，这段时间完全可以当成休假；后者大三，白天还是有点课的，但看他在线的频率，显然翘了不少。你大爷和江洋是上线时间最不稳定的，前者刚工作没一年，公司是单休制，偶尔还会有加班；后者白天上矿，晚上应酬，游戏那都是挤着时间在玩，不过近期已经有越来越宅的趋势，弄得狐朋狗友纷纷猜测他是不是金屋藏娇了。

不过对于玩家来讲，"战友"在二次元的游戏角色的意义远大于"战友"三次元本人，一个书都没念完的无业游民可能是被玩家前呼后拥竞相崇拜的操作高手，一个腰缠万贯手眼通天的精英可能是被玩家白眼嫌弃的菜鸟，为什么那么多人喜欢游戏，因为它可以完全割裂三次元，然后只认ID不认人。所以对于鬼服兵团里的诸位，也仅是知道彼此的简单信息，哦，这个在念书，哦，那个在工作，哦，这俩自由职业所以能全天候在线。能挖掘得更深吗？当然可以，但是没必要。有时间记住战友的身高星座工作血型，还不如记住对方每一件装备的加强等级，这样起码下本或者团战的时候，能掂量清楚自身实力。

游戏的热血就是要洒在游戏里。

报名截止的一星期后，对战名单出来了。

二十四支队伍，网通、电信两个赛区，相对来讲方筝他们赛区竞争更激烈一些，因为一共有十四支队伍，除去逐鹿之渊的五支队伍和鬼服兵团，还有来自其他服务器的八支队伍。比赛采取淘汰制，即两两对战，胜者晋级，最终决出该赛区冠军，然后再去和对方赛区角逐总冠军。

晚上9:00，鬼服全员到齐，集体挂在YY上泡论坛浏览赛程帖。

"这么算我们得打五场啊！"战斗机永远是亢奋型，"啧，够刺激。"这货是按照总冠军的路程算的吗？

"王者归来服务器，诸神？"血牛念着第一个对手的名字，自言自语，"不知道怎么样。"

Polly："PK实力不清楚，但自信心倒不低。"

小机机来了好奇心："怎么讲？"

Polly："去看178楼。"

此时赛程帖已经被顶成了热帖，无数玩家或参战或不参战的都来凑个热闹，起哄者有之，挑衅者有之，呐喊助威者有之，更不乏他们这种PK战选手亲身过来围观。

方筝努力翻了好多页才抵达178楼，心说小鸟还真有耐性。

回复人：红莲教主。

回复内容：管它神服、鬼服、大军团、小军团，就是神，碰上诸神也要灰飞烟灭！

438："这是参赛选手？"

方筝："没准就是他们团长呢！"

你大爷："怎么听名字像人妖？"

血牛："你顶着现在这个ID说这话合适吗？"

灌水而已，没什么需要揣摩的晦涩内容，所以方筝很自然往下滚动鼠标，结果很快他就被刺激到了——

第181楼。

回复人：朵朵公主。

回复内容：镜花水月还在呢？我以为早被代理商取消了，都鬼成那个德行了。

第182楼。

回复人：狠狠爱。

回复内容：鬼服兵团是什么玩意儿？来打酱油的吧！

第183楼。

回复人：波澜大海。

回复内容：凑数呗，等比赛那天，看咱们教主一挑七。

他们是不是来打酱油的方筝不清楚，反正这几个货肯定是来拉仇恨的。

方筝磨着牙，开始敲回复，那一声声几乎要砸键盘。

第323楼。

回复人：有奶就是娘。

回复内容：话别说得太满，不然到时候让你哭都哭不出来！

回复完，方筝才发现，呃，忘记表明身份了……

连忙想拉到底再回复一条，结果不小心瞄到紧挨着他回复的倒数第二楼——

第322楼。

回复人：Polly。

回复内容：猪神？

方筝满腔的反击之情化为一串串肥皂泡，随风飘散，越飘越高，越飘越远……

这毒舌的段数差距就好比你大爷和王大爷比操作，王大爷和你大爷比霉运啊！

还没从小鸟的神回复中缓过来，方筝又瞄到了小鸟的上一楼，上上一楼，上上上一楼——

第321楼。

回复人：战斗机。

回复内容：鬼服兵团！勇往直前！值得支持！值得粉丝！

第320楼。

回复人：战斗机。

回复内容：鬼服兵团！智勇双全！值得支持！值得粉丝！

第319楼。

回复人：战斗机。

回复内容：鬼服兵团！美女乐园！值得支持！值得粉丝！

看到最后，方筝已经不想吐槽了。

大约在论坛里泡了一小时，鬼服的人开始回到正轨，这两天Polly一直在指导你大爷和438，血牛则被小机机缠着PK，杀手没对手，索性跑逐鹿之渊去找免费陪练。作为奶妈，方筝是不会参加单人PK的，要知道俩奶妈磨起来能磨到世界的尽头也未必会分出胜负，而奶妈和别的职业PK，尤其不是偷袭而是纯PK，输出相差太过悬殊，结局很少会有悬念。

因为PK战有多张地图可供选择，所以Polly的训练也是放在野外地图上，基本是一挑二，438和你大爷组队来挑他。

方筝无事可做，也就跑过去围观。

风景如画的皇山。

438的钟娇宝宝恍若仙子，一袖子一袖子地抽打Polly。但此时这位美女已经不叫钟娇了，炼妖师对于自己的宝宝（游戏里的召唤兽）有命名权，所以现在的钟娇叫502。

438喜欢把他的宝宝都改成编号名，比如，火精灵宝宝是119，鬼差衙役宝宝是110。群众曾问过502的含义，得到的答案是——你不觉得她一直飘来飘去如影随形地贴着攻击目标很像万能胶吗？

"438，你不能放出宝宝就当甩手掌柜了，要看清楚对手的攻击套路和特点，选择适合的宝宝，而且要时刻观察宝宝的状态，不是非要等宝宝没血了你才放出另外一个。既然系统设定你一场战斗里可以带三个宝宝，你就要知道该如何搭配，什么时候放出哪一个，比如，对手如果要出大招，你就要换上防高血厚的，对手如果一直和你拼速度，你也要换上……我说你能别在战斗中采集材料吗？"

方筝正走神，闻言抬眼望过去，正看见438那躲在一旁弯腰撅屁股拔草药的身影。

也就高手君，此刻还能那么冷静……

"宝宝不是在打呢……"炼妖师还想辩解。

Polly招招毙命："如果它用余光瞄到了你薅草药的伟岸英姿，也会消极怠工的。"

你大爷一直很用心，这时候看见Polly停下与438说话了，一个祝福的利刃甩过去，Polly本就被502黏得快没血了，于是扑街（游戏里代指死亡）。

爬起来原地坐下回血的高手君还很客观地表扬："很好，你已经学会了掌握时机。"

不就是猥琐吗……

方筝钦佩高手君说话的艺术。

接下来的日子，鬼服兵团练习为主，下本为辅，方筝还抽空给438和你大爷做了饰品。至于装备上，除了Polly外，其余人都是全身橙装，想也知道，一个久久不更新不升级的游戏玩家能干啥？只能下本了，于是想凑不想凑都能整一身橙的，没准仓库里还扔着几件重复的。虽然这样零零散散聚上的橙装未必是极品，可也不会和极品差得太悬殊。Polly依然是混搭，但方筝找材料给他做了个暗龙火焰爪，55级，黄武，算不上极品，但Polly全部打上了攻击力加5的石头，强化也做到了顶，俨然有土豪风范，愣是把它的杀伤力提到了还不错的程度。

跨服PK赛如期而至。

鬼服兵团的战友们对待PK赛的态度还是重在参与，说白了，有人陪他们玩就行，要知道寂寞了太久的孩子总是要求很简单。

5月20日，晚7:00。

方筝带着队伍找到指定NPC选择跨服PK，转眼间，全队七人被传送到跨服PK赛的专用竞技场。这是游戏代理商为活动特意新建的虚拟竞技场，看台上被分出大小两区，小区属于参赛选手，大区属于围观群众，选手和观众的传送师不同，所以不需选择，直接会被传送至相应区域。此刻甭管小区大区，都已是人头攒动，而游戏设定可以控制不让玩家擅自蹦到竞技场里，却不能限制玩家在看台上的活动，于是指望玩家们安静坐着跟看奥运会开幕式似的断没可能，不打群架就不错了。

［系统］主持人：请观众席东南角的玩家保持冷静，否则会被请出竞技场。

说什么来着，已经有群众为各自战队先行打起了揭幕战。

所以说大军团就是麻烦，像他们军团拢共七个人，哪还有多余的去坐观众席。

竞技场的发言栏基本占据了电脑左边一竖条，但分上下两块，上面是主持人和解说系统，下面才是玩家发言，所以两个版块的刷屏速度也天差地别，往往主持人五分钟前的发言还挂着呢，玩家这里半秒前的话已经被顶没了。

至于为什么没设置语音主持和解说，可能是运营商考虑到甭管选手还是观众都会在自己的YY频道里抱团观战讨论，语音解说意义不大，况且PK战这种短平快的胜负只在一瞬间的比赛，还真很考验解说水平，没准你还没看出那光影效果是什么招呢，下一秒新的技能已经被释放。

［观众］遮天蔽日：流星飒沓必胜！剑指总冠军！

[观众]花非花：好期待好兴奋好激动！

　　[观众]水长流：你老公参战了？

　　[观众]花非花：嗯，我就准备从他们里面挑一个！

　　[选手]火云邪神：姑娘哪个区的？我逐鹿之渊五岳阁的，找我！

　　[选手]人称小白龙：来个谁赶紧把这丢人现眼的玩意儿弄下去。

　　[选手]一醉方休：鞋神，回家。

　　整个赛区的十四支队伍都已经到了看台上，虽然闹哄哄一团没什么排序规律，但脑袋顶上的军团名字却很好辨认。

　　方筝旋转视角，下意识去寻找，很快，我血荐轩辕进入眼帘。

　　暴力奶妈也面向这边，至于是不是看自己这队，方筝就不敢确定了，而站在他身边的依然是熟面孔，枯叶蝶、刻骨、哈利波拉特……

　　方筝转回视角看了下Polly，小鸟君依然面对竞技场中央站着，如果这是真人视角，那小鸟肯定看不见轩辕，可作为玩家视角，未必一定要转向某人才能……呃，打住，现在不是钻研八卦的时候。

　　十四个队员上下两个半区，今天比赛的是上半区七个队——白露为霜VS（对战）流星飒沓，鬼服兵团VS诸神，万古神7域VS雨花池，恋爱去死去死团轮空。

　　轮空意味着直接晋级，但这是抽签随机决定的，谁也没辙。

　　比赛分单人赛团队赛两个部分，单人赛除奶妈外都要上场，一局定胜负，当然如果某个队伍有俩奶妈或者仨奶妈，那对不住，也得上去。单人赛胜一次得1分，团队赛也是一局定胜负，但得分是4分，并且团队赛获胜者还有小分优势，也就是说，如果战满七局，恰好形成5:5的平分局面，那么获得团队赛4分的一方，将会被判定为胜者，哪怕他们单人赛只赢了一场。这就是逐鹿游戏的精神取向——团结协作，兄弟并肩。

　　不过为了增加悬念，也是为了让大家打得更有气势，单人赛放前，团队赛压轴。

　　[系统]主持人：下面我宣布，PK赛第一轮白露为霜vs流星飒沓，现在开始！

　　[系统]主持人：请两队选手进入竞技场。

　　随着两队队长与NPC的交谈，很快，两支队伍从看台上消失。

　　过了十几秒，观众眼前的竞技场缓缓变成了郁郁葱葱的森林。随机地图生成！从俯视的角度，可以轻松看见两个距离略远的地点分别刷出了两个人影。但身处其中对战的玩家，怕是没这么好的上帝视野，因为他们都在小心翼翼地观察周围，似乎在判断对手的方位。

［系统］解说：大家好，我是本次比赛解说非凡哥。

［系统］解说：话不多讲，现在竞技场上的是单人战第一场，白露为霜的雪天使 VS 流星飒沓的大 H！

［系统］解说：两队选手已经开始侦察，究竟哪一方会取得先机呢！真是让人期待！

YY 里传来 438 咽口水的声音："呃，我怎么也跟着有点紧张呢！"

血牛姐的声音无疑是此刻最好的镇静剂："你太入戏了……"

战斗机："嗷嗷，快打啊，怎么磨磨叽叽的！"

这还有个更入戏的。

你大爷："哎？两队剩下的人呢？也不在看台上？被系统屏蔽了？"

就在鬼服战友们扯淡的时候，雪天使和大 H 已经相遇，祝福者 VS 仙术师，都是远程，一个攻击低但能给自己加血，一个输出高但脆皮，打得难解难分，不过在最后还是仙术师技高一筹，雪天使战败。

流星飒沓，得 1 分！

好的开始是成功的一半，接下来的流星飒沓几乎势如破竹，直接打了对方一个 6:0，连团体赛都没用，就成功晋级。

流星飒沓的支持者们沸腾了，各种刷屏简直要把键盘敲出花儿来。

全程观战的选手们倒是集体沉默，因为谁都看出来这将会是个强劲的敌手。

战斗机："我才几天没去逐鹿之渊，哪冒出的野团，势头挺猛……哎哎，我怎么黑屏了！救命！……啊，该我们了啊！"

［系统］主持人：PK 赛第二轮，鬼服兵团 VS 诸神！

第六章

首战告捷

十四名队员传送后只两名出现在场上,那么剩下的去了哪里?鬼服兵团总算知道了答案——参赛选手特殊小屋。

此小屋具体方位不可考证,因为出现在每一个选手电脑屏幕上的画面都是赛场俯瞰图,与观众席或选手席上看到的无异,只是这个小屋把当前参赛选手与看台隔离了,似乎是想造成 PK 赛的真实感。在小屋里依然可以看到系统和观众选手刷屏,也同样可以参与。

[系统]主持人:单人第一场,红莲教主 VS Polly!

战斗机:"我去,第一场就是重头戏啊!"

百炼成妖:"队长加油!"

疯一样的子:"僵尸,我看好你。"

血牛:"输了就别回来了。"

方筝也想跟着说两句鼓舞士气的,可刚要张嘴,却忽然反应过来小鸟君会不会太沉默了?面对战友的鼓励就算不感激也不至于这么冷漠啊……

再一抬头,好吧,Polly 已经出现在了俯瞰地图中!

之前方筝就在想虽然选手看不到俯瞰地图,可队友看得到啊,万一在 YY 里指挥呢,现在想明白了,单人赛进入地图中的选手应该是被系统屏蔽掉了一切语音设备。

这一次的地图是仿古的临岸木屋。

一个渡口,一座岸边小屋,一汪清水,以及并不茂密的小树林构成了地图的全部要素。

Polly 在树林中刷了出来。

红莲教主则缓缓出现在岸边。

[系统]解说:这一次两位选手的距离有些远啊,究竟谁会先发制人呢?

[观众]我爱菠萝:我看见了什么?俩僵尸?

[观众]彩云飞:我都忘了逐鹿还有这个职业!

[观众]自带干粮:这下好看了哈哈哈!……

[系统]解说:鬼服僵尸先动了!他正在往树林外走!诸神僵尸会如何应对呢?

是因为名字太难打所以干脆用队名代替吗?

此时地图上,Polly 已经走到了树林边缘,而同一时间,红莲教主居然潜入渡头下面躲到了水里!

至此双方战术意图已经明显,Polly 探寻式主动出击,红莲教主则阴险地守株待兔。

这明明应该是小鸟的风格啊!

方筝在心里为Polly着急,可地图上Polly已经来到了小木屋!

从观众角度很清楚地可以看到红莲教主在水里微微冒出了头,正对着Polly的方向,而这时候的小鸟纵身一跃上了木屋房顶,确认没人后,又跳下来顺着窗户往木屋里就是一记幽冥鬼火!

屋里没人,技能自然打空。

但幽冥鬼火是大招,小鸟的蓝已经消耗一小截。

［系统］解说:鬼服僵尸刚刚对木屋发动的攻击根本无效,却白白耗费了自己的蓝,现在诸神僵尸在暗处,他在明处,形势对他很不利啊!

［系统］解说:诸神僵尸看来是准备死藏到底了,想必是等着鬼服僵尸靠近后来个出其不意!

［系统］解说:那么让我们看看鬼服僵尸是不是已经踏入陷阱了?

［系统］解说:不,等等!鬼服僵尸坐下了!是的,恰好在诸神僵尸的攻击范围外,鬼服僵尸坐下了!

［系统］解说:鬼服僵尸盘腿打坐,他有什么意图?

［系统］解说:呃,他好像在回蓝……

PK赛禁止使用任何辅助药品,但是原地坐下休息回血回蓝,规则没说不可以。

只是,这是紧张刺激的PK赛啊,选手坐地上回蓝,解说和观众压力都很大啊!

观众刷屏已经开始疯狂吐槽,但也有明眼人看出了端倪,Polly不是故意消极怠工,而是确认了木屋没人后,百分百肯定红莲教主藏在水里,于是原地坐下,以逸待劳,毕竟僵持的情况下,坐岸上和藏在水里操作难度截然不同,确切地说,坐地上根本就不需要操作,而藏在水里却要一直保持平衡防止下沉,虽然对操作没有过高要求,但持之以恒也会手酸的。

比赛中的选手看不到解说和观众刷屏,但却可以和对手聊天,当然,也包括心理战。而聊天的内容场外所有人都看得到,于是众目睽睽之下,小鸟君说话了——

［赛场］Polly:鬼服兵团的都看到了吗,这种适合隐藏的地图80%的选手会选择伏击偷袭,所以必须小心谨慎,同时化被动为主动,当然能以逸待劳最好。

这货开始教学了!

电脑前的鬼服战友们想哭,不为别的,就为队长在如此紧张的比赛中还不忘提点他们的这份心啊……

观众们也想哭，好好的 PK 赛变成教学指导片了！

当然最想哭的是解说，这位以"努力营造比赛紧张气氛"为己任的工作者发现在选手的侃侃而谈下，他们的激情式解说是多么苍白。

［赛场］Polly：想隐蔽，就必须想好被发现或者不被发现或者僵持状态下的至少三种应对方案，438，你在这个方面最欠缺，尤其是变化的多样性，但是机灵，如果你能全场隐蔽最后一击制敌，那你的耐性磨炼就算毕业了。

［系统］解说：鬼服僵尸真是寓教于乐，时刻不忘与战友共进退，呵呵！

观众心声：你够了……

好在，崩溃的不止观众。

［赛场］红莲教主：你够了啊！

伴随着一行字，渡头下面的僵尸忽然一跃而出，正全力朝 Polly 逼近！

Polly 还坐在那里，一动不动就好像没看到对手。

红莲教主距离 Polly 只有 3 米（游戏距离）了，抬手就是一记地狱焚火！

Polly 忽然身形一闪直接就地滚开，漂亮地躲过了这一下。

但红莲教主既然用的是杀伤力普通的地狱焚火，显然也留了后手，Polly 刚滚到旁边他回手一扬就是瘴气！正中 Polly 面门！

［系统］解说：鬼服僵尸中了瘴气，这可是持续掉血直至 50% 以下才会停的 PK 神技！

是的，瘴气作为团体战中的技能，纯属鸡肋，因为奶妈完全可以等队友血掉到 50% 以下技能效果停止，抬手一个瞬回补满。但在无法吃药没有奶妈的单人 PK 战中，中了瘴气无疑就处于极度被动。

但是解说好像忘了，这是两个僵尸的 PK，红莲会瘴气，Polly 也会。

于是当两个人再次分开一定距离，大家才惊讶地发现，红莲教主也中了瘴气！

Polly 到底是什么时候出手的没人看见，因为红莲教主的技能光影把一切都遮住了，只能推测 Polly 在中招的瞬间或者中招之前已经释放了技能，或许只比红莲教主晚了半秒。

［系统］解说：现在两个人又回到了安全距离，可是双方都在掉血！

［系统］解说：鬼服僵尸在最后关头也使出了瘴气！

［系统］解说：现在双方远距离僵持，局势又变得很微妙。

［系统］解说：鬼服僵尸行动了！他冲了过来！掉血状态还没结束他现在冲过来难道想硬拼？

解说推测得没错，只见Polly以迅雷不及掩耳之势扑向红莲教主，后者下意识想跑，可或许又觉得这样太难看，最终还是正面迎上。Polly这次没再玩花活，直接抬手就是幽冥鬼爪！红莲教主不甘示弱，也回以同样招式！双方同时中招，掉血状态也都在这个技能后同时停止！此时赛场上的两个人都只剩下40%左右的血！

解说根本来不及说话，观众也忘了刷屏，就看赛场上真刀真枪硬碰硬的两个僵尸你来我往地挠来挠去，红莲教主屡次想走位闪躲，却总是被Polly盯住而失败。Polly则是压根没准备走位，就以血战士的姿态站在那儿，反正你打我我就扛着，只要我刀刀都能砍到你身上就行！

方筝眯起眼睛，有些明白Polly的意图了。

赛场外，也有选手发现了端倪。

〔选手〕人称小白龙：他这是准备拼血量啊！

〔选手〕刻骨：看来是的。

〔选手〕人称小白龙：可是都是僵尸他血量能比对方高到哪里？而且我记得咱们不是把他轮番追杀成白号了？

〔选手〕刻骨：拜你所赐。

〔选手〕人称小白龙：谁让他欺负我媳妇。

〔选手〕人称小白龙：不过我们五岳阁追杀还说得过去，你们纵横天下追杀自己人，啧，让人心凉啊！

〔选手〕一醉方休：小白。

〔选手〕人称小白龙：得，我不说了。不过他还在镜花水月，倒是挺能坚持的。

〔选手〕人称小白龙：说多少回了别叫我小白！

〔选手〕薇薇安：老公，这名其实挺可爱的。

〔选手〕人称小白龙：哦，那好吧，一醉你可以多叫几声。

观众已经不知道看哪边了，赛场上紧张，可刷屏里信息量也很大，这真是一个纷杂的世界啊！

但激烈进行的战斗却不会因为场外的刷屏而减缓速度，一晃眼，Polly和红莲教主的血量都逼近10%了，这时候大家才后知后觉地发现，好像……前者比后者的血要厚，而且还不是一丁半点！

红莲教主也发现了这个情况，显然再硬顶下去必然他先倒，顾不得面子不面子转身就想跑，Polly哪会给他这种机会，几乎在他闪过这个念头的时候便一个飞身跳跃，直接跳到他背后，红莲教主想后悔可手已经按下了键盘,角色转身,迎接他的是Polly的魑魅魍魉!就这一转一跳间,红莲教主已经在攻击次数上少了Polly一次,接下来几秒毫无悬念,红莲教主扑街,Polly胜出。

战斗结束后角色会自动回到选手小屋,但就这短短两秒,小鸟君还能打上一句话——

[赛场]Polly:果然先耗掉50%的血,杀起来省事很多。

观众终于回过神——

就好像你没掉一半血似的!

解说宣布小鸟获胜的时候,本尊已经回到了小屋,语音系统恢复,战斗机迫不及待地问:"硬拼不是你风格啊,你啥时候换套路了?"

Polly依然老样子,甚至带了点慵懒:"我的风格是怎么能赢怎么来。"

血牛的声音难得带上笑意:"你不光赢了,还赢得很让他们憋屈。"

江洋也不得不佩服:"你那个现场教学绝对是神来之笔,太无耻了!哈哈哈。"

方筝同意杀手,但有个问题没搞懂,小鸟靠技术走位也能赢红莲教主,干吗非冒险和对方拼血量?

正想着,Polly忽然感慨一句:"项链,还挺好用的。"

鬼服战友群体性迷茫。

方筝却悟了,虽然还是很纠结这货又听见了自己的心声!

闪光的天池泪,物理防御力加60。Polly和对方拼的不是血量,而是防御力,显然前面的几下交手中Polly已经通过伤害点估计出了对方的防御力和血量,衡量之后确认对方的防御力低于自己才做出硬拼的判断,于是每次同样的伤害下,他受到的伤害点数小一些,积少成多,就变成了最后的血量差。

说起来简单,可能够准确估算防御力和血量并在最后提前预测到红莲教主会转身的,只有一流高手,并且是对自己十分自信的一流高手。

观众中也有老玩家认出了Polly,在给新人普及——

[观众]永远爱传奇:这个Polly不会就是那个Polly吧!

[观众]生于1994:那个Polly又是哪个Polly?

[观众]风靡一时:当年整个华北大区的PK王啊,纵横天下的,我以为他不玩了!

[观众]平胸我骄傲:纵横天下不是巅服的吗?

[观众]风靡一时:那是后来转的,之前他们都在镜花水月。

〔观众〕生于1994：原来是大神啊……
〔观众〕平胸我骄傲：大神啊……
〔观众〕软妹：大神……
〔观众〕水晶玻璃心：好猥琐……

虽然诸神的嘚瑟不太受人待见，但毕竟也是小有名气的军团，在自家服务器那也是独霸一方的，结果上来就让名不见经传的鬼服兵团扫了颜面，落马的还是军团长，憋屈不言而喻。

但系统不会给他们苦闷的时间，尤其上一场的对战PK已经严重超出了单场PK赛的平均时长，故而第一场选手刚下来，第二场选手就被传送到了新的地图上。

〔系统〕解说：上一场鬼服兵团打了个——
〔系统〕解说：特别的开门红，那么这一场我们来看看将会是哪两位选手！
〔观众〕一夜狼嚎：为什么我感觉主持刚才好像顿了一下？
〔观众〕风过砂：可能那货原本是想说漂亮的，后来想了想，还是改成了特别。
〔系统〕解说：啊，选手已经出现在了地图上！让非凡哥来看看这一次的是……
〔系统〕解说：诸神的黑客VS鬼服的疯一样的子！好巧，又是同职业对抗！
〔观众〕风过砂：呃，主持为什么要忽然说一下自己的名字？
〔观众〕一夜狼嚎：可能对你刚才的称呼不太满意。

可怜的非凡哥已经快咬碎了麦，如果不是游戏设定只能打字不能说话，他绝对要用狮子吼把那俩熊孩子秒了！

同一时间，疯一样的子和黑客的身影终于由虚化实，出现在了地图中央。这次的地图是一片草原，广阔的蓝天白云下，绿油油的小草随风轻摆。

画面很美，美得……一览无余。

疯一样的子和黑客的刷新点几乎是在地图的两端，一个极东北，一个极西南，可是隔着那么长的距离，他们依然毫无障碍地四目相对了。

杀手，原本是最擅长设置陷阱出其不意偷袭的暗杀职业。现在却只能在大自然的不可抗力下，遥遥相望，脉脉含情。

敌不动，我不动。

然后看台上有人动了。

［选手］哈利波拉特：谁能来告诉我一下为啥那货的账号会出现在镜花水月？

［选手］刻骨：没听说商城出转服的道具啊！

［选手］花为媒：这不是团长全服通缉那个嘛！

［选手］七伤拳：你反应得会不会有点太慢了……

有仇人相认，自然也有路人围观。

［选手］泰山之巅：动不动就全服通缉，这是你们纵横天下的口号吗？

［选手］无心之过：关键是整个军团没轮过人家一个，那小子好像花钱绑定装备了，然后就看着咱们纵横的战友一路往下掉橙装。

［选手］风流不下流：他买红丝带了？够大方的啊！

同是逐鹿之渊的两个宿敌"聊得开心"，围观群众坐不住了，纷纷冒头询问内中乾坤，主持人见场上二位还大眼瞪小眼呢，索性也跟着看下面刷屏去了，一边看还一边分析，Polly是原纵横天下的，然后离开军团，被纵横天下和五岳阁联手追杀。疯一样的子在逐鹿之渊被纵横天下追杀，却同时在镜花水月有账号跟Polly组队，纵横天下和五岳阁在镜花水月是宿敌，却偏偏同时转战逐鹿之渊，于是依然相杀……这是游戏还是韩剧啊，太纠葛了！

八卦旋涡不断扩散，没人注意到，地图上的两位选手已经开始匀速接近！

一马平川的地图，战术什么的都是浮云，远程的弓箭也不好用，因为箭的轨迹对手看得一清二楚，想躲开太容易了，所以只能纯PK，拼的就是技术。

等有眼尖观众发现异样时，两个人已经短兵相接了！

［系统］解说：血手印！

［系统］解说：面对面无法使用暗袭，两位选手心有灵犀地都选择了血手印做第一攻击！

［系统］解说：血手印不只是个攻击技能，它还可以在1分钟内提高攻击命中率！

主持说话间，疯一样的子和黑客已经打成一团！杀手的技能不像法师那般绚烂，每一招几乎都是短平快，于是群众可以清楚看到两个人的走位和出手。

从技术上看，黑客跟疯一样的子不相上下，黑客的战斗速度比疯一样的子还快，但是疯一样的子的走位好，于是两相抵消，二者的血条几乎是交替下降。

只是，一个下得快一些，一个下得慢一些……

［系统］解说：显然鬼服杀手的装备要比诸神杀手的好一些，攻击力几乎是对方的1.5倍！可惜鬼服杀手的装备是改了外形的，看不出究竟是什么！

［系统］解说：看起来诸神杀手要支撑不住了！

［系统］解说：咦？鬼服杀手停手了！明明诸神杀手只剩下血皮！

［系统］解说：等等，两位选手好像……要交谈？

主持人没看错，只见地图上疯一样的子站着不动，黑客正绕着他转圈地围观，刚才的紧张气氛早烟消云散，现在是真正的蓝蓝的天上白云飘，白云下面哥俩好。

五岳阁副团神总结——

［选手］人称小白龙：他俩这是打着打着忽然看对眼了？

方筝看着地图上那俩小人儿，总觉得不排除这种可能。

YY里小机机受不了地嚷嚷："杀手到底干啥呢？也坚若磐石了？"

Polly倒淡定："胜负已分，黑客应该是想死个明白。"

似乎是为印证小鸟的话，赛场栏弹出选手发言——

［赛场］黑客：你这是要逆天啊！多少钱弄出来的？

显然黑客已经查看完杀手的装备。

方筝觉得特别能理解黑客。

［赛场］疯一样的子：谈钱多俗气。

［赛场］黑客：那谈什么不俗？

［赛场］疯一样的子：等等！

黑客正随意走动着，看见这话条件反射地停下来站定，全场观众正看聊呢，结果和黑客一样也被这突如其来的吼震住了，虽然只有文字，可依然让人不自觉屏住呼吸，仿佛接下来是见证奇迹的时刻。

奇迹也确实发生了。

只见疯一样的子从容地走到黑客背后……暗袭加见血封喉！

黑客扑街。

［赛场］疯一样的子：谈胜负。

世界，安静了。

疯一样的子同黑客的尸体一起缓缓消失，竞技场又恢复了原貌。

石化的观众依然石化，好在个别选手找回了元神。

［选手］泰山之巅：他刚才那个结束语……是耍帅吗？

［选手］哈利波拉特：应该是的，虽然踩着猥琐的高山。
［选手］人称小白龙：那究竟是帅还是猥琐？
［选手］胡一菲12138：当然是猥琐，但是猥琐得很帅！

或许是前两场战斗耗去了主持人太多内力，杀手杀杀手的战役结束后，破天荒有了十分钟的中场休息，鬼服的战友们不知道下一个会选谁上场，所以不敢轻易离开电脑前面，只能在YY里聊天。

不过开门就取得了2:0，换谁都开心。

小机机："一鼓作气弄他个6:0，让神猪吃个鸭蛋走，哈哈！"

438："好像……叫诸神。"

小机机："差不多啦，别咬文嚼字嘛！"

方筝为红莲团长掬一把同情泪。

或许是开局大好减轻了压力，一直没说话的你大爷这会儿都弱弱插嘴了："我总觉得下一场会找我……"

小机机、438、疯子、奶娘："那不用说，就是你了。"

Polly："加油。"

你大爷欲哭无泪："僵尸和杀手都表现得那么好，我要丢人了咋办……"

血牛真诚宽慰："他俩那个已经是猥琐流的极限了，确实很难超越，别有压力，做自己就好。"

随着主持人一声开战，你大爷缓缓从小屋消失。

鬼服战友目送他离去，六颗心紧密相连到一起：这个人还朝九晚五打什么工啊！还要加班！还是单休！暴殄天物啊，就该直接送去联合国维护世界和平！

［系统］解说：单人赛第三场，鬼服妖的祝福VS诸神狠狠爱！

［系统］解说：已经取得两连胜的鬼服兵团是否会再续辉煌？还是说诸神会反戈一击？祝福者VS狂刀客，让我们拭目以待！

战场上，新的地图悄然浮现，这一次既不是河畔木屋也不是翠绿草原，而是雪山！

白雪皑皑的山脉连绵起伏，朝阳挂在山顶，却依然阻挡不了漫天的鹅毛大雪，阳光与风雪形成了奇特的景观，身处其中的玩家却只能苦恼。这满屏细密的雪花，别说对手，就连自己方圆十几米内都很难看清。

妖的祝福出现在地图西侧山脉一个突出的山石平台上，平台位于半山腰，地势不高不低；狠狠爱则恰好刷在他下方的山脚，两个人几乎形成一条垂直的线!

［系统］解说：这一次两个人离得很近啊,不知道谁会先发现对方。

几乎是主持人发话的同时,狠狠爱已经沿着山路跑了上来。他不可能知道对手就在头顶,之所以往上跑,无非是想要获得更好的视野。

但你大爷也不是坐以待毙型,登高望远,狠狠爱能想到,他自然也能,于是只晚了几秒,便也跳出平台,开始往山顶奔!

就看两位选手一前一后,仿佛马拉松障碍赛似的,克服风雪,碎石,向着朝阳奔跑……

［赛场］狠狠爱：别躲了,我知道你在这里,我都看见你了!

虽未近身,但心理战已然打响。狠狠爱自然不是指望对手真的以为自己暴露了,只是用这种话给对方施加压力。

方筝刚在心里念叨大爷你可千万放轻松别有压力,就看见被念叨者认真地回复——

［赛场］妖的祝福：你看见我在这里?那么这里是哪里?

［赛场］狠狠爱：……

［赛场］妖的祝福：呸,骗子!

你大爷,好样的!

或许是羞愧和崩溃的双重打击,接下来的一段时间里狠狠爱都没有再说话。

你大爷也没说话,因为他已经奔上山顶,正高度紧张地瞭望敌军。

"祝福者打狂刀客,有点难啊!"YY里,江洋忽然感慨。

没人接话,因为谁都知道,这是事实。

祝福者,俗称"二奶",虽然攻击力比奶妈高不少,但和真正的输出职业比起来,差了一大截,狂刀客虽然是T(坦克),可介于副T和输出之间,所以攻击力不算差,防御自然不用说,这职业就是个第二血牛(游戏里代指血量很厚的人),于是横看竖看祝福者唯一的优势就只有加血了。可以给自己加血,就可以拖延对手的时间,生生把狂刀客放风筝(游戏里代指拉锯式的作战方式,通过控制角色移动和攻击,使得对手无法有效反击的一种策略)磨死也不是没可能,但放风筝尤其是放玩家的风筝绝对考验操作,要知道玩家不像系统小怪,他有自己的思想,说被放就被放,你当是斗地主托管系统代理吗?

［系统］解说：狠狠爱已经逼近山顶,究竟妖会怎么应对呢?

［系统］解说：等等，妖似乎已经发现了对手！

你大爷所在的山顶只有巴掌大一块地，之前他一直左边往下看看，右边往下看看，可这会儿却忽然一动不动了，显然已经发现对手，于是开始紧张地思索如何应对。

不同于远处连绵的山脉，这一处是独峰，除了狠狠爱正跑的那条路，根本没有旁的出口，你大爷总不可能也从这条路上往下跑，不然就彻底成数学应用题了——甲和乙相距 X 米，然后以每小时 Y 米的速度进行相对运动，多久能相遇？

那么站在山顶守株待兔？

行，兔子来了，但如此小的地界，只能近战，可近战，二奶必死无疑。

电光石火间，你大爷脑海已经闪过无数念头，闪到最后，他发现自己不用对手出招就已经快纠结死了。

［观众］浪妹子浪：妖怎么不动了？想硬拼？

［观众］天堂爆米花：怎么可能，那不是找死吗？

［观众］满城黄金甲：可问题是他也没别的路了。

［观众］东北少帅：看来这场鬼服要输。

［观众］东北少夫人：我总觉得鬼服还有后招，赶快告诉我我不是一个人。

［观众］打怪谈恋爱：这是个不能用人类思绪推断的队伍……

越往上，路越难走，狠狠爱看似距离山顶很近，实际上却才抵达你大爷刚刚的刷新点，平台。而再看你大爷，此时似已有了决定，开始操作祝福者进行跳跃，不往前，只原地向上，一下下，像是在为什么热身。

［系统］解说：妖此刻的举动代表了什么呢？

［系统］解说：周围根本没有路，难道他想单凭操作就跳到对面的山上？

［系统］解说：理论上讲这不是不可能，但是真的需要极高的操作！

围观者也屏住了呼吸，不论是观众席还是选手台，都不自觉为即将出现的画面而紧张并期待着，似乎又一次来到了见证奇迹的时刻……

［系统］解说：他跳了！

只见妖的祝福退到边缘，忽然加速向前奔去，狭小的山顶没有给他多少助跑的距离，几乎是加速的瞬间祝福者便一跃而起，借着初速度开始往对面略低一点的山头滑翔！

全场仿佛被按下了暂停键，连刷屏都停止了。

近了，再近一点……

［系统］解说：妖的祝福抵达目的地！

[系统]解说：虽然高低差滑翔还是让他损失了一半的血，可相比脱困这代价几乎可以忽略不计！

　　[系统]解说：慢着，妖好像是脸先着的地……

　　其实主持人看得不准，确切地说你大爷的脸先贴到了山顶然后随着尚未消失的惯性一路从山顶蹭到边缘，再然后，整个人蹭出去了……

　　于是众目睽睽之下，妖的祝福优雅地从山顶冲出，最终贴着山壁一路下滑到山脚。

　　因为是滑下来不是摔下来的，所以尘埃落定时，你大爷一息尚存。

　　狠狠爱终于跑到山顶，却一时间无法在白茫茫的世界里搜寻到敌手，当然更不知道对方已经经历了九死一生。

　　但观众看得清楚，某人正躲在山脚一处大石头后面给自己不断地套愈合的祝福、愈合的祝福、愈合的祝福……

　　PK赛里不用对手出招自己就差点把自己折腾死的奇葩他们真心是第一次见啊！

　　狠狠爱终于看见了对手，一口老血喷出来！

　　要不要离自己这么远啊！

　　能怎么办？继续跑吧！

　　于是狠狠爱片刻不敢耽误又开始往山下跑。

　　几分钟后——

　　[观众]生于1994：我们这是在看奥运会长跑比赛吗？

　　[观众]风靡一时：奥运会比赛是大家肩并肩往前跑，这个明显是单位年会趣味比赛！

　　[观众]天堂爆米花：祝福者的血又满了……

　　[观众]浪妹子浪：你们觉得狂刀客什么时候能追上祝福者？

　　[观众]东北少帅：无所谓，只要追上之后把那货碎尸万段就好。

　　比赛至此，你大爷成功地拉稳了全场仇恨。

　　不能怪观众，关键是现在狠狠爱已经看见了他，步步紧逼逮着机会就砍，可反观妖，你说你放风筝可以，但光放风筝不出招，偶尔被砍一下就往身上套个愈合的祝福，然后继续努力拉大自己和对方的距离，可不就成田径比赛了嘛！

　　问题是你大爷不是不想出招，而是操作速度跟不上，能在逃命中给自己回个血就不错了，哪还有空反击。于是满心委屈。但他也知道逃命不是长久之计，蓝条已经下去一半，再这么僵持他这个远程很可能就要让近战给磨死了。

而且最要命的是,慌不择路中他居然又跑回了之前的那座独峰!

[系统]解说:不知道妖有没有发现他正在跑回刷新点。

[系统]解说:难道他想再滑翔一次?

[系统]解说:狂刀客应该会跟着他一起滑翔,于是继续你追我赶?

[系统]解说:我觉得我该问问领导这PK赛有没有时长限制……

持久战,已经磨灭了可怜主持人的激情,从他已不再使用感叹号就可以看出。

YY里,鬼服战友们也颇为感慨。

Polly:"小机机,持久战是你的弱项,这点上你该多跟你大爷学学。"

战斗机:"鹦鹉,你不能用神的标准要求一个凡人……"

方筝泡了杯楼下超市四元钱一大袋的菊花茶,悠悠品了一口,才插话:"我觉得下次再有这样的比赛应该允许选手语音发言,这样进程会快很多。"

血牛:"不需要全程语音,只要给他两秒,问对手一句你怎么还不死,足矣。"

江洋和438不约而同脑补出那悲壮的场景,沉默。

就在全场观众的注意力都已经飞到了西伯利亚时,你大爷终于抵达山顶,出乎意料你大爷居然没有滑翔,而是站定,直到狠狠爱来到面前。

[赛场]狠狠爱:你怎么不跑了!啊?!

围观群众可以从字里行间感受到狂刀客指尖的颤抖。

[赛场]妖的祝福:这么下去也不是办法,来真刀真枪地决胜负吧!

话一说完,妖的祝福开始吟唱。

狠狠爱等的就是这个,当下挥刀就砍!

[系统]解说:这是怎么回事?妖的祝福终于跑累了要正面迎敌了吗?

吟唱需要时间,而血战士砍人可不用,所以妖的祝福吟唱完技能时,自己已经挨了两刀,好在有增加防御的铁甲状态,所以两刀倒也没砍去多少血,而与此同时,祝福者的技能光影把狠狠爱彻底笼罩。

狠狠爱根本不惧祝福者那一点点杀伤力的小攻击,所以连躲避都不屑,直接正面承受。

哪知道光影过后,他半点血没掉,而角色却在自己没有操作的情况下疯狂地向祝福者砍去!

全场一片哗然。

[系统]解说:刚刚妖释放的不是攻击技能,而是失心疯!

失心疯，祝福者特有技能，可以用于除BOSS外的任何角色，无论是自己、队友、对手还是系统小怪，无杀伤力，中招者会进入疯魔状态，法术和物理攻击力提高30%，但不分敌我，均无差别攻击。

［系统］解说：妖为什么要对狠狠爱用失心疯？狠狠爱没有队友，即使中了失心疯也会继续攻击妖，相反，这技能却提高了狠狠爱的攻击力！

［系统］解说：难道是妖情急之下按错了技能？或者其实是个阴谋？

［系统］解说：究竟接下来妖会如何应对？

［系统］解说：他跳了，他竟然真的又滑翔了！

不怪非凡哥飙脏话，而是这一场景太过熟悉，群众仿佛能预见到又一个轮回……

不对！妖是滑翔了，狠狠爱也跟着跳了，但现在的妖是玩家操作，而疯魔状态的狠狠爱则完全是系统托管状态，于是前者纵身一跃，滑翔；后者纵身一跃，自由落体——

狠狠爱大头朝下先一步落地，死亡。

妖依然在飞。

继续飞。

还在飞。

很好，娴熟地脸先落地，娴熟地蹭着山坡滑到底，娴熟地……一息尚存。

［选手］人称小白龙：这……

［选手］哈利波拉特：也可以？

全场玩家的世界观在这场完全没有PK元素的PK赛里，彻底崩塌。

新人1994代表经历了三场鬼服VS诸神战役的所有观众说了句心里话——

［观众］生于1994：好累，感觉不会再爱了。

鬼服VS诸神的第三场，给观众解说选手都造成了毁灭性打击，以至于接下来的比赛，他们当中大部分还没有从石化状态恢复，一小部分恢复的也依然没心思关注比赛，全泡在逐鹿论坛里为神帖盖楼。

神帖诞生于一个半小时之前《PK赛第一轮全程直播帖》，现在帖子已经翻了近两百页，也被发帖人改成了《PK赛第一轮全程直播帖（忍不住了！鬼服兵团的下限呢？！）》

楼刷得很快，跟帖无数，小部分没现场观战的玩家一个劲儿问怎么了，鬼服兵团是啥？有好心玩家告知，这是镜花水月的一个军团，下面马上来人更正，不，这是镜花水月的一个BUG（游戏里代指漏洞，系统安全程序上存在的缺陷）。

竞技场里，第四场、第五场比赛悄然结束。

解说频道里非凡哥关于这两场比赛的发言只有六条——

［系统］解说：鬼服百炼成妖438 VS 肆海。

［系统］解说：又是两个同职业的炼妖师。

［系统］解说：肆海的宝宝被百炼成妖的宝宝咬死了。

［系统］解说：肆海也被百炼成妖的宝宝咬死了。

［系统］解说：鬼服血牛不吃草 VS 太极宗师

［系统］解说：太极宗师被砍死了。

终于，看台上的观众缓过神——

［观众］独臂刀：谁来告诉我为什么眨个眼就5:0了？！

［观众］快给我工资：鬼服一改猥琐采用了闪电战。

［观众］独臂刀：这不科学！

［观众］蜀山剑神：那个438的宝宝更不科学。

［选手］风流不下流：后面的狂刀客是怎么赢的你们看清了吗？

［选手］泰山之巅：没，这是个高手，动作太快。

［选手］胡一菲12138：也很凶残……

［选手］贱人曾：团长，克制，千万别兴奋！

［选手］胡一菲12138：可是我现在手好痒！为什么我们第一轮要轮空啊？！

如果说你大爷秒空了全场的血条，那么438和血牛的闪电战给了大家回血回蓝的时间，于是战斗机就这样出场了，承载着全场观众那小心翼翼的忐忑。

［选手］人称小白龙：又是熟面孔！

［选手］人称小白龙：轩辕，你的骨干怎么都跳槽去镜花水月啦？

［选手］人称小白龙：原来鬼服兵团是你们分会？

［选手］薇薇安：老公，差不多得了。

［选手］人称小白龙：我不嘛，轩辕连个头都不冒人家很没有成就感。

［选手］一醉方休：小白。

［选手］人称小白龙：OK，我消音。

轩辕也真是个沉得住气的,方筝想,都这么让人调侃了,愣是能忍住不吱声,倒真有点大军团领导的风范。

不过眼下他也没时间去想轩辕,竞技场地图再次变更,这一次是……江堤。

刚认识Polly那会儿,小僵尸总喜欢坐在堤岸上,微风吹过,小西服就轻轻抖一下。方筝不知道自己怎么就回忆起了那场景,明明才过去没多久,却仿佛已经飘着去了记忆远方,要很努力才能寻回来。

不过同样的景色,现在坐在岸边的变成了一身盔甲的血战士和一袭碎花洋裙的祝福者。两个人都坐在江堤上,只是一个在这一侧,一个在那一侧,几乎是面对面地隔岸相望。这该是一幅极美的莫奈油画——夕阳西下,静静的小河,相恋的人们隔岸而坐,少年痴痴地望着少女,少女羞涩地低着头,微风拂过她的秀发,也吹动了那发丝中别着的一朵小花。

是的,应该是极美的。

前提是你要伸出手挡住显示器上那少年头顶的战斗机字样。

[系统]解说:我非凡哥又回来了!

[系统]解说:建议大家也去喝一罐红牛,绝对原地满状态复活!

[系统]解说:这一次两位选手的刷新点很微妙,几乎是一眼就看到了对方!

[系统]解说:可惜隔着一条河,超出了攻击距离。

[系统]解说:看起来二位都没有先动手的打算,现在是席地而坐,静静打量对方。

[系统]解说:也许他们都在酝酿战术,血战士VS祝福者,这将会是场持久战。

[系统]解说:不过从ID看,诸神这一次的祝福者很可能是位姑娘啊!

解说慢慢恢复激情,群众也就跟着活络起来,要知道网游玩家都是一群坚强的人,每天都在系统虐我千百遍我待系统如初恋里循环往复,受点内伤,死不了人的。

[观众]霸王别姬:不知道这一次鬼服打算怎么猥琐。

[观众]军师:不用想了,要有自知之明,我等都是凡人。

[观众]天下大乱:不过他们这么对视着不动手,倒真让人有点期待了,正所谓意不动而神游,你们没感觉到场上气氛已经有些压抑了吗?

[观众]寂寞小手:让你一说还真是,我又紧张起来了!

竞技场上的空气，被两位选手的沉默对视拉成了一根橡皮筋，并且随着观众的神经，越拉越紧，越拉越紧。

终于，血战士敲出了开赛以来的第一句话——

［赛场］战斗机：姑娘，你在游戏里有老公吗？

看台，崩塌。

可是玩家们很快又反应过来，不，血战士绝对不是单纯地调戏祝福者，他一定有更深的阴谋在里面，一定是这样没错！

［赛场］朵朵公主：没有。

无法透过角色去看操作者的表情，但围观群众不约而同地感受到了这简单两字回答中的小心翼翼。

［赛场］战斗机：我知道了。

方筝看着小机机的回复，忽然有种不好的预感……

［赛场］战斗机：你来杀我吧，我绝不还手。

他就知道！

［赛场］战斗机：即便是游戏，也不能打女人。

打枯叶蝶的时候你是中了失心疯吗？！

［赛场］战斗机：这是我的原则。

我去，你拿错剧本了吧，这是你的台词吗？！方筝都有心冲到电脑里掐住对方的脖子吼，你是什么妖怪！把我的小机机还回来！

［赛场］战斗机：哥还是单身，所以这世上每一个单身姑娘都有可能是哥未来的老婆。准老婆当然是打不得的。

［赛场］战斗机：场外的妹子如果有喜欢哥的，欢迎联系，我QQ号是××××××××。

［赛场］战斗机：我目前的账号只在镜花水月和逐鹿之渊，不过不是这两个服的妹子也可以Q我，大不了重新建号练。正所谓你是风儿我是沙，为了真爱走天涯。

方筝绝望了，这依然是他的小机机。

可观众们不这么想——

［观众］独臂刀：这一定是个阴谋。

［观众］意兴阑珊：拜托，已经明显到根本是个阳谋了吧！

［观众］我爱菠萝：可说这些到底有什么意义呢，又不能让对方掉血。

［观众］自带干粮：一定是有意义的，只是我们现在还没想到。

隔岸相望再浪漫，也不是长久之计，既然姑娘家不动，小机机只能起身去接近对方。看到机机站起，朵朵公主也连忙站起，摆出一副御敌姿态。

［系统］解说：鬼服血战士开始行动了！在一连串垃圾广告攻势后终于开始行动了！

［系统］解说：他绕过河岸来到了祝福者这一侧！

［系统］解说：祝福者并没有躲，而是站在原地等待！

［系统］解说：血战士还在往前走！他到底想要做什么？难道不知道马上就要进入祝福者的攻击范围了吗？

［系统］解说：祝福的利刃！朵朵公主攻击了！

［系统］解说：利刃对血战士造成了一定伤害，但这个距离血战士还是没办法攻击，他必须再靠近才行！

［系统］解说：朵朵公主后退了，显然想维持远距离，血战士会如何应对？

［系统］解说：他坐下了！

［系统］解说：随时随地坐下是鬼服兵团的作战习惯吗？！

［赛场］战斗机：说了我不会打女人的，你尽情地打我吧！

［选手］大剑：……

［选手］大H：太贱了！

至此，观众终于相信了血战士的男儿本色。

可身在战场上的朵朵公主还是十分顾虑，她总不相信好运就这么来了，于是打一下就跑，跑两步见对方竟的没有站起来追的意思，才又返回去再打一下，然后再跑，如此这般，不知疲倦。

可YY里的几个人坐不住了——

江洋咆哮："那货是脑残吗？！"

438感慨："原来他的ID这么真诚……"

你大爷哀怨："本来以为能弄个6:0直接拿下呢……"

方筝叹口气，想附和，又觉得此刻的附和是多么的无力，正欲宽慰大家两句，却听见YY里传来手机拨号的声音，显然是用了外放扬声器，所以彩铃乐曲声声入耳。

很快，电话被接起，就听见了那个已经被美女磨掉了1/3血的二货的声音——

"鹦鹉？"

"嗯，"Polly简单应了声，然后直奔主题，"你先别让她砍了，留半条命。"

"啊？为啥啊？我话都说出去了，我不打女人。"

170

"没让你打,先躲一下。"

"所以才问你为什么啊!"

"现在没时间解释,先保命。"

"……"

"信我,得永生。"

小鸟君那最后一句莫名有说服力,只见画面上机机还真忽然站起来了,朵朵公主吓了一跳,顷刻间跑出去老远,仿佛用行动在说:看吧,我就知道你有阴谋。

[系统]解说:鬼服血战士忽然站起来了,难道他终于要出手了?

[系统]解说:先前的不打女人果然只是幌子?

[系统]解说:他开始奔跑了!

[系统]解说:等等,他在往反方向跑!

[系统]解说:他跑离了朵朵公主的视线!

[系统]解说:他找到一棵大树跳了上去!

[系统]解说:难道是想搞偷袭?!

观众的心随着解说的层层递进而被高高提了起来,都在屏息期待。

然后,他们就看见了血战士的礼貌知会——

[赛场]战斗机:姑娘,对不住,我先接个电话。

……

据经历过那天晚上的玩家事后回忆,当血战士打出这句话时,竞技场看台上方忽然升起浓浓青烟,这些烟仿佛凝结着无数怨气,先是组成了一个巨大的拳头,然后缓慢地,伸出中指。

不过,这还不算完。

对于鬼服战友来讲,是Polly在小机机躲到树上之后就挂了电话,然后把接力棒递给了血牛,血牛并未多言,只留下淡淡四个字,"交给我吧"。然后,就没有然后了,血牛那边关了麦,谁也不知道她和机机说了啥。

而对于观众来讲,就是战斗机在树上匿了五分钟后,忽然跳下来直奔祝福者,面对面后,整场第一次的真正PK才开始。朵朵公主的操作不算差,但也绝对算不上一流,尽管可以回血,但在凶悍的血战士面前依然节节败退,最终仆街。

6:0!名不见经传的鬼服兵团把诸神剃了个光头!

含恨而终的朵朵公主死不瞑目,已经传出场外,还要讨个说法——

[选手]朵朵公主:你不是不打女人吗?

［选手］战斗机：对不起，哥已心有所属，不能给你想要的了。
全场观众都在围观后续，于是齐齐吐血，大哥，人家啥时候要了啊！
［观众］波澜大海：出尔反尔，食言而肥。
［选手］战斗机：兄台此言差矣。形势分分钟都在变化，你这一分钟蹚过的河还是上一分钟的河吗？
［观众］波澜大海：请说人话。
［选手］战斗机：好吧，就在五分钟之前，哥找到了心灵归宿。
［观众］波澜大海：所以？
［选手］战斗机：你怎么领悟力这么差啊！哥以前没女人，所以哥不打女人，现在哥心里有了女人，其他女人当然就不再是人。
［观众］波澜大海：……
［观众］生于1994：我又重新相信爱情了！

先是流星飒沓干净利落的6:0，再来鬼服兵团毫无下限的6:0，全场的胃口已经被提到了前所未有的高度——接下来的队伍你要不能打出超越人类极限的比赛你都对不起观众。于是第三组登场的也就是当天比赛最后一轮PK的两支队伍，悲剧了。

明明势均力敌，明明打出了7:3这样的满场，可依然没有获得观众的肯定。最后的团体赛十四个人在显示屏里厮杀，结果观众席上在讨论要不要组团建小号去镜花水月看看那片神奇的热土，指不定代理商的政策对那服有了诡异的倾斜，于是才培养出一堆奇葩，而选手席各队则在私下里研究，如果是自家遇见鬼服兵团怎么办？大多数得出的结论都是……不会这么点儿背吧？

跨服PK赛第一天赛程落下帷幕时，大部分玩家电脑右下角显示的都是北京时间22:00，当然不排除少数流落境外的娃。

跨服竞技场关闭，观众与选手被强制返回自家服务器，真正的各回各家，各找各妈。

七人小分队站在镜花水月竞技场门口，讨论接下来的活动。

疯子："现在干吗，下线睡觉？"

小机机："你睡得着吗？"

你大爷："有点小兴奋，嘿嘿……"

血牛："室友跟老公搬出去住了，我游戏打到几点都无所谓。"

438："我今天在网吧包夜，无压力。"

方筝："我说，咱们好像上论坛热帖了……"

Polly："原地解散，切出去看帖。"

疯子、小机机、438、血牛、大爷、方筝："非要用这么正经的语气说八卦吗？"

五分钟后。

你大爷："我哪有猥琐，这绝对是低级黑！"

疯一样的子："我就是有钱就是爱搞装备，关你啥事！"

438："呜，他们说502是人民币宝宝，冤死我了……"

机机："有姑娘说我帅！哈哈！不过牛姐你放心，我认准了你就绝对不会再出去拈花惹草！"

方筝："你拈成功过吗？……"

血牛："小鸟，你和轩辕还有过一段？"

Polly："你在看主坛讨论区？"

血牛："啊，抱歉，不小心翻到隔壁区了。"

YY里群默。

地球，好危险。

不过依然有愚蠢的地球人在这片危险土地上蹦跶。

方筝下意识把YY调成F2，才开始带着一种人不八卦枉少年的伟大情怀细细浏览。

耳机里忽然传来Polly的声音："奶妈，回游戏一下。"

无限脑补中的方筝吓了一跳，感觉像是干坏事被抓了个现行，连忙说了声"好的"，结果说完才发现麦没开，赶紧打开，又说了一遍。

刚切回游戏，Polly像算准了时间似的："把军团仓库扩一下，我放些材料进去。"

"哦！"

方筝操纵有奶就是娘跑回军团大厅，Polly早等在那里。军团仓库扩展只能军团长来，鬼服兵团只有七人，军团仓库也是最低级的，小得像个人包裹，可人数不达标，仓库最多只能扩展一次，所以扩展完了也依然没大多少。

"都是些材料，反正挂交易也没人买，放这里你看做什么装备饰品需要就拿着用。"Polly一边说着一边往里塞。

方筝看着空荡荡的仓库忽然充盈起来，有种莫名的成就感，这感觉今天晚上出现过两次，一次是6:0得胜的时候，一次就是现在。

"那我炼宝宝可以用吗？"438忽然插嘴，显然偷听多时。

"当然。"Polly想都没想。

438高兴了:"Polly我爱你!"

Polly欣然接受:"嗯,正常。"

方筝在心里把这自恋的货秒杀一百遍!

[私聊]疯一样的子:仓库扩展完了?

忽然弹出的密聊让方筝愣了下,第一反应是干吗不YY直接说?第二反应是……

有种不好的预感……

[私聊]有奶就是娘:嗯,弄完了。

[私聊]疯一样的子:那行,赶紧给我发照片吧!

他就知道!

[私聊]有奶就是娘:我啥时候说要给你发照片了?

[私聊]疯一样的子:我都给你发了。

[私聊]疯一样的子:你不能这么欺骗我纯洁的感情。

[私聊]有奶就是娘:其实你发过来的截图没打开。

[私聊]疯一样的子:现在说会不会有点晚……

方筝觉得头疼,特别疼。

[私聊]有奶就是娘:大哥,你就放过我吧,杀手欺负个奶妈没成就感哪!

[私聊]疯一样的子:挺有的啊!

方筝有些惆怅。疯一样的子怎么就认上他了挺好推断,鬼服里玩家本就少,还碰见同道中人,闲暇之余聊聊天,太正常了。可天知道有奶就是娘在游戏里猥琐无极限,但三次元的方筝绝对宅男一枚,什么叫宅男,就是可以搂着印有明星图案的人形抱枕入睡,可以在论坛对爆照的PS帅哥毒舌恶评,却会对镜子里的自己感到自卑,所以游戏很好,只认账号不认人,你可以赋予账号灵魂,却不必要强迫性地把形象买一送一。

游戏永远不要连接上三次元,因为现实永远美不过幻想。

[私聊]有奶就是娘:别逗闷子了,想想后天怎么才能赢。

[私聊]疯一样的子:赢了有奖励吗?

[私聊]疯一样的子:团长。

[私聊]有奶就是娘:团长不外卖,但可以考虑提拔你当副团长。

[私聊]疯一样的子:别,僵尸干得挺好。

[私聊]有奶就是娘:俩副团也行啊!

［私聊］疯一样的子：人太多了，不过如果你乐意，我可以考虑。

方筝悄悄把YY又按了F2，然后拨通号码，他发现自己现在对这个号很熟。

那头飞快接起，声音愉悦："怎么，才说几句话就想念我声音了？"

方筝气沉丹田，酝酿半晌，总算吼出了心里话："你给我滚犊子——"

吼完方筝就挂了电话，可还是听到了一耳朵对方无耻的笑声。

游戏外比猥琐，自己的战斗力就是个渣渣。

［私聊］Polly：聊完了？

［私聊］有奶就是娘：你到底把监控器安哪儿了？！

［私聊］Polly：你敲键盘声音太大了。

［私聊］有奶就是娘：……

［私聊］Polly：不过现在是应该按了F2。

［私聊］有奶就是娘：……

［私聊］Polly：聊完就PK吧！

［私聊］有奶就是娘：嗯？

［私聊］Polly：你今天不是没上场吗，不手痒？

［私聊］有奶就是娘：痒死了！

Polly没再说话，直接发过来个切磋申请，方筝欣然接受。然后下一秒，就和Polly在军团大厅友好PK起来。

认识Polly到现在，除了初见面时的偷袭，之后方筝再没和Polly打过，都是他们联手打BOSS，这会儿再次PK，有种很微妙的感觉，尤其是这一次Polly并不是以秒他为目的，反而招招都留了些余地，说白了，就是陪他玩，但又不过，所以几次PK下来，方筝玩得也很尽兴。

Polly今天的心情不错，方筝莫名地就能感觉到。

第六次切磋完，两人席地而坐，回血回蓝，方筝终于感觉到异样。以往，镜花水月的夜打死也看不见玩家，偶尔有上线的，也是挂在商业街上摆摊卖东西卖号，今天倒好，都跑军团大厅来了？Polly往仓库弄材料的时候，大厅里就有几个，现在他俩打完，大厅里已经十几二十个陌生脸孔了，而且还都是10级小号！

［私聊］有奶就是娘：代理商有新动向吗？怎么一下增加这么多小号？

［私聊］Polly：围观的。

［私聊］有奶就是娘：啊？

［私聊］Polly：咱服现在已经是传说中的神器了。

［私聊］有奶就是娘：……

点归点,可方筝莫名觉得咱服两个字,让人眼热。

［私聊］Polly：其实,让服务器神的是玩家,让服务器鬼的也是玩家。

［私聊］有奶就是娘：天下没有不散的筵席。

［私聊］Polly：嗯,强求不得。

方筝从这话里听出一丝伤感,他不知道这是不是自己的错觉,因为他从没加入过军团,也无从体会散伙的落寞。

可看到Polly的第二句话,方筝怔住了——

［私聊］Polly：但能聚着,总是好的。

一个月前,方筝吼一晚上还吼不来个人陪着下天池。

一个月后,方筝想逢人就嘚瑟我们的队伍向太阳。

［私聊］有奶就是娘：你说咱们军团会散吗？

［私聊］Polly：还没怎么聚起来呢！

［私聊］有奶就是娘：哈哈,也对。

［私聊］Polly：散不散的,关键看团长。

［私聊］有奶就是娘：……我是被团长的！

［私聊］Polly：嗯,还是个职业代练。

［私聊］有奶就是娘：为啥我觉得我们团越来越危险。

［私聊］Polly：努力吧,少年。

［私聊］有奶就是娘：小鸟你确定没拿错剧本吗……

镜花水月鬼了四个月,方筝挣扎了四个月。

然后现在,他觉得没有从镜花水月离开,真好。

阳光明媚的早上8:00,吕越把车在网吧后面停好,一如往常踏进自己那刚刚扩建好没多久的人生战场。吧台小妹一脸愁容地托着下巴,看见他,犹如看见天神下凡瞬间凑过来压低声音通报："老板,我觉得二老板要疯。"

顺着吧台小妹的指引,吕越看见自己的合伙人正坐在角落的机子面前笑,笑得舒眉展眼,笑得幸福洋溢。角落的光线很暗,于是那笑容在液晶屏的冷光映衬下格外诡异。

"他这个状态多久了？"

"从7:20开机到现在。"

"那么早就起床下来了？"

"我也奇怪，而且他中间还特意让我买了个煎饼馃子，然后笑着啃完的。"

孟初冬这是遇见开心事儿了，还是不小的开心，作为多年发小，吕越很容易判断，但这并不能阻止他更新自己那个注册名为"我的合伙人是个奇葩"的微博。跟孟初冬相处久了，任何生物都无可避免地要成为"不吐槽会死星人"！

悄悄绕到孟初冬背后，吕越毫不意外在显示器上看见逐鹿游戏的画面。因为合伙人是个奇葩，他耳濡目染也多少了解点逐鹿，画面上一个叫作妖的祝福的正被一个叫作狠狠爱的疯狂追赶，显然前者逃窜得十分狼狈。

"我还当你乐什么呢，不就杀人吗？"吕越有些失望，"死在你爪子底下的家伙能填满护城河。"

"这不是我。"孟初冬没回头。

"那谁啊？"吕越顺口就问。

"我队友。"孟初冬的声音里带着一丝他自己都没察觉的轻快。

吕越却有些意外。

游戏里的恩怨纠葛他不懂，他只知道近几个月来孟初冬在游戏里并不愉快，哪怕对着电脑，也是一副半死不活样，甚至前段时间还萌生过不玩了的念头。虽然他一直希望合伙人能回归正途，可如果是以这种模样回归，那还不如在游戏里疯玩嘚瑟呢！

思及此，吕越的心情也莫名其妙地晴朗起来，苦大仇深面瘫合伙人和甩手掌柜二老板之间，他还是喜欢后者："你队友够凶残的，非赶尽杀绝啊！"

"这是PK赛录像，"孟初冬总算回过头，扬起嘴角，"而且被追那个才是我队友。"

吕越很窘，正想吐槽两句，哪知道画面一闪被追那家伙已经从雪山上跳下去了，然后追着他的也跳下去了。待尘埃落定，吕越叹为观止："神一样的操作……"

孟初冬已经窝椅子里乐得停不下来了。

画面中的人物状态栏依然显示55级，吕越微微皱眉："你们游戏版本还没升级？都55级好久了吧？"

孟初冬好不容易乐完，回了句："没准儿就快升了。"

吕越叹口气："那你到时候又有的玩儿了。"

孟初冬不置可否，因为他忽然发现就算不升级，好像也乐趣多多……

PK赛电信网通两区同步进行，也就是方箏他们晋级的那个夜晚，另外一区的竞技场也上演了同样的首轮赛，只不过方箏他们区十四支队伍，头天晚上七支比三场，而另外赛区十支队伍，头天晚上五支比两场。第二天，这五大场三十多小场比赛的视频就被主办方传上了官网及论坛。

现场观战的毕竟还是少数玩家，可视频就不同了，一时间逐鹿论坛飞沙走石，各种经典技术流战役都被玩家二次加工上传了详细解说版本。唯独鬼服兵团的几场，无解说，只有弹幕版……美其名曰，至尊级猥琐流速成教学视频。

围观的小号第二天依然络绎不绝。

不过这倒没影响鬼服战友。作为一个临阵才组成的军团，这场PK赛说白了就是玩儿，跟下个副本一样，不赢房不赢地的，很可能最后还黑了，所以重在搅和。

晚上7:00，PK赛继续进行。参加比赛的是方箏他们区剩下的七支队伍，同样，也是角逐四张首轮晋级的门票。方箏他们以选手身份进行了观战，最终纵横天下、罪渊、沉寂之手杀出重围，五岳阁轮空直接晋级。

三场比赛中，纵横天下赢得最轻松，直接6:0，剩下两场也打得很漂亮，有拼速度的有拼技术的也有拼猥琐的，其中罪渊的一个杀手在还剩下血皮的时候躺地上装死，对手不察被偷袭成功。观众哗然，各种吐槽刷屏，你大爷手痒也跟着刷了句"太没下限了！"结果被眼尖的群众发现，立即陷入战争的汪洋大海……

当天晚上比赛一落幕，接下来的对阵名单便出炉——

第三日：鬼服兵团VS流星飒沓；万古神域VS恋爱去死去死团

第四日：纵横天下VS罪渊；沉寂之手VS五岳阁

虽然早有心理准备，可真碰上流星飒沓，还是让人高兴不起来。相比鬼服匪夷所思的6:0，流星飒沓给对手剃的光头可是实打实的，实力差一目了然，虽然军团整体风格比较嘚瑟，动不动拿出要一统逐鹿之渊的气派，可归根结底，他们也有这个实力。因此比赛当日，鬼服战友不约而同早早就上了线，连江洋都特意把晚上的饭局改到了中午，然后喝完酒打车直接回家。整个下午大家都在看流星飒沓的对战视频，虽然现场看过，可再看视频并辅以分析讨论，感受大不相同。

傍晚5:00，赛前准备就绪。

傍晚6:00，缺席了整个下午的你大爷依然没上线。

鬼服兵团不至于人心惶惶，但也议论纷纷——

江洋："他走路掉沟里了？"

方筝："也可能中午吃鱼卡了鱼刺。"

战斗机："那去耳鼻喉科拔出来不就得了，我拔过，就两三秒的事儿。"

血牛："或许在医院又遇见了别的意外。"

438："战斗机你还去医院拔过鱼刺？"

战斗机："不是跟你吹，哥从小到大光为拔鱼刺就去过三回医院……"

"我开俩号。"Polly及时出声，以免战友在其乐融融的鱼刺讨论中错过入场时间。

方筝却忽然被提醒了似的，连忙抢白："我来，看你们打好几场了，快憋死了！"

方筝觉得这位可以改名了，什么疯一样的子，根本就是疯子！

换到另一台机器登录妖的祝福，方筝感觉到源源不断的真气在体内翻涌，整个人都亢奋起来……

［系统］主持人：真是千呼万唤始出来，就在刚刚，鬼服兵团签到了！

［系统］主持人：至此今晚比赛的四支队伍全部签到完毕。

［系统］主持人：下面的时间交给非凡哥。

［系统］解说：大家好，又是我非凡哥，话不多说，第一场鬼服兵团vs流星飒沓！选手已经进场！

［系统］解说：流星飒沓是逐鹿之渊服务器近来势头很猛的军团，首场比赛更是6:0横扫对手，不知道今天会带给我们怎样畅快淋漓的感受？！

［系统］解说：鬼服兵团

［系统］解说：让我们拭目以待！

［观众］花非花：我的电脑吞字了吗，为啥我看不到鬼服兵团后面的字？

［观众］水长流：我也被吞了。

［观众］我爱菠萝：我也是

［观众］风靡一时：解说根本就没说。

［观众］花非花：其实人家知道的，这不是给非凡哥一个台阶下嘛！

［观众］生于1994：就像武则天的无字碑，这样才更适合鬼服兵团啊！

［观众］平胸我骄傲：你激动什么？

［观众］生于1994：昨天又看了一次视频，我对他们路人转粉了。（形容"路人"转变成"粉丝"的过程）

鬼服战友不知道自己已经无形中吸引了一批小粉丝，因为1994刷屏的时候他们电脑屏恰好在显示等待进入特制比赛小屋的系统读条。

Polly：“流星飒沓和诸神不是一个级别的，你们下午也看到了，从技术到装备都是一流，所以输赢无所谓，打爽了就好。"

机机：“怎么还不开打啊，我已经忍不住了，赶紧的，选我！"

系统仿佛感受到了小机机的急切，于是在我的尾音里，妖的祝福缓缓消失。

方筝没想到自己居然打了头阵，兴奋得手速都上去了，角色刚刷出来，他就"咔咔"往身上套了俩状态，把攻击力和防御力都提了上去，这才开始观察四周。

这是一张略显阴森的野外地图，不属于游戏的任何场景，应该是比赛原创，看起来有些平淡，无非就是树丛、灌木、草地，还有头顶那阴云笼罩的天空。可刚操作妖走没两步，他就忽然急速下坠，仿佛踩入了陷阱。等回过神，角色已经进入屏息状态。

方筝努力往上游，很快妖的头浮出水面……

眯起眼睛打量半秒，方筝就悟了，是沼泽！

［系统］解说：两位选手尚未碰面，却已经开始探究地图，究竟谁会取得先机呢？

［系统］解说：上场比赛流星飒沓的团长大剑给我们留下了深刻的印象，PK风格的奔放完全把血战士的特点发挥得淋漓尽致。而妖的祝福我想看过那场比赛的朋友即便想忘也忘不掉，该玩家的滑翔技术十分了得，战斗意识也很犀利。

［系统］解说：技术流VS意识流，究竟谁能胜出？

［选手］人称小白龙：我去，净拣好听的说啊！

［选手］哈利波拉特：要不呢，说选手脸着地技术十分娴熟？

［选手］人称小白龙：扫把，认识这么久，我才知道你属性，毒舌啊！

［选手］哈利波拉特：不是一个军团的，别叫这么亲热。

［选手］薇薇安：老公，你那嘴能闲一会儿不？

［选手］人称小白龙发了一个哭脸的表情。

时间一分一秒过去，方筝依然没走出树丛，没看见对手，却掉了四五回沼泽了，现在的妖的祝福可以改名叫泥巴的雕塑了，就放它亲妈面前都未必认得。

可方筝隐隐觉出蹊跷，有沼泽不奇怪，可这地图上的沼泽太多了吧，简直寸步难行，到时候俩选手PK起来，就比拼谁掉坑次数少？

［系统］解说：两位选手都在原地停了下来，好像察觉到了什么！

［系统］解说：这个地图非凡哥也是头回见，究竟有什么奥秘呢？

［系统］解说：大剑和妖不约而同地主动跳进沼泽洞！让我们看看接下来他们会怎么做！

［系统］解说：他们开始聊天了……

［系统］解说：很友好的……

［赛场］妖的祝福：大剑？

［赛场］大剑：嗯？

［赛场］妖的祝福：你在哪儿？

［赛场］大剑：……

［赛场］妖的祝福：好吧，换个问题，你掉坑了吗？

［赛场］大剑：嗯。

［赛场］妖的祝福：哪儿的坑？

［赛场］大剑：……

［赛场］妖的祝福：别这么小气嘛！

［赛场］大剑：你上回比赛话可没这么多。

［赛场］妖的祝福：上回那个猪神的我不待见。

［赛场］大剑：你是女的？

［赛场］妖的祝福：你怎么看出来的？

［赛场］大剑："傲娇"。

［赛场］妖的祝福：那知道是妹子你还打吗？

［赛场］大剑：打。

［赛场］妖的祝福：滚，我是纯爷们儿！

［赛场］大剑：……

"小机机，"Polly忽然在YY里出声，带着调侃，"你当初就这么被忽悠的？"

"可不是，这回看见了吧，睁着眼睛说瞎话，还是贼大的眼睛！"战斗机想抱着大剑桃园结义。

江洋闷声乐，特想钻进电脑把这个奶妈揪出来看看到底是个什么模样的宝贝。

438痛心疾首："团长太没下限了……"

血牛全面总结："趁势而行，顺水推舟，借力打力，毫无原则，团长要赢啊！"

　　方筝不知道自己已经树立起了军团长高大的光辉形象，他和大剑聊，自然不是为闲扯，而是想确认一下是不是其他地方也跟他这里一样，都是沼泽。

　　地图的视野算得上开阔，可他遍寻不到对手，那就只可能对手刷新的地点距离他很远，而如果这个很远的地点也有沼泽，他就有道理相信沼泽的分布不是在一块儿，而是在整张地图上。这么密集的沼泽，不可能单纯为了让玩家一步一个坑……

　　［系统］解说：妖的祝福忽然主动跳进沼泽！这是什么情况？

　　［系统］解说：已经过去十秒，妖的祝福依然没有上岸！

　　随着解说的打字，观众眼中的比赛地图忽然呈现上下两块相对独立的画面，一块是地上，大剑站在沼泽洞旁不动，似乎也在思考；而一块是地下，妖的祝福已经开始往沼泽的纵深游去。观众这才看清，那一个个的沼泽洞并不是独立的，而是互相连通，这张地图的地下，根本就是个四通八达的河道网！

　　［选手］刻骨：妖的意识可以啊，看来上次的滑翔不是突发奇想。

　　［选手］五星红旗：你看水里的操作，手法绝对可以。

　　［选手］胡一菲12138：泳姿优美，身材矫健。

　　［选手］五星红旗：团长，你能关注点素的吗？

　　［选手］胡一菲12138：我就爱吃肉。

　　这厢选手观众讨论得热乎，那厢大剑却也想明白了似的，跳入沼泽。

　　全是坑的地图上走起来慢，地下河道便快多了，那每一个沼泽洞都变成了出气孔，两分钟的屏息限时，每过去一分钟，方筝便浮出水面，然后限时清零，他重新潜下。之所以总留着一分钟，就是怕跟大剑狭路相逢，到时候没打呢他先憋死了，就太惆怅了。

　　大剑也防着这手，于是不知是心有灵犀还是怎么的，也每隔一分钟上浮一次。

　　于是观众就看着俩选手半天没相遇，光浮出水面吐泡泡了。

　　这是俩海豹的有缘千里来相会吗？！

　　［赛场］妖的祝福：美人鱼，你在哪里，快点出现，我在想你。

　　［赛场］大剑：你报个坐标吧，我去找你。

　　［赛场］妖的祝福：（××，××）。

　　［赛场］大剑：等着。

　　［赛场］妖的祝福：嗯！

两人聊得愉快，观众却看得清楚，妖的祝福根本没在那个坐标，但却在报出之后往那个坐标的方向游去，大剑也没傻傻地直冲目的地，反而在距离那里不远处忽然从沼泽洞口跳出了地面，改在岸边守着妖可能冒头吐泡泡的地界。

〔观众〕我爱菠萝：地道战加心理战啊！

〔观众〕彩云飞：棋逢对手。

〔观众〕自带干粮：都那么无耻……

大剑在岸边埋伏，方筝又岂会坐以待毙，于是在临坐标还很远的时候就跳出了沼泽洞，然后开始在地面上行动，即使中途又掉下去好几回，依然奋勇爬上来。

很快，两个人出现在了对方的视野中。

〔系统〕解说：激动人心的时刻终于到来了！

〔系统〕解说：大剑先动了，他飞快地向妖冲过去！

〔系统〕解说：妖给自己套上鼓吹和铁甲，也迎着大剑冲过去！

〔系统〕解说：这第一招的短兵相接究竟谁能拔得头筹？

〔系统〕解说：大剑的攻击落空，因为妖又掉进了沼泽！

〔系统〕解说：大剑守在沼泽旁边，似乎想以逸待劳！

〔系统〕解说：妖没有冒头！不，他是有预谋的，他迂回到了大剑后面的沼泽洞！

〔系统〕解说：妖攻击了！

〔系统〕解说：大剑受到伤害，但回手的迎风斩也落到了妖身上！

〔系统〕解说：两个人终于开始正面较量！

〔系统〕解说：这回是大剑掉入沼泽！看来沼泽还是带给选手很大麻烦啊！

〔系统〕解说：妖看样子也要跳！

〔系统〕解说：等等，他先给自己刷了一口血……

〔系统〕解说：大剑从背后出现了，似乎想复制之前妖对他的攻击！

〔系统〕解说：妖躲开了！他在给自己刷血的时候已经有了防范，好样的！

〔系统〕解说：不对，大剑是两连击，他的第二击打中了妖！

〔系统〕解说：妖依然没动，他在吟唱！祝福者的绝杀，盛世风华！

〔系统〕解说：大剑转身想躲已经来不及了，这是个远程攻击！

〔系统〕解说：大剑中招，血条只剩下 2/3！

［系统］解说：妖没有再给自己刷血，看来他也很有分寸地在掌控着蓝的使用量！

　　［系统］解说：妖忽然加速跑离，他想在沼泽遍布的地图上放风筝（游戏里代指以灵活移动的方式，牵制住对方，不断消耗对方血量的打法）！

　　［系统］解说：大剑跳入沼泽，他没有给妖放风筝的机会！干得好，不要给他机会！

　　［系统］解说：妖再不犹豫，也跳入沼泽，他们在水下开打了！

　　［系统］解说：水下战斗对玩家的移动速度和技能释放速度往往都有很大影响，所以很多时候水下战斗在我们看来就好像陆地战斗的慢镜头播放。

　　［系统］解说：可是这两位玩家似乎完全没有受到干扰，在水下依然打得很漂亮！这需要极高的操作技巧和对于技能连接的把握！

　　［系统］解说：众所周知逐鹿的水中副本只有天池，而且真正进入战斗后也就不算是水战了，不知道以后会不会增加其他水下副本！因为技能效果在水下看尤其漂亮啊！

　　［系统］解说：这真是一场拥有极高技术含量的比赛，并且让人热血沸腾！两方血条交替下降，妖中途又给自己回了一次血！两个人现在势均力敌！

　　［系统］解说：屏息时间已经没有了，他们却都没有浮出水面的意思！难道是想直接解决战斗？可是现在双方都还剩下 1/4 的血！

　　［系统］解说：跟着非凡哥来猜猜，究竟谁会赢？

　　［系统］解说：各位观众，你们说说谁会赢！

　　［观众］生于 1994：非凡哥，可能你不会注意到我的发言，但我还是想提醒一下，我偶像不见了……

　　非凡哥确实没看见下面版块的观众刷屏，但他看见技能的光影在水中消散，然后 1/4 血的大剑浮出水面，妖，不见了。

　　PK 赛，血条先空的一方会被系统判定输，但玩家的角色不会消失，而是依然停留在地图上，最后参加比赛的两个角色一同刷出赛场。可现在，上帝视角的地图上分明只剩下孤零零的大剑，在沼泽里露出半个头四下张望，无比茫然。

　　同样茫然的还有全场观众，正打得热血沸腾啊！妖还有 1/4 血啊！就这么凭空消失围观群众会泄气的啊！

　　但系统不会管你这么多，没两秒，宣判战斗结束，大剑被传送出地图。

　　［系统］解说：呃，鉴于妖的祝福因为不知名的原因忽然脱离战场，流

星飒沓，胜！

方筝看着显示器上"你已被强制退出游戏"的提示，愣了两秒，忽然犹如柯南般一道闪电划过脑海。他飞快移到另外的电脑戴上耳机，一个天真而懵懂的声音恰好踏着七色云彩翩翩传来——

"可算没晚太多，这一路堵车堵得我要疯。咦，怎么在小屋里？已经开打了？几比几？"

方筝觉得天地在颤抖，心里的血在流："你，大，爷，的！"

同样憋屈的还有大剑啊——

［选手］大剑：妖的祝福！

［选手］大剑：你给我出来！

［选手］大剑：妖的祝福！

你大爷这边正奇怪为啥一上线就稳稳地拉到了团长的仇恨，那边就瞄见有人刷屏叫妖的名字，连忙条件反射地礼貌回复——

［选手］妖的祝福：？

［选手］大剑：你跑哪儿去了？！

［选手］妖的祝福：呃，我回家路上堵车了，对不起。

［选手］妖的祝福：等会儿，你谁啊？！

［选手］大剑：你一边堵车一边跟我打？！

［选手］妖的祝福：啊？

［选手］大剑：这到底什么情况啊？！

［选手］Polly：他堵车没赶上，是其他队友帮着打的。

［选手］大剑：啊？

［选手］Polly：正好要打完的时候他上线把队友顶下去了。

［选手］大剑：……

［选手］Polly：所以账号被弹出竞技场，你赢了。

［选手］Polly：人呢？

［选手］叶落长安：团长说要找个没人的地方疗伤。

［选手］Polly：都赢了疗什么伤。

［选手］叶落长安：赢得太憋屈……

第七章

"死磕"到底

流星飒沓的团长要疗伤，鬼服兵团的团长更要疗伤。

因为前者还能得到队员安慰，可后者——

Polly："都是命。"

江洋："让你傻子一样不改密码，哈哈哈！……"

438："团长，其实就真打到底你也未必会赢……"

小机机："哎呀妈呀，乐岔气儿了，我得缓缓……"

血牛："总算可以打团队战了。"

还能不能有点人性！

第二轮第一组第一场，就这样在选手流泪观众泄气解说崩溃中画上了半个句号。

非凡哥吃了两颗健胃消食片用以缓解胸中郁气，这才重新运指如飞——

［系统］解说：刚刚的开场赛真是很考验观众，不过俗话说，好饭不怕晚，我们坚信接下来的两位玩家会带来更加精彩的对决！

［系统］解说：疯一样的子VS温柔一刀！

随着解说刷屏，杀手和炼妖师分别出现在了各自位置。

这一次的地图很特别——古墓。狭小的空间限制住了选手的视野和行动，疯一样的子刷新点在墓室，环顾四周也只能看到冰冷墙壁和地上的几口石棺。温柔一刀则直接刷在了墓道中央，墓道只有两人并肩宽，左右是狭窄的石壁，前后都灰蒙蒙黑洞洞，毫无光亮，根本无法判断该去向何方。

温柔一刀先召唤出了火精灵宝宝，瞬间，墓道被宝宝自带的火焰照亮了些。

疯一样的子则一连穿过好几个墓室，最终也进入漆黑的墓道。

两位选手就像黑夜中的旅人，小心翼翼地前行。

非凡哥没啥可说的，只好观望。

结果俩选手不甘寂寞地聊上了——

［赛场］温柔一刀：帅哥。

［赛场］疯一样的子：佩服，这么黑的环境里你都能透过ID看本质。

［赛场］温柔一刀：凤姐在我这也是美女。

［赛场］疯一样的子：你太没原则了这样不好。

［赛场］温柔一刀：所以你也在地底下？

［赛场］疯一样的子：同病相怜。

［赛场］温柔一刀：那我俩是在地下玩还是回上头打？

［赛场］疯一样的子：随你，我都OK。

［赛场］温柔一刀：要我说你还是认输算了，我不是一个人战斗，你能撑到第二个宝宝都算你有能耐。

［赛场］疯一样的子：但愿你宝宝身强体壮，别让我失望。

［赛场］温柔一刀：为什么还是没看见你呢？

［赛场］疯一样的子：（××，××）等你。

疯一样的子打出坐标，全场一片哗然。原因无他，这货打的是真实坐标啊，并且打完坐标就不动了啊！简直是在用生命诠释什么叫坐以待毙！

方筝也很崩溃，他刚郁闷地送了一分，正指望那货扬眉吐气啊："确定是杀手在玩？不会换人了吧？这么绅士不是他风格啊！"

438好心提醒："团长，人家杀手上一场也赢得光明磊落……"

方筝窘，好吧，他已经在心里给对方打上了老流氓的标签，实在很难改变固有印象。

温柔一刀自然不信对手打了真实坐标，可是根据经验分析，对手往往也会在这附近。就和上一场相同，这种地图对偷袭没任何帮助，因为偷袭的前提是对地形的熟悉，可这种弯弯绕的地图除了消耗比赛时间，再无其他用处。故而为了有效地展开战斗，双方都愿意早些碰面。

并且墓道不比那种视野开阔的地图，一个坐标可以选择好几种方法迂回过去，现在就算温柔一刀不想，也只能沿着狭窄的墓道稳稳靠近疯一样的子。

江洋坐在电脑前，眯起眼睛警惕地观察四周。奶妈刚输一场，他这场至关重要，如果再输，不是面子不面子的事，而是整个军团的士气都会受到打击，他发现他很不喜欢这种结果。

上一次产生这种为了集体我绝对不能输的荣誉感还要追溯到中学运动会。

所以这是越活越回去了吗？

问题是还回得挺快乐的。

江洋觉得自己被方筝诅咒了。

方筝，转账汇款的时候他就记住了这个名字，因为很像小姑娘。可是那货一开口，清新风格就荡然无存了，只剩下想上去踹两脚的冲动。

不容得江洋多想，画面上出现了红色光晕。

火精灵宝宝！江洋几乎是第一时间就反应过来了！

［系统］解说：漫长的等待与摸索后，鬼服杀手终于与炼妖师的宝宝相遇了！

〔系统〕解说：如果是地面战斗杀手完全可以隐身偷袭，或者通过操作走位甩开宝宝直奔炼妖师，可是墓道限制了所有这些发挥。炼妖师说得没错，杀手若想取胜必须突破他的三个宝宝！

〔系统〕解说：三个宝宝，如果是血战士或者狂刀客还可以扛一下，作为皮甲职业的杀手有点难啊！

〔系统〕解说：等等，杀手换上了弓，火精灵中了冰冻箭！

果不其然，画面中的火精灵变成了冰雪皇后，定在那里一动不动，两秒的时间足够江洋冲向炼妖师！

就在观众以为杀手即将与炼妖师短兵相接之际，火精灵忽然不见了，取而代之的是一头身材魁梧的棕熊，瞬间横在了杀手和炼妖师之间！

一切的变幻都在瞬间，等有人反应过来，疯一样的子已经和棕熊缠上了！

〔选手〕牛肉大葱：杀手聪明，炼妖师手速更快啊！

〔选手〕猪肉芹菜：不光是手速问题，估计他看见杀手换箭就已经预备换宝宝了。

〔选手〕贱人曾：意识流加技术流。

〔选手〕大剑：啧，流星飒沓副团岂是浪得虚名的！

〔选手〕水影：团长你苏醒了？

〔选手〕大剑：……

〔选手〕大剑：我啥时候晕倒过！

江洋看不到外面的世界，他现在的眼睛里只有这头蠢熊！既然冰冻箭被破了，无法取巧，那就只剩下一条路——硬杀！江洋感觉胸口憋了一股气，这股气支撑着他一次又一次飞快而有效地按下技能键！

〔系统〕解说：棕熊倒下了！温柔一刀再次召唤出火精灵宝宝！

〔系统〕解说：之前的棕熊宝宝已经磨掉了杀手一半的血，他会不会像炼妖师说的那样倒在第二个宝宝面前呢？

〔系统〕解说：不，杀手提速了！他的输出真的是高得惊人！

〔系统〕解说：火精灵宝宝只剩下 1/3 血了！

〔系统〕解说：温柔一刀召回了火精灵！又换上了满血的神婆宝宝！果然是想车轮战！

〔系统〕解说：等等，杀手又射出了冰冻箭！神婆被冻住了！杀手在向炼妖师逼近！如果近身，以杀手的输出绝对可以直接秒掉炼妖师！

〔系统〕解说：果然，炼妖师在千钧一发之际又换回火精灵顶上！杀手继续摧残火精灵！火精灵倒下！杀手还剩下 1/5 血！杀手再一次向炼妖师逼近！神婆出现了！冰冻箭也出现了，神婆被冻住了！这一次炼妖师再没有可以替换的宝宝！

　　［系统］解说：杀手在向炼妖师逼近！炼妖师飞快奔逃！可杀手的速度似乎更快！要追上了！已经追上了！杀手终于砍到了炼妖师第一刀！

　　随着杀手第一刀下去，身后的神婆也已经带着冰冻箭的延缓状态缓缓追上，二话不说照着疯一样的子就是一爪！可疯一样的子现在在神婆和炼妖师中间，所以完全不顾及背后，抬手又是一记冰冻箭，直接锁住炼妖师的行动防止他再逃，接下来的时间里，观众就目睹了一场神婆挠杀手杀手捅炼妖师的凶残三人行……

　　最终，脆皮的炼妖师率先倒下。

　　疯一样的子大约剩了 1/8 的血，如果神婆没有随着主人的扑街而离开，那么只需要一两爪，可能杀手就要交代了。

　　但，这就是 PK 赛，哪怕你只剩下一滴血，也是赢家。

　　也只有赢家，才有资格带领观众回顾他的血泪史——

　　［赛场］疯一样的子：三个宝宝？我当年在赶尸路上被十几个怪当坚果啃的时候你还穿开档裤呢！

　　如果说经过前两场观众依然对鬼服兵团留有阴影，那么酣畅淋漓的第三场则彻底打消了他们的疑虑。战斗机 VS 佛挡杀佛，血战士对阵狂刀客，真刀真枪给观众上演了一场贴身肉搏。最终小机机以微弱劣势败北，但两位选手在互砍中建立了情不自禁惺惺相惜的情谊，最终互留了联系方式，并约好改天机机登录逐鹿之渊号，异地再战。

　　唯一的美中不足是他们互留联系方式的时候比赛还没完，各剩下一半血，然后两人自发展开中场休息，一边回血一边聊天，从寒暄到热络，从互相钦佩发展到互相吹捧，全场观众见证了一对好朋友的诞生，逼得非凡哥不得不在比赛结束后提醒——

　　［系统］解说：请各位选手严肃比赛态度，注意控制自己的情感。

　　小机机打得漂亮，佛挡杀佛打得更漂亮，所以鬼服战友难得没吐槽。谁都看出来了，流星飒沓不是诸神那路货色，剑指神服第一天团，虽然口号恶俗点，可这恶俗口号里面是一流的实力。

　　［观众］生如夏花：这打得也太过瘾了！

　　［观众］风云斩：看来鬼服也不是只有猥琐流。

［观众］斗转星移：不过毕竟是临时组建的草台班子，比流星飒沓这种有组织有规模的还是差得远。

［观众］风云斩：临时组建？

［观众］斗转星移：我建小号过去围观来着，就是个初级军团，一查军团信息就知道，比赛前刚建立的。

［观众］生如夏花：我说呢，难怪发生顶号这种乌龙。

［观众］生如夏花：不过能打成这样也已经很不错了。

［观众］东方朔：别啊，我这才燃起来，后面千万别一边倒！

［观众］东方朔：鬼服加油！起码挣扎得好看一点！

［选手］有奶就是娘：加你大爷！

方筝是真生气了。

本来第一场他输得就郁闷，好容易现在缓和点，又看到一水的风凉话，不爆才怪。

［观众］东方朔：你谁啊？！

［观众］自带干粮：哟，好像是鬼服军团长。

［观众］东方朔：没见他上过场啊，挂名的吧？！

［选手］枯叶蝶：这个名字好眼熟，我记得是个商业号吧？专业代练？

方筝本来已经敲了一大段话，可到这时候，忽然不想发送了。甚至看见枯叶蝶这种熟面孔，都没了战斗的精气神。

因为他忽然发现这些风凉话都符合客观事实，他就是想来玩玩，于是扯着小鸟扯着疯子扯着小机机、血牛、438就来了，没什么剑指镜花水月的豪情壮志，也没有踏平千军万马的英雄气概，他就是赢了一场初赛，然后就兴奋起来了，以为自己骑着高头大马号令群雄所向披靡，可其实，他又算个啥呢，能当团长是因为大家都嫌麻烦，归根结底，这就是个纯以玩乐为目的的队伍，说句不好听的，比赛结束，或许就散了。

观众屏刷得热闹，YY里却没人说话，小鸟那边依旧是网吧特有的嘈杂声，却衬得频道里更加安静。

画面上战斗已经打响，血牛不吃草 VS 叶落长安。

两个人刷新点距离很近，很快短兵相接。血牛打得极具侵略性，尽管祝福者努力想要和她保持些许距离，却最终还是被逼到死角，然后血牛手起刀落，观众甚至没反应过来，祝福者的一管血已经见底。

一刀毙命，狂刀客特有技能，物理伤害，同时有8%的概率可以触发秒杀，BOSS除外。

显然，眼下这8%被触发了。

叶落长安有些憋屈，返回选手小屋后依然怨念——

［选手］叶落长安：我场地还没焐热呢！

［选手］叶落长安：你这绝对是作弊啊！

［选手］叶落长安：有种咱俩再来比一次！

血牛不吃草很礼貌地回复了对方——

［选手］血牛不吃草：对不起，我们草台班子是结果导向，我得对团长负责。

方筝还没来得及分析血牛这话究竟是真心实意还是讽刺打击，那厢438上场了。

［系统］解说：之前的战斗真是快得让人来不及眨眼，转瞬鬼服就把比分扳平，现在第五场百炼成妖438 VS 人挡杀人！炼妖师 VS 杀手，这根本是第二场的翻版！

［系统］解说：不，大环境上还是天差地别，现在的杀手已经开始在地上设置陷阱，炼妖师正在接近，杀手开启隐身！看来这不会是一场硬拼而是智取的比赛啊！

［系统］解说：炼妖师会识破陷阱吗？会吗？会吗？

［系统］解说：好吧炼妖师中招了……

只见画面上百炼成妖不偏不倚，就跟能看见似的正好踩在杀手设置的陷阱上，作为一个偏猥琐擅偷袭的职业，陷阱是杀手的必备，尤其对付炼妖师仙术师这种远程职业，一旦对方被陷阱困住无法行动，那杀手贴近，几乎是分分钟秒杀。

［观众］花非花：还真是以牙还牙啊，流星刚秒输现在则是要秒赢啊！

［选手］泰山之巅：正常远程在面对杀手的时候都会防着点陷阱吧！

［选手］人称小白龙：我总觉得不能用常理推断这家军团。

［观众］我意已决：副团，这个炼妖师……好像是咱家华山堂的……

［选手］人称小白龙：啊？

［选手］人称小白龙：老狗，人呢，过来给我辟谣！

［观众］狗头军师：作为人力资源总监，我可以负责任地告诉你，这是咱们团的。呃，以前。

［选手］人称小白龙：那怎么跑鬼服去了？

［观众］狗头军师：好像一直就留在鬼服，没跟着咱们迁过来，华山堂说留他在鬼服做炼妖实验。

[选手]人称小白龙：那怎么就叛变了？！
　　[观众]狗头军师：副团，我是HR不是他的妈。
　　[系统]解说：就在五岳阁认亲的时候，人挡杀人已经绕到百炼成妖背后！
　　[系统]解说：暗袭加见血封喉！
　　随着解说的刷屏，画面上光影四溅，人挡杀人的见血封喉出了暴击，连招加暴击，炼妖师的血几乎瞬间就下去2/3！
　　[系统]解说：炼妖师的宝宝出现了！显然跌入陷阱的瞬间已经吟唱！
　　[系统]解说：但是现在的炼妖师依然没办法活动，如果杀手不顾宝宝全力击杀他，那么炼妖师根本逃不过！
　　[系统]解说：咦，为什么杀手停止了攻击？杀手被滞空悬浮了！杀手被438的宝宝悬浮了！
　　[系统]解说：这是什么宝宝啊？！
　　[观众]灯火阑珊：我们早就想问了……
　　仿佛感受到了围观群众的疑惑，438即使被困，也很体贴地打字解说——
　　[赛场]百炼成妖438：冲吧！502！
　　438的大喝仿佛一声咒语，生生把围观群众的思绪弄成了一团502。
　　有经验丰富的老玩家不太确定地透风——
　　[观众]我辈苍凉：好像，可能，是钟馗他妹……
　　立即有手快的同学百度出来——
　　[观众]小杨飞刀：鄷都城冤孽道出来碰见的钟馗会有暴走技能，召唤我妹！
　　[观众]彩蝶翩翩飞：冤孽道？一般队伍不会选这个道吧？
　　[观众]小杨飞刀：如果队伍里有半数或以上的人罪恶值999点以上，不选也得选。
　　[选手]贱人曾：我以为这世上只有咱们团长会为了收服这么个怪生生把几个号练到罪恶满值……
　　[选手]升旗手：曾哥，那是咱们的秘密武器，你泄密了。
　　[选手]胡一菲12138：你俩想怎么死？
　　[选手]升旗手：老大，我是无辜的啊！
　　[选手]大剑：其实钟馗他妹仔细看看还挺美的……
　　[选手]叶落长安：团长，你关注的重点跑偏了。
　　[选手]大剑：都是男人，不关注这个关注啥？

［选手］叶落长安：比如，关注一下人挡杀人要被美女妹妹浮空浮死了。

钟娇的浮空技能时间出乎意料地长，而且浮空期间依然可以攻击，加上438已经脱困，这会儿开了疾走"噌噌噌"就逃到安全距离，然后继续操纵502碾轧可怜的杀手，等到杀手终于落地时，只剩下1/3血。

疯一样的子那种身经百战的资深坚果，顶三个宝宝尚且吃力，何况人挡杀人已经失了大大的先机，于是刚刚灭完钟馗他妹，就被后面顶上的110一棍子打死了。

逍遥的鬼差很不尽兴地围着人挡杀人转了几圈，才恋恋不舍地跟主人一同被传出地图。

相比上一场血牛一刀秒的运气，这场438则完全是宝宝的实力压制。资深玩家都会发现，钟娇的浮空时间并没有那么长，也就是说438又通过炼妖合成提升了钟娇的战斗力，只是这提高战斗力的合成方法或者说炼妖配方是什么，那就不得而知了。

人挡杀人输得无话可说。

［系统］解说：真是……出乎意料的胜利啊！

［系统］解说：鬼服兵团似乎总能给我们带来惊喜。

［观众］我爱菠萝：还有惊吓。

［观众］花非花：以及折磨。

［观众］生于1994：一生推，不解释。

YY里依然很安静，方笋已经不去揣摩大家的心思，只单纯为438的获胜而高兴。

哪知道——

［选手］大H：炼妖师，来我们流星飒沓吧，镜花水月都空城了，有啥前途。

［选手］大H：来我们团，材料小怪保证供给，你想怎么炼就怎么炼。

他这个团长还喘气呢！居然就当着面挖墙脚？！

方笋已经忘了小鸟君也是这么把438挖过来的。

［选手］百炼成妖438：我想下本。

［选手］大H：啊？

［选手］百炼成妖438：不是炼妖师就得专职炼妖，我想和队伍一起下本。

［选手］百炼成妖438：所以我不会再转军团了，我们军团很好，团长也很好！

［选手］百炼成妖438：虽然有色狼有流氓有同志有女王，但是从来没

有一个人问我要过炼妖秘方！

　　那是因为全军团就你一个炼妖师……

　　[选手]百炼成妖438：实在对不起！

　　[选手]大H：你不要这么有礼貌……

　　[选手]人称小白龙：从来没一个人问他要过炼妖秘方？一醉，咱军团是不是躺枪了？

　　[选手]一醉方休：你一定要冒头加深群众印象吗？

　　[系统]解说：几乎在电光石火间，比分就变成了3:2！现在来到了第6场，也是单人赛最后一场！好巧，剩下的两位选手都是英文名字，鬼服Polly VS 流星大H！

　　[观众]万里阳光号：Polly好没气势……

　　[观众]冰原传说：大H更不忍直视好不好……

　　[观众]凤凰姐姐：僵尸的项链真好看……

　　[观众]阿武哥：但他的裤子我忍很久了……

　　僵尸打仙术师，胜负向来各半，全看谁能掌握住关键——距离。

　　仙术师皮脆血薄高输出，除了法术攻击还有各种控制技能，如果能一直保持远程距离，不让僵尸近身，同时进行高效攻击，那么僵尸只有挨打的份。

　　但是僵尸有法抗，说白了，法术技能到他身上起码打个对折，所以仙术师想磨死他也需要时间，而僵尸如果能在这个时间内近身，那直接几爪子就能把仙术师当瓜果梨桃给切了。

　　两个人也都深谙其道，刚从地图上刷出来，谁也没有轻举妄动，而是寻了个隐蔽地点，观察四周。

　　这次的地图是六一节活动出现过的游乐场，整个画面五彩缤纷，透着童趣，巨大的摩天轮缓缓旋转，空气里都好像流动着幸福。

　　而大H和Polly，一个藏在鬼屋，一个躲在旋转木马下面，正企图率先揪出敌手。

　　[观众]淡淡的烟圈：你们觉得他们啥时候能发现对方？

　　[观众]夜莺：不管他们能不能发现，反正我要先滴一下眼药水。

　　围观群众没夸张，这游乐场比大家来找碴的图还要考验眼力，花花绿绿的色彩凶残拼接，还有一大波卡通人物造型的花车队伍在其中穿梭游荡，上帝视角都已经快让人见上帝了，更别说身处其中的二位。

不过暂时无法交手，也可以先来点口水战挫挫对方锐气。

［赛场］大H：前天你们遇见诸神，弄了个6:0，运气不错。

［赛场］Polly：今天你们运气不太好。

［赛场］大H：大话谁都会说，是骡子是马拉出来遛遛。

［赛场］Polly：抱歉我和你不同，我属于灵长类。

［赛场］大H：你身上还有黄装呢，赢了也算我欺负你。

［赛场］Polly：那容易，都脱了我俩光着来。

［赛场］大H：你是法抗职业，我的技能打你身上效果得对半折！

［赛场］Polly：你可以选择不打，我打你好了。

大H默了。

［赛场］Polly：你是本田的死忠粉？

全场观众也默了。

有的时候过于朴素的毒舌会有自带神级光环，无法直视。

［赛场］大H：这是我姓氏的拼音缩写！是拼音缩写！

［选手］佛挡杀佛：忽然觉得副团好可怜……

［选手］大剑：所以说话痨是病，得治。

［选手］人挡杀人：团长你太冷血了……

事实证明大剑团长对副团的掌握还是靠谱的，所谓话痨，就是受再重的伤沉默半分钟后，也能自愈，然后继续迸发那种能把水泥管子说弯的活力——

［赛场］大H：你在哪儿呢，我去找你呀？

［赛场］Polly：还是我去找你吧！

［赛场］大H：我这里不好，又黑又冷的。

［赛场］Polly：哦，鬼屋是吧，我这就来。

［赛场］大H：我抗议！你一定作弊了。

［赛场］大H：解说看到没有，他作弊了！

非凡哥已经很久没解说了，因为两位选手聊得正high，结果看聊也能躺枪，非凡哥很惆怅——

［系统］解说：这个，是否作弊很难界定啊，毕竟选手大H也透露了一些地点信息……

其实委婉的非凡哥心里藏着一头猛虎——

阳光明媚欢声笑语的游乐场，好黑啊好冷啊好可怕啊，但凡智商大于等于二十的都不会猜错好吗？！

大H看不到解说的话，更听不见非凡哥的心声，所以继续吐槽，但人也没闲着，飞快从鬼屋奔出来转移到了海盗船的下面，藏到了一处卖爆米花的小贩推车后。

Polly则混进了花车队伍，正所谓最危险的地方就是最安全的地方，小鸟君直接跟着花车队大大方方地开始巡逻搜捕。

终于在绕园半周后，两人宿命般地相遇！

此时二者相距不过十几米，Polly飞快冲出花车队扑向仙术师，却最终还是慢了一步，率先中了催眠，立刻进入30秒昏睡状态。

［系统］解说：战斗终于打响！僵尸出师不利，中了昏睡！

［系统］解说：昏睡状态下无法攻击，但如果这时候仙术师发招也会打断对方的昏睡状态！

［系统］解说：果然大H没有发招而是果断退到最远攻击距离！

［系统］解说：昏睡状态马上要过去，大H直接吟唱了冰破！

［系统］解说：尽管僵尸有法抗，依然损失不少血啊！

［系统］解说：僵尸动了！可是距离太远，足够仙术师吟唱绿色怨灵！

绿色怨灵，仙术师技能，中招者变身仙人掌，30秒内无法移动，无法攻击。

小鸟君也很给面子，刚沾上技能光影就变成了硕大的仙人掌！

仙术师从容退后至20米安全距离。

仙人掌依然随风摇曳……

［赛场］大H：嘴上功夫我不行，手上功夫你不行，等着被我磨死吧！哈哈哈！

［赛场］Polly：你这样胜之不武。

［赛场］大H：血牛用一刀毙命你咋不说！

［赛场］Polly：那是我们队的。

［赛场］大H：……

［系统］解说：流星的仙术师已经承认在斗嘴上不敌鬼服僵尸，可依然不断言语挑衅，这种精神十分可嘉！

［观众］自带干粮：解说真的不是高端黑吗？

各方刷屏间，绿色怨灵也即将过去，大H重复之前的招数开始吟唱，几乎就在仙人掌解除的瞬间，疾风骤雪砸到了Polly身上！又是一截血！

Polly像毫无所觉一般，再次往前冲，结果大H又是一招昏睡。

［系统］解说：控制，技能输出；控制，技能输出，鬼服僵尸根本是束手无策，看来比赛真的要按流星仙术师的预测往前走了，哪怕僵尸法抗再高，

也禁不住往死里磨啊……

［系统］解说：啊，大H的一记绿色怨灵被僵尸抵抗了！

［系统］解说：好机会！僵尸不要放过，近身吧！

［系统］解说：僵尸已经启动了！他的速度很快！他在往后跑！

［系统］解说：他在往后跑？

不怪解说傻眼，只见画面上难得获取自由的Polly不只没近身，反而朝相反方向跑去！

大H不明所以，但眼看着对手被自己磨到只剩1/4血，哪能放过，追！

于是全场观众就看两个人影在花花绿绿的游乐设施中穿梭，并且，这是一个需要保持距离的远程在追逐一个需要拉近距离的近战……

观众议论纷纷，终于有了一种猜想——

［观众］神之右手：他俩……

［观众］爱如大海：魂穿了？

［观众］人之杰：严格意义上讲，这叫作灵魂互换。

这厢观众还没讨论完，那厢跑经摩天轮的Polly忽然一个急转弯，三两下隔空踏步跳上了摩天轮！然后在广大观众的众目睽睽之下，随着摩天轮缓缓上升，瞬间给PK赛场带来一股小清新之风！

微风之中，群众凌乱了——

［观众］西风破：彻底神展开了……

［观众］东方朔：他这是准备和大H来个幸福摩天轮？

此时，信用度备受质疑的大H正仰望着摩天轮郁闷非常。

也跳进去？那他和僵尸起码要差两个挂车，根本无法攻击，而且僵尸会比他先着陆，到时候跳出来继续跑，他更难追。

不跳？很好，就是他现在的选择，45度角，明媚而忧伤地看着Polly越来越高，越来越远，越来越小……

［系统］解说：看来仙术师是想等着僵尸再度转回地面时发动攻击！

［系统］解说：不过僵尸这招除了拖延时间还有什么作用呢？

［赛场］大H：你给我下来！

［赛场］Polly：你上来呗，上面风景不错。

［赛场］大H：你太无耻了！

［赛场］Polly：为了配合你的评语，我决定给自己加口血。

Polly为非凡哥解了疑惑，当真一下下开始给自己刷永不超生。

这招的回血量对于僵尸的血条来讲，杯水车薪，可真源源不断地刷，慢慢地也能看见些许效果。

大 H 疯了。

观众开眼了。

第一场坐地回蓝。

第二场坐摩天轮回血。

这货一次比一次过分！

莫名地，全场都开始期盼摩天轮转完一周的那刻，等着看 Polly 如何被虐杀，不虐杀不足以平民愤啊！

再慢的摩天轮也得让乘客下地，所以万众瞩目的刹那终于来临——

只见 Polly 没等摩天轮转到最低处便忽然跳出来直直落到大 H 面前，大 H 已经开始吟唱，可吟唱毕竟需要时间，转瞬已经被 Polly 掏了一爪！所幸昏睡及时抵达，顶着近乎 1/3 血的 Polly 再次被控制……

［系统］解说：局面似乎又回到了初始！看来这一次仙术师不准备让僵尸逃掉了！

［系统］解说：仙术师控制！攻击！控制！再攻击！

［系统］解说：僵尸只剩下 1/5 血了！1/6 血了！1/8 血了！

［系统］解说：仙术师停止了攻击！

［系统］解说：仙术师停止了攻击？

［系统］解说：不对，是仙术师没蓝了！在这即将取得胜利的重要关头仙术师没蓝了！

［系统］解说：看来控制技能出手太多对他的蓝造成了很大的消耗！而且在摩天轮下等待之际并没有意识到这是一个陷阱，如果他没有被僵尸的言语挑衅激怒，或许也会想起原地休息回蓝！

［系统］解说：但比赛场上任何机会都是转瞬即逝，没有如果！

［系统］解说：仙人掌消失了！僵尸这一次终于毫不顾忌地冲上！

［系统］解说：无法释放技能的仙术师就等同于 1 级小怪，已经被僵尸追上了！

贴身肉搏的仙术师和僵尸，胜负毫无悬念。

直到大 H 扑街，解说和个别敏锐的观众才后知后觉地反应过来——

［系统］解说：难道之前僵尸不主动进攻是已经预料到了仙术师会有蓝耗完的情况？

［系统］解说：所以他跑到摩天轮上回血是为了最终扛住这几下技能然后反扑？

［系统］解说：不管怎么讲，这一局，鬼服兵团胜！

［选手］叶落长安：这个方法只存在理论上的可能吧……

［选手］大剑：如果僵尸不跑摩天轮上获取时间回血，H在蓝耗完之前就可以杀掉他。

［选手］叶落长安：所以都是算好的？

［选手］大剑：据说他曾经是华北大区的PK之王。

作为新军团，纵横天下的历史对于流星飒沓来讲实在有些遥远。

议论纷纷中两位选手已经回到小屋。

胜负已分，但总有未了"情缘"——

［选手］大H：僵尸，你是一开始就存了磨死我的心思还是比赛中忽然想出来的？

明明是想磨死对方，结果反被磨死，观众很能理解大H的郁闷，于是不约而同地停止了刷屏，与可怜的仙术师一起等待。

很快，胜利者敲出一句体贴问话——

［选手］Polly：哪种说法你会舒服点？

［选手］大H：比赛中想出来的。

［选手］Polly：好吧，那这个是我赛前就想好的。

［选手］大H：……

［观众］逆水寒：秒杀。

［观众］雷震子：绝杀。

［观众］疯狂的烤翅：一击致命。

［观众］一夜狼嚎发了一个蜡烛表情。

［观众］风过砂：同上。

［观众］浪妹子浪：同上。

［观众］天堂爆米花：同上。

［选手］大H：团长。

［选手］大剑：你就多余问。

［选手］大H：是他太阴险了啊！

［选手］Polly：发了一个微笑表情。

［选手］大H：不要对我笑！你这样的我不想在游戏里碰着，啊啊啊！

［选手］Polly：有人就不怕，还三番五次扑过来战斗，他现在是我的团长。

小鸟说：他现在是我的团长。

就是智商小于等于二十，方筝也感觉出队友的心意了，他玩游戏这么久，第一次觉得有伙伴是……

"奶妈缓好没？马上团体赛了啊！"机机的声音仿佛穿云箭，阻断方筝澎湃的热血。

"应该差不多，刚才不是安慰好几次了。"血牛姐姐在阻断的热血上撒了把冰。

"兵熊熊一个，将熊熊一窝，团长你可千万不能给我们丢人。"438 很认真地期许。

疯一样的子言简意赅："既然在这个位置，打肿脸你也得给咱们充胖子！"

团长的使命……好沉重。

短暂休息过后，团体赛正式开始。

不同于单人 PK，团体赛的地图更接近于副本，曲折、复杂、机关遍布，偶尔还会蹦出一两只小怪。当然 BOSS 肯定不存在，不然遇上凶残的直接把一队玩家灭了，你说冠军该给另外一队玩家还是给这位 BOSS 啊！

同时团体赛也与单人赛一样，选手刷出的位置是随机的，这就增加了在各队完全聚拢之前战斗打响的可能，当然也有人觉得这样失去了团体两个字的意义，说极端点，如果两队的七人分别在不同的刷新点就遇见了对手，那团体赛便会变成同时进行的七场单人赛。不过这种概率还是小的，小到赛会组织者愿意冒这种风险从而避免上来就七对七拼输出那种乏味的场面。

［系统］解说：单人赛结束，鬼服兵团以四比二的战绩暂时领先，接下来就是大家期待多时的团体赛，不知道两队又会给我们带来何种惊喜？！

［系统］解说：当然，团体赛依然会屏蔽掉通信软件，所以现在是各队最后讨论战术的宝贵时间！考验各队默契的时候到了！

［选手］人称小白龙：网吧包七个座就行了吧！

［选手］哈利波拉特：原来你们五岳阁是这样作弊的啊！

［观众］永远爱传奇发了一个鄙视的表情。

［选手］人称小白龙：你敢说你们纵横天下没在一起？

［选手］哈利波拉特：发了一个鄙视的表情。

［选手］人称小白龙：一醉。

［选手］一醉方休：你已被逐出军团。

[选手]人称小白龙：啊？

[选手]一醉方休：开玩笑的。（微笑）

[选手]人称小白龙：团长你不要这样玩……

说话间流星飒沓和鬼服兵团都已被传进竞技场，然后整个竞技场在观众的眼中慢慢变成一座巨大的豪华游轮。同往常一样，围观群众等着队员依次出现在自己的上帝视野中，可很快他们发现不对，上帝视角慢慢变成了十四个独立的转播画面，上下两行，一行七块。每一个画面对应一位队员，画面右上角写明了该队员的位置，比如，甲板、贵族层、普通层、贫民层、机械层等。可即便如此，观众还是只能跟随参赛选手的移动来捕捉画面，比如，两位选手都在贵族层，可位置不同，那么在观众看来便依然是独立的两块画面，只有当这两位队员相遇，两块画面才会融到一起，变成双倍大小，依此类推，如果最终两队选手全部集中到一起，那么画面也会变成满屏一块。

[系统]解说：虽然之前有被告知特殊地图的上帝视角会有创新，可真正出现还是要适应一段时间哪，这满屏画面真是看得人眼花缭乱。

[系统]解说：选手的刷新点很均匀，从底层机械室到最上面的甲板都有分布，看来短时间两队选手很难相遇，不如趁着这个空隙，大家来谈谈对这种新上帝视角的感受。

[观众]雄霸天下：年初组电脑的时候选了个27英寸屏，我真是天才……

[观众]老和部队：我的19英寸的！

[观众]雁过拔毛：楼上和楼上的楼上，你们让15英寸的我情何以堪……

[观众]满城黄金甲：其实这个尺寸可以了。

[观众]春光明媚：何止可以。

[系统]解说：言归正传，之前有玩家反映语音屏蔽系统并不能完全禁止玩家私下抱团，但比赛制度就是在这样一次又一次的实践中逐渐完善的，在完善的过程里被钻了空子，不能说对错，况且说句大实话，既然要赢，哪队会放着空子不钻呢？

[赛场]有奶就是娘：小鸟、机机、疯子、血牛、大爷、438你们在哪里啊？

[赛场]大剑：这什么破地方怎么半天绕不出去？大H你们会合了吗？

[系统]解说：好吧，有的。

说也神奇，豪华游轮上的两队还真就是那凤毛麟角没抱团的。方筝他们不说了，草台班子，从客观到主观都不具备抱团的条件。流星飒沓呢，其实也差不多,虽然可以选都在同一地点的军团成员组队,但大剑团长觉得不公平,非要全军团选拔,最终组成了现在的阵容,也造成了队员遍布全国的悲剧。

按理说队长问话了,队员要回答。

可队长问话前就不能过过脑子吗?

队员们很惆怅——

[赛场]百炼成妖438:团长,我要是告诉你我的位置就暴露了。

[赛场]水影:团长,如果不出意外的话,这是一艘游轮,还有,请不要暴露你自己的位置。

[赛场]Polly:团长,请参考水影的话。

队长纠结,队员也不轻松,观众现在能看见的就是妖的祝福、战斗机和大剑团长都在最下面机械室,Polly和人挡杀人、佛挡杀佛都在贫民层,血牛、疯子以及大H和游医水影在普通层,叶落长安和温柔一刀都在贵族层,贵族层往上就是甲板了,百炼成妖438正欲模仿露丝迎面感受海风,至于甲板再往上的桅杆顶,坐着有奶就是娘,一袭白衣,远远看着就像刚洗完的跨栏背心挂在桅杆上随风飘荡……

每个人都在急切地找队友,同时却也要防范忽然出现的对手,可能还不止一个!

观众的耐心随着十四位——呃,好吧甲板和桅杆上那俩不算——十二位选手的横冲直撞消磨殆尽,终于,视角中机械室的两块合到一起!系统比解说更快地反应出来——妖的祝福与大剑相遇了!

两个人的相遇地点是机械室核心房间,遍布齿轮与各种仪表盘,还有很多并不容易识别的造型复古的机械在有规律运动,整间屋子几乎没有下脚的地方!

[系统]解说:这样的地方开打相当考验PK技术啊!之前的第一场就是这两位选手的正面PK,当时真是打得难解难分风云变色!最终大剑险胜对手!

[系统]解说:不知道这一次是否会给我们带来不一样的结局!说话间大剑已经一刀劈了过去!独狼啸!

[系统]解说:妖的祝福想闪开可是没成功!妖的祝福趁大剑再次扑过来之际跑开了!可能觉得对战的距离太近了!

[系统]解说:大剑穷追不舍,妖的祝福和大剑围着一台巨大的齿轮机器展开了激烈的你追我赶!

只见画面里妖的祝福狼狈逃窜,血已经下去1/3。逃跑中他给自己套上了鼓吹、躁动、铁甲等一切能套上的状态,可他的攻击依然鲜少能够打到对方,以至于奔跑中大剑还可以悠悠地打字——

［赛场］大剑:别跑了,拖延时间有意思吗?换人!把第一场跟我打的那个换过来,这个太没劲了!

［赛场］有奶就是娘:我在这里啊……来,跟我一起听大海的声音……

［赛场］大剑:你谁啊……

［赛场］有奶就是娘:对待如果不是意外被顶号就可以手起刀落把你杀掉的对手,你得心存敬畏。

［赛场］大剑:什么就手起刀落啊?!

［赛场］有奶就是娘:或者砍瓜切菜?

［赛场］大剑:……

［赛场］有奶就是娘:你大爷。

［赛场］大剑:你骂我?!

［赛场］有奶就是娘:跑掉没?

［赛场］妖的祝福:嗯,跑出去了!

［赛场］有奶就是娘:乖。

海风吹过。

鬼服兵团团长有奶就是娘依然如背心般飘荡在桅杆上。

［观众］我爱菠萝:谈笑间。

［观众］雁过拔毛:樯橹灰飞烟灭。

［观众］蜀山剑神:这才是团长。

［观众］独臂刀:姿态优雅。

［观众］东北少夫人:随风飘扬。

方筝并不知道群众扑面而来的赞誉,否则他会回以无数飞吻。

不过群众也并不知道他心中的算计。

团体赛,某种意义上讲和下本很像,奶妈是关键,别人死了都好说,奶妈死了那就只有团灭的份。而根据刚才的情形,显然大家都被分开了,他如果冒冒失失跳下去,遇见队员还则罢了,遇见对手怎么办?一个,他还有信心磨一磨,要是两个呢?所以不如坐在这里等,因为船内部的每个人肯定都希望能和队友会合,那船舱外无疑是最佳地点,不论是会合还是战斗,所以他在等,居高临下很认真地等。

可438能不能别再扒着栏杆往海里看了!就算甲板上现在没……

[系统]解说：鬼服的炼妖师掉进了海里！

　　[系统]解说：他想做什么？是一时失足还是另有所图？

　　[赛场]百炼成妖438：团长，水里有个怪！

　　[赛场]有奶就是娘：你能跳进去之前说吗？还有，你暴露了。

　　[赛场]百炼成妖438：没事，水里地方这么大他们找不到我，而且我还有748！

　　[观众]自带干粮：恕在下孤陋寡闻，748是个啥？

　　[观众]天堂爆米花：如果音译，应该是，去死吧！

　　[观众]天下大乱：他之前放钟馗他妹出来的时候喊过冲吧，502。

　　[观众]东北少帅：给自己宝宝起个常规名字就这么难？

　　[观众]东北少夫人：我觉得我们关注的重点应该是，他好像爬不上来了……

　　果不其然，画面中并未收服成功只得把小怪拍死的炼妖师这会儿正随着波浪挠船皮。

　　[赛场]百炼成妖438：团长……

　　[赛场]有奶就是娘：这时候知道叫我了……你跳的时候想啥了？

　　[赛场]百炼成妖438：我想大过年打孩子闲着也是闲着……

　　[系统]解说：峰回路转，鬼服兵团的炼妖师以一个漂亮的动作跃入水中，干净利落地清空了自己的战斗力。

　　一开始观众的眼睛还不知道看哪个画面，可随着战斗的进行，几乎每一层的选手都相遇了，渐渐画面就简化成了七个——机械室层大剑重新把妖堵在了一个更逼仄的齿轮小屋，小机机正在不知名的角落没头苍蝇似的乱窜；贫民层Polly和人挡杀人相遇，佛挡杀佛也不知迷失在了哪个次元；普通层血牛和疯子与大H还有水影短兵相接，打得难解难分；贵族层叶落长安和温柔一刀也相遇了，然后俩队友大眼瞪小眼，不知何去何从；最后是桅杆上有奶就是娘鄙视地望着水里的百炼成妖438。

　　[系统]解说：特殊的地图将选手们割裂开来，难道比赛就要以这样多场地小规模的团战结束吗？十四人混战的大场面如果不出现，或多或少都会让观众有些失望啊！

　　[系统]解说：哦不对，是十三个人。鬼服兵团的炼妖师依然在水里挣扎……

　　[系统]解说：眼下看来贫民层里的人挡杀人有些不敌Polly，血条已

经见底了！不过礼尚往来，机械层里的大剑也正步步紧逼妖的祝福！

［系统］解说：究竟是人挡杀人先死还是妖的祝福先扑街呢？这个局面告诉广大玩家角色ID还是不要姓人比较好……

［赛场］大剑：这搞什么啊，我卡齿轮里动不了了！

［系统］解说：机械层好像出现了状况！

［赛场］大剑：有没有人管管啊！我抗议，这地图有BUG啊！

大剑兄一喊，所有人的目光都集中到了他那里，只见狭小的齿轮屋里，大剑不知怎么就卡在了两排不断咬合的齿轮中间，不光动不了，血条还随着齿轮的咬合分分钟往下走。

游戏里偶尔会出现这样的情况，比如，某张地图的某个点，不管玩家还是BOSS卡到这里都无法再动，于是玩家只能选择用道具传送至其他地方，或者干脆让谁把自己弄死然后返回复活点，而如果BOSS卡这里，那只有被玩家虐的份了。

但眼下大剑在团战中遇到卡点，就比较悲剧了，以至于妖的祝福站在一旁，静静地观望，都不忍心攻击。

终于，大剑倒下了。

围观君连忙放出报喜鸟——

［赛场］妖的祝福：我把对方团长磨死啦！

其实也不算你大爷说谎，他是真靠走位生生把大剑引到了齿轮中间，当然他本意是希望齿轮稍稍阻碍一下大剑的脚步就成，好让他逃跑，哪知齿轮那么够意思，直接要了对方的命。

［赛场］战斗机：我去，居然是你干的？

［赛场］有奶就是娘：怎么磨的说来听听？

［赛场］百炼成妖438：才两天技术进步这么多？

相比鬼服的兴奋，流星飒沓战友则更多地表现了震惊，因为他们只看到队长冷不丁发出的两句咆哮，根本看不到队长临终前的挣扎——

［赛场］温柔一刀：团长？

［赛场］佛挡杀佛：团长你咋了？

［赛场］叶落长安：怎么死了？

大剑还能说啥呢——

［赛场］大剑：大衰神附体……

流星战友依然懵懂，鬼服同志们心里已成明镜。

［赛场］战斗机：懂了。

［赛场］有奶就是娘：了解。

［赛场］百炼成妖438：你安息吧！

［赛场］Polly发了一个蜡烛的图案。

［赛场］疯一样的子：你们还有时间打字，我都快让人弄死了！

嚷着哎呀哎呀我醉了的家伙永远都不是真醉，所以杀手君喊完，倒地的却是他下面一层正跟Polly过招的人挡杀人。

Polly看都不看尸体一眼，瞬间就跃出屋子开始继续往上层探寻。

唯独苦了贵族层正跟炼妖师温柔一刀相顾无言的祝福者叶落长安。

复活的召唤是有冷却时间的——

［赛场］叶落长安：先召唤谁？

［赛场］大剑：救团长！

［观众］听风者：……

［观众］独狼啸：……

［观众］雁过拔毛：……

［赛场］人挡杀人：团长，你不能抢我台词啊！

［观众］人自醉：现在无耻已经是军团长的绑定技能了。

［观众］风过砂：同意。

［观众］爱情大过天：同意。

［观众］优乐美：我本来不想说话可刚又不小心瞄了眼桅杆上那货……

叶落长安还是个很知道轻重缓急的，几乎是大剑那字打出的瞬间便丢出了召唤，随后大剑直接从机械层升级到了贵族层。

与此同时妖和小机机在机械层的尽头楼梯处相遇了——

［赛场］妖的祝福：好巧，你也要上去？

［赛场］战斗机：是啊，我也要上去！

［赛场］有奶就是娘：那你俩还废啥话！

团长吼一吼，地球抖三抖，你大爷和小机机哪还敢打字，立马手牵手往上走，说也寸，偏巧碰上了迷路中的佛挡杀佛！

佛挡杀佛一看二对一，还打屁打，当下撒丫子就跑！

你大爷和小机机自信满满在后面追，这三人组不知不觉就又跑到了上一层，上一层小鸟君刚探路没多久，就跟正激战中的血牛疯子会合了，要说二打二，鬼服这边双T组合（游戏里代指两个坦克职业组合在一起）血量绝对无敌，可架不住流星那有个奶妈水影呢，于是四个人缠斗半天没分胜负，不过现在鬼服多了个小鸟，形势马上不同了，大H是仙术师毕竟皮脆，就是有奶妈，也架不住被三个人招呼。

［系统］解说：刚跟战友会合的Polly毫不手软直接朝大H冲了过去！

［系统］解说：血牛和疯子很默契地朝水影攻击！看来鬼服是想一次性把两个人都解决掉！

［系统］解说：他们会成功吗？会吗？会吗？

［系统］解说：不！不会！因为原本在贵族层的叶落长安、温柔一刀还有刚复活的大剑也跑了下来！这就是团队的默契啊！他们是否已经接收到了战友危在旦夕的信号！

［系统］解说：现在的局势变成了三打五，对鬼服很不利啊！

［系统］解说：不，是三打六！冷却时间已过，叶落长安再次释放复活的召唤，人挡杀人也来到战场上了！鬼服三人的血量都在之前的战斗中有所消耗，可流星飒沓这边还有半数以上是满血！局势几乎变成了一边倒！

［赛场］解说：等等！如果我没看错佛挡杀佛也朝这里跑过来了！他后面是一直穷追不舍的妖的祝福和战斗机。

几乎在解说敲字的瞬间，观众的上帝视角就彻底整合成了两个画面，一个是普通层大团圆，一个是……桅杆俯瞰海面。

［赛场］解说：激动人心的时刻终于到来了！流星飒沓率先完成了集结！

［赛场］解说：五打七！真正的团战终于开始了！

然而，这纷繁乱世总有个角落是安静的——

［赛场］有奶就是娘：屏蔽完语音，环境音效就自动出来了，这海鸥叫声真不错。

［赛场］百炼成妖438：嗯，浪花也做得漂亮，其实仔细看船一直在行驶嘛！

［赛场］有奶就是娘：谁让你接茬了！赶紧给我沉下去死，然后让你大爷召唤。

［赛场］百炼成妖438：淹死太丢人了。

［赛场］有奶就是娘：还好吧……

观众们深深吸一口气，又慢慢呼出，告诉自己，要淡定——

［选手］人称小白龙：一醉……

［选手］一醉方休：懂，有对比才有差距，我知道我很好，不要搞个人崇拜。

观众可以淡定，那是因为他们没有被人一下下轰着生命——

［赛场］Polly：别晃荡了，船里由上至下第二层或者由下至上第三层集合。

［赛场］有奶就是娘：嗯？

［赛场］疯一样的子：说那么含糊干啥，就差你一个人了！

［赛场］血牛不吃草：团长，副团喊你回来加血……

方筝恍然大悟，连忙操纵奶娘从桅杆上跳下来——

［系统］解说：鬼服团长终于行动了！他摔到了甲板上！他重新站起来给自己补满血！

［观众］寂寞小手：不忍直视……

［观众］一夜狼嚎：这货要都能赢我把鼠标吃了……

说话间Polly已经跑出了战局，不需要多言，鬼服战友看行动就懂了，这是打不过，要撤！于是纷纷转身跟着副团就跑！

七打五的好形势哪能放过，流星飒沓穷追不舍！

明明都是第一次见这地图，可Polly却好像认路似的，从上帝视角可以明显看出他是直直往楼梯跑的，没多久便带着鬼服跑上了贵族层，正好有奶就是娘刚从甲板下到贵族层，于是接头成功，七打五变成了七打六！

［系统］解说：鬼服不跑了！终于正式开打！果不其然，双方都是朝着奶妈先开火！一时间十几个技能大爆发根本看不清画面哪！只能从状态上看见每个人的血条都在下降！应该是狂刀客用了群招！

［系统］解说：如果有特别的场地还可以运用一下战术，可在这么狭窄的船舱内似乎只能硬拼输出！

［系统］解说：虽说是六打七，可很难说谁会赢啊！

［赛场］百炼成妖438：开打了？你们开打了？不要丢下我啊……

［赛场］百炼成妖438：我这就去死，你大爷记得召唤我！

［赛场］Polly：别！就在那儿待着。

［赛场］百炼成妖438：啊？

［赛场］Polly：信我。

［赛场］百炼成妖438：嗯，得永生！

438还在水里泡着，这事儿比赛中的诸位通过对话都看得一清二楚，可刚刚混战开起来，这茬便被不自觉丢到脑后，现在小鸟让他别动，无疑是提醒了流星飒沓。

［赛场］佛挡杀佛：他们水里还有人！

［赛场］大H：这可不行，回头这里人全死了他们不就赢了吗？

［赛场］叶落长安：副团你对咱们有点信心行吗……

［赛场］大H：你懂啥，这叫防患于未然！

［赛场］大剑：哪儿那么多废话，听我的，都去甲板！

不管鬼服兵团的战术是不是真的这么"猥琐"——虽然流星飒沓全员内心已经默认如此了——既然问题存在，就不能不解决，所以与其在这里猜来猜去，不如把战场引到甲板上，也好瞭望敌情。

［系统］解说：战局有了戏剧性的变化，现在战场正往甲板移动！

［系统］解说：好的！十三个人都来到了甲板上！流星飒沓应该也看清了鬼服炼妖师的处境！

［赛场］大剑：这货究竟为什么要跳下去？

［赛场］大H：原因就别细问了，现在的重点是咱跳吗？

［赛场］大剑：你傻啊，跳下去就七打七了，现在七打六，回头再收拾那个不迟！

［赛场］大H：那咱们还跑上来干啥啊？

［赛场］大剑：摸清情况啊，你看现在是不是心里更有底了？

［赛场］大H：为什么当初我会同意你当团长……

事实证明，不尊重团长是会被这个世界唾弃的，所以大H刚敲完这行字，便被水里忽然蹿出的黑影呼到了身上，可怜脆皮仙术师在陌生物体的大力拍打下，血条直线清空！

这时候电脑前的玩家才看清那蹦跶在仙术师尸体上的欢快生物——

鲶鱼……还长着翅膀？！

这不科学啊，亲！

［系统］解说：我们看到水里飞出了不明物！应该是438的宝宝！可是这个宝宝真的很独特！是什么宝宝我们暂时无法归类，但是它的杀伤力惊人！

解说看出这是438的宝宝，流星飒沓又怎么会反应不过来，这厢水影忙着复活副团长，那厢大剑就要跳下去直接掀翻炼妖师本尊！

治标不如治本，显然大剑要釜底抽薪！

可Polly哪能如他意，第一时间挡在了大剑面前，上来就是幽冥鬼爪！

两队人刚踏上甲板，都还没形成正经阵型，这会儿就像一盘散沙，大剑看自己一时半会儿冲不过Polly，而那飞鱼怪又开始攻击奶妈水影了，二话不说发出指令——

［赛场］大剑：都给我跳船！能跳一个是一个！

他算看出来了，一个炼妖师顶俩战斗力，甚至更多，必须擒贼先擒王！只要炼妖师挂了，他的宝宝自然不能再蹦跶！

但方筝也不是吃素的,不就发令吗,跟谁不会似的——
[赛场]有奶就是娘:都给我防住,不能让他们跳船!
团长激情叫板,但也有无法领会深意的——
[赛场]妖的祝福:又不是泰坦尼克号撞冰山,跳船干吗?
"咣!"
"咔嚓——"

第八章
戛然而止

谁也没想过那豪华游轮真的会断成两截，然后激战中的玩家就如同饺子一样"噼里啪啦"地下锅了。

上帝视角转入水中，观众的视线全部被那条飞鱼吸引了过去，有眼尖玩家认出那好像是尸王部落地下暗河里的鲶鱼怪，但立刻被有图有真相的玩家否定，因为截图显示，那鲶鱼怪没翅膀。

438自然不会在大庭广众之下公布鲶鱼怪和狂风宝宝那神一般的结合，反正现在是水下，他不会游泳没关系，他的宝宝绝对占尽了天时地利人和。攻击力暂且不表，光是攻击速度就能秒杀所有人。

最终流星飒沓的双奶（奶妈和祝福者）葬身鱼腹，剩下的，被小鸟君带领的鬼服兵团悉数歼灭。

当然鬼服兵团也并非没有死伤——最后关头，438淹死了，748功成身退。

一连串的打击让流星飒沓应接不暇，确切地说他们从船断开始就处于迷茫状态，直到最后伤痕累累地回到观众席——

［选手］大H：团长，我觉得憋屈。

［选手］大剑：别和我说话，我需要静一静。

［选手］温柔一刀：438你那个是什么宝宝啊，发来共享一下，快。

［选手］人挡杀人：一刀你还有没有尊严？！

［选手］温柔一刀：那是什么？！

［选手］佛挡杀佛：我当初为什么会加入这个团……

［选手］有奶就是娘：现在退也来得及啊，加入我们吧！

［选手］佛挡杀佛：……

［选手］有奶就是娘：我说真的呢，来镜花水月吧，到哪儿都包场，野图BOSS都只为你一人服务！

［选手］佛挡杀佛：滚。

［选手］有奶就是娘：他骂我。

［选手］Polly：输那么惨，就让人痛快痛快嘴吧！

［选手］佛挡杀佛：……

［选手］有奶就是娘：我被治愈了。

［观众］青梅煮酒：每看鬼服兵团一场比赛，我的下限就又往深谷走两步……

［观众］雪映翠山：以每小时一百迈的速度……

［观众］二八佳人：根本是飞流直下三千尺。

［观众］百慕大：这么多天下来一直以为他们是鬼怪兵团！

[观众]萝莉控：其实你真相了……

组委会并没有留给群众更多的讨论时间，因为很快，恋爱去死去死团开始了他们的首轮亮相。而也正是这亮相，让世人懂得了一个道理——当你以为下限已经无法再沉降时，总有雷神会抢着铁锤过来再帮你砸低一点。

猥琐，已经不足以形容这个团的风格，无耻更是弱爆了的字眼，当整个军团满载着人民币装备来跟你玩猥琐流时，任何对手都只有惨叫的份。万古神域几乎是秒输的，6:0，连扑棱翅膀挣扎一下都没做到。

鬼服兵团也没好到哪儿去，只小鸟和你大爷的妖各赢一场单人赛，然后止步第三轮。

装备是硬伤，可意识技术上鬼服也没有占上风，然后还有最重要一点，对方私下显然是抱着团的，无论是单人赛还是团体赛，从定位到指挥，都无懈可击。

起初鬼服战友们还是有些郁闷的，因为前两场打出的气势过于高涨，忽然迎面接了冷水，有些适应不良，但随着比赛继续，看到其他队也这样被虐杀，那种"我不好别人也不好于是世界还是挺好的"的感慨油然而生，慢慢地也就释怀了。

如果真要说憋闷，可能同为逐鹿之渊玩家的五岳阁和纵横天下更甚。

谁也没想过这么一个不起眼的八卦军团会摇身一变成了有技术、有装备、有意识、有金币的高富帅，都说咬人的狗不叫，可这哪是狗，分明哥斯拉，有没有！

最终恋爱去死去死团爆冷得了赛区冠军。

再然后得总冠军，已在预料之中。

就在大家以为恋爱去死去死团一战成名即将走向豪门的时候，该团却在总决赛结束当天晚上发了解散公告。原因简单得近乎直白，大四毕业，生计为先。

一时间骂声四起，说他们明明要散了还来PK战争夺奖励实属无耻。

团长胡一菲毫无压力，直接开一帖《我无耻我骄傲你有本事你去告》，欢迎广大玩家留言。

但在解散的公告帖里，却只允许去死团成员留言。

几十层楼盖下来，大家才发现，其实这个团真没多大，拢共十二三个人，看起来都是同系的，跟帖内容有留言，有贴图，全是回忆逐鹿游戏里的点点滴滴。

很多截图的场面都发生在镜花水月，方筝这才意识到恋爱去死去死团也是从这里搬到逐鹿之渊的。甚至他还在一张关于八卦的讨论截图里看到了自己在逐鹿频道上的凑热闹发言。

那感觉很难讲,有些奇妙,但更多的是唏嘘。

神话故事里说天上一日,地上一年,其实地上一年,很多时候便是游戏里的半辈子。你认识了这个朋友,你加入了这个军团,你们一起下本,一起偷人,最终服务器没落,朋友散伙,很多时候可能都未必会用上一年。对于喜新厌旧的发烧友玩家,总有新游戏来填补,总有新战友来会合,可对于更多的普通人,或许这个游戏就是他最初也是最后的战斗了,谁都青春过,谁都激情过,但生活不会像游戏那样时间静止直到下次版本升级,所以他们只能自愿或不自愿地回归现实,然后在某个夜深人静,翻出昔日的记忆怀念下那曾经燃烧的岁月。

六年逐鹿,四年半镜水,来来去去的人或军团方筝看得太多了,就连钻石卖家,背后的操作者也已经换到了四个。

关掉恋爱去死去死团的帖子,方筝不自觉轻叹口气。

被耳尖的438听见,忙在YY里劝:"团长,虽然咱们成绩不好,可谁让第三轮就碰见总冠军了呢,所以你不用太郁闷。"

"好,我努力……"虽然内容跑偏了,但心还是好的,所以方筝很诚恳地收下宽慰。

"但是为啥毕业就不能继续玩儿了呢?"你大爷费解地嘀咕,"难道全系都签到一个单位然后这个单位宿舍不提供网络?"

这货就不能有点人类的思绪吗?!

"搞什么搞,逐鹿之渊现在都没人追杀我了!"江洋同志换上新号在巅服嘚瑟一圈,没碰到仇人,倒接来好几家军团的橄榄枝,很是郁闷,"我不想入军团我想杀人!"

方筝现在对任何人力资源流失都很敏感,马上问:"逐鹿之渊有军团找你了?"

"开玩笑,"说到这个江洋就嘚瑟了,"哥现在是香饽饽好吧,简直人见人爱。"

作为军团长,必须把人才外流的苗头掐死在摇篮里,可怎么掐呢?威逼?那货绝对是吃软不吃硬的!利诱……算了当他没说。

"回镜水吧,我跟你PK。"小鸟忽然冒出这么一句。

江洋意外:"哟,难得啊,你不打猴了?"

小鸟流畅应着:"嗯,改打你。"

215

江洋："……"

方筝很欣慰，原来他不是一个人在战斗，他有毒舌受害者联谊会会友！

江洋的动作很快，只几秒，系统提示疯一样的子进入游戏。

方筝看看电脑右下角，还有一小时，5月的最后一天就要过去了。想想这些日子还真挺充实，哪怕没比赛光是围观，都乐呵。

人就这样，一直寂寞倒还好，忽然体验了热闹，再回归寂寞，就有些不适应了。

以前觉得镜花水月鬼，现在则是觉得镜花水月真是鬼啊！

逐鹿之渊则完全是另一个极端，野图BOSS正抢得不亦乐乎。方筝把小号挂在铺子里打铁，频道里却早吵翻天了——

[逐鹿]大H：五岳阁和纵横天下联手二打一，还要不要脸啊！老团欺负新团是吧！

[逐鹿]一醉方休：下次你早点来谈，我们也可以联手。

[逐鹿]大H：啊，这个可以有。

[逐鹿]我血荐轩辕：麻烦你先把这次搞好。

[逐鹿]人称小白龙：喂喂，你怎么跟我们团长说话呢？！

[逐鹿]我血荐轩辕：那你示范一下？

[逐鹿]人称小白龙：麻烦你先把这次搞好嘛！

[逐鹿]人称小白龙：要这样，看懂没？

[逐鹿]我血荐轩辕：……

[逐鹿]英伦绅士：小白龙，你是五岳阁副团长？

[逐鹿]人称小白龙：嗯，咋了？

[逐鹿]英伦绅士：作为新人，我想我可以把预备加入的候选军团名单上去掉一个错误答案了。

[逐鹿]一醉方休：小白，回家。

[逐鹿]薇薇安：一醉，你再这么抢我台词……

刷屏不要钱哪，方筝在心里狠狠鄙视了这帮没节操的，然后抱着无限的道德优越感重回鬼服瞄两眼，就看到疯一样的子郁闷地坐在军团大厅地板上，显然，屡战屡败。

"你走位太无耻了，专往腰眼儿上捅。"疯一样的子比喻永远都需要消化。

Polly倒能领会："下次我换个地方。"

方筝好容易逮住机会正想跟着埋汰江洋两句，密聊里却忽然弹出你大爷的信息——

［私聊］妖的祝福：团长，我以后可能就来不了了。

［私聊］有奶就是娘：？

［私聊］妖的祝福：号还给妖，我可能会去别的服重新建个号。

［私聊］有奶就是娘：镜水不好吗？

［私聊］妖的祝福：……

［私聊］有奶就是娘：好吧，是有点寂寞。

方等深吸口气，调整好心态，你大爷早就说过要走，所以并不十分难接受——

［私聊］有奶就是娘：你要去哪个服啊，我可以帮忙代练的！五百元一星期满级！八百元三天满级！一千二保证一天满级！

［私聊］妖的祝福：团……团长你克制一下……

［私聊］妖的祝福：我还是想自己练……

［私聊］有奶就是娘：鄙视你！

［私聊］妖的祝福：团长。

［私聊］有奶就是娘：继续鄙视你！

［私聊］妖的祝福：奸商！

［私聊］有奶就是娘发了一个微笑的表情。

那晚下了游戏的你大爷反复回忆那张小笑脸，心想：副团果然火眼金睛。

不过，得叫前团长了，思及此，淡淡愁绪又漫上了你大爷心头。

PK赛之后大约一个月的时间里，鬼服战友们都在下本，少了你大爷，回归了妖，那装备就像BOSS身上的虱子，"噼里啪啦"往下落，原本只是下本打发时间，结果搂草打兔子，个个都跟被修了圣衣似的，一身橙装闪闪发光。

虽然不是人人都有暴发户那种洞洞都打满强化都封顶的魄力，但毕竟淘不到再好的装备了，故而下本的热情也渐渐熄灭，最后大家没辙，只得各自没事找事做。

典型的就是战斗机，这货异想天开非要练生活技能，结果跑到新手村开始从草药采起。如此这般轰轰烈烈干了两天，忽然问438："哎，你采集技能是不是满了？"彼时438正在55级地图上采稀有矿石，闻言大方相告："对啊！"然后机机的采集技能培育便夭折了，理由是军团里有一个人能采遍天下就行了，何必费那个劲非自己练。

按说无聊到这个地步他完全可以回逐鹿之渊,可也不知道是血牛不吃草魅力太大,还是小机机本身犯轴,虽然每每嘴上念叨好无聊好空虚,但号却一直挂在镜花水月。反倒是江洋时不时还回去转转,不过更多的时间都用来跟孟初冬插旗PK。随着Polly装备的完整,疯一样的子胜少负多,可江洋依然乐此不疲,孟初冬也是个好耐性的,不管什么时间什么地点,只要江洋想打,绝对奉陪,弄得方筝特想给他俩拉个条幅——在一起。

至于438和血牛,一个每天跑到各种地图上抓妖怪,抓回来就融合,万般搭配简直堪比爱迪生试验灯丝,如果小怪们有心,那一定满是酸楚的泪;另一个索性挂机看书,按她的说法点卡包月,不挂白不挂。

方筝则又接了两笔买卖,一个是练号,一个是练装备,也算充实。唯一的美中不足,就是随着天气变热,他那屋子也有往蒸笼发展的趋势,尤其两台电脑一起开,完全可以洗桑拿了。

拿起挂在脖子上的毛巾又擦了把汗,方筝长舒口气。

天花板上的老式电扇慢腾腾地旋转着,若有似无的风完全是杯水车薪。

YY里妖正和血牛讨论宿舍待遇问题,两人一个大三一个研三,一个四人间俩哥们儿都跟女朋友出去同居了,一个二人间不用说,也是包场,然后电视空调一应俱全,就这还抨击不给标配洗衣机。

方筝听着恨得牙痒痒,可又不好意思插话。

他能说啥啊,说自己现在还在为要不要买个小电扇放到电脑桌上而挣扎纠结?他再无耻,也有军团长的自尊……

[私聊]Polly:多少级了?

高手君说话总是言简意赅,有时候你根本无法追上他的思路。

[私聊]有奶就是娘:啥?

[私聊]Polly:你代练那个号。

方筝瞄了眼旁边电脑里那个挂在铁匠铺的小人——

[私聊]有奶就是娘:42级,咋的?

[私聊]Polly:账号密码给我,我练一会儿。

[私聊]有奶就是娘:……

[私聊]有奶就是娘:你是真心想帮我练还是想盗号?

[私聊]Polly:你觉得哪个可能性更大?

[私聊]有奶就是娘:盗号。

[私聊]Polly:……

[私聊]Polly:一直玩僵尸,想换其他职业练练手。

[私聊]有奶就是娘：早说嘛，正好你帮着练，又能过瘾，一举两得。

Polly没再回话，方筝麻利地把账号密码发过去，发完，才惊觉自己手有多快。发号的一瞬间他根本没去考虑Polly有存在恶意的可能，仿佛对方理所当然就是自己人。

这感觉很新鲜，略带一点点忐忑，但总体还不坏。

拿了号的Polly直接下线，很快，铁匠铺的账号被顶下线。

方筝乐得轻松，走出军团大厅，就看见执着摆摊的钻石卖家。好长时间没和对方聊天了，蓦然相见，又是在此宁静的鬼服午夜，竟油然而生一种人生真是寂寞如雪啊的感慨。

[私聊]钻石卖家：你是多动症吗？

钻石卖家显然没有从方筝围着自己摊子左跳右跳的行为里体验到那种寂寥的情怀。

方筝迅速调整频道，与之匹配——

[私聊]有奶就是娘：我说你天天就这么坐着不烦啊？就算不烦也容易长痔疮啊！

[私聊]钻石卖家：别！逼！我！野！蛮！

[私聊]有奶就是娘：你看，咱俩也算老相好了，放眼镜花水月，谁有我俩认识时间长？

[私聊]钻石卖家：如果三句话你还不能谈到核心问题我就把你拉黑。

[私聊]有奶就是娘：咱服鬼成这样代理商就不出点动作？

[私聊]钻石卖家：早这样不就完了。

[私聊]钻石卖家：据可靠消息，过阵子游戏版本会升级。

[私聊]有奶就是娘：真的假的？

[私聊]钻石卖家：老板说的。

[私聊]有奶就是娘：那就是真的了！

终于要有新副本下了，方筝想给上帝耶稣王母娘娘磕头！

方筝把游戏要升级版本的小道消息传播给了全团，起初大家还将信将疑，不过没出一个星期，逐鹿发布了官方公告。华丽的宣传词和各种铺天盖地的软文广告不再赘述，拣主要的几条来——

1. 角色等级上限从原55级升至70级。
2. 新增世界地图和更多高级副本。
3. 修改一些旧版中的BUG和不合理的设定。比如，物品掉落，旧版中

219

玩家如被杀，身上掉落的任何装备都可以被拾取，这就造成一些玩家通过互相杀的方式来交易原本只能通过打副本来获得的绑定装备。新版本中，物品掉落则修改成副本绑定装备掉落后直接消失，而玩家自己制作的或者非绑定装备，可以拾取；同时可以绑定装备无法掉落的逆天道具红丝带被下架。诸如此类的修改还有很多，显然游戏团队是深入分析过玩家体验的。

不过同升级一样声势浩大的，还有合服公告。

逐鹿游戏一共十三个服务器，版本升级后会变成十个，也就是说有三个服务器分别并入他服，镜花水月便在其中。

刚一见到公告标题，鬼服战友直接燃了，仿佛明天睁开眼就能看到满坑满谷的玩家、人声鼎沸的地图、积极繁荣的交易中心……结果往下拉一看，合并的目的地是逐鹿之渊，这燃烧的火苗就摇曳出了不同的颜色——

江洋：" 这谁做的决策，太到位了，就知道我两头跑累得慌！"

战斗机："这坑爹呢吧！我才从那里跑出来！"

妖的祝福："咱在镜花水月是原住民，跑到逐鹿之渊就成外来人口了，好有落差感……"

血牛不吃草："听说PK赛之后逐鹿之渊更有人气了，算得上逐鹿第一服，我们不亏。"

百炼成妖438："可是偶遇前堂主很尴尬啊……"

方筝："你能有小鸟尴尬？他可是被纵横天下遗弃在镜花水月的，原本死也不去逐鹿之渊还能挣回点面子，现在这么一合，坚持都打了水漂，指不定背后那帮孙子怎么议论呢，想说理都没地儿……"

Polly："我不说理先说你行吗？"

方筝："大侠我错了我不该揭你伤疤……"

江洋："为什么我感觉不到一点诚意？"

方筝："……和你有啥关系！"

江洋："作为团员，理应为副团长遮风挡雨。"

方筝："那我这个团长你就不管了？"

江洋："我也可以给你遮啊！"

江洋这话联系上下文没什么问题，可那要笑不笑的语调真是……

"喂，人呢？"等不来回嘴的江洋有些纳闷儿，他印象中某人的战斗力没那么弱来着。

方筝懒得理他，索性把麦静音。

YY里已经开始讨论如何称霸逐鹿之渊的五年计划了。

长舒口气，方筝才发现自从被流氓抢了话茬后小鸟也一直没再出声，赶紧发了句私聊过去——

［私聊］有奶就是娘：在？

［私聊］Polly：嗯。

［私聊］有奶就是娘：刚才让疯子那货拐跑偏了。

［私聊］Polly：拐到最后还静音了麦。

［私聊］有奶就是娘：……

［私聊］Polly：听不着你敲键盘了。

为什么高手君永远知道自己六个点背后的潜台词，并且还能连带回答隐藏问题啊！

［私聊］有奶就是娘：呃，忘掉那个二货吧，咱俩来讨论正经的。

［私聊］Polly：行。

小鸟回答得太快，弄得方筝倒接不上了，连忙努力用力全力回忆……

［私聊］Polly：刚才说到合服之后我会尴尬。

［私聊］有奶就是娘：那你合服后会不会尴尬啊？

［私聊］Polly：你觉得呢？

［私聊］有奶就是娘：就是因为不知道才担心嘛！

［私聊］Polly：怕我走？

［私聊］有奶就是娘：这个时候你的读心术就很可爱了。

［私聊］有奶就是娘：当然我一个人也绝对能扛得起军团大旗啦，但有个帮忙跑腿打杂的总好过光杆司令嘛！

波浪线过后，小鸟君沉默了。

但莫名地，方筝就认为对方不会走了，刚刚的几句交谈已经给了他神一般的直觉。

［私聊］有奶就是娘：咋不说话了？

［私聊］有奶就是娘：想抽我？

［私聊］有奶就是娘：来吧宝贝儿，我把脸都伸过来了，看见没？

［私聊］Polly：你就扯吧！

［私聊］有奶就是娘：嘿嘿嘿。

和副团耍完，方筝看无事可做，便转移到另一台电脑登录代练的号。这阵子他一共接了两单代练，之前那个号40多级借给小鸟后，第二天还回来就是个金光闪闪的满级，差点儿没给方筝吓着，心说小鸟君对这号的职业够狂热的，一宿未眠啊！哪知道昨天晚上下线之前小鸟君又借走了第二个号，方筝琢磨着他这是考虑要不要换个职业玩呢？！

只要不是逐鹿之渊，即便排队，也是短暂的，很快，小炼妖师出现在了画面上。

湘溪尸王部落入口。

一个30多级小号来满级副本干吗？方筝刚闪念，忽然有了不好的预感，连忙定睛去看人物状态栏，果不其然，55级。

他的副团长是神之代练吗？！

到这份儿上方筝那脑子里就算灌的水泥也多少懂了，当下屁股一挪，回到镜花水月。

［私聊］有奶就是娘：账号给我。

［私聊］Polly：Polly，a292402

［私聊］Polly：密保卡发你QQ文件了。

几乎是顷刻就收到回复，连为什么都没问，方筝总觉得对方是故意的。

［私聊］有奶就是娘：我说的是银行卡账号！

［私聊］Polly：没有。

［私聊］有奶就是娘：少来，这年头连山顶洞人都有网银了。

［私聊］Polly：我不如山顶洞人。

［私聊］有奶就是娘：……

［私聊］有奶就是娘：别扯淡了，代练的钱我分你四成。

本以为连银行账号都不给的小鸟君会继续拒绝，哪知道对方很快回了个——

［私聊］Polly：才四成？

方筝想掐死他！

［私聊］有奶就是娘：你想要多少？

［私聊］有奶就是娘：算了你不用说了，反正我也不会给。

［私聊］Polly：那就四成吧！

这么好说话？

［私聊］Polly：先记账，回头凑大数了一起给。

为嘛眨个眼的工夫自己就负债了。

［私聊］有奶就是娘：我给你说，我可是赚了钱就花，到时候拿不出来还你了我可不管。

［私聊］Polly：可以拿喜儿抵债。

［私聊］有奶就是娘：小鸟，很早以前我就想问，你每次和我聊天的时

候手边都准备着三四个剧本吗？……

高手君的幽默，你从来不懂。

运营商向来都是行动派，广告打到了最高潮，游戏版本更新便轰轰烈烈地展开了。

游戏维护两天，在这期间玩家可以去官网下载更新的客户端和补丁，但两天后的中午12:00，才可以开始新逐鹿之旅。

两天，对于三次元的人们实在太短暂，考个试，上个班，转瞬即逝。可对于每天睁开眼睛就登录游戏的死宅们，或者已经习惯了每天闲下来就登录游戏的战友们，便比较难熬了。

游戏维护的第一晚，鬼服战友全员集合到YY，扯了半宿的淡。

游戏维护的第二晚，战友们干脆不来了，只剩下团长、副团，以及找半天也没人乐意跟自己应酬的孤单男子。

其实怪不得江洋的狐朋狗友，莫名其妙被晾了仨俩月，这时候你想喝了，哥们儿还不伺候呢！

于是三个人挂着YY，略显茫然。

江洋："要不咱仨斗地主？"

方筝："你能想个高端点的吗？"

江洋："哥是为了配合你好吧！"

方筝："看电影？"方筝清了清嗓子，给出建议。

"嗯，你这个高端。"江洋礼尚往来，从不是个吃亏的主儿。

方筝懒得理他，随后打开收藏夹里的电影网站，开始浏览最近的热片。

方筝喜欢看恐怖片，但真吓人的也会害怕，所以通常他会挑个阳光明媚的日子来看，不过这会儿YY里挂着战友，就好像有人陪着似的，所以他也就鼓起勇气嘚瑟一把。

大热天的，就当降温了。

网站首页就挂着一张超刺激的海报，是个泰国恐怖片，方筝平时不太敢挑战这个国度的，不过想想电脑那头有高手君和客户呢，胆子也就壮了起来。

电影缓冲得很快，不消片刻，给力的片头就出现了，方筝捂着半边眼睛，还是给吓得彻底精神了，睡意尽消，连呼吸都不敢大声，明明知道是假的，那都是化装技术，可架不住头皮发麻的生理反应……

小女孩站在走廊里拍皮球。

一下下清晰的皮球触地声。

镜头推进。

小女孩抬起头——

"你看什么电影呢?"

寂静楼道音效里忽然出现个人声配合小女孩脸部特写是会要人命的啊啊啊!

按空格键暂停了电影,方筝捂着流血的心脏想哭:"小鸟,你是上帝派来玩儿我的吗?……"

"看恐怖片呢?"小鸟依然神淡定,"你耳机质量太差,声音漏出来又传进麦,这边都能听见了。"

独怕怕不如众怕怕!

方筝一咬牙,报上了片名。

"多大了还看恐怖片,都是吓唬小孩儿的。"江洋嗤之以鼻,摆明不打算同流合污。

倒是小鸟没说话,很快,YY那头隐约传来了熟悉的片头音效。

还说自己耳机差。

方筝在心里鄙视了一下对方,不过转念又想到小鸟应该在网吧,于是悲惨少年的固有印象重新浮现,连带的,对自己背的那几百元债都产生了负罪感。

与人在线同步看电影是件很奇妙的事,明明不同的地点,却是同步的速度,以至于到了精彩或者变态处还能跟对方语音讨论下,电影才过半,方筝已经乐趣无穷,似乎连恐怖镜头都没那么可怕了,反倒更加吸引人。

不过中间隐约穿插的某斗地主欢快BGM着实煞风景,好在从半分钟前开始,销声匿迹了。

方筝下意识点开YY列表,果然,疯一样的子不见了。

这么早就睡了?

电影正演到精彩处,方筝的思路却有点飘。

手机忽然响起短促铃声,方筝以为又是广告,毕竟他每天收到的短信不是卖发票就是投资商铺偶尔还有贷款公司啥的。哪知道点开一看,居然是土豪。

这是方筝给江洋在通信录里命的名,满载着矮矬穷对高富帅的复杂情绪。

土豪的短信内容很简单——

【停电了。】

方筝窘，他又不是电工。

【给我说啥，报修啊！】

江洋看到回来的短信，乐了。摸黑趴到了床上，捧着个手机"咔咔"摁——

【我自己就会修，但需要精神力补充。】

方筝没接话。

【人呢？】

【死了。】

【照顾好团员也是团长的义务。】

【我引咎辞职。】

【喂，我这大半夜孤苦无依还停电，很可怜哪，想找个朋友出去喝酒都没人待见，你就不能陪我说说话？】

方筝看着短信皱眉沉思良久，叹口气，投降。

【你想说啥？】

【不知道，随便聊呗，比如，你玩这个游戏几年了？】

这问题正常得有些不正常了，可方筝琢磨半天也没找出陷阱在哪儿，只得中规中矩地回答——

【六年多。】

【一直专业代练？】

【不然我喝西北风啊！】

【谈过对象吗？】

【我估计没有，就算有，你对象也得和你电脑干起来。】

【啥意思……】

【你想啊，人家情绪到位了，结果你来句等我下完副本的……】

就这么一来二去愣是跟江洋短信到了后半夜，等江洋终于熬不住说"哥不等修电了哥得睡觉"的时候，已是凌晨3:10。

方筝吓了一跳，在他的印象中只是聊了几句话的事儿。

电影早已播完，页面静静停在那里，YY频道窗口叠加其上，两个小马甲依然挂着。

方筝连忙拿起不知道什么时候摘下的耳麦，试探性地叫："小鸟？"

不想那头很快回应："嗯。"

方筝惊讶："还没睡啊？"

耳机里有了几秒的安静，然后方筝才听见小鸟说："嗯，要睡了。"

小鸟的声音没什么精神，方筝想，果然，高手君也不是铁打的。

"赶紧回家吧,别在网吧睡,我也下啦!"

回应方筝的,依然是简简单单的:"嗯。"

那一晚越冬网吧的值班小妹觉得夜猫子老板很奇怪。首先是平时总玩的游戏忽然不玩了,其次是居然看起了向来最不屑一顾的恐怖片,然后她1:30的时候给老板送了碗泡面夜宵,发现对方虽然戴着耳机可电影处于暂停状态,问干吗不继续看,老板淡淡回答两个字,等人。

第九章

天降"女"队友

头天睡得太晚，直接导致方筝第二天下午 1 点多才起床，睁开眼睛的瞬间他就意识到不妙，拿起手机一看，果然已经赶不上开服的沙发了。不，别说沙发，连地下室都没地儿了。淡淡失落像一层纱，蒙上了奶妈心头，但他一想到还有疯一样的子那种白天要上班的呢，又瞬间获得了心理平衡。

　　对新版本的期待战胜了一切，方筝甚至没顾得上登 YY 或者 QQ，桌面一出来便迫不及待双击逐鹿图标。

　　登录界面打开的时候方筝愣了下，因为默认服务器没有了，过了半秒，他才意识到，镜花水月是真的消失了，或者说，血液融进了逐鹿之渊，而骨骼随之风化。

　　本以为合服后排队情况会更加严重，哪知只等了两三分钟，方筝便登录成功，显然服务器也跟着升级了，同时在线的承载量有了大幅提高。

　　两天前的有奶就是娘在商业街下线，如今登录后地点还是这个地点，风景却有了微妙的不同。方筝调整视角仔细看去，杂货铺、兵器谱、药铺等都在，可好像都重新装修了似的，焕然一新，还真有了从 1.0 变成 2.0 的感觉。

　　至于人气，则是 1.0 和 100.0 的差别了，光是摆摊的玩家就几乎铺满了 2/3 商业街，方筝努力搜寻，才终于在旮旯里瞧见老朋友。

　　［私聊］有奶就是娘：嗨。

　　［私聊］钻石卖家：滚。

　　果然是熟人。

　　［私聊］有奶就是娘：你怎么也跟着过来了，这服原来的卖家呢？

　　［私聊］钻石卖家：辞职了。

　　［私聊］有奶就是娘：为啥？

　　［私聊］钻石卖家：待遇低。

　　［私聊］有奶就是娘：那你怎么还不走。

　　［私聊］钻石卖家：你很盼着我走吗？

　　［私聊］有奶就是娘：哪会，人家是希望你能翻身嘛！

　　［私聊］钻石卖家：比如，改成给你打工？

　　［私聊］有奶就是娘：不，是咱俩合伙。

　　［私聊］钻石卖家：我在你身上看不到未来。

　　［私聊］有奶就是娘：太让人伤心了。

　　方筝其实就是逗对方呢，合伙啥的哪是上嘴唇一碰下嘴唇那么简单，况且他现在日子过得虽然紧巴，可也没什么不好，上不用讨好领导，下不用迎合同事，简直笑傲江湖。

［私聊］有奶就是娘：你上线多久了？感觉咋样？

［私聊］钻石卖家：人多。

［私聊］有奶就是娘：没了？

［私聊］钻石卖家：我又不能满世界跑地图，我哪知道！

［私聊］有奶就是娘：我错了哥哥你别生气。

两人在商业街上大眼瞪小眼，逐鹿频道上刷屏正欢。除了生意人和各军团纳新的广告，还有很多是鸡血玩家的发言，一律咆哮体，显然新版本刚运行一个多小时，大家都在兴头上。

［喇叭］枯叶蝶：Polly哥算我求你，你能不能别抢我怪了。

飞速滚屏的衬托下，忽然冒出的喇叭就非常醒目了。

［私聊］钻石卖家：你家副团好像又摊事儿了。

方筝想问为啥是又，说得小鸟君好像柯南体质似的。

分明是那女的在挑事儿！

不需要证据，一个ID，就足够柯南筝敲定事情真相！

但眼下不是跟钻石卖家斗嘴的时候，方筝打开军团列表，只有小鸟和妖在线，刚想要私聊问问情况，就见到枯叶蝶的喇叭被顶下去了——

［喇叭］Polly：轩辕，自己的人自己看好，别出来拉仇恨。

方筝愣住，小鸟君生气了，而且是非常生气，否则不会破天荒地刷个喇叭来警告。

正纳闷儿枯叶蝶到底干了啥，小鸟的喇叭又被顶掉了——

［喇叭］我血荐轩辕：别跟女人计较，不好看。

这下好，两男一女，足够围观群众八一八了。

［逐鹿］秋夜雨：两男争一女啊！

［逐鹿］老烟枪：我很好奇你是怎么看出来的？

［逐鹿］秋夜雨：这不明摆着，Polly求爱不成只好用抢怪来吸引已嫁作他人妇的枯叶蝶。

［逐鹿］鸳鸯想抱：拉倒吧，摆明是一男一女争一男，Polly没争过，只好打击报复情敌。

［逐鹿］老烟枪：我更好奇你是怎么看出来的？

［逐鹿］风靡一时：楼上新人都歇歇吧，Polly和纵横天下那是宿怨，他不是针对枯叶蝶，他是针对整个纵横天下。

［逐鹿］安徒生：我在现场呢！他不是针对纵横天下，他是见着怪就抢！

［逐鹿］妖的祝福：那是因为僧多粥少！压根儿没有闲着的怪！

[逐鹿]安徒生：得，我技不如人我认栽，可抢姑娘的怪就说不过去了吧？
　　[逐鹿]妖的祝福：你怎么知道是姑娘不是人妖？
　　[逐鹿]妖的祝福：不是每一个人妖都像我这么坦荡的！
　　方筝正想发密语给妖表扬一下他勇猛的战斗力，却见Polly有了回应——
　　[喇叭]Polly：游戏里只有ID，没有男女，而且现在是它咬着我不放，我很苦恼。
　　逐鹿齐刷刷安静了三秒……
　　[逐鹿]碧水蓝天：它。
　　[逐鹿]青面兽：咬。
　　[逐鹿]火凤凰：太凶残了。
　　[逐鹿]大H：没人注意到求破二字才是最拉仇恨值的吗？……
　　[逐鹿]妖的祝福：啊，我看过PK赛视频，你是输给小鸟那个！
　　[逐鹿]大H：什么小鸟？我不认识他！
　　刚升级的游戏里还没几个业内人士在场，所以大H的掩耳盗铃躲过了群体性鄙视。
　　没人注意到喇叭何时被顶掉的，反正重新看过去，已经换了一条——
　　[喇叭]雪精灵：纯路人客观地说一句，Polly你这样的在游戏里是铁定找不到妹子了。
　　不是每一个男人投身游戏都是为了找妹子好吧，战斗机那种是奇葩，奇葩懂不懂？
　　方筝对这条喇叭无力吐槽，哪知还有附和的——
　　[喇叭]枯叶蝶：Polly哥，我不是故意诅咒你，但我觉得你在现实里也很难找到会喜欢你的姑娘，真心的。
　　枯叶蝶一出，谁与争锋？
　　方筝刚被小鸟毒舌顺溜过来的气再次憋到了胸口。
　　三分钟。
　　全逐鹿都在等着Polly刷喇叭，可Polly却像哑火的炮，再不出声。
　　方筝忽然有些心疼，这是欺负咱鬼服没人？！
　　[逐鹿]碧水蓝天：什么情况，真被戳着痛处了？
　　[逐鹿]火凤凰：其实逐鹿本来就男多女少，找不到姑娘很正常嘛！
　　[逐鹿]大H：没妹子怎么了，没妹子唐僧照样取到了真经！
　　[逐鹿]人挡杀人：有妹子还能取着经就出事了好吧！

［逐鹿］大剑：我求你别给军团丢人了赶紧回来升级！

［喇叭］醉颜、倾城：我知道你不让我冒头是怕我也拉仇恨，但我真看不下去了。

世界，安静了。

［喇叭］醉颜、倾城：其实我真不怕拉仇恨。

世界，崩塌了。

［逐鹿］大H：这什么情况啊？我代表全体玩家鄙视你！

［逐鹿］爱你两三天：嗷嗷嗷，正主儿出现了！我就爱看狗血剧！

这个号是方筝从0级练起来的空号，至今没卖出去，只帮他代练过两个客户号的小鸟不知道，鬼服战友不知道，就算是逐鹿之渊有过一本之缘的野队战友也未必会记得，真可谓出身清白背景无敌，随便他鼓捣，而现在，这号儿终于找到了它的人生价值。

唯一担心的，是莫名其妙的那位……

［喇叭］醉颜、倾城：坐标。

［喇叭］Polly：夏威夷（××，××）。

小鸟君好配合。

得了坐标的方筝赶忙打开系统大地图，果不其然原本的逐鹿地图扩展成了世界地图，甚至连南北两极都有传送点。

以最快速度传送到夏威夷，方筝根据坐标，找到了海滩边上的三个人。

不，已经不是三个人了，循着小鸟坐标赶来的围观群众加上原本就在此处打怪升级的群众组成了声势浩大的观光团，一堆贝壳怪的尸体躺在地上，显然是妨碍到了观光才遭此毒手。

但醉颜、倾城还是很有人气的，群众一见她，主动让出一条恍若红毯的路。

浅黄色小礼服随着微风摆动，醉颜、倾城直接走到Polly旁边，然后转过身朝向另一面的我血荐轩辕和枯叶蝶——

［逐鹿］醉颜、倾城：我总觉得抢怪是不对的。

全场哗然，这是要倒戈？

［逐鹿］醉颜、倾城：怪又没写你家名字，何来抢一说？

全场倒塌，原来是抢怪的说法不对吗？

［逐鹿］枯叶蝶：我不跟你咬文嚼字，抢怪对不对，大家心里明镜儿的。

［逐鹿］醉颜、倾城：我懂，先来后到嘛！但我同样知道胜者为王，看人家安徒生，知道技不如人，爽快认栽，多潇洒。

231

［逐鹿］童话世界：小安，你躺枪了？

［逐鹿］安徒生：不，是被生生揪出来瞄准打的。

［逐鹿］枯叶蝶：醉颜，我打不过 Polly 我承认，可他一个男人就算打得过我也并不光荣。

［逐鹿］醉颜、倾城：那我替他跟你打好了，打不过我，你以后就别满世界装可怜。

［逐鹿］我血荐轩辕：醉颜，说话不用这么刻薄吧！

［逐鹿］醉颜、倾城：轩辕欺负我。

［逐鹿］Polly：轩辕，别跟女人计较，不好看。

方筝默。

以彼之道，还之彼身，小鸟君果然还是记仇的。

轩辕一时半会儿没找到合适的话来接茬，可方筝不管那么多了，说了要跟枯叶蝶PK，那就K定了，战帖扔出去就算生效，谁还管她乐意不乐意。

于是在所有人都没反应过来的时候，枯叶蝶已经中了红莲圣火。

炼妖师的脆皮直接下去1/3！

醉颜、倾城是奶妈，可方筝练这号的时候就有意往暴力奶上整，所以法术伤害不容小觑。

枯叶蝶反应过来，连忙召唤宝宝同时给自己嗑了一个补血药。

我血荐轩辕已经开始吟唱，却又在最后关头断掉了，显然还是不好意思出手。

相比之下 Polly 就自然多了，四下走动清场地——

［逐鹿］Polly：女人打架，麻烦离远点，谢谢！谢谢！

群众不约而同都觉得这货等一下会变出个笸箩来绕场收观看费。

不知不觉醉颜和枯叶蝶四周便空荡荡了，与此同时，枯叶蝶的树根宝宝晃着巨大的枝条抽打而来，醉颜、倾城一个就地滚开，瞬间绕到树根背后，没等树根重新转过身，便已经嗑了个加速卷轴疾风一般朝枯叶蝶扑去！

枯叶蝶想逃，可又想跟对手学也嗑个加速卷轴再逃，但加速卷轴在包裹里，翻找需要时间……

没人知道枯叶蝶的纠结，大家只看到这位女士一动不动，直到被醉颜第二次打中，才如梦初醒开始跑。

不过枯叶蝶的跑也是有技巧的，树根宝宝在哪儿，她就往哪儿冲！

醉颜、倾城不以为意，即便跑到树根宝宝面前，也总是能用出其不意的走位躲过宝宝的攻击。这当然和树根宝宝粗放的柳条攻击模式有关，但醉颜的操作绝对也是一流。

纯围观看热闹的心态悄悄起了变化,大家甚至隐隐希望醉颜再打出更漂亮的技能连接或者走位,同时对Polly的差评也慢慢变少。

[逐鹿]醉颜、倾城:我劝你赶紧换个宝宝吧,这货就跟土狗木鸡似的,哈哈哈!

最初的慌乱过后,枯叶蝶也犀利起来,闪电宝宝取代了树根宝宝,攻击力也一下提升好几个档次。醉颜、倾城虽是暴力奶妈,终究没什么顶级装备,只好和闪电宝宝磨,好在围观群众特别体贴没一个插手的,倒是给了他无穷无尽的战斗时间。

枯叶蝶扑街是迟早的事,可总有看不过眼的亲友团要叫上一叫——

[当前]纵横小妹:你们这么多人就看着蝶姐被欺负?

话显然是对在场的纵横团员说的,此时战斗已持续很久,陆续有听到风声赶过来看热闹……啊,不是,赶过来看看能不能帮上什么忙的团员到场。

但——

[当前]哈利波拉特:妹子不是我们不想帮,只是这个女人之间打架吧,男的确实不好插手……

[当前]风流不下流:嗯,容易误伤。

[当前]刻骨:说那么含蓄干啥,老娘们儿打架老爷们儿有多远躲多远,不然肯定被挠。

[当前]花为媒:刻骨兄,你一直光棍的原因我找到了。

没人上前帮忙,可枯叶蝶不是傻子,闪电宝宝在前面顶着醉颜,她则一步步退到我血荐轩辕身边。方筝起初没察觉,等终于把闪电宝宝磨死想扑向枯叶蝶时,却发现那家伙已经躲到了轩辕身后。

太猥琐了。

停下技能,方筝站定与那对狗男女面对面——

[当前]醉颜、倾城:说了一对一,怎么打不过就躲到男人后面去了。

枯叶蝶没出声,轩辕倒先表了态——

[当前]我血荐轩辕:胜负已分,何必步步紧逼。

[当前]醉颜、倾城:你也是参加过跨服PK的,应该知道只有血条清空系统才会默认PK结束。

[当前]我血荐轩辕:等下她会去别的地方打怪升级,这里就留给你们,

还不够？

方筝乐了，一个破游戏，还真当自己是江湖大侠呢！

［当前］醉颜、倾城：谁稀罕一块破地。停手可以，但得正式认输。

［当前］我血荐轩辕：行，我代表枯叶蝶向你认输。

方筝挑眉，这轩辕倒没虚伪到底。

但是对不住，枯叶蝶仇恨值太高。

［当前］醉颜、倾城：我话还没说完，是在世界上刷喇叭认输，内容就写"纵横天下军团长搭档枯叶蝶正式向鬼服兵团副军团长搭档醉颜、倾城认输"，怎么样，我够意思吧！

轩辕沉默了，估计想掐死醉颜的心都有。

偏醉颜还贴心地回身问——

［当前］醉颜、倾城：你看这样行不？

［当前］Polly：你喜欢就好。

小鸟君绝对是影帝！

或许是知道跟女人争不出个子丑寅卯，轩辕索性也转移目标——

［当前］我血荐轩辕：Polly，我记得你之前跟我说过，自己的人自己看好，别出来拉仇恨。

［当前］Polly：对不起，我们军团我得听她的。

［当前］Polly：或者你可以和她PK，找回点面子。

可是依然毒舌。

方筝都有点同情轩辕了，现在这阵势对方骑虎难下。朝自己这"一介女流"出手显然是不可能的，可刷喇叭道歉，更丢人。所以说一开始就走猥琐路线多好，像小鸟君，抢怪就是抢怪了，抢得理所当然抢得坦坦荡荡。

就在双方僵持不下时，逐鹿频道上忽然刷出的系统公告让事件峰回路转——

［系统］战、黑金，战、琉璃妹妹，战、菩提老祖，战、上帝子民，战、雪狼，战、酢浆草成功击杀北海水妖！

这条系统信息犹如利剑划破八卦旋涡，瞬间夺走全场人的注意力，不，不止全场，怕是整个逐鹿之渊！

只有推倒了从未被推倒过的BOSS，系统才会点名，说白了，这是游戏升级后逐鹿之渊第一个被推倒的新BOSS！丰厚奖励自然不用说，关键是拉风啊！要知道什么BOSS的第一次都是最宝贵的，因为没人知道它的弱点，也没人会总结傻瓜战术，甚至，没人知道它在哪儿！

系统公告只有 BOSS 名没有地点，说明这不是个副本而是野图 BOSS，可就大家努力打怪想从 55 级往上升的时候人家已经推倒了 BOSS，只这一条，便足够胜利者嘚瑟了——

[喇叭] 战、雪狼：夏威夷的，有时间打群架不如多推几个 BOSS。听说逐鹿之渊是神服才转过来的，啧，就这德行。

从 ID 就能看出来这是一支军团队伍，并且升级合服之前游戏商城也确实卖过转服道具，虽然贵得吓人，但对于真心想换个更激情的服务器的玩家，砸点钱也是值得的。

用喇叭刷挑衅，逐鹿之渊的原住民哪会置之不理，很快喇叭便跟刷屏似的滚动开来。纵横天下不用说，夏威夷什么的，分明就是点名了，其他参战的还有五岳阁和流星飒沓，一时间频道里尘沙飞扬。

这时候最悠闲的倒是鬼服兵团这种外来人口了。

方筝正愁事态僵持，他又不能强行冲破轩辕挡在那儿的伟岸身躯，拉小鸟一起上倒不是不可以，小鸟肯定也特配合，但这下势必轩辕那个暴力奶妈就要出手了，最终究竟谁会占便宜还真不好说。

于是战、雪狼这个吸引了全部注意力的喇叭，真是及时雨。

[私聊] 醉颜、倾城：趁现在？

[私聊]Polly：撤。

原来小鸟君读心术的技能范围不是有奶就是娘，而是全体。

传送回安全城的途中，小鸟发来了组队申请，方筝点击同意，发现妖的祝福也在队伍里，而看到她进来，妖立马抛出橄榄枝——

[队伍] 妖的祝福：醉颜你加入我们军团吧！

[队伍] 妖的祝福：小鸟你不够意思，有搭档了都不跟我们说！

[队伍] 妖的祝福：不过从上线我俩就在一起啊，你啥时候找的？

方筝扶额，团员智商这样让人着急真的好吗？……

[队伍]Polly：抱歉，时间太短没来得及讲。今天谢谢你。

[队伍] 妖的祝福：醉颜，你怎么不说话？

小鸟君你不可以拿疯子的剧本啊！

麻利切换到私聊，方筝直截了当发了一句过去——

[私聊] 醉颜、倾城：你认识我吗！

[私聊]Polly：以前不认识，现在认识了。

知道把手指头插到通了电的插座里是什么感觉吗，从头发丝儿麻到脚底板啊！

以后再不鄙视机机见到姑娘就走不动道了，合着游戏里只要是直男，都一个样儿……

［私聊］醉颜、倾城：先别急着占便宜，你就不好奇我干吗帮你？

［私聊］Polly：不好奇，这是上帝赐给我的礼物，打听太多万一上帝生气收回去，不划算。

方筝忽然特想给小机机打电话，来，快来瞻仰追女之神……

正凌乱着，小鸟发来了好友申请，方筝本能地点了拒绝。

本来只是替小鸟出个头顺便逗逗对方，结果到了现在这份儿上，尤其是小鸟还很认真，他怎么收场？对方这几分钟跟他说的话比平时一晚上的都多！他现在再说自己不是妹子是汉子并且是自家团长？他的不要脸也是有底线的啊！

［队伍］妖的祝福：小鸟，你怎么不加醉颜进军团？

只有团长和副团有权限加人进军团，所以妖见小鸟迟迟不加入，便很奇怪。

方筝打定主意，事情可以解释，但自己的真实身份绝对不能摊牌，说辞他都想好了——

仰慕高手君已久情不自禁……呸！情不自禁帮其解围……

至于军团，他肯定是不能加的，机机认得这号，加了军团只有死路一条。

深吸口气，方筝开始敲打自己酝酿好的说辞，哪知道字没打完，小鸟倒先说话了——

［队伍］Polly：她喜欢自由，不愿意加军团，精神与咱们同在就成了。

［队伍］妖的祝福：这样啊，那就没办法了，不过她是你搭档嘛，加不加军团的都是自家人！哈哈。

方筝歪头，搞不懂小鸟这葫芦里卖的什么药，难道说他已经放弃……

［系统］Polly向您发送了好友申请，是否通过？

最终方筝还是通过了Polly的好友申请，不是他改变了想法，而是对方太执着，他忽然特能理解昔日鹤眉山上那些猴子的心酸。

加好友的同时方筝也给两个人分别发去私聊，大意都是让对方帮自己保密名字和身份，只不过说法有微妙不同：对妖，他就说想和小鸟低调发展，希望妖对军团也保密；给Polly，则明确无误告诉对方自己视名节如生命，对方要敢跟任何人乱嚼舌根，杀无赦！

妖特贴心地拍胸脯保证，这事儿只有天知地知你知我知今天围观的群众知，不会再有第六个群体知道！

方筝无力地趴倒在桌子上,就看到了小鸟的回复——

[私聊]Polly:干吗要跟别人说。

Polly为什么在逐鹿那么多年都孤家寡人呢?方筝几乎把自己的头发抓成了鸟巢,也想不通,就这段数,身后跟一加强排的姑娘都不为过啊!

该交代的都交代了,方筝正打算让醉颜功成身退,可告别的话还没讲,队伍状态栏里忽然多出个人,方筝甚至没来得及对准焦距,只瞄到一个二字,就疯一样地狂点退队并在退成后的0.01秒内拔了台式机的电源插头!反应之快,动作之迅疾,事后方筝每每回忆起这个瞬间,都想给自己磕俩头以表达钦佩之情……

等了大概半小时,耐性磨到了极限,方筝才硬着头皮重新登录有奶就是娘。

刚上线,小鸟就发来组队申请。

方筝心里"咯噔"一下,颤抖地接受,进去后发现队伍里不只有妖、小鸟、机机,还有血牛和438。

[队伍]Polly:奶妈,上YY。

方筝对着这五个字俩符号俩字母研究半天,如释重负——自己没露馅。

叮叮当……叮叮当……铃儿响叮当……今晚滑雪多快乐……我们坐在雪橇上……

"我来啦!"刚进入频道,方筝就嘚瑟地跟大家打招呼。

妖的祝福不解:"团长,为嘛你来晚了还这么开心?"

"呃,游戏升级了嘛,哈哈。"方筝赶紧转到下一话题,"下面怎么安排,咱们去哪儿打怪?"

"不打怪,咱们去找怪。"

回答的是小鸟,可不知为什么声音比平时听起来轻快些,好像比较……开心?

果然还是妹子的力量大啊,方筝心里感慨,余光却瞄到了队伍列表中百炼成妖微妙的变化。

原本的百炼成妖438如今成了百炼成妖715。

"438你怎么改后缀了?"

"我就说谁上来都得问一遍吧!"小机机乐着搭腔,"他非说自己是百妖之王,所以把后缀改成鬼节了,七月十五。"

……大哥这根本不是重点好不好!

关键时刻还得Polly:"ID重名了,他比对方建号早,可改可不改的,但他还是改了。"

方筝完全理解炼妖师的心情。

但却陷入了更深的谜团……

谁来告诉他为什么百炼成妖 438 这种 ID 也会重名啊!

距离新版本开启过去三小时,速度快的玩家已经升到 56 级,像战旗更是找到并击杀了新的野图 BOSS,整个逐鹿之渊的军团都憋着力气想在这升级之初就建功立业,可 BOSS 在哪儿,怎么杀,都是问题。

当然,相比之下第一个问题更为重要——只有找不到的副本,没有推不倒的 BOSS。

"现在地图扩展到世界范围,所以我们要分头行动,但凡觉得能出副本的风景名胜都不要放过,"Polly 客观分析着形势,部署兵力,"血牛去欧洲,小机机去南北美洲,妖去大洋洲,438 负责南北极,奶妈去非洲,我就在亚洲附近转。"

"副团,我已经变成 715 了……"炼妖师弱弱抗议。

"嗯,还是 438 顺耳。"副团淡定拍板,然后很恭敬地询问,"团长,你看这样布置行吗?"

布置任务的时候叫人家奶妈,现在才知道叫人家团长。

喊。

"团长同意了,那我们就这么定,行动。"

你哪只耳朵听见我同意了啊!

没人理会挂名团长挠墙,小分队四下散开,分别找各自传送师去了。

方筝满腹委屈,又无计可施,只好悻悻地奔赴非洲,结果之后的十五分钟里,方筝都在一望无际的非洲大草原上仰望太阳……

这种地方可能出现副本吗?!

[军团]Polly:速来集合,坐标(××,××)。

频道里忽然跳出的信息让方筝眼前一亮,二话不说奔赴目的地,果然还是小鸟君靠谱!

Polly 发的坐标所在地图是美索不达米亚平原,方筝传送过去后,按照坐标绕了许久的路,才艰难抵达,而后,一座巨大却破落的古代宫殿映入眼帘。四周只有怪和大小不一的碎石块,却没有其他建筑物,宫殿便显得很突出,可因为路太过难找,如果没有坐标,还真的很难发现。

"我去,鹦鹉你火眼金睛啊,这地方都能摸到!"机机一边说着,一边还操纵着血战士"噼里啪啦"打怪，显然处于爆棚状态。

Polly没理他，忽然问："妖呢？"

方筝这才发现，小分队六个人，只有妖没到，不仅如此，YY里也没了这家伙的声音。

"估计是掉了，"438自告奋勇，"我频道里跟他说。"

［逐鹿］百炼成妖715：妖，副团有发现啦！就差你了赶紧的，咱们必须赶到其他军团前头！坐标（××，××）。

妖被呼唤出来了，但同时被呼唤出来并不只有妖。

［军团］妖的祝福：团长，他这样在世界上喊真的好吗？……

［逐鹿］大H：乐死我了，哈哈哈！你当这是你家军团频道呢？

［逐鹿］人称小白龙：鬼服你们太无私了！

［逐鹿］大剑：别乐了，集合。

［逐鹿］大H：啊？

［逐鹿］大剑：还用我再给你发一遍坐标吗？

流星飒沓这属于明着来的，但更多军团不说只做，结果妖的祝福还没跑到，流星飒沓、纵横天下、战旗以及无数叫得上叫不上名字的军团或者野队全数抵达。一时间真是锣鼓喧天鞭炮齐鸣红旗招展人山人海尸横遍野……最后这个词指小怪。

鬼服兵团五个人站在宫殿门口，就像光明顶上被六大派围攻的魔教，只不过魔教有张无忌从天而降，而微风吹过，他们却只等来了妖的祝福。

犯了错误的炼妖师想哭："团长……"

"别叫我团长！"

现在438想死了。

闻讯赶来的队伍里战旗最醒目，首先是装备，从闪光程度上看就和疯一样的子有一拼；其次是名字，放眼望去全是战什么，一看就是家族派系。纵横天下、流星飒沓阵容也算整齐，不过里面混杂了一两个生面孔，估计是游戏刚开，骨干还没来得及上线，只好调其他团员来充数。

虽然抵达的队伍众多，可方筝他们站在宫殿门口，想进宫殿，势必要经过他们身边，所以一时间也没人轻举妄动。倒不是担心打不过鬼服，而是现在几乎逐鹿之渊的主要战斗力都集中于此了，一旦打起来就有可能让没有参战的队伍得了渔翁之利。

这时候，探探底就尤为重要了——

［当前］战、雪狼：鬼服的，多谢，既然发了坐标，不会拦着我们下本吧？

方筝恨得牙痒痒，刚想打字，小鸟却比他更快——

[当前]Polly：不客气，但你们好像误会了，我们并不是要来这里下本。

[当前]战、酢浆草：这话就说得没意思了，当我们智商是零？

[当前]大H：喂喂，不用这么严肃吧，大家一个服务器抬头不见低头见的，小P，你说你们不是来下本，那你们过来干啥？文物保护小分队？

方筝让小P二字"雷"成了酥炸里脊。

当事人却很镇定——

[当前]Polly：练级。我们好不容易才找个僻静的练级圣地，可是现在……我很忧伤。

[当前]战、酢浆草：我收回前言，这货分明当我们的智商是负数……

[当前]Polly：事实如此，相不相信是你们的事，宫殿就在身后，觉得里面有副本就尽管去，我们不会拦着。

[当前]哈利波拉特：那你还站着不动？

[当前]Polly：我又不是宽八百丈，绕过我不就好了。

方筝不知道小鸟葫芦里卖的什么药，可因为小鸟一直跟对方周旋，他也不好在YY里打扰，生怕小鸟一分心，犯了和438同样的错误。

同样摸不清深浅的还有其他队伍。

场面冷了大约两分钟后，战、雪狼第一个越过Polly，跟着整个战旗队伍绕开鬼服小分队冲进宫殿，其余人眼看着鬼服真没动手，便也撒丫子往里冲。

很快，宫殿外面恢复冷清。

鬼服小分队以Polly为首依然站在原地，坚若磐石。

"小鸟，我们不去吗？"方筝的意思很明显，既然已经暴露了，那就都进副本去拼速度，也未必没胜算。

"不去，"Polly言简意赅，"等会儿新刷出小怪，咱们就打。"

妖刚爬上YY，闻言马上问："我们真要在这儿打怪？"

438找到了罪魁祸首，立刻扑之："你没事儿退什么YY啊，我恨你——"

说是打怪，可屠夫们都已进宫殿，地上的怪的尸体迟迟没人摸，方筝他们也只能干瞪眼等着。等来等去，尸体依旧，倒有队伍陆续从宫殿里出来了。

这次Polly干脆席地而坐，无比悠闲——

[当前]Polly：麻烦把你们打的怪尸体都摸了，我们还等着新刷小怪练级呢！

话说得像模像样，显然Polly很笃定对方并没找到副本，弄得方筝都有

240

点迷糊了，别是这本真的不存在吧！回忆一下小鸟发的话，并没有说找到副本，只是说速来集合，而队员显然都理解成高手君有了发现。

正琢磨着，战旗和纵横天下也从里面出来了。方筝这才发现似乎没看到五岳阁？

［当前］战、雪狼：里面就是个空架子，根本什么都没有，你耍我们！

［当前］Polly：我早说了我来打怪，结果你们非要用你们的心来度我的腹。［委屈］

［当前］战、雪狼：……

［当前］我血荐轩辕：你真是鹦鹉？

方筝撇撇嘴，心说当然是鹦鹉，不然谁还能无耻得这么一本正经。

［逐鹿］历史的车轮：求组爱斯基摩冰洞副本！我刚看到有队伍进去了！坐标（××，××）。

忽然刷出的信息转移了全部视线。

游戏里从来不缺少损人不利己的家伙，比如，上面这位，显然自己一时半会儿组不到队下不成本，索性把坐标一报大家都来抢好了。

方筝不知道那个已经下了副本的队伍看到这货的发言会是什么心情，反正美索不达米亚平原上的诸位已经有些按捺不住，连副本名字都有，这显然比438那句"副团有发现啦"更加可信，于是起初只有一个两个用回城券，最后发展成集体大迁徙，就像之前冲进副本一样，没几分钟，平原归于安静，只剩下破落宫殿在落日的余晖中，散着淡淡沧桑。

小机机："咱们怎么弄？不会真在这儿打怪升级吧？"

Polly没回答，而是从地上站起来，转身面对一块半人高的小碎石，"噗噗"就是两爪，碎石破裂，继而整个宫殿开始摇晃！

只见原本破落的宫殿顶上忽然缓缓升起无数根巨大的柱子，而柱子顶上则托着另外一座宫殿，几乎耸入云端！

方筝看呆了，那仿佛空中楼阁般的建筑被白云环绕着，遮挡着，若隐若现，如梦如幻。

难怪从刚刚开始小鸟就一动不动，原来是障眼法，为了让别人注意不到这块石头！

自己的副团长真是太狡诈了。

"趁他们没反应过来，快点进。"

小鸟说着第一个冲进宫殿，小分队紧随其后。

因为副本触发，空架子似的宫殿尽头多出一座旋转楼梯，鬼服战友随着楼梯而上，几乎要转蒙圈，才终于抵达那梦境一般的地方，至此，一直挂在右上角的地图名称终于从美索不达米亚变成——

古巴比伦空中花园！

宫殿不远处大树后。

［军团］人称小白龙：一醉，他们进去了。

［军团］一醉方休：再等等，不差这两分钟。

［军团］人称小白龙：你是怕现在进去和他们打了照面尴尬？

［军团］一醉方休：多一事不如少一事。

［军团］人称小白龙：可是这样躲着很猥琐哎……

［军团］一醉方休：想想现在宫殿里的是鬼服兵团。

［军团］人称小白龙：我忽然觉得我站在品德的制高点上！

古巴比伦空中花园入口。

鬼服小分队遇到了麻烦，原因很简单，方筝和NPC对话请求进入副本，结果NPC告诉他，想下这个副本必须是十二个人的战队。

鬼服兵团在线的不在线的连退团的都算上，拢共八个。

旧版逐鹿除了沙漠要塞，根本没有需要战队的副本，现下小分队算是被打了个措手不及。

"这下怎么办，上哪儿再找六个人去？"机机郁闷了。

方筝手上倒还有个醉颜、倾城，可这个号……

Polly："我这有个多余的号，可以找网吧朋友先帮忙操作。"

方筝奇怪："你啥时候多了一个号？怎么没见你用过？"

不想Polly却说："用过啊！"

方筝彻底糊涂了："啥时候？"

"刚刚。"

"啊？"

"爱斯基摩。"Polly给出关键词。

方筝回忆两秒，悟了。

他就说怎么那货发言如此及时如此给力简直就是为他们解围而生……小鸟君升华了！

YY里接二连三响起叹息，那是良知尚存的鬼服战友在为奔赴北极寻找传说中的冰洞的玩家默哀。

一醉方休设想过很多形态的副本入口，但这其中绝对不包括六位木头桩

242

子似的玩家。

　　［当前］Polly：好巧，你们也来下副本？

　　［当前］一醉方休：你们怎么还没进去。

　　［当前］Polly：就等你呢！

　　［当前］一醉方休：……

　　［当前］战斗机：跟他们磨叽啥啊，听好了，这副本必须十二个人的战队下，识相的赶紧跟咱们组队！

　　［当前］人称小白龙：你没事儿吧，五岳阁需要跟你们组战队？我们分分钟能组来数个团信不？

　　［当前］有奶就是娘：信，不过你们那么多团声势太浩大，没准人家吓得手一抖就又把坐标发出去了，到时候就不是几个团，是N次方个团了，竞争会变得好激烈好可怕。

　　［当前］人称小白龙：这货为什么会是军团长……

　　［当前］Polly：慢慢想吧！一醉，组还是不组，速度。

　　［当前］一醉方休：不组你真的要发坐标？

　　［当前］Polly：不是我要发，是团长要发，你知道的，我只是个小副团。

　　［当前］人称小白龙：为什么我觉得这货比以前更会拉仇恨了……

　　方筝忽然想起来，当初小鸟似乎就是偷袭了小白龙的媳妇薇薇安才会被五岳阁追杀继而发展到被纵横天下驱逐再然后遭遇轮白……

　　［系统］一醉方休邀请您加入战队。

　　秉着以大局为重的宗旨，方筝点击同意，很快状态栏变成了十二个人，无比壮观。

　　［战队］Polly：多多指教。

　　［战队］一醉方休：彼此彼此。

　　啧，小鸟更有胸怀啊！

第十章

空中花园

登 入

阳光明媚的下午，五岳阁大部分线上团员都在兢兢业业地升级，找BOSS，下副本，没人注意到自家YY偷偷潜进来几位不速之客，且直奔拥有密码锁的团长房间。

"给我个马甲。"机机一进来就开始索要权利。

"你还真不拿自己当外人。"吐槽的是小白龙，一把与他那萌宠似的ID绝难挂钩的爷们儿音，不过吊儿郎当的腔调倒是和本尊极为贴合。

"都一个战队的，他要衣服你就给吧！"一醉的声音如他的ID一样，潇洒、惬意，带着清明如水的质感，又隐隐散着浩然正气，这要放在电视剧里那就是标准的大侠音，而现在这个大侠说，"虽然天气热了，可裸奔总是不妥当的。"

小机机一打二，明显吃力，不想血牛姐姐飞来天外之音："没关系，裸就裸着吧，我不介意别的姑娘过过眼瘾，反正好身材本就是用来秀的。"

小机机原本半血，这下好，瞬间满状态复活，Alt加Tab切出去一看，小白龙不知何时已经给他们的YY号发了代表马甲，立即抗议："你怎么手那么快，赶紧给我扒咯，不知道我最烦穿衣服啊！"

小白龙叹为观止，搜肠刮肚半天，才发出一句感慨："机机，你媳妇儿真是纯爷们儿。"

小机机娇羞了："嘿嘿，还不是呢，讨厌，不过我会努力的！"

那之后很久，小白龙再没出声，倒是其他人像模像样地互相认识了一下。鬼服这边不必说，五岳阁这边则是血战士一醉方休，狂刀客人称小白龙，奶妈泰山之巅，杀手无心之过，炼妖师风流不下流，仙术师火云邪神。

说话间一行人已经踏入副本。

空中花园之所以叫作空中花园，就是因为它建立在宫殿之上，远远望去，与蓝天白云融在一起，恍如悬于半空。而这刚一进入副本，迎面来的便是一座温室，相当于五六个军团大厅的规模，四面不是墙壁而是落地玻璃，头顶脚下亦然，抬头，是天，低头，是宫殿大堂，整个温室就像个巨大的玻璃盒子。

无数奇花异草填满整个大厅，幽深小径从花草丛中延伸出来，十二个人只看得清脚下的一小截，再往前，便被植物的藤蔓遮住了。

新副本，一切都没有经验可参考，只能小心着来。

"我和小白龙走前面，战斗机和血牛殿后，其余法系和奶妈走中间，"一醉方休简单部署着，"尽量多注意两旁，提高警惕。"

一醉的部署中规中矩，没什么疏漏，只是平日里都是小鸟扮演此角色，现下忽然换了人，方筝有点不适应，但看Polly都没说什么，他也就忍了。

十二个人算得上大部队了，想要亦步亦趋保持队形，尤其在这枝枝蔓蔓中更加困难，方筝就有好几次差点偏到植物丛里，正想给前面不远处同样飘忽着的队友们提个醒，YY里却忽然传出438的叫声——

"啊！我认得，这是猪笼草！"

几乎是同一时间小白龙也厉声道："别碰，这玩意儿攻击力一定不低！"

联合战队几乎条件反射地就要进入备战状态，结果438弱弱举手："那个，我采集完了……"

全队默。

人称小白龙做恍然大悟状："原来这不是怪而是稀有材料啊！"

全队继续沉默。

一行人在这沉默中继续往前，没两步，又碰见了摇曳着的向日葵，黄灿灿的花瓣明亮而耀眼。438跃跃欲试，却有人比他更快一步——

小白龙："凭什么好材料都让你们采啊，这个我来！"

438不太甘愿，却还是顾全大局地退开了，小白龙立刻上前双击向日葵！

说时迟那时快，无数瓜子从花盘上飞下，"噗噗噗"就把小白龙射成了刺猬！

瓜子的杀伤力有限，所以直到攻击停歇，小白龙也只掉了一点点血。

"原来这个是怪！"小白龙仿佛猛然破解重要线索的侦探，"叮咚"一声，给出总结。

【五岳阁军团频道】

［军团］泰山之巅：忽然有种特丢人的感觉到底是为什么……

［军团］风流不下流：我也是。

［军团］无心之过：……

［军团］火云邪神：……

［军团］一醉方休：……

［军团］人称小白龙：一醉……

［军团］一醉方休：媳妇一不在就卖萌是可耻的。

［军团］人称小白龙：你是毒舌妇吗？

【鬼服兵团军团频道】

［军团］百炼成妖715：YY里没人说话可都是键盘声，他们团在打字聊天？

［军团］妖的祝福：估计是，副团长那么丢人，要我我也不好意思

出声。

［军团］血牛不吃草：忽然觉得咱团长也挺好。

［军团］有奶就是娘：麻烦解释一下忽然。

［军团］Polly：别光顾着聊天，注意警惕。

战斗机："小白龙你个缺心眼，哈哈哈！"

五岳阁：……
鬼服兵团：……
这货的反射弧是能绕地球几圈吗？

向日葵就像是集结号，那之后无数奇形怪状的怪连珠炮似的出现，有的形单影只，有的成群结队，一时间队伍被打得有点散，好在T（游戏里代指坦克职业）们都很称职，很快稳住仇恨，然后大家三两个一组开始均衡输出，就这样一路打到花房尽头，没爆什么好东西，倒看见一位白胡子老头站在那儿，慈眉善目笑模笑样连眼睛都成了两条缝。

方筝远远望了两秒，思索这到底是个精英怪还是小BOSS。

关键时刻还得438，无忧无虑地大踏步上前就往老头儿身上摸了一把，随后系统弹出对话框——

远道而来的勇士们，国王耗费巨资为王后修建这座空中花园，你们认为值得吗？

1. 为爱情感天动地
2. 为女人荒唐无比

很好，这是个NPC。

风流不下流："选哪个？"

无心之过："投票呗！"

战斗机："你当选班长啊，这种系统设计的问题必须运用周密分析推理最终得出正确答案才叫高玩。"

泰山之巅："那高玩你来。"

战斗机："1啊，这还用问？问世间情为何物，直教人生死相许，游戏玩的不就是爱情？"

［军团］火云邪神：游戏玩的……

［军团］泰山之巅：是爱情？！

［军团］人称小白龙：你们为什么不在 YY 里质疑非要躲在这里偷偷打字……

［军团］风流不下流：这货问得太理直气壮，总感觉做个质疑者都没底气。

因为是一醉对鬼服发的组队邀请，所以现在联合战队的队长是一醉，选择权也在他手中。

一醉："奶妈，你怎么看？"

泰山之巅："呃，团长你是问我还是……"

一醉："多学点好的，别跟小白学恶意卖萌。"

泰山之巅："对不起我错了。有奶就是娘我家团长问你呢！"

方筝呆滞两秒，才后知后觉，混得都忘了自己也是军团长了。

"要我我就选 2。"但回答可不拖泥带水。

一醉思索两秒，选择 2。

白胡子老头依然微笑，系统提示，全体队员均获得一枚金币。

虽不知道这金币的用途，但老头儿身后的大门缓缓打开，一个崭新的世界映入眼帘，显然，这关卡他们过了。

一醉有些好奇："奶妈，你怎么就那么笃定？"

方筝嘿嘿一乐："秘密。"

鬼服战友在彼此的呼吸声中听见相同的频率。

五岳阁战友在面面相觑中看见相同的问号——为什么对方集体沉默？很可疑啊……

走出温室，天地豁然开朗，就像古文中的桃花源，与身后完全两个世界。

这一次，迎接他们的是高大的翠绿色植物墙迷宫。

游乐园里偶尔有这样的设施，一人多高的墙，组成一座迷宫，偶有死路，但只要不太难，总归出得去。不过游戏里的迷宫又会是什么景象，大家就说不准了，毕竟升级前的逐鹿副本从未有过此类地图。

十二个人浩浩荡荡走进去。

两分钟后，死胡同。

三分钟后，又一个死胡同。

五分钟后，第三个死胡同。

七分钟后，战斗机和人称小白龙丢了。

"团长，help（求助）……"YY 里传来机机的哀号。

小白龙被抢了台词，只好附和："同上。"

方筝无法想象这俩货到底怎么跟的，跟丢一个人还有可能，这跟着十个人都会跟丢完全可以列入十大未解之谜了好不！

"要不分头行动吧，"小鸟忽然说，"我看这个迷宫很大，但好像还算安全，集体绕来绕去效率太低，不如分头，如果有人先出去了，就再返回来记住路，碰上谁就带谁出去。"

"行，"一醉方休几乎没迟疑便采纳了小鸟建议，"现在开始分头行动，注意安全。"

联合战队四散开去，很快，便各走各的消失于茫茫植物墙里。

别看这十二个人聚起来是庞大一坨，可真分散到迷宫里，却想碰见一个都难了。可是对迷宫，每个人都有自己的一套哲学。有血牛不吃草、泰山之巅这种一路摸着左手墙壁走的经验派，有一醉方休、小鸟这种遇见岔路便审时度势的判断分析派，当然大部分还是凭直觉，或者干脆闭着眼睛乱闯。

方筝操纵着有奶就是娘一路凭直觉走了近五分钟，终于抵达死胡同。

没辙，只好掉头，哪承想就在这时耳机里传来他人喜讯——

百炼成妖："啊啊啊，我出来了！"

余下成员们都有点葡萄酸，唯有小鸟君思路清晰："记住路了吗，好好回忆一下，然后进来找我们。"

438："不用！我早就记好了！"

方筝："好样的！"

机机："帅！"

438："不过好像这个迷宫出来之后就不允许再进去了……"

"……"

［军团］无心之过：虽然这货不是咱团的，但我可以揍他吗？

［军团］一醉方休：吸气，呼气，吸气，呼气，放轻松。

［军团］无心之过：团长，我是生气不是生孩子……

走出迷宫后无法再返回是小鸟没预料到的，可现在大家已经散落到了迷宫深处，想重新聚齐比走出迷宫还要难，只能硬着头皮继续。

好在虽然耗时长，大家却陆续安全走出来了，最后依然在植物墙里徘徊的只剩下一醉方休、人称小白龙、Polly、有奶就是娘。

［当前］战斗机：这迷宫是专困干部的？

［当前］百炼成妖715：别打字，团长会看到。

［当前］战斗机：那说话不更能听到了。

［当前］血牛不吃草：迷宫出来后就跟里面隔离了，他们应该看不到。
［当前］妖的祝福：应该看不到，不然团长早吼了。
［当前］火云邪神：那我就放心了。团长和副团怎么那么笨，简直路痴嘛！
［当前］风流不下流：背后说坏话。
［当前］泰山之巅：……
［当前］无心之过：……
［当前］火云邪神：……

五秒后。
［当前］风流不下流：他们真看不到？
［当前］无心之过：看来是的。
［当前］泰山之巅：那俩笨娃不会迷路到地老天荒吧？
［当前］火云邪神：……

还真让团员的乌鸦嘴猜中了，现下四位干部彻底身陷迷宫难回家。
可越急，这路越不通，几乎快成鬼打墙了！
"小鸟，你那边什么情况？"方筝不抱任何希望，纯属绝境中没话找话聊以慰藉。
"不太妙，路都走乱了，记不太清。"
Polly话音刚落，小白龙就抓狂了："我受不了了！"
一醉叹口气："小白，你就当自己在游乐园，放轻松。"
小白龙没回应，确切地说YY陷入一种诡异的沉默。
一醉："小白？"
终于五岳副团长的爷们儿音飘摇传过来："我可以当自己在游乐园……可……游乐园的迷宫里不会突然蹦出个怪啊！"
说话间，可怜的小白龙已经没头苍蝇似的狂奔！
当然这场面谁也看不到，所有苦涩只能小白龙自己一人……不，或许不是。
"啊啊啊可算见到人了！"小白龙的声音从惊恐变成惊喜。
群众正纳闷儿，就听见小鸟淡淡道："嗨，真巧，不过能解释一下你身后的是什么吗？"
"鬼知道！窝在死角里见我就扑上来了！一下扫掉我半管血！我刚嗑个血瓶，又一下子过来！"小白龙急吼吼地解释，末了道，"这些都不重要啦，先帮着打怪啊！"
小鸟瞄了眼逐渐逼近的仿佛绿巨人一般的怪，忽然想起什么似的："咦，

250

你媳妇儿今天没来？"

呃，这上下文……有联系吗？

无法围观只能用耳朵听的群众丈二和尚摸不着头脑。

直到YY里传来聪颖过人的白龙兄情真意切的忏悔："鹦鹉我绝对是错怪你了，当年那个情况下就算你不捅死她也会有别人捅死她，你只是提前结束了她的痛苦，我不该追杀你，反倒应该感谢你，我在此真诚道歉你就原谅我吧……"

【以下是玩家内心世界】

五岳阁战友：给跪了……

鬼服战友：还有比咱团长更能屈能伸的……

鬼服团长：哪个二货说的小鸟君不记仇……

小白龙以为自己得抱会儿大腿呢，哪知道Polly如此够意思，听完认错当下便停住，转身，闪电般越过自己照着绿巨人就是一记地狱焚火！

小白龙无比感激，但对于招式依然有点点微词，因为地狱焚火是单体小伤害招："为嘛不用幽冥鬼爪……"话这样说，但他也紧随小鸟之后冲上去来个迎风斩！

"先试试深浅。"Polly说着，技能已经砸到怪的身上。

狭小的迷宫中个头庞大的怪根本躲无可躲，就在他俩屏息等着看伤害点数的时候，怪却忽然凭空消失！紧接而来的迎风斩自然落空，连根毛都没切到。

"我去，这是搞啥！"小白龙怪叫。

Polly却眼尖地发现地上多出一摊细沙。

刚想给小白龙解释，细沙却忽然慢慢升到半空重新凝结成了绿巨人！

这下小白龙也看明白了，这货根本是个黏土怪！

说时迟那时快，重新站起来的绿巨人一巴掌就拍了过来，小白龙已经有了躲闪的意识，奈何空间受限，还是被牢牢拍到了掌下，生命值雪上加霜，只剩下1/3。

"不带这么玩儿的……"小白龙想哭。

怪出完招意犹未尽地在那摸来摸去，好不容易挨到他收回手掌，小白龙起身一看，Polly都跑出二里地了。

"你个不讲义气的！"小白龙骂归骂，求生意识还是很强烈的，当下就嗑了个加速卷轴，狂奔！

"都说了试试深浅。"小鸟很潇洒地逃窜，还不忘解释。

251

"然后呢？"

"然后这怪道行太深，凭我俩打不过。"

"那你逃的时候倒是告诉我一声啊！"

"你那时候正被怪摸着呢，告诉你你也动不了。"

［当前］风流不下流：只听过人摸怪，还头回听见怪摸人。

［当前］无心之过：副团魅力太大。

［当前］火云邪神：但这血条可略显悲惨了。

［当前］泰山之巅：要不干脆让怪咬死得了，祝福召唤呗！

［当前］无心之过：以前满级掉经验就掉点，反正下本总会补回来，但现在是冲级的关键阶段……我总觉得副团会先咬死出这个主意的。

［当前］泰山之巅：未必吧，万一他也觉得长痛不如短痛呢？

［当前］火云邪神：那他现在就不会连滚带爬地逃窜了。

［当前］风流不下流：连滚带爬这个词很有画面感哎！

［当前］百炼成妖715：那个，你们这么玩自己副团长真的好吗？……有对比，才有差距。

曾经遥不可及的军团骨干，现在却成了联合战队的伙伴。

曾经更加遥不可及的副团长，这会儿正连滚带爬……咳，反正就这个意思。

再看自家小鸟副团，有胆识有谋略有战术意识有心理素质……

他在人生岔路口做了多么正确的决定啊！

"一醉！"YY里忽然传出小白龙精神抖擞的声音，"你也没出去呢？！"

一醉方休："你的惊喜之情会不会太明显……"

小白龙："嘿嘿嘿嘿，废话少说，赶紧打怪！"

Polly："别，还是跑吧，没奶妈我们几个的生命值根本扛不住。"

小白龙："泰山还没出去？"

［军团］泰山之巅：副团，如果我回答是会让你舒服一些……

［军团］人称小白龙：我懂了你可以滚了。

此时的方筝已经在同样的错误路线上绕了数圈了，别说找出口，就根本连方圆几米都没走出去，但他有一个伟大的坚持——不出声，死扛到底！

只是，他忘了自己两点一线的生命中还有个360度角全方位探头——

Polly："沉默也改变不了你迷路的事实，出来吧，我的奶妈。"

一醉方休："有奶就是娘，你到底在哪儿？"

Polly："他要知道在哪儿就走不丢了。YY里给我发截图。"

"哟呵，小鸟你行啊！"方筝大喜，连忙截屏发过去。

十秒后——
Polly："还是看不出来在哪儿。"
你可以去死了！
［当前］血牛不吃草：僵尸要认得就不会迷路了。
［当前］妖的祝福：只能说团长对副团的无条件信任已经灵魂刻印。
［当前］百炼成妖715：这时候是不是应该接一句……
［当前］血牛不吃草：摸摸头，别没事总瞎逛。

黏土怪的个头限制了他的速度，所以如果一直往前跑，他是永远也追不上迷路三人组的。

但，请注意，这是个转折——

三人组依然在迷路，于是遇见死路就只能折回，想折回，势必经过黏土怪，这时候血战士一醉大侠便当仁不让地顶上，一个嘲讽一个耍贱，用其独特的魅力吸引住怪的全部注意力，协助剩下二位顺利穿越。

"一醉你拉仇恨果然稳！"

"但是我的血条不稳了。"

好在一醉血厚，几次三番连嗑血瓶下来，倒也还保持着2/3血，而这时，跑在最前面的小鸟终于看见了曙光……

"我就知道你们会找到我的……"曙光哽咽着，抬手就是个万树花开！

除小鸟之外全体血条瞬满。

曙光再接再厉，润物无声、枯木逢春、涓涓细流通通砸过去！

小鸟君的生命值依然未动。

曙光忽然想到了天山上的雪莲，也是这样神圣而不可侵犯……僵尸都去死吧！

"奶妈我想你！"小白龙来了精神，当下腰不酸了腿不疼了打怪也有劲儿了，回身就是个大漠孤烟！

黏土怪故技重施变成细沙，躲过了这一击，却没躲过一醉方休的独狼啸，因为一醉正卡在黏土怪刚刚从细沙变回怪出手攻击的瞬间！

虽然一醉也中了招，但奶妈的涓涓细流依然在，温柔地滋养着这些小伤。

"一醉小白你们放心打怪吧，血有我顶着呢！"方筝一边说着一边操作有奶就是娘走位，最终定在个相对安全却不妨碍加血的角落。

没等来小白龙和一醉的感激，倒等来了小鸟的附和："嗯，你俩加油。"

然后，方筝就看着小鸟君缓步走到自己身边，站定，开始吟唱永不超生给自己刷血……

五岳阁领袖面面相觑，悟了。
人称小白龙："不能这么差别待遇啊——"
一醉方休："谁让奶妈是人家家的呢，认命吧！"
方筝满腹委屈无处诉，他偶尔也是有下限的好嘛……小鸟我恨你。

五分钟后。
小白龙："我说僵尸你能不能别总在我眼前晃！我是打怪还是打你啊！"
一醉方休："奶妈，虽然我血厚，但你多少还是照顾点。"
Polly："一醉，你什么武器，输出跟奶妈似的。"
方筝："小鸟你可以侮辱我的人品但你不能侮辱我的职业……"

迷宫外。
［当前］战斗机：那货不是我们团长，那货不是我们团长，那货是路人甲乙丙丁，那货是路人甲乙丙丁……
［当前］血牛不吃草：你再怎么催眠，打开军团列表也就破灭了。
［当前］战斗机：不要这样。
［当前］无心之过：我忽然更爱一醉了……
［当前］风流不下流：但我很想把小白撸下来……
［当前］泰山之巅：其实咱们好歹还有个正直的团长，你看隔壁……
［当前］百炼成妖715：我要在里面就好了！
［当前］妖的祝福：哟，你可比以前自信多了，觉得团长手法不如你？
［当前］百炼成妖715：还输出干吗，我可以把怪直接收服啊！
［当前］风流不下流：隔壁从上到下就没有正常人好嘛！

虽然黏土怪比较难缠，但毕竟不是什么正经BOSS，所以虽然耗时长，也终究被四个人合力磨死，倒地的瞬间，迷路四人组长舒口气，一醉方休距离怪最近，顺手摸了把尸体。
花园迷宫游医护腕！
游戏改版后新增的橙色装备！
YY里发出一阵哇的感叹，系统几乎是立刻弹出色子。非奶妈们很自然选择放弃，只剩下有奶就是娘和泰山之巅！
方筝心潮澎湃地点下鼠标——
［系统］有奶就是娘扔出1点！

鬼服战友掀桌，团长这破人品！

方筝也想掀桌，但，未到最后，谁也不敢保证就一定会是赢家——

"泰山，你好意思扔色子嘛！这打怪可没你的份！你不知道你们家团长副团那血多难加，跟我们小鸟似的，各种抵抗，还总来回乱窜玩儿走位，非常难捕捉知道不，BOSS 为嘛掉个奶妈护腕，那就是知道我最辛苦，这好容易 BOSS 倒了，你怎么忍心在我筋疲力尽伤痕累累的身体上再撒把盐，哦不，我知道你不会的，你正直的人品绝不允许你巧取豪夺，你高标准的下限绝不同意你渔翁得利……"

六十秒时间到。

［系统］泰山之巅放弃投掷。

［系统］有奶就是娘获得花园迷宫游医护腕。

［军团］一醉方休：泰山，你心理素质不行。

［军团］泰山之巅：团长，我只是个普通人类……

逐鹿之渊第一件花园迷宫游医护腕。

虽然相比北海水妖略少了些含金量，但待遇相同，有奶就是娘获得护腕的系统广播，全逐鹿都看得到——

［逐鹿］象走田：花园迷宫？什么东西？

［逐鹿］暖暖：没听过，应该是改版后增加的装备。

［逐鹿］不死小强：也就是说这什么奶的找到新野外 BOSS 或者副本了？

［逐鹿］暖暖：应该不是野图 BOSS，不然系统会提示击杀成功。

［逐鹿］没事走两步：所以应该是新地图小怪或者新副本？

［逐鹿］别崇拜哥：等等，有奶就是娘这个 ID 好眼熟……

能不眼熟，不久前才在美索不达米亚平原被大半个逐鹿之渊的玩家围观过……

但这个时候那些参与过美索热闹的大军团却很平静。

嗯，在世界上很平静……

【流星飒沓军团频道】

［军团］大 H：我就说当时不能相信小 P，这里面肯定有猫腻！

［军团］大剑：号啥啊，有时间指望别人不如自己再找个，游戏这么大手笔改版能就弄一个新副本？

［军团］大 H：说得容易，哪去找啊！

［军团］大剑：叫上十个人再来美索不达米亚平原，我知道他们怎么进去的了。
　　［军团］大H：贱哥我真爱你！
　　［军团］大剑：我知道，但也请你克制一下自己的情感。
　　［军团］大H：……
　　［军团］人挡杀人：兄弟们都看着呢，你俩能私聊吗？……

　　【纵横天下军团频道】
　　［军团］七伤拳：这是鹦鹉他们队，果然进新副本了。
　　［军团］哈利波拉特：以前没发现鹦鹉心眼儿这么多啊！
　　［军团］一笑而过：你和他说过的话都不够高考作文字数。
　　［军团］刻骨：我记得战斗机脱团的时候也说了一堆鹦鹉的事，这人到底谁啊，和咱们团有什么渊源？
　　［军团］哈利波拉特：这个就小孩没娘说来话长了……
　　［军团］七伤拳：长话短说，前副团长，不太合群，后来不太讲究地偷袭了五岳阁副团长媳妇，再然后被追杀，轮白，直到我们从镜花水月转服过来。
　　［军团］哈利波拉特：当然客观地讲他作为副团长没的说，对纵横天下是绝对够意思的。
　　［军团］刻骨：那他被追杀的时候你们没帮他？
　　［军团］一笑而过：帮了啊！
　　［军团］哈利波拉特：嗯，帮着追杀。
　　［军团］刻骨：……
　　［私聊］七伤拳：不过到现在轩辕也没再提拔新的副团长。
　　［私聊］一笑而过：吓我一跳，还以为你发军团频道了！
　　［私聊］七伤拳：那轩辕能弄死我。你没发现他挺避讳说鹦鹉的事儿吗？我总觉得他有点后悔了。
　　［私聊］一笑而过：再来一遍也一样，游戏理念问题，就像合伙做生意，波长不合的迟早要散。
　　［私聊］七伤拳：之前在美索不达米亚平原，我头回见鹦鹉说话不是一个词一个词蹦，而且嗜瑟气息扑面而来，所以其实现在的鹦鹉才真玩嗨了吧！
　　［私聊］一笑而过：你让我想起了那一兵团的猥琐流……

　　【五岳阁军团频道】

256

[军团]大漠孤刀：团长我们忍很久了，敢不敢告诉我们你和副团到底在干啥？
　　[军团]玛丽莲梦萍：还有泰山，已经发出我只是普通人类这种哀号了……
　　[军团]人称小白龙：团长很忙。
　　[军团]许家屯传说：那副团你呢？
　　[军团]人称小白龙：我当然也很忙！
　　[军团]基本佳人：哦，你俩在一起忙啊……
　　[军团]泰山之巅：为嘛我觉得这六个点很耐人寻味……
　　[军团]人称小白龙：给我专心加血！

　　此时的联合战队已全部成功脱离迷宫，正行进在田园小路上。沿路怪很多，也很难打，十二个人千辛万苦才终于蹭到一个湖边。
　　湖很大，湖水很蓝，一座并不大的城堡伫立在湖西侧，古老而精致。
　　"直接游到对岸还是拐个弯去古堡那边瞧瞧？"一醉方休问。
　　方筝发现个事儿，虽然自始至终都好像一醉在指挥，可他并不会像小鸟那样直接安排，而是给出比较合理的方案让大家选择，哪怕只有一种方案时，也会询问大家是否同意。这两种指挥方式孰优孰劣没有可比性，纯属行事风格的问题，况且跟着小鸟有肉吃。
　　好吧他扯远了，但不可否认一醉这种更适合联合战队，起码让人觉得自己被尊重了，很舒服。
　　"当然去古堡，"应话的是小机机，"没准有公主呢！"
　　血牛："也许是个主公。"
　　妖："还带着一堆喽啰。"
　　"僵尸你看呢？"一醉直接问小鸟。
　　方筝郁闷："帅哥，我才是团长。"
　　"嗯，我知道，"一醉温柔地应着，"僵尸你看呢？"
　　鬼服战友在心里默默为团长送上祝福的蜡烛。
　　"去古堡吧，应该是另外一个小BOSS。"小鸟总算出声了，可分明带着笑意。
　　"那就往古堡游。"一醉说完率先跳下湖。
　　接着联合战队其他成员也"噼里啪啦"纷纷下水。
　　电脑里只剩下有奶就是娘原地不动。

电脑外方筝悲愤交加地用牙凶残撕扯着脖子上无辜的毛巾君。

[私聊]Polly：都先记着，回头仇恨值累计差不多了，我让你打一次。

[私聊]有奶就是娘：真的？

[私聊]Polly：嗯，绝不还手。

[私聊]有奶就是娘：喊，说得像我多不堪一击似的。

[私聊]Polly：不用修饰，只留主语和成语就行了。

[私聊]有奶就是娘：那么多怪为什么没挠死你！

孟初冬想说你喂得好，可话打一半怎么看怎么像机机的调调，放弃了。

但心依然是痒痒的，弄得就想说些什么做些什么，怎样都静不下来。

孟初冬试着回忆了一下，发现当初对轩辕，也只是简单地想在游戏里多些一起玩的时间，然后那个人想壮大军团，他就帮着出力，想打要塞战，他就冲到最前面，总之一切都是依托着游戏来。可现在对有奶就是娘，即便什么副本都没下，什么怪都没打，什么活动都没参加，他也想上赶着说两句话，甚至是聊电影聊八卦……等等，奶妈真名叫啥？

孟初冬被这个突如其来的问题困住了，绞尽脑汁想，也只有风筝二字。

但这必然不是人名。

通常情况下孟初冬很少去把游戏和现实联系起来，他始终觉得游戏就是游戏，包括游戏里建立的各种感情和联系，脱离了游戏，也都是虚影。可眼下，他却真的被这个问题绊住了，莫名其妙地开始脑补百家姓……

很快联合战队便在古堡脚下登陆，包括后下水的有奶就是娘。

但是报数结束，只有十一位，再看状态栏，小鸟君已然变成灰白色。

刚刚游得太专注，谁也没注意系统信息——

[系统]Polly死亡。

妖的祝福二话不说就一个召唤，而后，小鸟君晃晃悠悠出现在大部队面前。

一醉："什么情况？"

Polly："没注意屏息时间，忘了冒头换气。"

小白龙："所以淹死了？"

Polly："可以这么说。"

小白龙："你想啥呢？"

Polly："思考了一下人生。"

YY全体："……"

既然理由这么严肃而充分了，战友还能说啥，忘掉前事，通通把目光集中到了眼前的古堡上。

这会儿站在脚下才发现，古堡真的不大，确切地说就是一座塔楼，有些像《莴苣姑娘》里锁着姑娘的那座塔，没有门，从下往上看，只临近顶层有个窗口，用鼠标拉近视角，依稀可见一位姑娘的侧脸。

小白龙："这是怪还是NPC？"

风流不下流："不管哪个我们都点不着吧，太远了。"

百炼成妖715："那也不能就这么回去啊！"

妖的祝福："会不会附近有梯子什么的？"

战斗机："童话故事里姑娘会把头发放下来拉王子上去……"

血牛："都说了是拉王子。"

机机很受伤，刚想转身望进湖面倒影搜寻自己究竟哪点不符合王子风范，却瞄到窗口真的放出来了头发！

其他人也注意到了，刚想兴奋，那头发却又停了。

如果从窗口到地面有30米，那这头发至多放下来3米。

小白龙："怎么不动了？"

机机："果然头发的长度和王子的数量成正比！"

方筝："有没有这么浪漫啊……"

事实证明游戏设计者并没有莴苣姑娘的浪漫情怀——

Polly："把进门得的金币扔地上试试。"

经小鸟提醒，大家纷纷打开包裹把金币扔到地上，果不其然，姑娘的头发随着一枚又一枚金币的落地逐渐变长，最终触到了地面！

这哪里是莴苣姑娘，分明是钱夫人……

但不管怎么说，头发总算下来了，小机机嚷着我要第一个爬谁也不许和我抢，率先冲过去照着姑娘的头发就是一拉！

机机没上去。

但是姑娘怒了。

［系统］娜塔莉公主：哪个野蛮人在扯我的头发？如此无礼不可原谅！

随着系统小字，塔楼轰然倒塌，公主于废墟中袅袅婷婷地走来，蕾丝袖口微微抬起，无数火光破空而出……

"我去，上来就群杀啊！"

"机机我恨你！"

"恨我干啥啊！"

"恨你是个二货。"

虽然怪总是要打的，但摆好阵型和被忽然袭击显然不可同日而语，尤其是这样的战队副本,每个怪的攻击力都不容小觑,往往两个甚至三个T(游戏里代指坦克职业)轮流拉仇恨才扛得住。

联合战队在娜塔莉公主的追杀下连奔带逃,大约三分钟后才由一醉拉稳仇恨,逐渐定住阵型。

如果之前迷宫中的黏土怪是隐藏小BOSS,那么眼下这位公主才算是副本第一个常规BOSS,通常副本都是由易变难,所以打头阵的BOSS们多少会温柔些,也没什么变态的技能,只要队伍配合熟练,稳定,妥妥推倒。

娜塔莉公主也不例外,七八分钟的样子,翩然倒下。

这次距离尸体最近的是小鸟,因为他给了公主最后一击,于是索性也就摸了把尸体。

系统弹出色子的瞬间,五岳阁的心在滴血。

〔系统〕妖的祝福放弃投掷。

〔系统〕血牛不吃草放弃投掷。

〔系统〕有奶就是娘放弃投资。

〔系统〕一醉方休放弃投掷。

〔系统〕百炼成妖715放弃投掷。

〔系统〕泰山之巅放弃投掷。

〔系统〕战斗机放弃投掷。

〔系统〕风流不下流放弃投掷。

〔系统〕无心之过放弃投掷。

〔系统〕火云邪神放弃投掷。

〔系统〕人称小白龙放弃投掷。

〔系统〕Polly扔出66点。

〔系统〕Polly获得镜湖塔僵尸上衣。

〔军团〕人称小白龙:没天理,啊啊啊!

〔军团〕无心之过:小白疯了。

〔军团〕泰山之巅:我也要疯。

〔军团〕玛丽莲梦萍:团长,你们到底在干啥?

〔军团〕一醉方休:给人打工,还是免费的。

第十一章

车辚辘战

一醉方休的打工论并不是信口开河。

通常副本装备的爆率是极低的，像他们这种连着两个BOSS都见了红，绝对是幸运值爆表。可如果把这联合战队分开看，那么只能说鬼服兵团幸运值爆表。而如果幸运值像能量一样遵循守恒定律，那么恭喜，五岳阁则是被无限拉低的那一方。

难道幸运度和猥琐度成正比是逐鹿游戏默认的潜规则？

五岳阁军团长第一次对游戏开发小组的价值取向产生了怀疑。

Polly已经换上新的上衣，原本的狰狞皮甲消失，取而代之的是一件淡粉色西装，合身的剪裁，精致的细节，连粉色这种并不在西装上常用的颜色此刻看起来都十分有气质。显然系统不会让女性角色穿西装，所以照此推断，如果是女性角色打到此装备，那么穿上应该就是公主裙一类的。

不过这些都不是重点，现在的重点是小鸟君刚脱离白色西装裤没多久，便又在粉色西装上衣这里找到了当初的混搭风。原本PK赛后下本打到的一身暗色系铠甲，如今赫然在粉色西装的光芒里暗淡下去，可问题是除了粉色西装上衣外其余装备依然走暗黑僵尸风，如果非要举例，请自行想象北极熊四爪套上黑色长筒丝袜……

小白龙："啊，我的眼睛——"

泰山之巅："要不要这么夸张……虽然真的很'凶残'。"

风流不下流："僵尸，这号不是你亲生的吧？"

鬼服战友毅然决然地用沉默捍卫副团长的颜面，这已经是他们的极限了，断无违心赞美的可能，诸如其实副团这身仔细看也并不……

主啊，我们只是想想，并没有真说，请你赦免我们。

对于新装备，世界上比第一次倒平静了许多，偶有一两个冒头感叹一下这本的超高爆率，也就没下文了。显然大家都知道鬼服兵团进本了，至于什么本，谁也不会在世界上讨论，都组着自家队伍摸索呢，或者说很可能已经有其他队伍也进了这个本。

离开古堡不久，小分队便走进湖边树林，一路打怪一路向前，因为谁也不知道树林尽头等待他们的是什么，于是步步为营。

"祝福你是鼓吹流吗？我就快让你吹上天了！"

此时队伍刚收拾完一个小怪，小白龙终于在持之以恒的鼓吹中暴躁了。

妖没出声，知道自己技术不行，心里多少是有些愧疚的，可让人当面这么讲，还是会尴尬。方箏有心帮他回两句嘴，但现在五岳阁是队友不是对手，偶尔划下水开个玩笑什么的气氛对方还好，真要为妖的全程鼓吹跟对方无耻叫板，就有点说不过去了，毕竟现在拖累的是全队的速度。

结果就听小鸟淡淡然说了句："谁都有过菜鸟的时候，好在技术不像幸运值，总可以后天弥补。"

五岳阁中箭，全体沉默，血流不止。

方筝为对方默哀两秒，然后咧着大嘴在加血之余给小鸟敲字——

［私聊］有奶就是娘：帅死了！

小鸟明明在激烈地挠着怪，从未停歇，私聊里却神速传来回复——

［私聊］Polly：你也挺帅。

他再给小鸟发一句私聊就剁手！

或许是摸清了怪的深浅，接下来一醉变得奔放一些，总是同时引来两只怪，于是方筝那只或许不久的将来要离开本体的手越发灵活起来。小怪毫无悬念在围殴下扑街，一醉上去摸了点逐鹿币，再无其他。

摸完怪的一醉刚直起身，机神却发出一声怪叫："哎？"

"咋了？"方筝反应最快。

全队瞬间紧张起来，可前后左右地调整视角依然没发现四周有什么可疑情况……

"你说如果咱们不扔金币姑娘不把头发放下来那BOSS要怎么打啊？"

YY里静如深夜。

一醉率先迈开步子往前，剩下十个人坚定跟上，最终只剩下香飘飘自己站在原地思考史前问题。

妖依然在鼓吹，但是小白龙已经抗议过一次，并受到了小鸟的反伤，再不敢造次，便把矛头转向另外一位持之以恒采集的兄台——

"那个'715'，你敢不敢把腰直起来，一路上草都让你薅光了！"

438还没适应自己的新名字，于是继续沉浸在采集读条的期待中，这副本简直就是奇花异草的天堂，他看见什么都想去摸一摸，揪一揪，只恨自己没有更多的物品格。

"715！"被忽视的小白龙怒了。

438一个激灵，鼠标一抖，采集中断，失败，于是那怨气就从话里带了出来："干吗？"

小白龙心说你还横上了："咱们是来开荒，不是神农尝百草，OK？"

438的怨气就米粒大，一个干吗足够释放，于是这会儿就十分底气不足："呃，你干啥啊，俺们团长都没这么吼过我……"

是没少吼好吧……

方筝叹息着拿过茶缸喝水，并在几大口的"咕咚咚"中思索这孩子到底跟谁学会的说瞎话？

"小白，"一醉忽然出声，问，"你渴吗？"

难道自己喝水声音太大被发现了？

方筝疑惑，小白龙更是莫名其妙："不啊！"

一醉云淡风轻："那也喝点儿吧！"

联合战队全体："……"

［军团］泰山之巅：团长嫌你话多了。

［军团］人称小白龙：你非得解释吗？

［军团］人称小白龙：我发现自从下了这个副本我在团里的地位就开始直线下降，现在已经沦落到连话都不让多说的地步了。

［军团］一醉方休发了一个抱抱的表情。

［军团］人称小白龙：还占我便宜。

空中花园的副本很大，需要走的路很长，但BOSS倒没藏着掖着，走到树林尽头，一棵巨大的柳树就拦住了他们的路。显然，这应该就是二号BOSS了。说是柳树，但枝条并不垂下来，反而很像电影里喜欢抽打人的怪树。

唯一的差别是，这怪会动。

方筝："看起来不太好打。"

一醉："如果攻击是用枝条的话，攻击范围应该也不小。"

机机："那怎么弄？"

血牛："上呗，光看又推不倒BOSS。"

话音没落，血牛不吃草已经提着大刀冲上前去，照着柳树怪就是一击！

一群老爷们儿十分汗颜，连忙跟上，没等走近，柳树怪的枝条已经抽到了血牛身上！

方筝盯着状态栏就等着血牛中招后给对方补红，可很快他就发现血牛红条没变化，倒是机机开始哗哗掉血，再抬眼去瞅，血牛正一刀刀剁机机呢！

"姐姐你不要这样……"小机机身心俱伤。

方筝这才看清血牛不吃草的红蓝条上除了鼓吹，还多出一个状态图标——疯魔。

与酆都城里的"变鬼"如出一辙，疯魔状态下的玩家不分敌友，一律无差别攻击，不过酆都城里"变鬼"后玩家会强化，可现在的血牛攻击力并没有明显提高，另外酆都城里的玩家疯魔是以自身血条耗尽为时间终点的，就是说队友把他打没血，才算通关，可这里明显只是个暂时的，证据就是红蓝条上的疯魔状态图标从出现就开始闪烁（逐鹿中玩家状态图标临消失前十秒才会开始闪烁）。

小机机不忍心回击，只能绕着树跑，不想这恰恰是正确决定。

很快血牛的疯魔状态便解除了，姑娘二话不说扑过去又开始砍树。但柳树怪仿佛掐着时间一样，短促的吟唱后枝条又打中了妖的祝福，祝福者片刻犹豫没有飞奔出战斗圈就朝着正操纵着宝宝的 438 去了。

"你别找我啊！"438 也看出了端倪，不打，只跑。

妖之后是机机，机机之后是小白龙……柳树怪每隔一分钟左右就要释放一次疯魔，其余时间则是物理性的单体攻击或者群攻。

相比毫无杀伤力只是折腾折腾人的疯魔，这些物理攻击才要命。

稳，准，狠。

俩奶妈一刻不放松地加血才勉强顶住。

因为是开荒（游戏里代指第一次进入的副本），没人知道怪什么时候用单体攻击，什么时候群，甚至不知道怪的血量有多少，毫无战术可言，只能凭经验摸索，好在柳树怪并没有出什么奇招，随着时间一分一秒流逝，方筝琢磨着 BOSS 差不多该暴走了，却听见 438 忽然喊："盒子！"

方筝手上不敢停，只能动嘴："这是你给宝宝起的新名儿？"

"不是，"438 有些着急，"刚刚一个盒子从我脚下走过去了，特奇怪！"

这个时候还会注意脚下才奇怪吧！

"团长它要跑了，我追不追？"

"追……"

"好！"438 得令几乎是瞬间脱离队伍，正奋战中的宝宝也随着主人脱离战斗。

YY 里爆出高度一致的："啊——"

也不知道是"啊"追盒子的还是"啊"允许追盒子的。

方筝其实很冤，他想说的是追，追，追啥！难道用重复的语气加重强调也错了吗？

没等方筝调回思绪，柳树怪忽然剧烈抽搐起来，下一秒，枝条忽然纷纷断裂如雨点般向他们打来！速度之快范围之广根本让人无法闪躲！

眼见着全队血条忽然齐齐下去 1/2，方筝了然，这是暴走了！

"泰山！"一醉向来稳定的语调都带了点急切。

其实不用他讲，泰山之巅已经万树花开，群奶了。

方筝见缝插针，紧跟着把一醉方休依然没有过半的血条又大补了一下。

柳树却已经发狂,一个又一个群攻扫下来,并且杀伤力明显提高!

不止方筝和泰山之巅,整个联合战队都在使尽浑身解数地死扛,YY里砸键盘的声音越发嘹亮,可妖的祝福在一个群之后还是倒下了,方筝连忙吟唱复活技能,可就这么几秒,妖站起来,一醉方休又倒下了!

"别复活他!"方筝看到泰山之巅开始吟唱,马上阻止。

泰山立刻中断技能,这才明白过来,如果刚才那下吟唱完一醉复活了,那么仇恨仍在他身上,可刚被奶妈复活的人物血量只有15%,显然根本扛不住BOSS的一下!

几秒的时间转瞬即逝,战斗机成功接过仇恨,泰山复活一醉,方筝连忙给对方补血。

妖也不是真的只会鼓吹,愈合的祝福也是一把好手,于是在方筝和泰山照顾一醉的时候,他成功做了小机机的强大护盾。

不过死人尤其是死T永远是团战里最忌讳的,因为这会打断整队输出的节奏尤其是奶妈的节奏,所以多数队伍在T扑街后便会一个接一个扑街最终团灭。

联合战队有俩奶妈俩T,这个情况有了好转,但节奏依然是乱了,最明显的就是全队的整体血量越来越少,而BOSS的攻击却几近疯狂!

小白龙:"不会真团灭吧!这货怎么还不死啊!"

一醉:"再坚持一下,再坚持一下就好了。"

[系统]盒子妖怪:我坚持了三百年。

战斗机:"这么关键时刻你不打怪打字?!"

小白龙:"……"

战斗机:"还换了个号?"

小白龙:"……"

战斗机:"你发言怎么在系统频道啊?"

全体都有:"你丫闭嘴!"

联合战队前所未有的团结气势冲上云霄,柳树怪发出临终长号,轰然倒塌。

但,没人有心思去摸怪。

[系统]盒子妖怪:第一个一百年,我发誓要让打开盒子救我出去的人有享不尽的荣华富贵,但是没有人来。

[系统]盒子妖怪:第二个一百年,我发誓要满足打开盒子救我出去的人的任何愿望,但是没有人来。

［系统］盒子妖怪：第三个一百年，我发誓谁打开盒子我就把谁吃掉。
［当前］百炼成妖715：我不好吃的……
［当前］百炼成妖715：团长。

还团啥啊，刚刚被柳树怪打得奄奄一息的战友们尚未恢复阵型，便被跟随炼妖师扑面而来归队的新朋友用一阵狂风吹成了天女散花。

至此，盒子妖怪和柳树妖怪在百炼成妖715那孩童般旺盛的求知欲和好奇心下，完成了一次伟大的无缝对接。

盒子妖怪长得很像阿拉丁，肤色却像阿凡达，但没有腿，腰部以下完全是蛇精的状态，手拿海神的三叉戟，头戴大红花。

"长成这样也难怪没人乐意放他出来……"小白龙愤恨吐槽。

当然他之所以有这样的闲情逸致，完全是因为他已经在天女散花落地时摔没了最后那点血——嘎嘣，死了。

方筝第一个爬起来，顾不上复活这位战友，先甩了个群奶万树花开，哪知道盒子妖怪紧随其后又是个群攻！刚奶上的血几乎又吞噬殆尽！

"有药的嗑药，没药的自求多福！"方筝不自觉提高了嗓门，"438，收服！"

仿佛心有灵犀，方筝话音没落，炼妖师的技能已经释放出去，光圈瞬间把妖怪笼罩！

只可惜半秒后，光影散尽，妖怪的大招随之而来。

这一次攻击落在了有奶就是娘身上！

方筝马上明白过来，现在大家都还没什么输出，群奶自然是最容易拉到仇恨值的。一边给自己连补两口血，一边想跑，却不料Polly忽然从旁边蹿过来照着盒子妖怪就是三连击！

妖怪立马转向攻击小鸟，一醉却也在同时赶到，很快甩出两招拉回仇恨。

对于没收服成，438很内疚，一边操纵宝宝攻击，一边道歉："对不起团长，没收服成……"

"没事儿，"方筝很有信心，"多收几次呗，我看好你。"

"我也看好我自己！"438语气坚定，随后腼腆笑了下，又好似有些不好意思，半响，才想起来似的补充，"但是团长，在带着他跑到你们跟前之前，我已经收服过六次了……"

你可以去死了。

显然这是个BOSS，虽然出场方式极其新颖。

经过漫长努力，就在十一个人终于稳住阵型的时候，盒子妖怪却忽然腾空而起以极快的速度冲出了包围圈，头也不回地往树林里跑！

联合战队傻眼，以前只知道玩家打不过会跑，什么时候BOSS也兴猥琐流了？

能怎么办？追吧！

于是十一个人浩浩荡荡折回森林。

但，盒子妖怪的速度远高于他们想象，很快宝石蓝色的身影就消失在茫茫丛林，根本无从找起。

一醉："怎么办，继续找还是往前走？"

泰山："我建议往前走，之前我们爆了两件装备，现在应该有其他队也进本了。继续找太浪费时间，我们第一个进来的，不抢个头筹总觉得有点可惜。"

风流不下流："而且咱还有个BOSS尸体没摸呢！"

小白龙："BOSS尸体重要副团尸体就不重要了？！"

得，远方还趴着一位呢！

"祝福还等啥呢，召唤我啊！"既然队友不追BOSS了，扑街中的某副团很自然提出要求。

妖没动，反而轻轻叹了口气："人家只是个鼓吹流，不懂召唤什么的……"

果然宁得罪男生不得罪女生，宁得罪女生不得罪妖。

江洋矿上出了点事情，原本打算中午回来上游戏的，结果别说回不来，一下午还累得跟孙子似的。就这到家没两分钟疯一样的子已经上线，他都佩服自己的敬业精神。

多少年没对钱以外的东西这么上心了，他想，有点儿意思。

军团战友都在线，他习惯性进入YY，频道房间里却没人。他觉得很奇怪，因为最近即便不下本大家也喜欢挂在YY，做成个相亲相爱一家人的样子。

［私聊］疯一样的子：哪呢？

其实这话可以发军团，但江洋偏偏发了私聊给方筝。这纯属下意识举动，等他意识到，已经发出去了。

那头回得有些慢，并且简短——

［私聊］有奶就是娘：下本。

［私聊］疯一样的子：什么本？

［私聊］有奶就是娘：空中花园。

[私聊]疯一样的子：那是啥？

[私聊]有奶就是娘：现在给你解释不清！

奶妈急了，显然战斗正酣并不适宜聊天，江洋却在其中找到了趣味。

不过这人就跟他的外号一样，风筝，你得扯着放，时松时紧，太用力，线就断了。

退到登录界面，江洋重新输入另外一个账号，登录。系统提示需要改名，他想了会儿，一抹不怀好意的笑爬上嘴角。

左手按着技能右手点着鼠标，眼睛看着怪看着队友状态还要时不时兼顾左下角私聊频道，方筝很想冲进电脑里掐住那没眼色的脖子吼，奶妈很忙的啊，大哥！

此时联合战队已经打到了终极BOSS。先前的盒子妖怪没追到，柳树怪又黑了，但柳树怪尸体消失后地面出现了空洞，众人沿着洞下去，清了一路小怪，最终抵达这个地牢，而终极BOSS也就是空中花园的主人尼布甲尼撒二世便被囚禁在这里。具体的剧情背景不重要，总之这位被锁链困在地牢中央无法任意活动的国王在有限的范围内依然给联合战队带来了近乎毁灭性的打击。

方筝死一次，泰山死一次。

Polly、机机、一醉各死两次，其余人等在三至四次间不等，除了妖和438。

前者死五次，几乎要掉回54级了。

后者一次没死，完全是吃了五角星的超级玛丽。

[系统]疯一样的子退出游戏。

怎么退了？简单一个念头从方筝脑袋里闪过，只半秒。

"团长我红药CD（游戏里代指补充血量的药物的冷却时间）快给我加……呃，直接复活吧！"

妖的祝福，第六次扑街。

几乎是同一时间小鸟传来温馨提示——

[私聊]Polly：别分心。

方筝有种做贼被抓的狼狈，虽然他不认为小鸟真的能从凌乱的技能敲击中分辨出打给杀手的那几句话。

甩甩头，方筝集中精神准备复活妖，却不料泰山比他快一步。

他和泰山的分工很明确，各管各家，不过有时候对方太惨了，也会搭把手。

地牢中央，国王的血条只剩下30%了。

一醉："远程都尽量站到牢口，等会儿BOSS大招一读条，你们就跑！"

小白："尤其是奶妈，你们两个要是都死了，咱就真的只能团灭了。"

妖："那个，其实复活什么的我也……"

联合战队："死六次的人没有发言权！"

正说着，身形巨大的国王忽然猛烈拖拽锁链，同时开始吟唱"破碎的心"！

破碎的心是啥谁也不知道，大家只看到吟唱的技能条飞快满格，根本来不及跑！

奇怪的是吟唱完，并没有什么真正的伤害招呼到大家身上。

这应该是个加状态的技能，方筝飞快判断出来，刚要松口气，却见队伍状态栏里的血条瞬间都降到了临界值！

这什么情况？

几乎是同一时间小鸟和一醉齐齐开口："反伤！"

所谓反伤，是BOSS偶尔会出现的一种技能，即把某段时间内所受到的伤害反弹到技能释放者身上，通常有经验的副本里大家都清楚什么时候BOSS会出现反伤，所以都会提前停手，但对于开荒队，只能用血换教训了。

但问题是这教训太大了，见BOSS没出招后每个人都铆足了劲输出想一口气把对方血条压到底，结果一个反伤，自己血条到底了。

首当其冲的便是法系，仙术师火云邪神直接扑街，炼妖师风流不下流和438的宝宝毫无悬念阵亡，风流不下流已经没宝宝可放了，438倒是还剩个502妹妹，可眼下这个情况，放是不放啊？放了依然是伤到自己身上。

玩家不敢打，BOSS可敢，破碎的心之后又是个咆哮——我心永恒！

战斗机："名字很温柔……"

血牛："但我觉得还是跑吧！"

众人不敢恋战，纷纷往外逃窜！

有奶就是娘占着地利，跑在最前面！

眼瞅着就要跨出牢房大门，我心永恒的光影却已经笼罩住众人，一个不属于联合战队的身影藏在光效中，方筝正纳闷儿这应该已经跑出攻击范围了啊，就见一袭华丽的袍子面料划过眼前，转瞬，人已经扑街。

确切地说，整个联合战队，扑街。

一醉、Polly同时爆了句粗口。

能让这二位爆粗,可见场面多让人吐血,只差一点点他们就能推倒了啊!

光影散去,罪魁祸首露出她美丽的容颜——米梯斯王后。

我心永恒,原来是个召唤技能。

这根本是王大爷的升级版好嘛!

王后完成任务,翩然回到牢房中央,依偎在锁链国王的身侧,情意绵绵。

YY里死一般安静。

众人面朝下扑在地上,等待着副本之神将他们传送出去。

一秒。

两秒。

五秒……

通常在副本中死亡后,如果奶妈或者祝福这种能救人的也死了,系统便会弹出对话框问你是否返回复活点,但现在团是灭了,提示却没出现。

机机:"我好像卡住了,怎么不让回复活点?"

妖:"我也是。"

438:"要不强制退出?"

方筝:"麻烦你们抽空也看一眼状态栏好嘛!"

机机和妖和438:"团长你怎么没死?!"

为嘛口气带着微妙的遗憾……

不是没死,其实是死完又复活了,并且似乎在自己复活的瞬间,王后恰好发威完毕转身离开,虽然步子迈得不大,这电光石火的变故只够她走出半步,但就是这半步让方筝离开了王后的攻击范围,于是人家优雅回血,翩翩回到了爱人身边。

金箍,原来你不是个摆设……

先复活妖,又让妖陆续把战友召唤到牢房外,大家席地而坐休养生息,顺带关心下神奇的复活问题。

百炼成妖:"团长,你这个是神器!神器有没有!"

方筝:"没你的宝宝神……"

战斗机:"你居然藏着这么个宝贝?!"

方筝:"我天天顶在脑门上好吧!"

小白龙:"奶妈你哪儿弄来的啊?"

方筝:"别人送的。"

风流不下流:"妹子?"

方筝:"汉子。"

[私聊]Polly:你现在是一团之长,注意素质。

他被自己的副团长教育了。

你调戏妹子的时候怎么没想过自己是副团长!

五分钟后,联合战队满状态复原,再看BOSS,也带着自己的王后双双回血(逐鹿中BOSS脱离战斗便会血条回满,而脱离战斗的原因通常是玩家团灭,偶尔也会出现玩家和BOSS长时间距离过远,最终系统BOSS无法追踪到玩家,转而仇恨清零,BOSS回血)。

小白龙:"变十二打二了。"

一醉:"起码BOSS不会暴走了。"

机机:"为啥?"

Polly:"除非他有第二个王后。"

不需多言,又是血牛第一个冲过去砍,弄得几个大老爷们儿自惭形秽,赶忙紧随其后。

有了第一次的经验,这一次反而容易不少,虽然王后帮助自家老公拼命输出,但小分队采取集中优势各个击破原则,先是把没有铁链束缚的王后引到牢房外,这样国王的攻击根本无法碰到他们,于是可怜的王后在满状态的十二人围剿下,香消玉殒。

作为召唤兽的王后自然没东西可爆,但战友们砍嗨了哪还在乎爆不爆东西,几乎下一秒便雄赳赳气昂昂地折回围剿国王。失去爱妻的BOSS悲恸欲……不对,应该是黔驴技穷,最终妥妥倒下。

几乎是同步的,逐鹿上立即出现明黄色提示——

[逐鹿]Polly、战斗机、百炼成妖715、风流不下流、火云邪神、人称小白龙、妖的祝福、泰山之巅、无心之过、血牛不吃草、一醉方休、有奶就是娘踏破古巴比伦空中花园,成功击杀尼布甲尼撒二世!

虽然之前的装备获得通知已经说明鬼服兵团进入了新副本,但毕竟进入不等于打通,所以没进本的都在看风凉,而晚进本的都抱着侥幸心理,万一自己比对方快呢?

但事实证明,早起的鸟儿有虫吃依然是颠扑不破的真理。只是所有人都以为是鬼服兵团一家进了副本,现在忽然冒出十二个人名单,另一半赫然是五岳阁,这信息量就太大了。

[逐鹿]清澈的风:我去,这就推成了?一波流啊!

[逐鹿]象走田：十二个人，大副本？

[逐鹿]别崇拜哥：鬼服兵团，以前没听过呢，到底哪儿冒出来的？

[逐鹿]天国阶梯：五岳阁亲友团？

[逐鹿]剑气冲天：没听说过啊！

[逐鹿]最爱贝贝：原来真的进本了……骗子！爱斯基摩好冷。

联合战队这时候根本顾不上看世界刷屏，全部意念都扑到国王尸体上，恨不能一次出个橙色衣柜，打开全是装备的那种。

这一次血牛妹妹距离最近，在征求完大家意见后，作为代表摸了尸体。

战友们屏住呼吸。

色子终于不负众望地弹出来，只可惜不是装备而是材料——尼布甲尼撒二世的心脏！

[系统]Polly扔出100点。

[系统]Polly获得尼布甲尼撒二世的心脏。

逐鹿游戏中，如果有两个或以上玩家色子点数一样高且是全队最高，那么系统默认第一个扔出该点数的玩家获胜，而如果是第一个扔出100点，那不用等了，直接秒杀。

现在联合战队的朋友们，就被这样凶残地剥夺了扔色子的权利。

在他们还没反应过来的时候……

人称小白龙："我去这不科学——"

风流不下流："这货一定开挂了……"

火云邪神："不带这么玩儿的……"

一醉方休："好身手。"

看着那闪瞎双目的100点，鬼服团长死活想不明白当初怎么就找了小鸟来当副团长。他对自己说，方筝，好样的，你就是慧眼，你就是伯乐！

有人欢喜有人愁，但系统没给大家更多的时间，飞快弹出第二次色子——米梯斯的蓝色冰魄！

一个本两个极品材料，够本了！

这一次五岳阁摩拳擦掌，纷纷甩开膀子——

[系统]泰山之巅扔出78点。

[系统]风流不下流扔出49点。

[系统]火云邪神扔出60点。

[系统]无心之过扔出81点。

[系统]人称小白龙扔出52点。

［系统］一醉方休扔出 89 点。
［系统］百炼成妖 715 扔出 90 点。
五岳阁全体："……"
方筝："同志们,还扔吗?"
战斗机："扔啥啊,都已经进咱团腰包了,哈哈哈!"
随着 Polly 第一个放弃投掷,余下战友纷纷跟上,很快系统再一次向全世界公告——
［系统］百炼成妖 715 获得米梯斯的蓝色冰魄。

同一时间。
［军团］泰山之巅：我总觉得咱们被羞辱了。
［军团］无心之过：深深地羞辱。
［军团］火云邪神：为什么总扔不过他们？
［军团］风流不下流：平时没攒好人品。
［军团］无心之过：其实咱团长人品不错。
［军团］风流不下流：嗯,但是副团……
［军团］人称小白龙：你们就不能用私聊吗？!

五岳阁憋屈,但围观群众不明真相啊——
［逐鹿］大 H：一醉,你们给鬼服打工？
大 H 这话并不带着奚落,显然是认真问的,因为从概率论上讲,一个本出现四次需要扔色子的情况但最终极品装备都落到一家军团,显然违背自然规律,唯一合理的解释就是打工。但五岳阁会为了游戏币给一个名不见经传的小军团打工？这说出去也未必好听。
一面是见钱眼开,一面是衰神缠身,选哪个都……
［逐鹿］一醉方休：给朋友帮个忙而已。
［逐鹿］大 H：哟,够讲义气的啊,啥时候也给我们帮帮。
［逐鹿］一醉方休：流星飒沓也缺人手？
［逐鹿］大 H：怎么可能,喊,刚跟你开玩笑呢！
［逐鹿］一醉方休：呵呵,我想也是。
什么叫外交达人？什么叫转危为安？什么叫反败为胜？什么是临场发挥型选手？你不应该叫一醉方休,你光辉的名字应该是——
［队伍］有奶就是娘：太无耻了……

能让方筝骂一句无耻，足见一醉功力之高深，不过下了半天本毛都没捞到，方筝也就不跟他计较这颜面之争了。

世界上聊完，联合战队就地解散，Polly很礼貌地和对方道别，送上一句合作愉快，动机之凶残，言辞之毒辣，直教人叹为观止。

这才是新版本的开始，往后随着级数升高联合副本肯定还有，但同样可以肯定的是五岳阁不会再跟他们联手了。方筝叹口气，果然壮大自家队伍才是王道。

联合副本的经验值十分可观，一个本下完，尽管死去又活来，但大家的经验条基本都前进了3/4，哦，不对，有一个例外——百炼成妖715，死亡次数最少，直接升到56级了。

百炼成妖："团长，我把蓝色冰魄放军团仓库了。"

方筝："乖。"

人品纯良成这样，自带幸运光环是可以理解的！

打开军团仓库，尼布甲尼撒二世的心脏在蓝色冰魄的左边格子，显然是更早些时候放进来的。方筝愣了下，不知怎么就想到之前机机退出纵横天下时说的，谁都可以说鹦鹉没品，但军团不行，因为鹦鹉能为军团做的都做了。当时觉得义愤填膺中的小机机有煽情成分，可现在，他有些信了。

[系统]方小贱申请加入军团，是否同意？

毫无预警的新人入团申请吓了方筝一跳。这才上世界频道，就有粉丝了？

方筝下意识就想通过，却在多看了那ID一眼后迟疑了。

这名儿起得太缺德了……

招团员和找对象是一个道理，首先得有眼缘，那游戏里看什么，只能看ID，但眼下这ID分明面目可憎。

[私聊]方小贱：团长，怎么不通过我？

[私聊]有奶就是娘：还没入团呢，别乱叫。

[私聊]方小贱：那我该叫你什么？

[私聊]有奶就是娘：……

[私聊]有奶就是娘：我觉得你不适合我们团。

[私聊]方小贱：为啥？

[私聊]有奶就是娘：跟团长不合拍。

[私聊]方小贱：你都没和我接触过怎么就知道不合拍？

[私聊]有奶就是娘：已经接触了！

［私聊］方小贱：你对我有什么不满意你就直说，我改。
　　［私聊］有奶就是娘：那你买个改名券去吧……
　　［私聊］方小贱：哈哈哈！
　　虽然只有字，但方筝还是产生一种狂放笑声萦绕耳际的错觉，登时毛孔收缩头皮发麻。
　　一种不好的预感从显示器里幽幽飘出，将他笼罩。
　　［私聊］有奶就是娘：你人在哪儿？
　　［私聊］方小贱：嗯？
　　［私聊］有奶就是娘：不是想入团吗？总得面试吧！
　　［私聊］方小贱：坐标（××，××）。
　　方筝没再说话，接到坐标直奔海南岛。
　　三分钟后，有奶就是娘在一片香蕉林里，和鬼服兵团第八位账号成员相遇了——
　　［当前］有奶就是娘：你以为你换个马甲我就不认识你了吗？没用的！像你这样拉风的男人，无论在什么地方，都像漆黑夜空中的萤火虫一样，那么鲜明，那么突出。你那忧郁的眼神、神乎其技的刀法，已经深深迷住了我。不过虽然你是这样出色，我依然想提个小小要求……你可以不要每个号都整一身完美沙漠套强化到顶级再打满攻五石头吗？！

第十二章

新人入团

登入

青绿色的香蕉与翠绿色的叶子在阳光下摇曳闪烁，你中有我我中有你，彼男彼女站在林中，只几步的距离，却不再前行，静静而立，四目胶着。

［当前］方小贱：我都这样了你也能认出来？！

［当前］有奶就是娘：都说了，你就是那漆黑夜空中的萤火虫。

猜测落实，方筝长舒口气。也幸亏疯子是个直来直去的，这要换上一醉方休那货，整一句"沙漠套打全攻五石头就不能入团吗？"他还真就没底了。

因为疯子这号改头换面得相当彻底，不光名字，连性别都换了，显然是用了性别变更券。现在站在有奶就是娘面前的杀手姑娘齐耳碎短发，身材凹凸有致，偏还穿着吊带热裤，那叫一个性感火辣。顺带提下，上下衣还是浅黄和淡蓝的撞色系。

改装备外形显然是土豪杀手的爱好，方筝想到团里另外一位死也不改外形的混搭风忠粉，忽然很感慨——战友，就是要这样互补！

有奶就是娘的好友列表中并没有方小贱，却依然有疯一样的子，于是结论出来了，这是方筝在逐鹿之渊帮对方代练那个号，服务器一合，自然给了改名的机会。

但——

［私聊］有奶就是娘：你姓方？

［私聊］方小贱：有人会叫自己小贱？

很好，这货业余生活得有多乏味啊！

懒得理他，方筝用卷轴直接回了城。

方小贱像尾巴似的也跟了来。

鬼服兵团的战友们不知晃荡到哪里去了，只剩438带着他的宝宝在军团大厅里休息，见团长带着个姑娘回来，438立刻迎上前。

［当前］有奶就是娘：来，438，欢迎一下咱们的新团员。

［当前］百炼成妖715：团长你又整我。

［当前］百炼成妖715：杀手你好端端干吗变性？庆祝合服？

［当前］方小贱：……

方筝忽然想到小时候听过的一个故事，讲有个人拿到一片叶子，以为是宝贝，遮头上便可以隐身，于是这人顶着片叶子四处干坏事，殊不知大家对他的一举一动完全看在眼里……哦，可怜的杀手君。

方筝难得发了善心，主动邀请对方入团。

江洋正郁闷呢，看也不看就点了同意，然后转战军团频道继续咆哮——

［军团］方小贱：你怎么知道我是我的啊！你好友列表里又没我！

一秒后。

［军团］百炼成妖715：啊？

五秒后。

［军团］百炼成妖715：怎么没有，疯一样的子，就在我好友里呢！

［军团］方小贱：……以后所有入团的都必须测智商！听见没？必须测！

［军团］战斗机：这人谁啊，咋进来的？

［军团］妖的祝福：团长，你别什么搞传销的发广告的都往军团里放，不然入团申请就没有意义了。

［军团］血牛不吃草：T（游戏里代指踢出队伍的意思）了吧！

［军团］方小贱：我是疯一样的子……

［军团］百炼成妖715：嘿嘿，我就说吧，还想骗我！

杀手君沉默了。

方筝仿佛听见了一颗心脏滴血的声音。

千万别试图欺负老实孩子，因为你绝对无法成功，并伴有80%的概率反伤——方筝在心灵感悟小本上写下这句话，并用红线画上了重点符号。

新号的加入勾起了广大人民群众的好奇，虽然人是老的，可皮囊终究是新的，所以没一会儿鬼服全团齐聚军团大厅，围着新版女杀手评头论足。

［军团］战斗机：没我家血牛美……

［军团］妖的祝福：怎么又是杀手啊？

［军团］血牛不吃草：70级满后肯定有更好的套装，你没必要非再弄个沙漠套。

［军团］百炼成妖715：胸部调得有点太大了，不好看……

杀手想用群攻——

［军团］方小贱：首先，你家血牛妹妹是奇女子，我当然比不过。其次，我练这号的时候还没合区，我怎么知道会出现今天这种情况！第三，请参照第二条，把练这号改成买沙漠套即可。第四，我就是胸前挂俩水瓢又关你什么事……

［私聊］Polly：你姓方？

这问题怎么如此眼熟？

［私聊］方小贱：有人会叫自己小贱？

［私聊］Polly：那你这名字……

［私聊］方小贱：逗人玩呢！

［私聊］Polly：逗奶奶？

［私聊］方小贱：你行啊，够敏锐的。

［私聊］Polly：呵呵！

这"呵呵"……是什么意思……

想太多的杀手君，陷入了思绪的迷宫。

电脑另一端，简单的小鸟君就和他打的呵呵一样，扬起嘴角，心情明媚。

小风筝，姓方。

［系统］这货不二申请加入军团。

如果说杀手君的 ID 还有一定隐蔽性，那战斗机就完全是裸奔了。

点击同意，鬼服兵团第九个号——仙术师这货不二，入驻。

［军团］这货不二：差点忘了这个号。

［军团］这货不二：幸亏没错过改名期，不然自动生成数字后缀想想都是人间惨剧！

［军团］血牛不吃草：请注意听众心情。

［军团］百炼成妖715：没事血牛姐，我撑得住！

［军团］这货不二：……我错了。

转眼七人小小团就成了九人小团，虽然有两个僵尸号，可看着总归赏心悦目了。

方筝满意地点点头。

逐鹿频道上也颇不平静。虽然没赶上头筹，但仍有好几个队伍依然奋战在空中花园前线，时不时传来只言片语。

［逐鹿］斗神：后面想打空中花园的记住了，刚进去就有一堆好材料可以采集，比如，向日葵之类。

［逐鹿］推杯换盏：打柳树的时候会有个宝盒路过，一定要打开，有随机礼物……

［逐鹿］举头望明月：楼上太不要脸了！哪是随机，明明是指定礼物！

［逐鹿］老和部队：野队就不用认真了？打完再刷屏行不行？！

［逐鹿］幸运小福手：就是的，这样分心容易团灭。

［逐鹿］斗神：幸运你能不能不说话！

［喇叭］人海茫茫：晚了，我死了……

［喇叭］医者仁心：抱歉，我也挺不住了……

［逐鹿］丧尸归来：奶妈你不可以死啊！

方筝似乎就目睹了一出野队有风险的惨剧。

经历过柳树盒子，那么显然已经在打终极 BOSS 了，由前面几位的发言看，那时候战斗还是比较惬意的，只是后面不知为何情况急转直下，弄得他们连频道都顾不上调整，便作鸟兽散了。

世界重新恢复秩序，卖药的卖号的卖萌的就通通出现了——

［逐鹿］钻石卖家：长期收币，童叟无欺。

［逐鹿］五哥交易坊：买卖材料找五哥，买卖装备找五哥，买卖金币找五哥！

［逐鹿］专业代练：练号儿升级。

［逐鹿］休休休你妹：55级奶妈求组固定练级队。

最后刷出的信息让方筝眼前一亮，什么叫求组固定队，那就是自由人啊，而且看这语气，看这句号，无不透着一股子平实。想取经光有孙悟空是不行的，你也得有沙僧不是？

［私聊］有奶就是娘：来我们军团吧，保证固定队。

［私聊］休休休你妹：鬼服兵团？

天，刚一个副本，军团就已经打出名……

［私聊］休休休你妹：不去。

原来是差评……

［私聊］有奶就是娘：我能冒昧问一句为啥吗？

［私聊］休休休你妹：你们是五岳阁亲友团，和五岳阁有关系的我一律不去。

［私聊］有奶就是娘：你和五岳阁有仇？

［私聊］有奶就是娘：等等，鬼服啥时候成五岳阁亲友团了？！

［私聊］休休休你妹：所有人都看见了，你们刚在五岳阁的帮忙下打通空中花园。

［私聊］有奶就是娘：他说帮忙你就信啊，全程色子没扔过我们，只得自己找个台阶，也就骗骗你们这种无知少女。

［私聊］休休休你妹：你怎么知道我是女的！

他不知道，他只是随口一说啊，亲。

为啥稳重朴素的踏实奶爸就变成了天真无邪的大眼奶妈，这不科学！

［私聊］休休休你妹：人呢人呢，问你呢，怎么看出来的啊？

［私聊］有奶就是娘：当团长，总要有点眼力。

以及心理承受能力……

［私聊］休休休你妹：所以你们不是亲友团？

［私聊］有奶就是娘：当然不是，咱们团的宗旨一贯是打群战吃独食，

没有永远的朋友只有永远的无耻。

　　［私聊］休休休你妹：啊啊啊，我喜欢。

　　［私聊］休休休你妹：一个破游戏嘛，整得多大事儿似的，还不就是打发时间！

　　［私聊］休休休你妹：我决定加入你们团了！

　　看起来沟通得非常顺利，可为啥总感觉什么地方跑偏了……

　　［私聊］休休休你妹：哎，有奶就是娘，怎么申请入你们团？

　　［私聊］有奶就是娘：点开系统菜单选择军团管理，在搜索中输入鬼服兵团，回车，军团名称出来左键双击申请加入。

　　［私聊］休休休你妹：好麻烦……

　　［私聊］有奶就是娘：算了，我邀请你吧！

　　［私聊］休休休你妹：能邀请你不早说！

　　方筝微微仰头，虔诚地望着天花板——主啊，我想后悔，你能宽恕我吗？

　　主没有宽恕无耻之徒。

　　在方筝迟迟未邀请的情况下，休你妹自己在军团管理中搜到了，并提交了申请。

　　点击通过时，方筝的元神流下一滴眼泪。

　　鬼服战友并不清楚团长的前哨战，一见又来个新战友，立刻热烈欢迎——

　　［军团］战斗机：今天太热闹了，哈哈哈！……这又是谁的小号？

　　［军团］休休休你妹：我没有小号啊，这个就是我的大号！

　　［军团］血牛不吃草：新人？

　　［军团］休休休你妹：你怎么知道？我刚买的！

　　［军团］百炼成妖715：那怎么不买个名字好听的呢？

　　［军团］妖的祝福：你别理他，他对名字有阴影。

　　［军团］战斗机：刚谁说入团要测智商来着？

　　［军团］疯一样的子：举手。

　　［军团］战斗机：哈哈哈！我题都想出来了就等着呢，你妹听好了。

　　［军团］战斗机：半天不动，忽然一动，上面欢喜，下面很痛，打一件事。

　　［军团］妖的祝福：……

　　［军团］血牛不吃草：……

　　［军团］疯一样的子：……

　　［军团］百炼成妖715：？

［军团］休休休你妹：这个段子好老了。

［私聊］战斗机：我想揍他可以吗？
［私聊］有奶就是娘：是她。
［私聊］战斗机：那我去了。
［私聊］有奶就是娘：……

说是揍，其实就是上去一 PK，两个都是男号，倒也看不出谁欺负谁。不过，这种平衡只存在于 PK 开始后的前五秒。
五秒后，随着机机的第三次快攻得手，休你妹倒地，PK 结束。
［当前］战斗机：你怎么不还手？怎么，让着我？
［当前］休休休你妹：我根本没机会出手啊！你怎么那么快？！
［当前］战斗机：……
［当前］战斗机：PK 不快难道还等着人来宰？
［当前］休休休你妹：可你也太快了，这不科学，你肯定开挂了！
［当前］战斗机：你可以侮辱我的智商但你不能侮辱我的人格！
［当前］血牛不吃草发了一个斜眼的表情
［当前］战斗机：对不起，对不起，我忘了，那个，收回。
［当前］战斗机：你可以侮辱我的智商但你不能侮辱我的人格！
［当前］休休休你妹：不用说两遍，我知道你的智商不值钱了……

奶妈打血战士，通常是互相磨，谁赢谁输都正常，可现在知道的是奶妈和血战士打，不知道的还以为奶妈单挑 BOSS，且还是 40 级奶妈单挑 55 级 BOSS。

　　［当前］有奶就是娘：妹子，以前没玩过游戏？
　　［当前］休休休你妹：怎么可能，我当年劲舞团速度 220 回回都爆的好吗？
　　方筝看着那自信的波浪线，轻轻呼出一口气。
　　好，很好，起码证明人家有手速。
　　［当前］有奶就是娘：438，你等会儿还要去新地图采集？
　　［当前］百炼成妖 715：对啊！
　　［当前］有奶就是娘：那带上你妹吧，认认地形打打怪什么的。
　　［当前］休休休你妹：438？这个昵称好可爱。
　　［当前］百炼成妖 715：嘿嘿！

［当前］休休休你妹：啊啊啊，受不了了，脸伸过来让我捏两下！

很好，这俩货非常合拍……

送走了新人和炼妖师，余下的又四散开去研究地图上可能存在的新副本。虽然打怪也可以升级，但一来副本更快，二来刚刚改版，但凡有点追求的玩家都想抢个副本首通关上个世界公告啥的。小怪？以后有的是时间和它们培养感情。

方筝去北海晃了一圈，战旗军团打BOSS的野外地图上已经人满为患，可惜，尽管距离战旗推倒北海女妖已经过去六小时，但系统仍然没有再一次刷出BOSS。

不过倒是碰见了熟人。

［私聊］大H：你也来蹲点？

［私聊］有奶就是娘：看看而已，这种别人杀过的，有什么好蹲的……

［私聊］大H：你在拉仇恨吗？

除了流星飒沓，五岳阁、纵横天下，甚至已经推过的战旗军团也都留了人在这里守着，显然，未知BOSS要找，已知BOSS更要看牢。

思及此，方筝给小鸟发了私聊——

［私聊］有奶就是娘：全服都在北海这儿守着女妖呢，我们要不要？

那头回得很快——

［私聊］Polly：不用，现在还不知道BOSS几小时一刷，他们守着正好替咱们计时了。

［私聊］有奶就是娘：太无耻了吧……

［私聊］Polly：摸清规律，以后想打踩着刷新时间就来。

［私聊］有奶就是娘：但是无耻得很有我当年的神韵。

孟初冬发现每次奶妈一发表情，他就手痒痒，恨不得这人就在眼前，能让他一把薅过来打两下。

方小贱……他忽然有点能理解杀手的心情了。

好吧，是非常能理解。

从前，二次元和三次元在孟初冬的概念里是泾渭分明的。游戏里，你们可能是合作很好的战友；游戏外，未必就真的脾气相投。游戏里，你们可能是你侬我侬的情侣；游戏外，兴许只是擦肩而过的路人。既然关系是依托着游戏来的，那就应该依托着游戏继续下去，所以他从不会想要跳出游戏，同样也不看好那些从游戏发展到现实的关系，不论同性或者异性，不论友情或者爱情。

但现在，这个界限却正被模糊着。

他不知道这是好事还是坏事，因为生活不是游戏，他没办法用经验和技术去揣摩控制——就像那夜的电影，只一个半小时，却花上半宿都没看完。

新鲜感永远对玩家有着致命吸引力，以至于方筝这种不睡到日上三竿绝不起床的，都破天荒在上午 10:00 睁开了眼睛。

草草洗脸刷牙，连饭都顾不上吃就登录游戏，结果军团列表中那副团长的 ID 早已经亮着了——

［军团］有奶就是娘：在？

［军团］Polly：嗯。

［军团］有奶就是娘：也刚来？

［军团］Polly：嗯。

［军团］有奶就是娘：看来咱们心情一样啊！

［军团］Polly：嗯。

［军团］有奶就是娘：这是 QQ 自动回复吗？

［军团］Polly：坐标（××，××），桃花潭。

人家都是团长压着副团长，到他这彻底被夺权，他这个团长好失败……

暗自垂泪归垂泪，小鸟却从来不是狼来了的孩子，但凡发坐标，肯定是有事。所以方筝一边往那儿赶，一边想该不是碰上仇家被砍了吧？！

结果抵达目的地定睛一看，除了小鸟，连只乌鸦都没有。

这里是个十分隐蔽的小村庄，方筝从前采矿的时候来过这里，那时和现在别无二致，无 NPC，无怪，算个游戏死角吧，只有一汪深潭和潭边摇曳的青草。

蓝天白云下，黑白相间的小鸟正坐在潭边冲他招手。

升级后的游戏角色多了很多表情和动作，虽然无实际意义，但偶尔玩一下还是挺有生气的，方筝也就回应着挥了两下胳膊。

操纵有奶就是娘走到小鸟身边的同时方筝也登录了 YY，果然这里小鸟也在。

他的副团长是一盏长明灯，方筝想。

"怎么不去新地图找副本？这里有啥好看的。"

Polly："你跳下去看看。"

方筝："这个要求，会不会有点凶残……"

小鸟君不再说话，直接起身一个猛子扎进去。

溅起的水花落到了奶妈身上，方筝觉出不寻常了，连忙跟着躯体前空翻两周半，漂亮入水。

其实这个潭方筝曾经跳过，就像许多穷极无聊的玩家一样，级升满了，怪打腻了，本下烂了，只剩满世界旅游玩。

那还是一年前吧，他误打误撞来到这儿，抱着试试看的心理纵身一跃，也和现在一样，水色浅绿，不算清澈透亮，却有种静谧感，只可惜水潭实在浅，屏息时间没用一半，就到了潭底，巴掌大的地方就像旧版《西游记》的龙宫布景，一览无余。

记忆并不十分清晰，但方筝可以肯定，那时候的潭底绝对没有这块墓碑一样的石头。

方筝："这是机关？"

Polly："双击下看看。"

方筝："不会忽然蹦出个怪吧？"

Polly："有我呢！"

方筝："纯爷们儿表示听见你这么说完全高兴不起来……"

Polly："哦，那别怕，你不是一个人。"

方筝："……"

鬼服团长与自己副团交涉的结果，就是放弃交涉，乖乖去点石碑。

[系统]李白乘舟将欲行，忽闻岸上踏歌声，桃花潭水深千尺，不及汪伦送我情。

随着系统弹出小字，潭底忽然裂开，水流卷成漩涡飞速向裂缝涌去，方筝还来不及反应，有奶就是娘已经被疾速的水流吞噬。

显示器一片淡绿色波纹，根本无法分辨哪里是水，哪里有人。

整个过程大约持续了十秒，等波纹消失，僵尸和奶妈已经浮出水面，两颗小脑袋距离并不远，兀自随着水流微微漂荡。

小鸟第一个上岸。

方筝这才回过神，连忙跟上。

桃花潭早不见了，二人是从一条小溪中爬出来的，面前是一片宁静的村庄，往来NPC都穿着古人的衣服，斜阳洒下淡淡光辉，照在房屋上，照在田地里，就像一幅泼墨山水画。

"我去——"

好吧，总有大俗人喜欢破坏意境。

"游戏开发小组太无耻了，旧地图还带改的啊！不过再改也逃不过小鸟的眼睛，哈哈哈！……"方筝乐得那叫一个嘚瑟，就好像他叫小鸟似的。

孟初冬没出声，但周围的吧友都被二老板雪白的牙齿晃了眼睛。

吕越好奇走过来，决定必须弄清楚究竟是什么让好友最近抽风的次数越来越多，这抽风的概念很广泛，比如，晚睡早起，红光满面，笑脸迎人，等等。可横看竖看观察半天，游戏还是那个游戏，实在看不出端倪。

低价耳机不包音，吕越听见里面似乎有人在说话。

再然后，就听见孟初冬说："我刚发现你就来了，后面的还没研究。"

那头似乎又说了什么。

孟初冬回道："你是团长。"

话很平常，关键是某人这个态度，哪里还有平时的半死不活爱答不理，完全是热情洋溢春暖花开啊！

吕越实在好奇，好奇到要死了，顾不上合适不合适直接上手把孟初冬耳机摘下来以迅雷不及掩耳之势扣到自己脑袋上。

"别这样啊，每一个成功的团长背后都有一个默默奉献的副团。"

孟初冬皱眉夺回耳机，迅速戴好，语气却没半点波动："刚刚卡了下，没听清。"

显然耳机那头的人恬不知耻地又重复了一遍，于是自己的哥们儿又笑了。

吕越刚想吐槽，却愣住。

自打孟初冬跑来和自己开这个店，这几年，他就没见对方真正笑过，偶尔心情好了，也顶多扬个嘴角，看到爆笑的，趴在桌上肩膀一抽一抽，笑完了抬起脸，还是那副死样。一来二去，他都几乎要忘了这家伙有两颗帅气的小虎牙。上学那会儿甚至被全班男生鄙视过，其实真正的原因是，这玩意儿太帅。

"我都快走完半个村子了，这帮人除了跟我谈天气就是跟我谈收成，你哪怕来个谈情说爱的呢！"方筝停下鼠标，决定让有奶就是娘和自己都休息休息。

两个人在村里分头行动，一个负责东面，一个负责西面，结果这村子比方筝想象中的还要大，绕了半天愣是没绕完。不过倒是在一个 NPC 那里接了个任务，说是儿子刚给他添了个大胖孙子，要玩家去指定几户帮他发红鸡蛋。方筝想着反正也要跟每个 NPC 说话，也就接了，结果完成任务，NPC 给了他一张改名券。

游戏商城中，改名券属于奢侈品，比当年客户系的那条红丝带都贵，因为丝带有时间限制，而改名券却可以是永久的，所以大多数改名券的消费者都是那些直接买号又实在容不下新号 ID 的，最终一咬牙一跺脚，改名。

但 NPC 给方筝这张却有时效——6 小时。

要给就大方点，还整个体验版……

方筝跟小鸟吐槽，结果小鸟倒好像很感兴趣，问了下是从哪里接的任务，便还真去做了。

方筝闹不懂，原地休息，过一会儿，见小鸟回来了，便问："做完了？"

小鸟没说话，三秒后，头顶上的 Polly 变成了孟初冬。

"什么情况，"方筝一头雾水，这也不是游戏 ID 啊，倒像个人名，提到人名，他就想到方小贱，于是同理推断，"你暗恋的姑娘？"

"……"

鬼服团长破天荒第一次噎到了副团长。

只可惜团长毫无察觉，还在发表观后感："好名字，一看就是个特别温柔善良的姑娘！"

孟初冬叹口气："我妈起的，我替她老人家谢谢你。"

"呃，你名儿啊，其实仔细琢磨和你沉静的气质很搭啊，都说三岁看老，你这刚出生就被看出来了，伯母真厉害！"

"……我再替她老人家谢谢你。"

话题到此，方筝是再也找不出往下延续的招式了，只能转移——

"不过你干吗把 ID 改成真名啊，感觉不怪吗？"

"你试试不就知道了。"

"……"奶妈很纠结。

"才六小时，当玩了。"

"也是。"但架不住僵尸精通教唆。

三秒钟后，越冬网吧大老板再次见到了二老板的虎牙。

前台小妹过来向大老板请示工作，却被二老板的笑容闪了眼睛。

吕越调侃似的问，帅吗？

姑娘观察半天，小声回答，帅是很帅，但为啥要笑得像个刚偷着鸡的狐狸？

这天鬼服兵团第三个上线的是疯一样的子，确切地说就在正副团长改名后不久，一个十分不科学的时间段。

江洋先是登录 YY，果不其然，两个小马甲稳稳挂着，然后才登录游戏。

江洋："我一猜你俩就在。"

Polly:"这个不难猜。"

方筝:"问题是你怎么也在,早退了?"

江洋:"这一唱一和的,敢情我还不能歇半天了?你俩在哪儿,找着本了没?"

Polly:"坐标(××,××),这地方可能有戏。"

江洋没再多言,待游戏登录成功,直接往目标地传送。抵达后大约向北跑了一分钟,便看见桃花潭。

一览无余的一亩三分地。

山清水秀。

毫无人烟。

江洋皱眉:"你俩耍我啊,一根毛儿都没有。"

方筝:"你脖子上面那颗球是摆设?水上没有肯定就在水下啊!"

江洋歪头琢磨两下,总觉得这团长搭上副团长后,气焰瞬间嚣张。

话说到这份儿上,除了战斗机那类的货,是个人都能想到水下别有洞天,所以江洋操作着杀手一路潜到水底,很快便看见了石碑和裂缝,再往下没多久,便同方筝他们一样被卷到了世外小村。

Polly和有奶就是娘正站在村口的老槐树下,冲他招手。

小心谨慎的杀手没敢贸然向前。

方筝:"怎么不动了?卡了?"

江洋:"这是你俩?"

方筝:"废话,这么不拘一格玉树临风的僵尸,全服务器你能找出第二个?"

"……"

为啥能把夸别人的话说得像夸自己这么嘚瑟?江洋同志很费解。

但还有让他更费解的:"游戏ID改实名制了?"

"做任务得的,"方筝倒不隐瞒,"效果就六小时,这不好玩嘛!"

江洋实在没看出哪里好玩,要说改了ID跑去杀人倒也能理解,反正不怕对方将来报仇,可改了ID窝这鸟不拉屎的地方大眼瞪小眼?

小屁孩的思维果然难理解,江洋叹了口气,这就是代沟啊!

村子已经被方筝和孟初冬侦察完毕,没什么收获,但江洋也相信潭底那个机关不可能只是想给大家开辟个约会地图,于是三人当下商定,上山。

村子的后面便是连绵起伏的青山,远看郁郁葱葱,走进去,却茂密幽暗,树干枝叶遮住了阳光,视野并不算清明。

三个人决定分头勘探,于是组了队伍,这样队友在小地图上便会有图标提示。

搜索进行了大约二十分钟，速度快的江洋已经抵达山顶，方筝那头却终于有了发现——他遇上一队 NPC，交谈之下，对方说山上有猛兽吃人，所以他们组了村里的青壮年来捕兽，还问方筝要不要加入队伍。

方筝自然乐得跟随，很快，在迂回曲折的约五分钟赶路后，看到了怪的真身。

毫无疑问，那是个野图 BOSS，甚至不需要交手，光从个头上就能判断。

方筝把鼠标放在 BOSS 身上看名字，同时小心翼翼地避免误击——

火神祝融！

"找着了！"方筝难掩兴奋，马上告诉另外两位战友。

江洋："光嘴说我们知道你在哪儿……"

Polly："发坐标。"

所以说小鸟君永远是务实派，方筝撇撇嘴，一边在心里腹诽江洋一边把坐标发过去。

两个人很快赶来，开始远观这位身形高大浑身散发着火光的 BOSS。

既然是改版后出来的新 BOSS，级别肯定在 55 级以上，但具体多少系统是不会显示的，只能靠玩家自己摸索。

江洋："几个人能打得过？"

方筝："得试下才知道。"

什么叫试一下？就是你形单影只装备整齐地上去捅一下 BOSS，换来一记回击，然后通过掉多少血来估计 BOSS 的等级和杀伤力。运气好呢，死在 BOSS 手下，掉经验；运气不好呢，死在 BOSS 手下，经验装备一起掉。总之完全没有逃脱可能。

江洋有种不好的预感："谁上去试？"

小鸟替团队做了决定："方小贱好像挺闲的。"

三分钟后，疯一样的子下线，方小贱千里迢迢赶来，带着一种慷慨就义的悲壮感。

YY 里倒还是原始阵容。

江洋咽了下口水，一个人面对 BOSS，多少总有点紧张："那我上了？"

方筝给他加油："妹妹你大胆地往前走！"

小鸟淡淡道："嗯，穿着你的沙漠套。"

江洋无语，忘换装备了……

虽然为了试出 BOSS 的真正水平不能裸奔，但也不至于穿着沙漠套冒险。

很快，方小贱便原地换了一身普通的50级橙装，变魔术似的，方筝还没来得及翻白眼，倒先被人吐槽："看看副团，一眼就瞧出来重点，你还整个妹妹大胆往前走，掉了沙漠套你赔？"

"这玩意儿都快让你弄得烂大街不值钱了，赶紧的吧！"

江洋不再废话，只见方小贱绕路跑到BOSS另一侧，离方筝和小鸟都远远的，然后才掏出弓箭朝着祝融就是一箭。

这箭对祝融来讲就跟纸片似的毫无杀伤力，但拉仇恨绰绰有余。

祝融转向方小贱，仰天长号，几乎就在一瞬间，天降火球重重砸在方小贱身上！

可怜的小杀手连挣扎都木有机会，直接成了一缕幽魂。

方小贱并没有组队，小鸟和方筝又离得较远，所以BOSS杀完人便拍拍手，继续优哉地晃荡了。

江洋任由方小贱悲催地扑着，因为还没从震惊里恢复："我去，这是70级的BOSS吧！"

孟初冬仔细观察了一下："不像，如果是血战士，应该能接下来一招，但必须马上奶，而且一个奶妈估计奶不住。"

方筝一拍大腿："那正好啊，咱不刚招了个奶妈，哈哈哈！"

孟初冬："你有她电话？"

方筝："没。"

时间不等人，既然BOSS锁定，自然越快招来人越好。所幸PK赛之后鬼服兵团都互相交换了电话号码——除了新人妹子——以防关键时刻找不见人或者再次发生惨绝人寰的顶号悲剧。

方筝："我打电话？"

江洋："废话，你是团长。"

方筝："你见过团长吹集结号的？"

Polly："兼外联部部长。"

啥时候多了个职务。

别看游戏里方筝游刃有余，可一挪到现实里，就各种不自在，交换手机号到现在，他也只是给个别团员发过诸如"几点来？""要下本了"之类的官方通知，打电话是完全没有过，他也知道YY和手机通话没啥本质区别，可他就是别扭，于是心理建设半天，才硬着头皮挑了个最没压力的——

"团长？"438 的声音带着小小的惊喜。

"咳，"方筝清了清嗓子，压低声音努力装沉稳，"发现新的野图 BOSS 了，方便上游戏吗？"

"马上来！"438 恨不得用声音敬军礼。

方筝长舒口气，一颗心刚要放下，就听见对方又补充一句："团长，你不用紧张，呵呵！"

谁紧张了。

一回生二回熟，再给血牛姐姐打就自然些了，只可惜——

"不行，我在上课。"

方筝纳闷儿："不是暑假吗，上什么课？"

"兼职辅导暑期补习班。"

好吧，是她在给别人上课。

告别了高学历的血牛姐姐，方筝又打给妖的祝福——

"不行，我在上课。"

这货的老师是血牛不吃草吗？！

"对不起啊，团长，导师要弄个课题，我们就得帮着搞调研。"

"没事，学习重要，加油。"

挂上电话，方筝都要被自己感动了。

虽然他只是一个高中毕业的，却为祖国的未来做出了不可磨灭的贡献！

战斗机就简单了，电话都不用打，因为肯定在上班。

几个人的号码都被方筝放进了"战友"群组，所以放下手机之前，方筝很自然瞄到了唯一没拨打的那个名字。也不知道他在新服怎么样了，是不是还那么极品，新队友喜不喜欢他……方筝叹口气，天下没不散的筵席，可依然会有淡淡的忧伤。

方筝向组织汇报战果时，炼妖师已经上线，速度之快，堪比闪电侠。

[军团]方筝：你这也太光速了。

[军团]百炼成妖 715：正好陪我妈逛街回来，走到楼道里就接到团长电话了，嘿嘿！

[军团]百炼成妖 715：等等，你是谁？

[军团]孟初冬：咱们团长。

[军团]百炼成妖 715：你又是谁？

[军团]方筝：咱们副团。

[军团]百炼成妖 715：我有点乱……

[军团]疯一样的子：这还看不出来？两人猫在鸟不拉屎的地方还一起改了名字！

垂直下降就可以找到入口的水路，438依然走了很久，最终磕磕绊绊跟大部队会合时，身后带着俩小怪，血条还剩下1/3，据说这还是顶了好几颗补血药才勉强维持住的。

不过见到BOSS，这家伙眼睛就亮了："谁发现的？太厉害了！好帅！"

方筝挺起胸脯，想说来膜拜你的团长吧，却被兴奋的438又抢了白："他是不是还会喷火？啊啊啊，受不了了，太帅了！"

合着是在夸BOSS！

此时是下午2:30，距离鬼服大部分战友上线的时间至少还有四小时，而现有的四人显然没办法对付祝融。

江洋："怎么办，死等？"

方筝："就怕没等来队友倒先等来对手。"

江洋："不能吧，这地方偏得鬼都不来。"

方筝："倒也是。"

438："我们不就来了吗？"

江洋和方筝："……"

事实证明438继承了你大爷的光荣传统，话出口没过三分钟，地图上就出现了不速之客。起先方筝并没有发觉，可来者也没有偷袭的意思，反而越走越近，最终一行六人大大方方出现在鬼服兵团的视野中——

战旗军团！

BOSS就在眼前，傻子都知道要抢，方筝下意识握紧鼠标，虽然是四对六，可真要打起来，也未必……

[当前]战、菩提老祖：真巧。

[当前]孟初冬：是啊，你们也来郊游？

[当前]战、菩提老祖：嗯，这边风景不错。

[当前]孟初冬：我也这么觉得。

[当前]战、菩提老祖：还没请教阁下是……

[当前]孟初冬：鬼服兵团副团长。

[当前]战、菩提老祖：幸会幸会，我是战旗外联部部长。

还真有这配置？……

[当前]孟初冬：路是你找的？

[当前]战、菩提老祖：我哪有这本事，是我们团长。

［当前］孟初冬：雪狼？

［当前］战、菩提老祖：团长，人家叫你了……

［当前］战、雪狼：我看你浪得挺嗨！

［当前］战、菩提老祖：这不先礼后兵嘛！

［当前］孟初冬：我要是你们就不兵。

［当前］战、雪狼：理由？

［当前］孟初冬：这BOSS你们六个推不过。眼下唯一的路就是咱们联手。

［当前］战、雪狼：我团里有人干吗要跟你联手？

［当前］孟初冬：你就是全团来也只有七个，还是过不去，想打这个BOSS，标配战队十二人，最少也得十个才有戏。

［当前］战、菩提老祖：你怎么知道我们团几个人？

［当前］孟初冬：你们不是亲友团吗？

［当前］战、菩提老祖：那又怎么的，谁看名字都能看出来。

［当前］孟初冬：所以我就全服务器搜"战、"玩家，名字里有这个元素的拢共七个。

［当前］战、菩提老祖：……

小鸟，你就是当代的神探加杰特！

【战旗YY】

战、酢浆草："忽然有种丢人的感觉怎么破……"

战、黑金："退团。"

战、酢浆草："算了，丢丢更健康。"

战、琉璃妹妹："还打吗？"

战、雪狼："先摸情况，黑金，你用上帝的号试试。"

敌不动，我不动。

对峙五分钟后，鬼服兵团眼睁睁看着战旗第七位团员战、上帝子民赶来，然后放出宝宝调戏了一下祝融兄，最终连人带宝宝被祝融拍成了苹果派。

［当前］战、雪狼：合作。

［当前］孟初冬发了一个握手的表情。

两队化敌为友，其乐融融的微风中，只有江洋看着屏幕上扑倒的上帝子民，油然生出一种相逢何必曾相识的苍凉感。

第十三章

偷鸡蚀米

逐鹿中一支队伍最多六人，再多，只能几支队伍合并成战队。空中花园的时候，鬼服和五岳阁都是六人队，然后组了联合战队，这样才能一起进入副本，而现在，鬼服四人队，战旗六人队，依然组了联合战队。不组联合战队能不能打野图BOSS？当然可以。只是最终BOSS倒下，可以摸怪的只能是输出更高的那个队伍。四对六，哪边输出会高？智商大于二的都能算出来。

不过联合战队也并非完美之策——

百炼成妖："团长，为啥我们总是跟别人联合呢？"

比如，容易让团员动摇对组织的信心。

但作为鬼服团长，有奶就是娘也不是浪得虚名的——

"兵团要发展，总得有个过程，起步阶段联合一下可利用的资源，绝对百利而无一害，嘿嘿嘿……"

炼妖师安心了："嘿嘿嘿。"

四人队伍里半数智商余额不足是件很惆怅的事。

［战队］孟初冬：你们YY多少？

［战队］战、雪狼：不用吧，各指挥各的就行。

雪狼这话并无不妥，因为副本，往往需要漫长而周密的指挥，一步错，步步错，可野图就像它的名字一样，战斗方式比较粗犷，只一个BOSS，集体围殴然后队长时不时提点两句就OK，所以小鸟听完这话后思索两秒，便同意了。

倒是江洋看不太过去，没好气地说了句："他们挺狂啊！"

438体贴地换位思考："也不能这么说，可能他们真有狂的资本，比如，技术好啊，装备好啊，就像你似的。"

为什么最后五个字这么刺耳……

这厢江洋还没回味完，那厢小鸟已经出声："大家注意，开怪了。"

鬼服这边没有T（游戏里代指坦克职业），战旗那边菩提老祖是血战士，六魂是狂刀客，所以开怪的是菩提。先是一记大招，而后接连迅速地嘲讽加耍贱，等祝融火球招呼到他身上时，仇恨已经稳稳拉住。

火球轰掉菩提2/3血，除了血战士本身血高防厚，他的装备也绝对是极品。

方筝一边琢磨一边操作奶妈上前，战旗奶妈琉璃妹妹却比他更快一步，瞬回的润物无声已经套上，接着又开始吟唱枯木逢春！

方筝心下一沉，好快的速度和反应。

江洋也看出来了，语调间难掩兴奋："还真是高玩队！"

438又真相了，战旗的确有狂的资本。

"是可以，"小鸟难得附和大家，过了两秒，又嘱咐一句，"所以要小心了。"

方筝没搞懂这前言后语有什么因果关系，难道是怕被对方比下去丢人？丢人对鬼服来讲有压力吗？

脑袋里都是问号不影响方筝发挥，琉璃妹妹手速再快，吟唱也需要时间，所以方筝就配合着她的节奏见缝插针地甩个瞬回什么的，一直维持菩提的血量在70%左右。

仇恨稳后，其他人也加入战斗，方筝和琉璃妹妹分站BOSS两边，都可以奶到菩提，但剩下的输出自然各找各妈，渐渐地就形成以祝融为中心两个奶妈为基本点的战斗方阵。

祝融攻高，血也厚，两队人打了半天这货才掉了10%左右的血。不过联合战队已经渐渐掌握节奏，没最初那样紧张了。

[当前]战、黑金：奶妈注意补蓝，这是场持久战。
[当前]战、琉璃妹妹：还用你说。
[当前]战、黑金：我也没说你好吧！

方筝这叫一个来气，趁着吟唱迅速打字——

[当前]方筝：那就是说我了呗？
[当前]战、黑金：提醒一下而已。

要不是菩提那边离不了人，他绝对要跟这孙子掰扯……

[当前]百炼成妖715：管好你们自己队就行了！我们团长还用你提醒？
[当前]百炼成妖715：团长你别生气，不值得跟他这种人一般见识！
[当前]百炼成妖715：你永远是我最敬仰的奶妈！宇宙最强！

可怜战旗唯一的炼妖师上帝子民号在人不在，于是只能眼睁睁看着438刷屏。

【战旗YY】
黑金："腾不开手打字了，谁给我回那白痴几句？"
雪狼："你提醒他就很白痴。"
黑金："我不怕他们拖后腿嘛！"
琉璃妹妹："你眼睛瞎啊，那奶妈手法咋样你看不出来？人还用你提醒？"

黑金:"……"

六魂:"妹子,你这么粗俗找不到对象的。"

琉璃妹妹:"如果这世上男的都跟你一样,我宁可不嫁。"

六魂:"不带这么伤人玩儿的,我不……"

菩提:"你敢不敢打完怪再唧唧歪歪!"

——扛怪中的 T(游戏里代指坦克职业),惹不得。

【鬼服 YY】

方筝:"438,我真没白疼你!"

江洋:"你什么时候疼他了我怎么不知道?"

方筝:"我今天中午还吃的沙县呢,你知道?你玉皇大帝啊!"

438:"虽然团长没有副团善解人意,没有血牛雷厉风行,没有机机幽默风趣,没有疯子你腰缠万贯,没有……"

方筝:"我,要,听,但,是!"

438:"但谁让你是团长呢,所以我最敬仰的还是你!"

完全没有说服力好嘛!

或许是被忽视得太久了,祝融血条降到 1/2 的时候忽然放了一个大范围群攻,脆皮的仙术师雪狼和炼妖师 438 直接扑街!

[当前]方筝:我来。

方筝甚至顾不上打标点符号,简单两个字后马上复活 438,补好血,又稍往另一侧靠近点复活雪狼。这期间琉璃一直给菩提顶着血,沉着冷静,没半点慌乱。

群攻仿佛号角,那之后祝融的群攻开始增加,并且释放点极不固定,有时是鬼服这边,有时是战旗那边,有时干脆以自身为圆心大范围群攻,弄得方筝疲于奔命,幸而一直输出的祝福者酢浆草总算想起了自己的二奶身份,时不时帮把手,才不至于悲剧。

小鸟的预测是对的,越往后方方筝越能感觉到,如果只有六个人,能不能打到 1/2 血都是问题,即便打到,就刚刚那个群攻,必团灭无疑。当然你队里也可以放上两个奶妈甚至更多,但输出就不够,哪怕输出一直补蓝,消耗的速度也一定大于补充的速度,因为蓝也是有 CD(游戏里代指冷却时间)的,所以方筝敢断言他们绝对坚持不到 BOSS 倒下。BOSS 不倒,自然就只能队伍倒了。

其实他们十个人来打都是勉强，想推这个BOSS，十五个人以上直接碾轧最轻松。

漫长的坚持过后，BOSS的血条终于来到最后的5%。

"要小心。"孟初冬再次提醒，声音不自觉沉下来。

YY里没人应声，但谁都知道，BOSS要暴走了。

很快，祝融燃烧起来，不是燃烧玩家，而是燃烧自己，整个人变成巨大的火球，连体积都膨胀起来，不等十个人反应，祝融直接爆炸开来，霎时碎片满天飞！

这时候几个近战的反倒安全，仙术师炼妖师奶妈祝福者却遭殃了，不需要多，只被两三个碎片擦到，那血条便哗哗往下走！

方筝、琉璃、酢浆草再顾不上其他，连忙给自己加血，大奶二奶们要扑街，那就必须团灭了，好在祝融的真身已经炸成碎片，没有再对菩提进行攻击，所以坚持了几乎全程的T（游戏里代指坦克职业）终于得以喘息。碎片雨持续不断，弄得奶妈们很忙，于是可怜的雪狼和438再次扑街。

高输出，高风险，这就是法系职业的代价。

终于熬到碎片雨结束，谁承想落地的碎片又瞬间飞起聚拢成新的祝融，只是相比之前那位个头稍迷你了些，有点像俄罗斯套娃，大的打开，又出来小的。同样攻击和防御也变弱了，被围殴了几下，血就掉了10%，方筝估摸照着这样下去一组人就能把它磨死。

方筝长舒口气，发现那边的雪狼已经被琉璃妹妹复活，他也赶紧去复活438，谁承想那小子刚起来，身形还没站稳呢，人就慢慢消失了！

方筝："438，你回城干吗？"

438："团长，我三个宝宝都死了，我回仓库换宝宝！"

虽然十分没有必要，但态度端正啊，所以方筝思前想后，还是决定鼓励为主："快去快回，等会儿BOSS就要倒了。"

话是这样说，但方筝倒没真指望438回来帮忙，反正BOSS被碾轧已经是板上钉钉的，到时候一扑街，只要是队伍里的人不管在哪儿都可以扔色子，况且就438那个水性，能不能顺利返回还是个问题。

交错的光影中，战旗并没有注意到鬼服这边人数的变化，同样，鬼服也不太关注战旗这边，双方都在拼着输出，想一口气把BOSS的血条压光，偏偏小祝融在1/2血的时候用了个火神盔甲，防御力瞬间提升，预计的速度被打了折扣。

时间一分一秒地流逝。

江洋已经开始打哈欠:"手指头都麻了,这货是人形血袋吗?……"

"哪那么多废话,"方筝翻个白眼,"多输出点,兴许等下扔色子会被系统关照。"

江洋:"四比六,咱们的胜算有点低啊!"

方筝刚想说这还没扔呢你就长他人志气,却敏锐地觉察到不对,显示屏左边原本十个人的战队状态栏现在只剩下了鬼服兵团的四个人!

哪怕队员死了,也只是在状态栏里变成灰白,除非退队,才会消失。

方筝下意识就想喊副团,可小鸟比他更快一步:"战旗退队了,想杀我们,注意!"

小鸟的话音刚落,方筝就看到一阵光影闪过,再然后他的血条没掉1/4!

打群架,奶妈永远是围殴首选,所以这厢方筝被偷袭,那厢小鸟也神速绕到琉璃妹妹背后,照着姑娘就是一爪!

"这帮浑蛋!"

YY里传来江洋没好气的国骂,显然他也没能幸免。

这下局势再明显不过——组队状态下不可以攻击队友,战旗见BOSS快倒地,便散了联合战队想一边推BOSS一边灭鬼服,最终战利品全部归自己。

难怪不让进YY,真进了,他们这偷袭就没办法部署指挥。

【是可以,所以要小心了。】

小鸟这句果然有神探的画外音。

但现在方筝已经没时间去求证,六比四的优势在此刻变得无比巨大,所以菩提可以继续打BOSS,琉璃妹妹被小鸟缠上,酢浆草就接过了补血任务,黑金放弃输出去帮琉璃,六魂去杀疯子,雪狼来找方筝。

方筝已经顾不得战友,雪狼是仙术师,但这家伙居然跟他玩近战,而且不知道对方是什么装备连速度都好像比自己快一些,居然死活甩不开。虽然奶妈可以给自己补血,但仙术师的近战输出依然犀利,这样下去自己被磨死是迟早的事。

[附近]战、雪狼:别挣扎了,认命吧!

这货还有时间打字!

方筝不承认自己羡慕嫉妒恨,但同比之下,他确实没这个手速。

那厢江洋也不乐观,和六魂一对一地硬碰,结果就是双双往下掉血,方筝一边给自己补血一边往疯子身边跑想把一对一变成二对二,谁承想没跑到地方呢,疯一样的子和六魂同归于尽了!

此时方筝的距离已经足够复活,可没等他出招,却已经中了绿色怨灵,变成了仙人掌!

无法移动也无法攻击中的奶妈毫无杀伤力,雪狼站在不远处,开始了漫长的吟唱。

这货在酝酿大招,方筝用膝盖想都知道,可躲不开啊!

叹口气,方筝决定认命,出来混迟早要还的,猥琐者恒被猥琐之,天理循环。

放下鼠标,方筝拿起水杯喝了两口,透着悲壮和凄凉。

屏幕上的奶妈毫无悬念地倒下,不过同样倒下的还有黑金和琉璃妹妹!

小鸟解决完那两个便赶过来想救方筝,却终究没来得及,只得和雪狼缠斗上了。二人很难在技术上说谁高谁低,一个想放风筝,一个紧追不舍,血几乎是交替着往下掉,连嗑药的频率都大同小异。到后面两个人攻击速度越来越快,红药的冷却速度再跟不上,于是都剩下血皮。

方筝为小鸟捏把汗,几乎不敢在YY出声,一下接一下地咽口水。

不料最后关头小鸟的血条忽然瞬间全满,如有神助!雪狼显然也十分意外,愣了有半秒,就这半秒,足够小鸟解决战斗!

〔当前〕战、雪狼:啊!

倒地前的最后一秒,雪狼喊出心声。

方筝反正也死了,索性优哉地翻到战斗频道看记录,终于发现玄机。

〔战斗〕孟初冬使用了聚魂丹。

——聚魂丹,游戏商城有售,僵尸专用补助神物,红蓝瞬满,一颗只要9.98元。

果然人民币永远是游戏最大的外挂。

Polly没时间跟自己的团长交流心得,因为雪狼倒地的瞬间他便扑过去开始攻击酢浆草!

酢浆草没料到自己团四对三还能输,眼看着小鸟奔过来,又要迎战又要加血简直腹背受敌!可战旗的整体水平确实没的说,这水平体现在技术和意识两个方面,比如,此刻,菩提就干脆放弃BOSS转而攻击小鸟!

祝融不了解玩家们复杂的恩怨纠葛,他的仇恨在菩提身上,他自然就攻击菩提。可因为攻击力已经比大号那个小了很多,所以酢浆草小心翼翼退到不会被Polly攻击的距离,一边给菩提加血,一边伺机往小鸟身上再补几个攻击技能。

现下战旗的意图很明确了,硬扛着祝融先收拾掉小鸟,完后推倒

BOSS，复活队友，皆大欢喜。

　　能灭掉琉璃、黑金加雪狼，已经是小鸟的极限了，他毕竟是人不是神，在菩提和酢浆草的围攻下，血条慢慢见了底……

　　"放开我们副团长——"

　　一记振聋发聩的呐喊响彻 YY。

　　方筝扶额："你在这里喊给谁听啊！"

　　炼妖师连忙道歉，两秒后——

　　［当前］百炼成妖 715：放开我们副团长！

　　方筝倒塌！

　　再看小鸟，也已然无法支撑这种折磨，终于扑街。

　　几乎就在同一时间，酢浆草和菩提被双双滞空——钟娇妹子 502 出场！

　　浮空意味着无法释放技能，于是菩提在 BOSS 和 502 的双重关照下，死亡。

　　仇恨转移到了一直给菩提加血的酢浆草身上，可怜的孩子刚被 502 放下来，就被小祝融的小火球轰了个正着，血条彻底清空，最终扑倒在了战友的尸体上。

　　整个地图就剩下一个活人，祝融不迷茫了，马上转向 502 妹子，妹子也很争气，跟对方互殴了几个回合，才倒地。

　　438 连忙换上火精灵宝宝！

　　几个回合后，火精灵宝宝也壮烈牺牲。

　　438 锲而不舍送出他最后的 110，一副准备跟对方死磕到底的架势，奈何小祝融不给力，已至极限，最终倒在了鬼差的杀威棒下。

　　［逐鹿］百炼成妖 715、方筝、疯一样的子、孟初冬成功击杀火神祝融！

第十四章

公告余波

系统公告一出，世界哗然。

祝融是何方神圣？没人知道。目测是个新的野图BOSS。可四个人就推倒了新BOSS，这会不会有点过了？还是说升级后的逐鹿很体贴地设置了几个低等级的或者战斗力渣渣的新BOSS来让玩家们增强自信？

［逐鹿］秦时明月：百炼成妖715，这名字怎么这么眼熟……

［逐鹿］给关公耍刀：之前空中花园就有这人。

［逐鹿］秦时明月：空中花园不是鬼服推的，这个也是？

［逐鹿］邻家小妹：鬼服？

［逐鹿］给关公耍刀：鬼服兵团，镜花水月过来的一个军团。

［逐鹿］邻家小妹：很厉害？

［逐鹿］东北少帅：我认为很难用语言描述，建议你去看一下跨服PK录像，诚挚推荐弹幕版。

［逐鹿］东北少夫人：我记得百炼成妖原来是438吧，疯一样的子倒是熟面孔，不过剩下那俩看着像新人啊！

［逐鹿］东北少帅：新啥啊，我在军团频道里搜了，还是团长和副团，职业都没变，只是改了ID。

［逐鹿］东北少夫人：晕，好端端改啥名啊，有奶就是娘多霸气！

［逐鹿］东北少帅：夫人，你这个审美取向……

围观群众还没聊完，新的公告又出现了——

［系统］疯一样的子获得燃烧的火神短刀。

［系统］百炼成妖715获得火神蛋。

［系统］方笋获得桃花寒枝。

［系统］孟初冬获得桃木护符。

本来以为只一个，可一条接一条居然刷了四个！

BOSS厉不厉害不知道，但绝对是个慷慨的主儿，四个人，见者有份，这是排排坐分果果吗？

远程围观的群众坐不住，那是因为他们不知道还有一支倒霉队伍在现场观摩——

【战旗YY】

黑金："爆了四样。"

六魂："嗯。"

菩提："心在流血啊……"

琉璃妹妹："滴答，滴答。"

菩提："不用配音！"

酢浆草："所以说歪门邪道搞不得。"

雪狼："你最后要是能扛住，这四样都是咱们的。"

酢浆草："大哥，你也不看看那货召唤出的啥，那是地球宝宝吗？绝对是异形！异形！"

琉璃妹妹："那个浮空真帅，我有点想转炼妖师了……"

黑金："好走不送。"

琉璃妹妹："老娘是想换职业又不是想退团！"

酢浆草："老黑，你怎么这么不解风情啊，你这屡次三番伤琉璃妹子的心，琉璃妹子不说，我们这些当弟兄的都看不过去了。"

琉璃妹妹："谁让你看了，我就喜欢他这样！"

酢浆草："……"

有人苦，自然有人欢喜。

BOSS 是 438 摸的，结果满载而归，这娃无比嘚瑟："团长，团长，你看我是不是应该改名叫幸运小福手？"

方筝倒不是觉得这名字不好，只是，好像哪里见过？

有时候事情就这么寸，想什么来什么。

[逐鹿] 幸运小福手：56 级仙术师求组升级队。

[逐鹿] 幸运小福手：56 级仙术师求组升级队。

438 也看见了，"啊"地轻叫一声，瞬间低落下来："被抢先了，呜。"

合着这货是真心想改名……

小福手一连刷了十几条，起初没人理，后来可能是把想在世界上发言却插不上话的玩家们惹毛了，相识者纷纷跳出。

[逐鹿] 斗神：组屁组，跟你组除了全军覆没，就没别的结果！

[逐鹿] 我叫美丽：不，也有全团都灭了他却死里逃生的情况。

[逐鹿] 丧尸归来：总之谁跟他组队谁倒霉。

[逐鹿] 蛋糕的滋味：那个，我没跟他组过队，本不好发言，可你们会不会太过分了？

[逐鹿] 天山雪莲：比战斗还在进行呢就跑过去和 BOSS 合影更过分吗？！

[逐鹿] 蛋糕的滋味：……

[逐鹿] 人海茫茫：其实跟 BOSS 活体合影也是可以容忍的，但你忘了

截图的快捷键还要打字问就不能容忍了！

［逐鹿］蛋糕的滋味：是可忍，孰不可忍！

蛋糕的滋味成功倒戈，苦难者们来了知音，继续在世界上扒小福手的各种奇葩事迹。

奇怪的是小福手却没再冒头，求组队的刷屏也销声匿迹了。

方笋忽然有点同情这人，虽然他做的那些个事情足够被套上麻袋推到死胡同里围殴，可被昔日队友在世界上公然吐槽鄙视嫌弃，除非钢铁心脏，不然是个人都会难受。况且坦白不是罪过，甚至相比那些高智商的恶意，坦白反倒显得可贵了。起码这人不会在你扛BOSS的紧要关头，往你背上再插一刀。

好吧，退一步讲，就算他想插，也没准儿脚下打滑短刀脱手。

满载而归回到军团大厅，疯一样的子跟小鸟地上画圈，开始用PK试验他的新刀。

438的火神蛋从物品说明上看有可能孵出宝宝，但需要辅助材料，于是方笋把桃花寒枝也给他了，美其名曰，当柴火烧。

桃木护符归了小鸟，各方面属性都比闪光的天池泪好么一点点，可他迟迟不换上，就在那儿一直跟疯子PK。

方笋实在好奇，围着PK外围转了好几圈，见两人还没停手的趋势，终于忍不住——

方笋："小鸟，把护符换上看看。"

PK中的Polly立刻停手，开始翻包裹，疯一样的子没收住攻势，一个连击，送对方扑街。

江洋怒了："干啥呢，有没有点专业精神！"

PK自动结束，没有专业精神的副团长爬起来，脖子上的项链已经换成质朴的木色护符。

方笋拉近视角打量半天："呃，样子还行。"

话音刚落，小鸟就重新换回了闪光的天池泪。

方笋皱眉："怎么又换回来了？"

小鸟回答得很自然："你不是看完了吗？"

"合着就为给我扫一眼啊，"方笋黑线，"那个属性比天池泪好。"

"嗯。"

"嗯。"是什么意思……

"样子不好看。"

和你现在这一身混搭装比根本就貌似天仙了，好不！

因为团长是内心吐槽，所以最终小鸟君也没有理他，转身继续和疯子PK。

团长很受伤，这时却收到故人的私聊——

［私聊］一醉方休：有奶就是娘？

［私聊］方筝：没奶那是爹。

［私聊］一醉方休：果然是你。

谁来告诉他这货究竟是怎么推理的……

［私聊］一醉方休：祝融你们在哪儿找着的？

［私聊］方筝：你是认真地问我？

［私聊］一醉方休：当然。

［私聊］方筝：你觉得我会告诉你？你好天真。

［私聊］一醉方休：……

［私聊］一醉方休：那换一个问题，这个BOSS真是你们四个推倒的？

［私聊］方筝：当然。

［私聊］一醉方休：没别人？

［私聊］方筝：绝对没有。

【五岳阁军团频道】

［军团］人称小白龙：怎么样怎么样？

［军团］一醉方休：他们跟别人联手推的。

［军团］人称小白龙：奶妈说的？

［军团］一醉方休：没。

［军团］人称小白龙：那你怎么知道的？

［军团］一醉方休：团长的直觉。

［军团］人称小白龙：那你还去问啥！

这厢有人找上方筝，那厢也有人私聊了小鸟——

［私聊］我血荐轩辕：在？

系统公告的时候，孟初冬就感觉轩辕会来找他，可等这判断成了真，他却也没什么特殊的感觉，心里很平静，这让他自己都有些意外。

［私聊］孟初冬：嗯。

［私聊］我血荐轩辕：你这两天风头很劲。

［私聊］孟初冬：还行吧。

［私聊］我血荐轩辕：……

孟初冬能想象轩辕的无语样，以前这人就说过，自己的一张嘴，比操作都犀利。

孟初冬有个毛病，跟谁亲近，就喜欢损谁，这种损和对外御敌的那种攻击性毒舌不同，很难用语言具体描述，总之身处其中的人才能体会那种微妙的差别。

不过现在的孟初冬，不打算再跟轩辕来这套了。

［私聊］孟初冬：有什么想问的直接说，不用绕圈子。

［私聊］我血荐轩辕：怎么改真名了？

［私聊］孟初冬：暂时的，玩玩而已。

［私聊］我血荐轩辕：新军团怎么样？

［私聊］孟初冬：挺好。

［私聊］我血荐轩辕：我倒是有点提不起劲了。

［私聊］孟初冬：什么意思？

［私聊］我血荐轩辕：没什么意思，有点累了。

［私聊］孟初冬：要不我也组团追杀你，给你提提神？

［私聊］我血荐轩辕：哈哈，我就知道你不可能不记仇。

［私聊］孟初冬：废话，你试试辛苦练上来的号被轮白。

［私聊］我血荐轩辕：就为这个？

［私聊］孟初冬：不然呢？

我血荐轩辕没接这个话题，过了会儿，说——

［私聊］我血荐轩辕：其实我挺羡慕你的，想干什么就干什么，想撂挑子就撂挑子。

孟初冬静静看着这行字，思索两秒，敲键盘——

［私聊］孟初冬：轩辕，这就是个游戏，记着，你是在玩儿，不赢天不赢地的，别把自己搞那么累。

我血荐轩辕没再回话。

孟初冬看着自己最后打出的那句话，有些入神。

他也曾经把自己搞得很累，团战、PK、副本、带新人，每天上游戏搞得像上班，情绪不好，自然只能"杀人"减压，弄得全服都说他是反社会人格。

那是什么时候变的呢？

副本变得有趣，哪怕是再熟悉的本，都总有新气象。

野图变得有趣，各路人马粉墨登场完全就是宫心计。

队友也变得有趣，暴发户、乌鸦嘴、女王妹，总有一款"雷"到你。

308

"啊啊啊,可靠消息,北海水妖刷了!全体都有,北海传送师集合!"

北海水妖,55—60级野图BOSS,8小时一刷新,刷新时间从她被击杀算起。

鬼服兵团没包宿,但总有热心玩家彻夜不眠地守着水妖,于是经过一晚上,这数据也就出来了。并且已经有蹲守的玩家第二次击杀过这位并不算很强大的BOSS,所以现在出现的这位,应该是游戏升级后的北海水妖三世。

方筝没有未卜先知的技能,之所以能第一时间收到风声,完全得益于新团员——休休休你妹。这人在十分钟前上线,但一直没和军团打招呼,方筝秉着要让每一位团员都在鬼服里感受到如家般温暖的宗旨,忍了七分钟,最终决定主动勾搭,结果表明身份及简单解释了改名缘由后,妹子就发来了前线消息。

[军团]方筝:你妹,进YY。

[军团]百炼成妖715:总感觉团长在骂人……

[军团]方筝:你妹的!这才是骂人。

[军团]休休休你妹:忙着呢,等。

[军团]方筝:……

江洋在YY里大笑起来:"哈哈哈!你俩到底谁是团长!"

方筝忽然好想念血牛姐。

扯淡间,一行人已经赶到北海,水妖的坐标如今已不是什么秘密,但乍看到满坑满谷的人还是把鬼服吓着了。比起之前的美索不达米亚平原,这一次聚集的玩家更多。

北海水妖所在的地图其实是海中一座孤岛,岛上是大面积的沙滩,岛周边是密布的礁石,水妖就坐在岛东北角距离岸边几米远的一处礁石上,玩家无论是站在岸边还是蹚过海水冲到礁石上都可以发动攻击。

但现在,距离礁石最近的海岸已经聚满了前来捕猎的玩家,放眼望去,黑压压的都是脑袋,水妖坐在几米外的礁石上,眼睛一眨不眨地望着众人,怎么看都是玩家虎视眈眈,BOSS楚楚可怜。

见此情景,438纳闷儿地问:"都不动手光看着干吗?这么多人一人一下BOSS也躺了。"说完琢磨了一下,忽然又乐了,"难道在等我们一起?真够意思!"

小鸟叹口气:"你太天真了。"

方筝叹口气:"你的用词会不会太美好?"这叫天真?天真会跟你拼命!

438再不说话,默默给自己的智商疗伤。

其实大家光看不动手的心思不难理解。一人一下秒BOSS当然可以，但最终BOSS的归属权谁说得准，而且你怎么保证就一人一下，有人就偷偷打两下三下甚至更多怎么办？最终BOSS是归属于活着的且输出最高的一队，单枪匹马的只能给人做嫁衣，而即便组队，你也不能保证会不会在你苦哈哈马上要推倒BOSS时被另外一队甚至几队偷袭屠杀。前人栽树后人乘凉的事，在野图BOSS这里，根本防不胜防。

于是组队的不组队的有军团的没军团的只要在现场，都陷入了深深的纠结。

江洋："打不打？"

方筝："打。"

江洋："怎么打？"

方筝："等。"

江洋理解成静观其变，于是接受。

其实方筝想表达的是，等我想想。

但不管怎么说，阵容不整的鬼服小队还是与大部队会了师，然后，一起观望。

大部队中有一些相熟的面孔，虽然后脑勺很难辨认，但军团ID挂在头顶——流星飒沓、战旗、纵横天下、五岳阁，一个不少。

仔细看，其实围观群众还是可以分类规划一下阵营的。比如，左半部，基本都是各家军团，看似杂乱，但其实每个军团都聚在一起，并与相邻军团分队间隔出微妙的不易察觉的距离；而右半部要么是野队要么是散人，就毫无规律了，乱哄哄挤着，一不留神都可能找不见自家队伍。

寂静的观望中，人群里忽然传来骚动，这骚动非同小可，谁知道是不是哪家出了阴招，于是顷刻间围观群众便以骚动点为中心向两边分去，生怕殃及池鱼。

很快，骚动中心变成一小块空地，方筝这才看清纠缠的两个身影——你妹和一醉方休！

说是纠缠有点侮辱一醉，因为你妹在整个交手过程中根本没机会出攻击的招，所有操作都是在给自己加血，一醉显然并不想置对方于死地，于是每次都手下留情，可你妹加完血又要攻击，一醉无奈只好出招打断，然后中招的你妹继续给自己加血……

被观望折磨得身心俱疲的群众终于等来了兴奋剂。

［当前］大H：嗷嗷嗷，一醉你搞什么啊，这还不弄死他！他是你好朋友？

［当前］大剑：鬼服新人？

［当前］战、酢浆草：鬼服也来了？

［当前］战、琉璃妹妹：往后看，在那鬼鬼祟祟探脑呢！

［当前］人称小白龙：鬼服你们别躲了，赶紧来人把这疯子收走！有毛病啊，见着一醉就砍！死了从复活点爬回来还砍！演活死人黎明啊！

休你妹和一醉方休有什么恩怨纠葛方筝了解，不过这妹子入团时就明显表现了对五岳阁的敌意，所以现在她和一醉纠缠倒不算意外的事。只是，一个刚入团两天的新人能有多尊敬团长……

［私聊］方筝：什么情况？

［私聊］休休休你妹：你别管！

他就知道。

方筝这厢纠结，那厢小白龙还在叫——

［当前］人称小白龙：鬼服有没有个管事儿的啊？再这样五岳阁不客气了！

方筝想哭。

即便是有着一颗猥琐心脏的团长，也会因为管不住团员而感到羞愧啊！

［当前］孟初冬：对不起，管事儿的团长不在。

［当前］人称小白龙：那就副团！

［当前］孟初冬：对不起，副团也不在。

［当前］人称小白龙：……

［当前］薇薇安：你脑子被狗吃了？看不出来他蒙你呢？！

［当前］人称小白龙：啊？

［当前］风流不下流：那个，这么丢人的事儿，咱可以私底下讨论。

［当前］一醉方休：小白，他俩改ID了。

［当前］泰山之巅：连战斗中的一醉都能发现……

五岳阁全体，一声叹息。

［当前］人称小白龙：都是坏人。

小白龙伤重不治暂时丧失发言功能，可其他群众没有。

［当前］大剑：Polly、奶娘你们搞什么呢？

［当前］孟初冬：啊，被发现了。

围观群众倒塌，这个很难吗？！

［当前］一醉方休：废话少说，赶紧过来把你们的人带走！

［当前］孟初冬：这是一个很执着的……

［当前］一醉方休：看出来了！

［当前］孟初冬：姑娘。

［当前］一醉方休：……

很明显一醉方休的攻击在听见你妹的真实性别后有了迟疑，如果说之前他的迟迟下不下死手只是因为对方已经在他手下掉了1.5级，虽然他是正当防卫，可也不好意思真把对方轮白，那么现在则彻底不敢出手了。尽管他不像我血荐轩辕那样特意标榜不打女人，但众目睽睽下，堂堂军团长和一女生缠斗也实在不好看，最终，一醉方休选择了折中的方式——快速与休你妹拉开距离，然后使用回城券。

大家没想到一个小白账号居然真能逼走五岳阁团长，这，除了佩服你妹，也更加佩服一醉的气度。

相比之下……

［当前］孟初冬：啊，这就走了？我随便说说的。

这就是差距啊！

没了攻击目标，休你妹自然停手，然后循着群众自动闪出的小路，归队。

没人去看水妖了，现在鬼服兵团是比BOSS还闪亮的存在。

结果谁也没想到刚刚还一副人挡杀人佛挡杀佛样子的休你妹忽然单膝跪地——这是游戏中的一个表情动作，通常用作求婚。

群众面面相觑，从一醉回城他们就嗅出不寻常了，现在整这么一出，难道是三角恋？！

方筝也云里雾里，直到你妹开口——

［当前］休休休你妹：团长，对不起！我自作主张连累军团了，甘愿受罚，请您按照军法处置！

围观群众石化。

方筝一脑门子水，赶忙敲键盘——

［私聊］方筝：你来真的？

那头回复很快——

［私聊］休休休你妹：随便演演的，你敢动我一下试试。

方筝的一颗心，总算放下来。

怎么感觉好悲凉。

［当前］大H：鬼服你们没事儿吧，演电影呢？

对女人方筝不行，但对男人尤其是二次元里的男人，那就跟煮方便面似的，手到擒来。

［当前］方筝：我们军团虽然不大，但一直采取军事化管理。我们深知，无规矩不成方圆，任何自由都是相对的，没有约束的自由就是放纵……

［当前］大 H：请说人话……

［当前］方筝：今天休休是犯错了，虽然她是我们军团的，但我们也不会姑息。

［当前］大 H：哟，看样子真要处理啊，来，赶紧的，让我们都听听。

［当前］方筝：你妹。

［当前］大 H：你说啥呢？

［当前］休休休你妹：楼上的，别什么话都当金子往回捡。

［当前］休休休你妹：团长，我在。

大 H 泪流满面。

这个破军团从 ID 到意识，从意识到手法，从手法到运气都是坑！伪装成平地的大坑！上面铺满了猥琐的稻草做掩饰的大坑！

围观群众不在乎大 H 同学的感受，他们更关心方筝会怎么把休你妹军法处置。

方筝也没卖关子，很快下了命令——

［当前］方筝：处理你是肯定的，不过当务之急是要先去向一醉方休道歉！

［当前］休休休你妹：好的团长，我这就去！

就在群众以为休你妹即将在世界上刷喇叭道歉的时候，当事人却嗑了个卷轴，然后壮硕的男奶妈身影缓缓消失。

有反应较快的群众直指真相——

［当前］剪刀手：她好像……回城了。

某团长满心骄傲——

［当前］方筝：不愧是我鬼服的人，道歉就要面对面，这样才真诚！

此时已经回城的一醉方休在做什么，众人不知道，但这并不妨碍大家把你的同情我的同情串一串，串一株同情草串一个同心圆。

插曲落幕，接下来该干点正事了。

［当前］我血荐轩辕：总这么僵着也不是个办法，要不每队选出个人友好 PK 吧，最终是谁赢了，BOSS 就给谁家。

方筝没注意轩辕也在，冷不丁看到对方说话，愣了下，然后下意识就去看小鸟，可显示器里的僵尸好模好样地站着，实在无法反映出他主人的情绪

313

波动。

轩辕的提议得到了群众的广泛支持,毕竟谁也不想就为个野图 BOSS 干耗着,有这时间都能去升半级了。

于是地图上二十多个队伍很自觉地地上画圈,开始两两友好 PK,一时间各种技能的光影把孤岛照得像个盛大派对。

或许是组织并不得力,PK 在一团混乱中落下帷幕,最终登顶的居然是个名不见经传的小军团,但赢了就是赢了,于是带着三队的流星飒沓也好,带着四队的纵横天下也罢,甚至不知道带了几队的五岳阁都自动自发退后海岸 5 米,把水妖亮给了对方。

但,获胜者依然压力很大。

［当前］我爱林若薇:呃,你们不走吗?……

［当前］大 H:没事儿,你们打你们的,我们就看看。

［当前］人挡杀人:煮熟的鸭子飞了,我们总要目送一下。

［当前］刻骨:放心,我们什么都不会做,真的。

［当前］孟初冬发了一个微笑的表情。

小鸟温柔的笑脸成了压倒骆驼的最后一根稻草,可怜的获胜队伍再没敢向前踏上一步,这要开了 BOSS,然后几大军团一哄而上,他们会被轰得连渣渣都不剩。

不是不相信同服玩家的人品。

而是整个逐鹿之渊就没有人品这种东西。

重压之下,总有人崩溃,反正不知道哪个手欠的远程仙术师轰了个小火球,不偏不倚,砸到水妖身上,水妖便嫣然一笑,真正唱起歌来——

开怪了!

各小队面面相觑,还等啥的,上吧!

这时候就显出人多的效果了,虽然乱战不是大军团希望的,毕竟死了哪个弟兄都掉经验,而现在新版本刚开,经验比什么都宝贵,可情势到了这个份儿上,那就只能用人海战术了。于是本就组着战队的大军团开始不管不顾地碾轧 BOSS,毕竟高输出才是王道。而小军团呢,知道拼输出拼不过,于是不打 BOSS 改打人。能砍死几个算几个,爆点装备也好。

江洋:"我喜欢这个!咱们打哪个?"

方筝:"打屁啊,费力不讨好的,撤。"

江洋:"你不是吧,咱们队人少又打不了要塞战,这种机会千载难逢啊!"

打群架的机会吗?……

314

百炼成妖："团长，我刚刚把748加强了，也想试试……"
方筝干脆别等最后那位说了，直接问："小鸟，你呢？"
小鸟君的回答甚至不需要思考："回城，找你妹。"
就知道副团最靠谱。
于是鬼服小分队当即拍板，两个回城，两个参战。
然，事情的变化总让人措手不及。方筝的回城券正读条呢，一记凤凰涅槃直接轰到了他的身上！
方筝连忙掉转视角，可漫山遍野暴走中的仙术师，他哪知道哪个孙子干的。
小鸟已经成功回城，没见到团长，纳闷儿道："人呢？"
方筝欲哭无泪："中流弹了。"
战局太乱，中个把大招实属正常，方筝认命，重新点击回城券，读条……
又一记狂刀客的一刀毙命！
这一次方筝光荣中奖了那8%的秒人概率，仆街。
方筝怒了，刚想砸键盘，屏幕里的小奶妈却忽然蹦了起来！
金籀显灵，复活了。
方筝再顾不得形象，连滚带爬地逃到荒岛另一侧，离战斗圈远远的，才长舒口气，重新翻出回城券，却在马上点击的时候，敏锐察觉地上多出了另外一个影子！
方筝连忙掉转视角，来者竟然是我血荐轩辕！
柳叶刀！几乎是条件反射的！
我血荐轩辕没躲，攻击力普通的柳叶刀也只给他造成了一点点伤害，可奇怪的是他并未还手甚至没有摆出对战姿态。
方筝及时取消已经开始读条的红莲圣火，但仍退开一些距离，十二分防备。
［当前］方筝：有事？
我血荐轩辕沉默了一会儿，道明来意——
［当前］我血荐轩辕：能让我查看一下装备吗？
就为这？
［当前］方筝：都是普通橙装，没什么极品。
［当前］我血荐轩辕：我知道。
他咋那么想揍人呢？……
［当前］我血荐轩辕：刚才我看到你复活了。

方莘愣了下，恍然大悟。他就说嘛，浑身上下哪有值得轩辕特意过来求着查看的装备，如果有，也就脑袋顶上那个金箍了。

［当前］方莘：你是想看这个吧？

把装备点开用特殊格式发到聊天里，对方便可以直接点装备名称查看。

方莘猜对了，只两秒，轩辕便查看完毕有了回应——

［当前］我血荐轩辕：谢谢！

［当前］方莘：不客气。

轩辕转身离开，干净利落得方莘都有些不相信，他以为起码交下手过个几招啥的。

终于成功回城，Polly正在军团大厅等着，见到奶妈回个城也能掉经验，无语。

方莘却没心思和他掰扯这个，因为他全部的思绪仍停在轩辕反常的行为上。可问题是轩辕怎么想的只有本人知道，他就是挠破头皮也无法参透。

不过这事儿倒是勾起了方莘另一个回忆，那就是刚得到金箍那会儿他曾心心念要去查一下这玩意儿的出处，可后来因为种种原因，忘到了脑后。既然轩辕的反常无法参透，那就先从物品入手好了。

切回桌面，方莘打开网页，很快金箍的前世今生就在强大的搜索引擎下曝光。

那是个论坛精华帖，楼主在帖子里秀了他全部的极品装备，各种截图，各种嘚瑟，总之把他的装备都拿来可以轻松武装一个纯奶军团，其中，便有金箍。

无数玩家对自己心仪的装备发出提问，比如，哪里获得，具体属性，等等，楼主倒是个敞亮人，知无不言，言无不尽，关于金箍更是诚恳——

【鹤眉山55级猴怪，往死里打就对了，楼主打了半个月没打出来，放弃，现在这个金箍是买的……羞愧中。】

第十五章 一诺千金

方筝感觉自己像只玩毛线球的肥猫，自娱自乐地在沙发那儿扑腾着，然后不经意间，捉到了线头——他真没想破案，可架不住真相生要往他怀里撞。

显示屏的反光里映出一张模模糊糊的宅男脸，方筝指指对方："你就是个二傻子。"

小鸟打了那么久的鹤眉山忽然就停了，他都没觉出来啥，还老吐槽人家战斗机的智商，啧，自己还不如战斗机呢！

整个事件的前因后果依然没有彻底理清，但思绪好歹有了个大致的轮廓。

切回游戏，小鸟已经不在军团大厅，私聊里倒是有对方发来的话，也不知道多久之前的了——

［私聊］孟初冬：新BOSS一时半会儿找不到，先打怪吧！

［私聊］孟初冬：？

方筝起初纳闷儿为嘛对方放着YY不用要打字，后来在连喊几声没听见回应下，才发现是自己的YY掉线了，原因不明，总之右下角的小狸猫图标依然在努力登录中，一次又一次，屡败屡战。

之前方筝也遇见过这种情况，关掉程序再重新打开就好，这一次他仍然如法炮制，可输入密码时，指尖却顿住了，因为他忽然发现接下来要聊的话题……可能八成会造成一些尴尬，相比直接的语聊，打字更为合适。当然这尴尬是指神一样的副团，并不包括他这位超越神的团长。

方筝在思绪翻腾里快速做了决定，并且他几乎要融化在了自己这温柔的体贴里。

［私聊］方筝：哪儿呢？

私聊发过去，对方几乎是秒回——

［私聊］孟初冬：波斯湾。

［私聊］方筝：打怪升级？

［私聊］孟初冬：帮你找魂。

［私聊］方筝：……

［私聊］方筝：我不就离开一小下下，不带这么刻薄的！

［私聊］孟初冬发了一个微笑表情。

［私聊］方筝：哎，先别打了，问你个事儿。

［私聊］孟初冬：嗯。

［私聊］方筝：你给我的金箍，原本是想给轩辕的吧？

［私聊］孟初冬：嗯。

[私聊]方筝：结果打完送不出去就给我了？

[私聊]孟初冬：嗯。

[私聊]方筝：你又来自动回复吗？！

[私聊]孟初冬：不是。

[私聊]方筝：可你退出纵横天下之后还打了很久啊，明知道送不出去你还打啥？

[私聊]孟初冬：没事干。

[私聊]方筝：你的业余生活太乏味了！

[私聊]孟初冬：我也这么觉得。

[私聊]孟初冬：对了，你到底来不来打怪？

[私聊]方筝：……

尴尬呢？狗血呢？他预想中的恩怨纠葛八点档呢？这是在讨论前任团长和副团长的纠葛，不是你妈喊你回家吃茄子炖土豆，啊啊啊！

[私聊]孟初冬：又掉了？

[私聊]方筝：没！

[私聊]孟初冬：来不来？

[私聊]方筝：不！

[私聊]孟初冬：原来是自动回复。

这货绝对是故意的。

[私聊]方筝：人家一直当成宝贝的投名状，原来是别人不要的东西，嘤嘤嘤……

美好而安静的一分钟后——

[私聊]方筝：别装死。

[私聊]孟初冬：嘤完了？

[私聊]孟初冬：波斯湾，坐标（××，××）。

[私聊]方筝：现，在，没，心，情，打，怪！

[私聊]孟初冬：组队，我打。

[私聊]方筝：我光坐在树底下蹭经验？

[私聊]孟初冬：这里没树，你可以坐在沙滩上。

[私聊]方筝：讨厌，那多不好意思啊！

[私聊]方筝：我马上到。

波斯湾并没有多少玩家，一是这地图比较新，很多人尚未摸索过来；二是这里的怪属于高级精英怪，虽然经验多，但数量稀少，并且对操作要求较

319

高。

　　小鸟说到做到，还真就任由小奶妈坐沙滩上用脚丫拍海浪，自己一个人去磨精英怪。

　　起初方筝良心未泯，看到小鸟血条渐渐往下走就条件反射地甩过去补血技能。

　　结果五次补五次抵抗，换得小鸟一句："别添乱，自己玩儿水去。"
　　然后方筝的良心就泯了，并发誓再手欠他就这辈子瘦不下来！
　　因为太无聊，后来方筝就趴桌子上睡着了，等再睁开眼睛，小鸟还在打怪，可他俩的 ID 都变回了原始名字，再看账号经验，好么，升 1 级了都。显然小鸟完全没有消极怠工。

　　［队伍］有奶就是娘：差不多行了，你机器人啊，手没抽筋？
　　［队伍］Polly：还行。
　　［队伍］有奶就是娘：回吧，我看军团里他们都上线了。
　　［队伍］Polly：他们早上线了。
　　［队伍］有奶就是娘：那你怎么不叫我！
　　［队伍］Polly：怕你有起床气。
　　［队伍］有奶就是娘：我是小姑娘吗？……等等，你怎么知道我睡觉的？！你一定用流氓软件远程遥控开启了我的摄像头！一定是的……
　　［队伍］Polly：智商在这个世上有两种表现形态，一种叫无逻辑乱猜，一种叫缜密推理。我们俩正好可以为它们代言。
　　［队伍］有奶就是娘：那个……我能代言后者吗？
　　［队伍］Polly：我无所谓啊，怕它哭。

　　你看看就这么一货，怎么可能做出为前军团长不眠不休打金箍的事情呢？

　　［队伍］Polly：消化完了吗？
　　［队伍］有奶就是娘：没！
　　［队伍］Polly：那我先回军团大厅了。
　　［队伍］有奶就是娘：都是军团长，一个就有金箍，一个就被丢在波斯湾任风沙掩埋。
　　［队伍］Polly：给你两分钟提问时间，再东拉西扯我就叫全体团员来围观蠕动的军团长。
　　［队伍］有奶就是娘：是扭动！
　　［队伍］Polly：有区别？

这货语文是数学老师教的吗?

从方筝查到金箍是鹤眉山打出来的,孟初冬就知道这事儿没完,那好奇宝宝以打听八卦为天职,闲扯隐私为己任,最重要的是这回那家伙还不是纯围观,而在其中担任了一个重要的角色,左看右看都不可能轻易放弃。

但说实话,孟初冬并不想多聊这个。一来,他和轩辕的事情都过去了,如果说在后镜花水月时收到对方的密聊还会在意,那么现在,彻底心如止水了,甚至交谈时还会生出淡淡的感慨,仿佛曾经的一切都随着镜花水月消失了,变成了前尘往事,越来越模糊,越来越不真切;二来,为什么那夜拼了命也要打出金箍送给这家伙,他也说不清楚,那是一种难以言喻的冲动,直到现在,那夜头脑发热的感觉依然清晰,可要把这发热的根源往深挖,他还说不太准。游戏就是游戏,是用来玩的,不是用来想的,想得太多,就分不清哪个是真心哪个是臆造了,甚至有时候想着想着,倒先把自己绕了进去,何苦,不如顺着感觉走。

但和方筝绝对不能聊这些,指不定最后他得出个什么结论,跑偏得离谱,还自以为真相只有一个,伤不起。

所以孟初冬几次三番想岔开,但显然一觉过后这人还惦记着,那就直来直去速战速决好了。

[队伍]有奶就是娘:《对不起——记那年的镜花水月》,逐鹿论坛这篇帖子,你看过没?

很好,一刀见血。

[队伍]Polly:下一个问题。

方筝望着对方发来的回复满心郁闷,这货连敷衍都不愿意直接略了!

令人发指有没有!

[队伍]Polly:你还剩一分半。

[队伍]有奶就是娘:你就那么重视轩辕?

一个人在被军团轮番追杀成白号后还苦哈哈打着原本要送给前团长的金箍,这是一种什么精神?

所幸,第二个问题小鸟没略,片刻,就有了回复——

[队伍]Polly:我曾经对他的感觉和现在对你的感觉差不多。

为啥答案这么微妙……

不过他是谁啊,最善于在微妙中捕捉重点!

[队伍]有奶就是娘:差不多就还是差点儿。

[队伍]Polly:嗯,是有不一样。

小鸟的不一样：跟轩辕唯一超出二次元的只是交换了名字，跟奶妈，一个名字好像……还不够？

[队伍]有奶就是娘：我怎么就比他差点儿了！我体恤团员，爱护新手，意识猥琐，简直吸日月之精华，集天地之大成！你个没眼光的！

[队伍]Polly：我要没眼光就不会进军团了。

这话倒算中听。

方筝心头的酸葡萄之火稍稍熄了些。

然后同情的小嫩芽就有点破土而发。

[队伍]有奶就是娘：跟你说真的，虽然咱们军团不大，我走的也不是英俊潇洒玉树临风的大侠流，但起码敢保证不管将来你做了什么，军团都不会踢你，更别说轮白你。

[队伍]有奶就是娘：当然你要自己不想留了那另当别论。

[队伍]有奶就是娘：总而言之一句话。

[队伍]有奶就是娘：你若不离不弃，我必生死与共。

[队伍]有奶就是娘：人呢？

[队伍]Polly：说完了？

[队伍]有奶就是娘：嗯啊！

[队伍]Polly：OK，截图留存了。

这货是不破坏气氛就会死星人吗？！

> 独家番外

> 🔒 鬼服小伙伴们的日常

《一念之间》(方筝、孟初冬篇)

（1）

作为专业代练，方筝总结了很多工作经验，其中极为重要的一条就是——绝对不能相信截图。

那还是镜花水月"将鬼未鬼"的时候，什么叫"将鬼未鬼"呢，就是纵横天下和五岳阁两个最牛的军团已在几天前集体迁至新服，但剩下军团都还在观望。其实嗅觉敏锐或者游戏经验丰富的玩家都应该能预见到，"顶尖势力"的集体转移往往就是一个服务器"鬼"掉的开始。可换服务器就意味着要放弃这里的账号，到那边练新号从头再来，哪是一个容易的决定，所以剩下的大军团们更愿意相信没了那两个竞争对手，自己能成为镜花水月新的霸主；中小型军团看除了纵横天下和五岳阁，其他大军团都没走，便也就继续安心地玩，毕竟谁当领头的和他们关系不大，没必要为此放弃倾注无数心血练起来的账号，去换一个新服。

镜花水月就这样沉浸在"最后的繁荣"里，每天世界上喊下本的仍比比皆是，方筝的代练事业也还是红红火火。彼时，他正在代练的号是个仙术师，

323

ID：遗世独立，客户要求练到满级，外加一整套"闪光的荒原布甲"。

荒原布甲是布甲职业里的极品橙装之一，品质与雪域布甲不相上下，要在特定野图BOSS身上才有概率爆，每次还只爆一个部件。这一张嘴就要一整套，并且得是额外加工成"闪光的"？！这是奔着一接手账号就"仙术大成"去的啊，问题是想集齐这玩意儿不光难度高，周期也长啊！

客户倒实在，说时间我不能等，最长给你两周，但装备算在代练费里，价格你定。

一句话，让方筝心甘情愿扎进"埋头苦练"里。其实方筝也有自己的小九九，对客户那边说"周期长"，好像自己真准备去挑野图BOSS苦刷装备似的，实则方筝心里已经盘算好了，直接收购一套荒原布甲。毕竟这阵子纵横天下和五岳阁"集体搬迁"，方筝估摸着两大军团里的高手们肯定要把镜花水月号上的值钱东西卖一卖，比如极品装备、武器、道具等，不然号扔在这里也是扔着，卖了钱还能"回回血"。

然而事实证明，永远不要想当然。方筝从客户那接手0级小号的第一天就开始关注交易中心，一直到小号练满级了，也只在交易上看到过两次橙色套装出售，还都不是布甲。

两次橙色套装的出售者，一个是五岳阁的，一个是纵横天下的，的确符合方筝预期，但这卖装备的人也太少了啊，于是他逐一私聊了出售者，问你们军团其他高手不卖装备吗？

第一个说：能玩到一身极品橙装的人，谁不是对账号投入了真爱和心血，就算以后不玩这个服了，号上的东西也大多舍不得卖，留着当纪念，自己是实在周转不开了才把装备挂上了交易中心。第二个说：卖，但你想要其他职业的极品装备还得等，毕竟刚换新服，大多数兄弟对老服账号的感情还在，等过阵子，心思全投入到新账号里了，对老账号感情淡了，自然也就全都挂交易中心了。

方筝觉得第二位说得很有道理，但自己等不起了啊！

［逐鹿］遗世独立：求一套闪光的荒原布甲套装。

［逐鹿］遗世独立：求一套闪光的荒原布甲套装。

［逐鹿］遗世独立：求一套闪光的荒原布甲套装！

心里再急，表面必须云淡风轻，第三遍打感叹号已经是极限，否则就算有人想卖，一看你这么着急都容易狮子大开口。

做买卖啊，全是学问。

话是这么说，其实方筝没抱啥希望，哪料到刚在世界上喊了几嗓子，就收到回应——

［私聊］浮生白：我有。

方筝那叫一个激动啊，但必须继续云淡风轻——

［私聊］遗世独立：闪光的荒原布甲，你有？

［私聊］浮生白：一整套。

［私聊］遗世独立：怎么卖？

［私聊］浮生白：二百。

［私聊］遗世独立：啥？！

［私聊］浮生白：不算贵了。

［私聊］遗世独立：贵？兄弟，你这都跳楼骨折价了！

方筝彻底装不下去了，因为这个明显低于市价真的很可疑啊！

［私聊］浮生白：这个号不要了，东西卖一卖。

对方给出原因，这倒是合理了。最近纵横天下和五岳阁集体搬迁，有些其他玩家也蠢蠢欲动想去新服看看。不过对方这么一坦诚，方筝还有点不忍心占便宜了，当然主动提价是不可能的，这辈子都不可能，最多就是贴心提醒一句——

［私聊］遗世独立：那我可就二百买了啊，但是你哪天要在新服待得不舒服，又想回镜花水月，可别后悔把这身极品卖我。

［私聊］浮生白：不去新服。

［私聊］遗世独立：啊？

［私聊］浮生白：以后都不玩这个游戏了。

敢情不是换服务器，是彻底不玩了？

［私聊］遗世独立：为啥啊？

［私聊］浮生白：觉得没意思了吧。

［私聊］遗世独立：怎么就没意思了？你得把目光放长远点。现在，是，卡在55级挺长时间了，很多副本也都下腻了，但以前满级才多少？未来肯定还要继续往上啊，你要对游戏开发团队有信心！

［私聊］浮生白：你看着就像游戏团队的人。

［私聊］遗世独立：哎哟，人家只是一个热爱逐鹿的铁血玩家，我为逐鹿代言！

［私聊］浮生白：……

可能是一不小心暴露真实自我的方筝，也让对面感受到了某种"坦诚"，于是在交易完成后，又发来一句——

［私聊］浮生白：想刷本，拿了橙装就尽快刷，以后可能组队都喊不齐人了。

方筝本来乐陶陶的心，因为这一句话的影响"沉到谷底"。

［私聊］遗世独立：……毕竟是自己洒过热血的服务器，你就不能盼镜花水月点好？

［私聊］浮生白：你知道我的意思？

［私聊］遗世独立：纵横天下、五岳阁都去逐鹿之渊了，现在还看不出什么，但时间一长，肯定是去新服的更多，留下的人更少，说不定镜花水月就鬼了。

［私聊］浮生白：知道你还现在花钱收装备？

［私聊］遗世独立：人生短短几个秋啊……

［私聊］浮生白：好好说着话突然唱起歌的意思是？

［私聊］遗世独立：你听过这歌啊，那更好了，知道歌名吗？

［私聊］浮生白：人生命短？

［私聊］遗世独立：《爱江山更爱美人》！以后不知道就说不知道，别瞎起名！

［私聊］浮生白：所以？

［私聊］遗世独立：意思就是江山也要，美人也要，人生苦短，且醉且乐，别总想着明天怎么怎么样，镜花水月还热闹着呢，那就照样下本照样玩，没准还能遇上志同道合、三观一致的另一半。

［私聊］浮生白：你的追求很全面。

［私聊］遗世独立：……

［私聊］浮生白：原来你连对象都没有。

［私聊］遗世独立：你有？

［私聊］浮生白：没有。

［私聊］遗世独立：那你说我？！

［私聊］浮生白：我没又要江山又要美人。

［私聊］遗世独立：刚才的交易能取消吗？

［私聊］浮生白：能，但你收不来第二套我这么便宜的了，你舍不得退。

……方筝做代练和那么多玩家打过交道，可以负责任地说，没见过这么会"扎心"的！这哪是玩家，这就是一个BOSS！

心里默念八百遍"极品橙装他只卖了我二百块钱"，方筝才勉强心平气和，果断结束对话，切出游戏联系客户去了。

326

客户QQ一直在线，收到信息后秒回，对方筝的准时交付表达了高度赞赏，而后干脆利落付款，并在QQ上发来转账截图，然后催促方筝把账号给他。

账号在代练期间一律换成方筝这边手机绑定，账号密码也由方筝修改，这是为了避免号练好了钱还没收就被客户那边登录顶下来，方筝刚干代练的时候就遇见过这种骗子，在那边登录账号后光速修改密码，方筝束手无策。

所有工作经验都是血泪换来的，相应的，吃的亏多了也会练就某种工作直觉，所以当面对这个过于急躁不断催促交付账号的客户时，方筝没有立刻把账号给出去，而是先在电脑上登录网银，查看银行卡余额。

果然钱没到账。

QQ上的客户理直气壮：跨行转账都有延迟，你快点把账号给我，怎么那么磨蹭呢！

不断强势的催促是会让一些人陷入焦虑，从而不由自主顺着对方意思行动的。

但方筝是一般人吗，手机拿着，网银开着，就等，等手机到账提示，等网银余额增加，双保险，谁都别想从他这个辛辛苦苦的小代练身上坑走一分钱！

终于，客户下线了，而且在方筝的QQ列表里再没亮起过。方筝也想到了这个结果，打算用PS转账截图行骗的家伙，怎么可能在被发现后就真乖乖付钱呢，对方又不是真在意这个账号，必然是想用少许定金空手套白狼后再把账号转卖赚钱。

左右方筝不亏，这头拿了定金，那头又把账号卖给了想玩橙装仙术师的正经玩家，虽然卖得不贵，也至少对得起他这两周的付出。

这是方筝第一次遭遇"截图诈骗"，说实话刚看到截图的瞬间，他真信了，差点把账号给出去，一念之差的事。

一念之差，但方筝很庆幸。

（2）

孟初冬想过离开游戏。这念头第一次出现是在纵横天下"集体迁移"到新服的几天后，但离开的念头本身与纵横天下无关，在孟初冬的记忆里这只是一个时间背景。

真正的触发点是一个认识但不熟的家伙突然发来账号密码和手机号码，让孟初冬帮忙登录账号把上面的东西卖一卖，钱多钱少无所谓，卖的钱直接给他充到手机话费里就行，重要的是最后要把只留一袭白衣的账号带到镜花水月的某条大江边，送上一叶舟，于水天相接处静静漂远，然后下线，完成告别游戏的最终仪式。

一个游戏不玩就不玩了，在哪里下线、以何种姿态方式下线，有区别？

[私聊]浮生白：这是一场送别与祭奠，当然要在游戏地图里选一处我最喜欢的地方。

[私聊]Polly：你现在就登陆着账号，不能自己弄？

[私聊]浮生白：舍不得，下不去手。

孟初冬倒是能下得去手，卖卖东西，再把号送江上"水葬"，反正他现在很闲，连"追杀者"都没了，无聊着呢。

问题是——

[私聊]Polly：为什么找我？

两人的关系仅限于孟初冬对对方的ID似曾相识，至于什么时候打过交道、怎么打的交道，完全印象模糊。

然而浮生白态度坚定——

[私聊]浮生白：我在这个游戏里的第一个满级野图BOSS是你带我挑的。我在这个游戏里的第一把也是唯一一把满级橙装是你帮我爆的。所以我也想让你来帮我告别。

孟初冬终于想起来了。那是他刚被纵横天下与五岳阁联手追杀的时候，装备还没怎么开始掉，尚能与满级野图BOSS单挑，但因为全天候被两大军团的人盯着，想清清静静单挑个BOSS几乎不可能，总算那天两大军团忙着要塞战，他久违地等到了一个野图BOSS，正想过把瘾，这位刚满级、不隶属于任何军团的闲散玩家就来了，看见BOSS那叫一个兴奋，抬手就远程轰了个大招，对BOSS造成多少杀伤不好说，反正仇恨值拉得稳稳的。

还能怎么办，孟初冬只好带着这位不速之客一起把BOSS挑落。说是"一起"，其实仙术师拉完仇恨后就被BOSS一口咬死了，真是来得突然、死得干脆。所以整个过程基本还是孟初冬单挑，谁想最后却爆了一个仙术师能用的极品橙武装备。

什么叫"主观记忆"？就是同样一件事，在浮生白那里是"僵尸大神带我起飞"，在孟初冬这里是"单刷BOSS险被打扰"。但不重要了，反正他俩现在一个不打算玩了，一个也开始意兴阑珊。

孟初冬破天荒接下了请求，然后接手浮生白账号，操纵着去往商业街，打算把身上的装备和号里其他值钱东西以骨折价一次性打包卖给摆摊的商业号。虽然这种价格挂到交易中心上也大概率是秒没,可孟初冬懒得一样一样往上挂。

不承想才到商业街,就看见有人在世界上喊话——

［逐鹿］遗世独立：求一套闪光的荒原布甲套装。

［逐鹿］遗世独立：求一套闪光的荒原布甲套装。

［逐鹿］遗世独立：求一套闪光的荒原布甲套装！

一连三遍,语气再怎么装平淡也看出来有多想要了。

私聊里把价格报过去,对方震惊,在终于接受"骨折价"后还提醒一句——

［私聊］遗世独立：那我可就二百买了啊,但是你哪天要在新服待得不舒服,又想回镜花水月,可别后悔把这身极品卖我。

对方以为浮生白只是不玩镜花水月了。要换平常,孟初冬不会解释,我卖东西,你买东西,你管我是去新服还是去哪里。可这一刻他也说不清为什么,话就回了过去——

［私聊］浮生白：不去新服。

［私聊］遗世独立：啊？

［私聊］浮生白：以后都不玩这个游戏了。

［私聊］遗世独立：为啥啊？

［私聊］浮生白：觉得没意思了吧。

前面都是替浮生白解释的,但最后这句"没意思",却是孟初冬自己的心情。

他以前没这么想过,可是这一刻,忽然就这么觉得了。待到套装交易完,身上其他东西也处理得差不多了,孟初冬操纵一身白衣的仙术师来到浮生白心心念念的那条大江。水流湍急拍岸,气势磅礴,江面辽阔似海,尽与天接。

一叶扁舟停在江岸。

这里是 20 级地图,但这地图上的小怪皮糙肉厚,刷怪练级的效率不高,平时几乎没有练级的玩家来这边,所以这里更像是一个风景区,有闲情逸致的玩家偶尔来逛逛,跳上扁舟,它便会在游戏设定下,载着玩家自动起航。

孟初冬以前没闲情逸致,这是他第一次体验,操纵仙术师跳上扁舟,轻舟随之飘远。透过屏幕,他看着那叶扁舟带着一袭白衣、永远不会再回到游戏里的仙术师,消失在江面的水烟茫茫处。

孟初冬收回前言,某些时候,仪式感也挺不错的。要不,自己也撤了吧。反正都觉得没意思了,也找一处风景秀丽的地方,把小僵尸送上告别的船。

可这念头才起,另外一段旋律也跟野图 BOSS 似的在脑海里刷了出来,孟初冬用心聆听，竟然是……人生短短几个秋啊……

孟初冬："……"

然后在这魔性旋律里，刚刚的寂寞如雪全没了。想再重新酝酿情绪，又被不久前的对话继续在大脑里干扰——

［私聊］遗世独立：你听过这歌啊，那更好了，知道歌名吗？

［私聊］浮生白：人生命短？

［私聊］遗世独立：《爱江山更爱美人》！以后不知道就说不知道，别瞎起名！

［私聊］浮生白：所以？

［私聊］遗世独立：意思就是江山也要，美人也要，人生苦短，且醉且乐，别总想着明天怎么怎么样，镜花水月还热闹着呢，那就照样下本照样玩，没准还能遇上志同道合、三观一致的另一半。

很好，最后一点意兴阑珊也没了。仙术师浮生白下线，僵尸Polly上线，继续回鹤眉山打猴。虽然后来孟初冬又起过离开镜花水月甚至整个游戏的念头，但再没有第一次起念时那样强烈，因而他最终还是留了下来，日复一日，直到镜花水月彻底"鬼"掉，直到一个浪里浪气的奶妈在鹤眉山上从他背后偷袭。

后来无数次孟初冬都在想，如果当时在江边选择放弃这个游戏，也就放弃了，一念之差的事。

一念之差，但孟初冬很庆幸。